KOSIGAN
UN PRINTEMPS DE SANG

Du même auteur aux Éditions Mnémos :
Le Bâtard de Kosigan, L'Ombre du pouvoir (2014)
Le Bâtard de Kosigan, Le Fou prend le roi (2015)
Le Bâtard de Kosigan, Le Marteau des sorcières (2017)
Le Bâtard de Kosigan, Le Testament d'involution (2018)
Le Bâtard de Kosigan, Les Secrets du premier coffre (2020)

Terra Humanis (2023)

2, rue Nicolas Chervin | 69620 Saint-Laurent d'Oingt
ISBN : 978-2-38267-150-4
WWW.MNEMOS.COM

Fabien Cerutti

KOSIGAN
UN PRINTEMPS DE SANG

MNÉMOS

Royaume de France et duché de Bourgogne en 1365

À celle qui s'en va.

Merci aux membres honoraires de la compagnie qui ont contribué à affiner ce texte : Alex et Jean, Céline Danaë, Nicolas, Eva, Arnaud, Mylena, Tim, Mickaël, Laetitia, Maximilien, Marc, Viviane, Florence, Raymond, Maryline, Greg, Manue, Yoan, Thierry et Marie.

Pierre Cordwain de Kosigan a longtemps été capitaine d'une compagnie de mercenaires surnommée les Loups de Kosigan, mais ce temps est révolu.

En 1365, une autre page s'ouvre.

Il aspire désormais à rentrer chez lui, dans le plus puissant comté du duché de Bourgogne, dont il a pourtant été exilé à la mort de son père.

Son oncle, détestant les bâtards, a durant toute sa vie, envoyé des assassins à ses trousses.

Mais aujourd'hui, le vieil homme est malade, très malade.

*

Afin de faciliter la lecture, de nombreuses indications se trouvent dans les annexes situées en fin de livre.

ENTRÉE EN MATIÈRE

Paris, lundi 29 mars 1909.
Extrait des correspondances de Kergaël de Kosigan.

Très chère Élisabeth,

Je t'écris le cœur empli d'ardeur et l'esprit en effervescence ! Tu te souviens des vingt-trois lots de manuscrits que je devais acquérir en Russie et à l'abbaye de Saint-Gall ? Eh bien, c'est chose faite, je suis plongé dedans et ce que j'y découvre de jour en jour est tout bonnement incroyable ! Je suis loin d'en avoir décrypté la totalité, pourtant, je peux t'assurer que certains passages ébranleront ta perception du monde ! L'Église a œuvré à faire disparaître le souvenir du chevalier de Kosigan en effaçant son nom des archives, et plus j'avance dans mes traductions, plus je comprends pourquoi. J'ai hâte de pouvoir te communiquer davantage de précisions, cependant je préfère éviter de coucher les éléments les plus importants par écrit avant d'avoir achevé l'intégralité de la transcription.

Je suis désormais à Paris. Mais je m'aperçois que j'ai peut-être brûlé les étapes en omettant les détails de mon séjour depuis mon arrivée en France.

Fidèle à ses engagements, le directeur du musée de Cluny m'a ouvert les portes de sa bibliothèque afin que j'y travaille sans être dérangé. Je n'ai cependant pas profité immédiatement de son hospitalité.

La première semaine a été consacrée aux voyages en train, pour Saint-Pétersbourg et Moscou, puis Genève et Zurich. Les transactions se sont révélées fructueuses. Pour notre contact au Kremlin, subtiliser des archives appartenant au tsar constituait un acte militant contre l'exploitation du peuple, et les cent mille francs-or que nous lui avons versés serviront à créer une Société d'entraide en faveur des ouvriers. Quant au frère de l'abbé de Saint-Gall, c'est, je le crains, le simple appât du gain qui a motivé ses actes.

Dès mon retour à Paris, j'ai loué un appartement dans le Quartier latin, entre Odéon et Saint-Michel, à deux pas du musée de Cluny. J'y ferraille depuis une semaine avec le vieux français des chroniques de celui que je considère comme mon ancêtre. Au moment où j'écris ces lignes, je suis loin d'avoir démêlé la totalité de ses secrets, les feuillets jaunis s'étendent devant moi (plus d'un millier), en désordre, parcellaires et abîmés. Témoins silencieux des tumultes du passé. Une centaine de pages manquent à l'appel ; cent quatre-vingt-trois sont partiellement déchirées ; et les autres cachent une partie de leurs mystères sous des ratures, des traces de brûlure et des taches d'origine violente, qui se disputent le privilège de rendre l'écriture presque illisible.

Je comble les lacunes grâce à d'autres textes présents dans les lots. J'ai notamment à disposition une trentaine de brouillons, signés de Dùnevia Illavaëlle – l'ex-lieutenant et bras droit du Bâtard de Kosigan – dans les années 1365-1367. Je picore aussi des écrits inédits de Jean Froissart[1] ainsi que différents fonds d'archives bourguignons exhumés par mes anciens professeurs.

Le directeur du musée de Cluny ne cesse d'insister pour que nous tirions de ces documents des publications et des articles pour le Bulletin de la Société d'études historiques.

Je m'y oppose.

Il est évident que les preuves qui s'accumulent sur l'existence de la magie et des êtres surnaturels jusqu'à la fin du Moyen Âge ébranleraient les fondements de l'Histoire établie. Les discordances flagrantes dans les chronologies officielles ne sont que la partie émergée de l'iceberg. Tu dois me croire, ce que renferment les annales que j'ai sous les yeux est d'une ampleur telle, d'une teneur si incroyable, qu'il serait insensé de le présenter comme vrai. Nos ennemis auraient les moyens d'en empêcher la publication, de remonter jusqu'à nous et de nous éliminer par la même occasion.

Je m'en tiens à ce que nous avons décidé, à savoir glisser les révélations les plus importantes dans un roman de pure imagination.

---

1 Poète et chroniqueur du quatorzième siècle.

Mais cette affaire risque de réclamer davantage de temps que je ne l'espérais. Le travail d'unification stylistique à partir d'archives écrites par différents auteurs relève du casse-tête, tout autant que la transposition du vieux français dans un vocabulaire moderne. J'ai pris le parti d'employer quelques anachronismes et même certaines inexactitudes afin de renforcer l'aspect fictionnel de la narration. Enfin, je pense aussi à varier les temps et à indiquer les sources, dans le but de distinguer les témoignages réels des récits indirects. Quoi qu'il en soit, tous ces efforts paraissent indispensables si l'on veut atténuer chez les futurs lecteurs le choc de la vérité.

Jusqu'à présent, cette tactique nous a protégés, j'espère que cela continuera. Et, le moment venu, dans vingt ans, dans trente ans, davantage peut-être, le texte que nous préparons sera prêt, disponible, bien classé, et sa divulgation ne réclamera que quelques retouches mineures.

Révéler l'histoire dissimulée et déformée depuis des siècles sous le couvert d'une œuvre romanesque est un projet à la hauteur de notre folie douce. Si nous nous montrons prudents, personne ne sera en mesure de l'arrêter avant qu'il ne soit trop tard. Bien sûr, ni toi ni moi n'en verrons l'aboutissement, mais ce n'est pas grave. Cela ne me décourage pas. Au contraire, l'enthousiasme me ligote dix heures par jour à ma table de travail. Et le plaisir reste intact. D'autant que manipuler la vieille langue est un délice. Je ne peux résister à l'envie de t'en livrer quelques exemples. Savais-tu que le mot « crachat » désignait les colliers portés par les membres des ordres de chevalerie, plus ou moins en forme de goutte ? Et qu'il existait au Moyen Âge des « chasublières », des « autrices », des « doctoresses », des « écrivaines » et – au moins aussi savoureux – des « philosophesses ». Quant au verbe « rognoner » – grogner de mauvaise humeur –, il te conviendrait à merveille lorsque ta figure échevelée ouvre les yeux à une heure trop matinale. Une chose est sûre, j'ai hâte de « m'acagnarder » dans tes bras et de « pandiculer » à tes côtés !

Pour en revenir aux manuscrits sur lesquels je travaille, ceux que je t'envoie ne sont pas les plus sidérants, mais ils éclairent un pan inconnu de l'existence du chevalier de Kosigan. Tout indique que l'ex-condottiere[2], une fois sa carrière terminée, a fini par reprendre le chemin de son comté natal. Seul. Choix singulier, dans la mesure où il en avait été exilé plusieurs décennies auparavant, et que son oncle, le comte Borogar, payait régulièrement des assassins pour mettre un terme à son existence.

---

2 Capitaine de mercenaires.

Je joins à cette lettre les travaux préliminaires du premier volume encore au stade de l'ébauche. Tu me diras dans quel ordre tu préférerais lire les trois préludes. En espérant que la rédaction avance suffisamment pour réembarquer sur un paquebot et te rejoindre à Baltimore avant Pâques.

Ton mauvais esprit me manque.

Sans doute suis-je un tantinet masochiste.

À toi, en hâte,
Kergaël

*

PRÉLUDE N° 1

Cour de Bourgogne, 3 mars de l'an de grâce 1365, au matin de l'anniversaire de Morgiane, troisième fille du duc Philippe le Hardi.

Tiré du *Recueil de Sens*, pièce de théâtre humoristique attribuée à Colombe de Marival, fille de Marivaux, à la fin du XVIIIe siècle.

*

« Dame Guillemette, ayez la bonté de m'éclairer, je vous prie. Quel étrange appareillage apportez-vous là ?

— On appelle ce noble ouvrage de ferronnerie une "ceinture de chasteté", Votre Altesse. Il se trouve que j'ai été missionnée pour l'apporter ici à votre intention.

— À mon intention ?

— À votre intention. Un cadeau de votre père, le duc Philippe pour fêter votre dix-septième anniversaire.

— Voilà qui est fort attentionné de sa part, d'autant que je suis certaine que le grand homme me reconnaîtrait à peine s'il me croisait dans un couloir… Elle paraît joliment ouvragée mais, par la Vierge Marie, qu'est-ce qui explique qu'elle ait l'allure d'une culotte et qu'elle soit en fer forgé ? Pour une ceinture, cela n'a rien de très confortable.

— Elle a vocation à vous… protéger, Altesse.

— Me protéger ? Mais de quoi ? Et quelle utilité peuvent bien présenter ces petites dents de métal à l'intérieur de cet orifice en amande ?

— Eh bien… Si par malheur un damoiseau cherchait à se "faufiler" dans votre intimité avec l'intention vicieuse de déflorer votre honneur, son "grossissement" s'en trouverait déchiré pour le compte !

— Son *grossissement* ? Pour l'amour de Dieu, Guillemette, m'avez-vous bien observée ? Mon nez, mes sourcils épais, mes dents écartées et mes seins lourds ? Toute fille cadette du duc que je suis, si un homme cherchait à se *faufiler dans mon honneur*, par tous les saints, il faudrait lui dresser une statue !

— Mille pardons, Altesse, mais les mâles qui s'émoustillent des rondeurs sont plus nombreux qu'on le prétend. Par ailleurs, on m'a défendu de tenir compte de vos récriminations. Le duc vient de vous promettre en mariage. Vous m'en voyez désolée mais il va falloir procéder à la *mise en place*. Telles sont ses instructions. Y déroger vous garantirait le fouet et pour moi, une punition pire encore. Et résultat de notre rébellion, vous seriez obligée de la porter tout de même et vous auriez brisé ma vie. »

Les yeux de Morgiane s'éclairent.

« Je vous aime bien, Guillemette.

— Le contraire paraîtrait scandaleux, je vous sers de nourrice depuis votre venue au monde et nul ne connaît gouvernante plus attentionnée que moi ! Qui vous a appris le langage des sylphes et la pratique de la langue de vipère, si utile pour moucher les importuns ? À présent, cessez vos enfantillages, jeune fille, allongez-vous, dos sur ce lit, retroussez votre robe et soulevez le bassin. Je vais œuvrer aussi délicatement que possible.

— Dame Guillemette… Vous est-il arrivé, vous-même, de porter ce genre… d'instrument ?

— Évidemment ! Je suis de petite noblesse mais mon père avait pris le parti de préserver ma virginité en prévision d'un bon mariage. À présent, en position !

— Ce fut le cas ?

— Cela va de soi, sinon mes atours sentiraient le crottin boueux du fond de ma cambrousse et non le délicat parfum de la cour du duc.

— Cela vous a-t-il rendue heureuse ?

— Quelle drôle de question. Pas moins qu'une autre, je suppose. À présent…

— Et, comment dire, cette ceinture, elle n'empêche pas d'accomplir nos besoins naturels ?

— Il faut faire attention si vous usez de tissu pour vous essuyer, c'est sûr. Mais, on prend vite le coup de main.

— Je vois. Et admettons que mon escarcelle me démange… Est-il tout de même envisageable d'y mettre les doigts pour se procurer du soulagement ? »

La dame de chambre soupire et fronce les sourcils, le temps de quelques battements de cœur.

« Je vous mets en garde, jeune gourgandine, vous connaissez très bien les interdictions de l'Église à l'égard de ce genre de pratiques perverses.

— Vous vous méprenez, Guillemette, je m'interrogeais simplement sur ce qui se passerait si quelque bouton ou rougeur venait, un jour ou l'autre, à… tirailler ma peau… »

La femme de chambre tord sa bouche, peu convaincue.

« Toujours vous vous êtes montrée effrontée, Morgiane, il m'étonnerait que vos mots reflètent la vérité. Mais je vais faire comme si je vous croyais. La chose de frottage est réalisable, il faut simplement prendre certaines précautions et ne pas laisser le plaisir de la caresse envoûter vos doigts. De brusques soubresauts risqueraient de leur occasionner de sévères coupures.

— Guillemette, vous aussi, vous m'appréciez, n'est-ce pas ?

— Si l'on exclut que vous soyez la plus entêtée des jeunes dames et que vous m'ayez fait tourner en bourrique plus souvent qu'à mon tour, je dois reconnaître que oui.

— Vous ne souhaiteriez pas que je me blesse…

— Cela va sans dire.

— Et vous ressentez de la compassion pour la privation de liberté que l'on cherche à m'imposer.

— Quelque peu.

— Dans ce cas, vous pourriez… *oublier* les clefs de cette maudite ceinture sur ce coffre, juste une heure ou deux. Il se trouve que je connais quelqu'un qui a ses entrées dans le quartier des ferronniers, et je dois sortir en ville. Je les replacerai au même endroit à mon retour. Vous n'aurez qu'à repasser les prendre dans l'après-midi, lorsque vous vous rendrez compte de votre *étourderie*…

— Vous… Vous escomptez en faire réaliser une copie ?

— Que je conserverai précieusement, et en toute discrétion. Uniquement pour les cas d'urgence, vous avez ma parole !… »

PRÉLUDE N° 2

Cour du duc de Bourgogne, au château d'Arcourt, peu avant l'aube du 19 mars 1365.

Librement inspiré de brouillons attribués à Kusin Consord, le fou du duc.

*

Le damier de pierres noires et blanches ornant les tours du palais d'Arcourt le plaçait au premier rang des édifices les plus majestueux du domaine bourguignon. Édifié lors d'une alliance éphémère entre les Elfes Salinesti et les Nains de Cor-Ravière, il s'élançait au ciel, ponctué de terrasses arborées et de parois végétales. Une union contre nature de plantes et de grès, de verdure et de schiste, que l'actuel duc, Philippe le Hardi, avait jugée adaptée à des tractations diplomatiques entre puissances ennemies. En l'occurrence, son propre duché, d'une part, et la délégation menée par Olivier de Montfort, connétable et légat du roi de France, de l'autre.

L'ambassade française s'était présentée devant les portes d'Arcourt deux semaines auparavant, bannières et étendards au vent, avec pour objectif affirmé de désamorcer le conflit qui couvait avec la Bourgogne. Quatre ou cinq grands seigneurs en habits de cour, accompagnés de leur dame, de leur suite et d'une vingtaine d'hommes d'armes en guise d'escorte. Les émissaires du royaume des Lys avaient pour mission de garantir la paix sur la frontière sud de l'Île-de-France, afin de permettre à l'armée française de se rassembler pour mettre un terme aux incursions et aux pillages anglais dans le nord, en Artois et en Flandre. Il y avait fort à parier qu'ils étaient prêts à payer cher pour s'assurer la tranquilité dans les mois à venir.

À Arcourt, le chambellan du duc avait installé Olivier de Montfort, sa fille Aliénor et leur entourage dans l'aile ouest du château, la plus lumineuse et la mieux chauffée, afin de leur faire honneur.

C'est là, dans la semi-obscurité de l'aube naissante, qu'un seigneur au torse dénudé et au visage affirmé s'extirpa d'une chambre, écartant le moins possible le battant de la porte donnant sur le couloir. Avant de quitter la pièce, son regard s'attarda sur un lit où l'on devinait une femme alanguie. Il referma derrière lui avec précaution puis pressa le pas en direction de ses propres appartements, de l'autre côté d'un palier proche. Tandis qu'il traversait la petite esplanade, une forme jaillit de l'escalier à sa droite et s'interposa. Peu sensible au charme des surprises, l'homme de guerre dégaina son épée du fourreau qu'il tenait à la main.

« Qui vive ?! »

La silhouette barbue se figea dans un tintement de clochettes, le coude appuyé à la paroi du couloir, et lança d'un ton grave teinté d'ironie :

« La Sagesse du duc en personne, monseigneur ! »

L'importun, de stature modeste, à la fois corpulent, un rien difforme et d'une surprenante souplesse, produisit une courbette alambiquée.

Le baron Olivier de Montfort – poil ras sur le crâne, la quarantaine triomphante, barbe bien taillée, sourcils épais et yeux d'un bleu d'azur – plissa le regard tout en abaissant l'acier de son arme, soulagé de ne pas avoir à défendre sa vie.

« Par saint Michel, tu es le bouffon du Hardi ?

— Les rumeurs de l'existence de ma modeste personne ont franchi collines et rivières jusqu'à faire vibrer la cire de vos oreilles ? Je ne pouvais rêver plus bouleversant compliment ! Kusin Consord, inspiré par les dieux des facéties, pour votre plus grand bonheur, Votre Seigneurie ! »

Le légat lâcha un rire dédaigneux.

« Je n'ai nul besoin que ta langue acérée me bourdonne aux oreilles alors que le soleil n'est même pas levé. Tu veux mon bonheur ? Alors, hors de ma vue, vermine difforme ! »

Le connétable tenta de passer outre, mais d'une pirouette, l'histrion lui barra la route, le toisant depuis la moitié de sa taille.

« Ô douleur ! Votre saillie si inventive me blesse ! Moi qui n'ai défié la fatigue de l'aurore que pour avoir la joie de vous porter assistance…

En effet, permettez-moi de vous faire remarquer, monseigneur, qu'à en juger par la *porte précise* que vous venez de franchir, tout laisse penser que vous vous êtes… trompé de chambre ? »

La menace sous-entendue fit pâlir Montfort. Il rengaina son épée d'un air deux fois plus menaçant que lorsqu'il l'avait tirée et la posa vivement au sol. Le fou ne sembla pas s'en soucier et enfonça le clou :

« Le chemin menant à vos appartements ne présente pourtant qu'un seul et unique couloir rectiligne, et pas la moindre bifurcation… Vous ne l'aviez pas remarqué ? Un si grand combattant doté d'un si piètre sens de l'observation, c'est déplorable. Mais n'ayez nulle crainte, je vais vous donner un point de repère : au cas où je devrais vous l'apprendre, il se trouve que vous venez de quitter, avec un air fort fatigué, la chambre accueillante de dame… »

Le légat du roi de France saisit le fou par le col et le plaqua au mur, grognant entre ses dents serrées :

« Claque-gueule, le farfadet ! Sache que c'est une sale idée de me conter querelle quand on ne mesure que trois pieds de haut. Une *très* sale idée !

— Vous m'en direz tant. Par malheur, je n'ai pas le pouvoir de changer la réalité.

— Tu t'entêtes à me provoquer ?

— J'aimerais qu'il en soit autrement, cependant… »

Resserrant son étranglement d'une main, l'homme d'armes tâtonna de l'autre sur les vantaux de bois de la fenêtre à proximité, s'empara de la poignée et l'ouvrit. L'air s'engouffra comme une respiration glacée dans la modeste ouverture.

« Inutile… d'en arriver… à de si fâcheuses extrémités, Votre Seigneurie ! » parvint à éructer le bouffon, les cheveux en folie dans le courant d'air. Mais l'autre ne l'écoutait pas. Visiblement décidé à le défenestrer, il commença à pousser son corps vers l'extérieur. « J'ai laissé des lettres… J'ai laissé des lettres !!! »

Le ton du fou donnait à penser qu'il s'agissait là d'une précaution suffisante pour lui épargner la mort. Inquiet et circonspect, Olivier de Montfort marqua un temps d'arrêt, puis ramena le nain dans le couloir, à nouveau dos à la paroi, l'avant-bras vissé sous la gorge.

« Parle en chuchotant, bouffon, sinon j'écrase ta pomme d'Adam et je te l'enfonce dans l'estomac, c'est compris ? »

Kusin Consord acquiesça de la tête, moitié étouffé, moitié souriant.

« À présent, explique-toi !

— Il… Il se trouve que j'ai eu l'occasion d'assister à votre manège hier matin, et avant-hier également. J'ai entendu des bruits. De fort jolis bruits. Étouffés, certes, mais quand on a l'oreille collée à la porte… Enfin, bref, vous voyez ce que je veux dire. Au passage, toutes mes félicitations à tous les deux. Les gémissements de la dame comptaient parmi les plus charmants qu'il m'ait été donné d'entendre…

— Tu es fou de dire de telles choses alors que je peux te réduire au silence en un claquement de doigts !

— Je plaide coupable, c'est mon métier ! Tout le monde n'a pas la chance de naître grand seigneur. Mais, à ma décharge, j'ai confié des lettres à plusieurs compagnons pour expliquer de quoi je vous soupçonnais… J'ai précisé que je comptais venir vous en parler à cette heure précise… Si jamais quelqu'un m'entendait hurler ou si je disparaissais, il serait aisé de vous incriminer auprès du duc de Bourgogne. Preuves ou non, cela ruinerait les pourparlers que vous avez entamés au nom du roi de France. Un homme peu enclin à la clémence, à ce qu'on prétend. »

Dans le silence qui suivit, les battements de cœur du fou semblaient presque audibles. Le légat du roi commençait à prendre conscience que la situation n'était pas autant à son avantage qu'il l'avait cru.

Contrairement à l'adage d'Ésope, la raison du plus fort n'est pas toujours la meilleure… Kusin Consord n'osa pas formuler l'idée à haute voix, estimant avoir pris suffisamment de risques comme ça.

En relâchant la pression, le connétable de Montfort reprit d'un ton sévère :

« Certains grands de la cour m'avaient mis en garde contre ton insolence, tes vices et tes sales manières, le nain. À présent, crache le morceau ! Dis-moi quelle somme tu réclames, fouine au nez vérolé. »

Le fou du duc préféra garder pour lui la répartie acerbe qui lui montait aux lèvres au sujet du propre nez du baron.

« Si ceux qui vous ont dit du mal de moi savaient ce que je pense d'eux, ils en auraient dit bien davantage… En tout cas, sachez que je ne désire aucun argent, monseigneur. Il est vrai que je sais des choses sur vous, mais mon silence est le cadeau que je vous offre pour mettre vos faux pas en sécurité. Ne me remerciez pas, il se trouve que j'ai un contentieux avec mon suzerain, le duc Philippe le Hardi. Et, à cet égard, vous allez me rendre un petit service… »

PRÉLUDE N° 3

Cité comtale de Troyes, le 27 mars de l'an de grâce 1365. Gérard de Rais, capitaine de la compagnie des Loups.

Librement inspiré du second tome de *L'Histoire des capitaines de route.*

*

Huit ans. Huit ans que le chevalier breton Gérard de Rais avait racheté la *compagnie* au fameux Bâtard de Kosigan. Huit ans qu'il l'avait modestement rebaptisée *Les Loups de Rais* et engagée au service d'une douzaine de seigneurs à travers le Saint-Empire, l'Angleterre et la France. Cette unité d'élite, maîtresse dans l'art du coup de poing et de l'espionnage, trouvait aisément preneur en ces temps troublés, et chacune de ses missions s'était soldée par un franc succès. La seule exception avait été à Reims, lorsque le détachement, décimé par la peste, avait échoué à ouvrir les portes de la ville à Edward III d'Angleterre qui voulait s'en emparer. Et encore, les Loups de Rais étaient-ils parvenus à ramener un otage, cousin du roi, en guise de lot de consolation.

Malgré la bonne réputation de sa compagnie, certaines évolutions récentes préoccupaient le capitaine breton.

D'un pas lent, il pénétra dans la pièce baignée de lumière depuis laquelle il avait l'habitude d'administrer ses affaires. L'endroit fleurait le cuir et le bois, avec une pincée d'odeur de poussière pour lui rappeler d'où il venait. À travers de larges fenêtres, le soleil printanier illuminait deux tentures à fils d'or et un tapis d'Orient. Si l'on additionnait ces merveilles aux armoires marquetées, au bureau de bois rares, aux coffres d'adamante et aux trois toiles de Constanzia van Eyck, il y en avait, en ces lieux, pour une somme indécente. Ces biens matériels réchauffaient le cœur de Gérard de Rais. L'argent gagné devait bien servir à quelque chose, n'est-ce pas ?

Gérard de Rais frotta son œil borgne recouvert d'un bandeau de tissu et le tiraillement douloureux qui en résulta le ramena à ce qu'il était venu faire dans cette pièce. Le rituel de sang allait le faire souffrir et, aussi coutumier de la douleur soit-il, cette perspective ne lui plaisait guère. Il soupira, grimaça, tergiversa, puis se résolut à approcher du buffet pour s'emparer d'une bassine en étain, d'un stylet, d'une cruche d'eau et de serviettes propres.

Il déposa le tout sur son bureau. Hésita encore. Et prit le parti de ne pas s'asseoir tout de suite. L'angoisse n'était pas si simple à surmonter.

De l'une de ses poches, il sortit un briquet alchimique et le contempla. Cadeau de la comtesse de Champagne en personne, l'objet elfique était ciselé d'écritures et de runes anciennes. De Rais prononça le mot « *Nùr*[3] » du bout des lèvres, et la mèche s'illumina d'une étincelle dorée. Grâce à elle, il alluma deux bougies dans des lanternes de métal avant d'articuler « *Nùr-nîr*[4] » pour la faire disparaître. Après quoi, il traversa la pièce jusqu'à la fenêtre dont les vitres givrées déformaient la vue sur la place ensoleillée du marché trois étages plus bas, ainsi que sur les maisons à colombages en face.

Quelqu'un pouvait-il le voir ? La réponse n'était pas évidente. Il ne lui restait qu'un œil et ses quarante-sept ans révolus avaient érodé l'acuité de sa vision. Qu'à cela ne tienne. Il ferma les volets intérieurs et se retrouva pour ainsi dire dans le noir. Mieux valait s'assurer qu'aucun regard indiscret ne puisse assister à ce qu'il s'apprêtait à faire.

La flamme elfique transmise aux bougies générait une aura de chaleur contrastant avec la froidure du dehors. En cette année 1365, l'hiver ne voulait pas finir.

Bon. Plus d'échappatoire. Revenant à contrecœur vers le centre de la pièce, le chevalier s'approcha du fauteuil, détacha son épée, la plaça en équilibre contre l'un des accoudoirs, puis posa ses fesses aussi confortablement que possible sur le velours. Ses doigts de mercenaire sortirent une gemme polie d'une pochette qu'il portait en pendentif.

---

3 *Feu* en langue elfeline.

4 *Extinction du feu. -nîr* à la fin d'un mot sert à en exprimer la disparition.

De forme pyramidale à trois pans, grise, ciselée d'écritures anciennes, elle mesurait environ un demi-pouce. Une pierre d'Okma[5] ou *okram*. L'une des trois ayant autrefois appartenu au Bâtard de Kosigan. Une saleté d'objet ensorcelé qui semblait prendre plaisir à s'incruster dans votre nuque pour répertorier la totalité de ce que vous voyez, entendez, pensez et ressentez. Utile pour éviter de se planter en relatant le contenu d'une conversation, au mot près, ou pour prendre conscience *a posteriori* de détails susceptibles de vous échapper dans le feu de l'action. On pouvait également récupérer les souvenirs d'un mort ayant eu la malchance de clamser avant d'avoir pu rendre des comptes. Malheureusement, pour coucher le contenu de ce foutu caillou sur un parchemin, il fallait que le *transcripteur* se taillade jusqu'au sang et qu'il autorise la pierre d'Okma à s'emparer de son esprit pour entamer un processus d'écriture automatique.

Gérard de Rais n'avait jamais aimé écrire.

Le souvenir du moine qui le battait, enfant, pour le forcer à tenir une plume lui fit serrer le poing.

Il le rouvrit lentement pour contempler la petite pyramide au milieu de sa paume, les doigts parcourus d'un léger tremblement. Il ne pouvait s'en prendre qu'à lui-même. C'est lui qui avait insisté pour que le Bâtard lui cède l'un de ses précieux mouchards.

Allez, courage !

Bien sûr, il aurait pu envoyer la pierre directement à son commanditaire pour qu'il se débrouille avec, mais il était hors de question de se priver de cet objet inestimable. Et puis, il maîtrisait suffisamment les paroles de la quatrième prière d'Okma pour que son âme ait peu de chances d'être déchirée dans le processus. Il n'y avait aucun risque, se répétait-il. N'empêche, il ne se sentait pas pressé.

Respirant un grand coup, il déposa la gemme au centre de la bassine, râla par principe, histoire d'informer l'univers de son mécontentement, puis releva sèchement sa manche gauche.

Il cueillit le stylet sur la table. S'entailla l'intérieur de l'avant-bras. Grogna de douleur. Et laissa pisser le sang sur la gemme au fond de la cuvette. Pour finir, les dents serrées, il scanda l'antique litanie dédiée à Okma.

Les mots frémirent, formant des volutes de minuscules lettres d'encre qui imprimaient l'atmosphère avant de s'évanouir à la manière de la fumée

5 Divinité norroise des souvenirs et de l'écriture.

au-dessus d'une eau trop chaude. La Source, qui englobe toute réalité et donne corps à la magie, se déploya en un nuage de sons, d'air et de sang. Tout autour de la pierre, des filaments rouges tissaient un écheveau dense, semblant vouloir siphonner le fluide vital du système veineux du mercenaire, un peu comme on tire le fil d'une pelote. De Rais gémit de trouille, il était conscient qu'il devait finir au plus vite pour éviter de se faire saigner comme un cochon, mais il manquait de l'expérience des véritables sorceliers. Dans sa hâte, les mots gutturaux de la prière furent déformés. La punition ne se fit pas attendre. Ses veines se tordirent comme des serpents, donnant l'impression de se hérisser d'épines. Il jura intérieurement, s'appliquant de son mieux à reprendre le contrôle. La sueur lui coulait sur le front et sa langue était lourde. Il écorna encore un mot et la pression dans ses artères fit jaillir un goût de fer dans sa gorge. La souffrance montait en flèche. Les battements fous de son cœur hurlaient dans ses oreilles et des phosphènes dansaient sur le pourtour de son champ de vision. De justesse, il parvint à retrouver le cours normal de l'incantation, un instant avant que la douleur ne lui fasse perdre conscience, et les tourments qu'il endurait s'achevèrent en même temps que le rituel.

Essoufflé, la moustache rougie, le cœur au galop, il s'autorisa à enchaîner une dizaine de jurons biens sentis.

Pas très utile mais ça soulage.

Le moment le plus périlleux était passé, mais il restait la phase d'écriture. Au cœur du réceptacle, la gemme, désormais saturée de sang, émit une lueur surnaturelle, comme un scintillement dans l'œil d'un démon. Une puissance invisible investit d'un coup l'esprit du mercenaire, aussi écœurante que des doigts ignobles forçant une culotte innocente. Avant de se retrouver entièrement sous contrôle, de Rais, secoué de nausées, rapprocha les vélins, s'empara d'une plume et ferma le dernier œil qui lui restait.

Aussi brutalement que l'on claque une porte, le présent céda la place au passé : un tourbillon d'images, d'avancées prudentes, de flambées de violence, de mauvaises rencontres, rythmées par les tambourinements de son cœur, les hurlements, et les odeurs.

Le déroulement de l'opération de kidnapping qu'il avait menée la veille se déploya dans sa mémoire, dans les moindres détails. Sa main, ensorcelée par la magie, se mit à les retranscrire avec une célérité digne des messagers des dieux. Ce rapport, il devrait ensuite le faire parvenir à son commanditaire.

Cela représentait un point important du contrat.

Personne dans les rangs de la compagnie ne soupçonnait que Gérard de Rais possédait un *okram,* et cela valait mieux ainsi. L'Église se montrait tatillonne au sujet des anciens artefacts de pouvoir. Seul l'homme qui employait ses services était au courant. Et pour cause, puisqu'il s'agissait du *Bâtard* en personne, Pierre Cordwain de Kosigan, le précédent capitaine de la compagnie.

Gérard de Rais ne saurait dire s'il appréciait de travailler au service de son ancien commandant. Dans un sens, c'était comme enfiler de vieilles bottes, confortables et familières, mais on aurait également pu croire que Dieu profitait de l'occasion pour lui rappeler qu'il n'était qu'un chef au rabais. De bonne lignée, sa maison ne revêtait pas le prestige de celle du Bâtard ; bon combattant, il n'était pas aussi adroit avec une lance de joute ; fin tacticien, il lui manquait la diplomatie, mère des batailles remportées sans combattre. Kosigan, pour sa part, était issu du plus puissant comté de Bourgogne. Par sa grand-mère, il était affilié à la famille des ducs. *Ce putain d'enfoiré.* Sans compter qu'il se trimbalait deux ou trois pouvoirs anciens, dont le moindre, Gérard de Rais en était persuadé, semblait d'être tombé dans une potion de charme quand il était môme.

Le capitaine breton ignorait ce qu'était la honte. Il aimait bien le Bâtard, mais à chaque fois que le destin lui faisait du mal, il ne pouvait s'empêcher d'en ressentir une certaine satisfaction.

Était-il mauvais pour autant ?

Oui, un peu, sans doute, mais cela le faisait sourire.

En tout cas, en tant qu'employeur, le Bâtard payait rubis sur l'ongle et en avance ; aux yeux du condottiere breton, cette qualité-là effaçait tous les défauts du monde.

Achevant rapidement la rédaction du rapport, de Rais ajouta une note personnelle avant de sceller la missive de cire noire et d'y apposer son sceau.

Et voilà, ex-capitaine, tu vas pouvoir juger : ça s'est passé tranquillement et on a fait du bon boulot.

***

Relevé de la pierre d'Okma de Gérard de Rais.

Comté de Kosigan, château de Maulnes, la veille, le 26 mars de l'an de grâce 1365, troisième heure de la nuit.

*

Tue-merde !

L'acier de mon surin ressort de la gorge du spadassin qui a tenté de me prendre à revers. Je dévie son jet sanglant vers le mur pour éviter d'être aspergé et escorte son corps jusqu'au sol. Un aller-retour de ma lame sur ses vêtements. Trois battements de cœur de silence pour vérifier que personne n'a entendu. Mirette grande ouverte. Tous les sens en alerte.

Me sauter dessus du côté de mon œil valide, c'était pas la meilleure idée qu'il ait eue, ce poissard…

Cautelle murmure :

« T'es blessé, Gérard ? »

Je fais non de la tête.

À côté de moi, la faible lueur rouge de sa lanterne aveugle peine à éclairer le couloir.

Le gargouillis du clamsé achève de se tarir.

Par signe, le Semi-homme m'informe que c'était le seul homme d'armes de l'étage.

Mais il y en a au moins douze comme lui au rez-de-chaussée, il ne ferait pas bon qu'ils nous tombent dessus en même temps.

Sans compter que, dans les affaires qui sont les nôtres, les sales surprises sont plus nombreuses que les cratères sur la trogne d'un vérolé.

Le plancher de chêne massif ne grince pas, c'est un bon point. Je fais signe au roublard de jeter un œil aux deux pièces qui nous séparent de la chambre où pieute la gamine.

Il s'avance, agile comme une fouine.

Une lampée d'huile pour éviter que les gonds couinent. Une ouverture fluide. Un bref regard. Personne dans la première. Pareil pour la seconde. Pas un rat.

Ça nous prend un peu de temps, mais on sera plus tranquilles.

Cautelle rejoint la dernière porte, celle de la môme. Je le suis de près. Il me jette un regard pour obtenir l'autorisation. Je fais oui du menton. Il clenche la poignée et grimace. En langage des signes, ses doigts me rencardent que la serrure est fermée à clef.

Je n'en reviens pas.

En sécurité au milieu d'une maison forte remplie de gardes jusqu'à la gueule et la merlette trouve encore le moyen d'être méfiante.

Franchement, la confiance se perd…

Cela étant, quand on sait de qui elle est la fille… Faut croire que les chats ne font pas des chiens !

Cautelle dégaine ses tiges de crochetage, il m'affranchit qu'il en a pour une centaine de battements de cœur et me demande si c'est bon pour moi. Je hausse les épaules. *Évidemment que c'est bon.* Mes mains l'interrogent sur ce qu'il attend pour s'y mettre. En général, je penche plutôt pour l'ouverture des portes récalcitrantes à grands coups de saton mais, dans le cas présent, faudrait qu'on atteigne le lit sans réveiller la gamine, histoire d'éviter qu'elle se mette à jouer les cornes de brume.

J'approche ma lanterne de la serrure pour observer le *maestro* à l'œuvre. Il n'est pas plus grand qu'un gosse mais faut reconnaître que l'artiste a du doigté. Une dizaine de manœuvres, un clic, doux et silencieux.

Ni vu ni connu, je t'embrouille.

Il chuchote :

« Désolé si j'ai été un peu long. »

Crâneur !

Nous entrons à pas feutrés. La fenêtre laisse filtrer quelques rayons de lune par les interstices des volets. La tête de la petite dépasse des draps, avec son bonnet de nuit en dentelle, son pouce vissé dans le bec et une poupée de chiffon aussi serrée dans ses bras que si elle voulait l'étrangler.

C'est mignon seulement quand ça dort, les chiards.

J'avance de deux pas mais la présence d'une respiration supplémentaire dans la pièce me fait tiquer.

Je me fige et fouille les ombres du regard.

Puterelle, un clébard de garde ! Je discerne sa silhouette. Un mastard énorme qui ronflote sur la descente de lit, à droite.

Sale coup !

Bon. Je contourne par le versant ouest, en priant pour ne pas pénétrer par effraction dans les rêves du bestiau. Et surtout, pas un bruit qui lui irrite le tympan, va falloir embarquer la gamine en douce ! Un pas, deux pas, trois pas. J'arrive à hauteur de ses épaules.

La môme bouge la tête dans son sommeil. Elle tourne le visage vers moi comme si elle sentait ma présence.

La poisse !

Elle ouvre les yeux !

Son regard croise le mien et s'écarquille.

Sa bouche s'élargit.

Je me précipite pour la lui boucler mais elle parvient à mordre et à libérer ses lèvres. Son cri strident me casse les oreilles.

Eh merde !

Plus le temps de réfléchir, je l'enchope et l'arrache aux couvertures. Mais du coup je n'ai plus de main pour la bâillonner et elle braille de plus belle. Pas le choix. D'une beigne, je la renvoie discuter le bout de gras avec Morphée. *Un peu tard.*

De l'autre côté du pieu, le dogue est debout, vaguement sonné par le réveil.

Curieusement, il n'a pas l'air très amical.

Il gronde et râle méchamment.

À vue de pénombre, c'est une saloperie de pugnace de Bretagne, yeux noirs tirant sur le rouge, grognant, mastoc comme un sanglier. La bestiole paraît aussi commode qu'une mère maquerelle à qui on vient demander l'une de ses filles en mariage.

Et les gardes en bas ont dû capter les cris…

Il faut se barrer d'ici.

« Gentil, le cabot… ! »

Tu parles !

Je viens de bousiller son sommeil et j'ai collé une torgnole à sa maîtresse, il y a peu de chances que ça le mette d'humeur joyeuse.

Dans un mouvement brutal, le tas de muscles bondit sur le lit qui nous sépare, droit sur ma poire, dans l'intention de me déchirer la gorge. Pas le temps de rien ! À part jeter la gosse de côté et protéger mon gosier. J'enfile le seul truc disponible dans son sac à crocs, à savoir mon bras. La masse et l'élan me renversent, je m'emplafonne le mur de derrière.

Le choc. Plus de souffle. Me voilà au sol.

Putain, cent quarante livres de sauvagerie !

Sa gueule gavée de canines et d'haleine fétide déchire le cuir qui protège ma chair. Ça saigne et ça lacère comme un étau de l'Inquisition.

Putain de poignard, je n'arrive pas à le choper !

J'aurais mieux fait de buter le cabot en premier !

« Tue-Dieu, Cautelle ! T'attends quoi pour le déglinguer ? »

Je distingue le Semi-homme approcher sur les arrières du clébard.

« Magne ! »

Ses deux surins poinçonnent simultanément les entrecôtes de la bête. Mais pas assez. Il en faut davantage pour faire calancher un tel molosse. Le monstre recrache mon bras et bondit à rebours, cherchant à gnaquer son assaillant.

Cautelle n'a pas d'armure, s'il se fait choper, il va se faire déchiqueter…

De toutes mes forces, je retiens le clébard par l'arrière-train et le bloque dans son élan. Je me cramponne.

Chiottes de Judas !

Trop nerveux, trop puissant, ce démon aboie comme un damné et m'échappe en labourant ma trogne et mon torse de ses pattes de derrière.

Je saigne.

J'ai au moins réussi à le déséquilibrer.

Il rate Cautelle d'un cheveu et se mange deux autres coups de lame au passage.

Je me redresse. À mon tour de lui sauter dessus !

Dans son dos, en bloquant sa gueule au creux de mon coude. Pour lui tatouer ma dague bien profond dans les reins. Une fois à droite, une fois à gauche, pas de jaloux !

Il rue comme un taureau. Je tiens bon.

Un coup dans les parages du cœur !

Je le sens faiblir, il lâche un gémissement, son sang noirâtre m'inonde de plus en plus.

Cautelle se rapproche et le perfore à la gorge. La vie le quitte. Mes mains le repoussent. Odeur d'urine et de mort. Il s'affale, la patte agitée de tremblements.

Moins d'une minute de baroud.

Pour la discrétion, on repassera…

« On peut encore se faire la belle ! »

La gamine est toujours dans les vapes. Je la récupère.

« Direction l'escalier, vers le haut ! »

En croisant les doigts pour que personne n'ait repéré la corde qui pend dans le vide au sommet de la tourelle.

On ressort à peine dans le couloir quand Cautelle agrippe mon poignet. Des pas en approche sur le point de déboucher sur le palier ! *Les soldats de garde.* Ça nous interdit de gagner le colimaçon. Les autres, ceux qui padgeaient[6] à moitié désapés quand la gamine a hurlé, rappliqueront dans quelques minutes.

On a peut-être une chance si on se débarrasse des premiers, fissa !

On se replie en catastrophe dans la piaule, je gueule pour essayer de les flouer : « Par la fenêtre ! » en faisant signe à Cautelle d'ouvrir la lucarne comme si on s'était taillés par là avant de se planquer derrière le lit. Je serre la gamine inconsciente et me cache aussi dans les ombres de l'armoire.

---

6 Padger ou pager : dormir, être au lit.

Deux piquiers aux basques d'un sergent d'armes s'engouffrent, braillant toute leur bravoure dans la pièce, à moitié aveuglés par leurs propres torches. Ils découvrent le cabot canné, la disparition de la fille et le volet grand ouvert. Le froid s'engouffre et ces sotards se précipitent.

Tant pis pour eux.

Un pas. Mon poignard frappe sèchement la nuque de celui qui ferme la marche.

Toujours regarder derrière soi.

Cautelle dispose du sien. Les deux s'effondrent.

Garanti sans souffrance.

Le sergent, lui, a eu le temps de se retourner et de se mettre en garde. Je lis la trouille dans ses yeux mais il est prêt à défendre sa peau et il n'a pas l'air trop manchot.

Je le tiens en respect tandis que Cautelle entame un mouvement tournant.

Si on perd trop de temps, les renforts vont se radiner.

Le type le sait, je le sais, tout le monde le sait.

D'un signe, j'intime au semi-homme de s'arrêter.

« On n'a pas l'intention de te planter, soldat, ni de rester ici jusqu'à Pâques. Jette ton arme par la fenêtre et faudra qu'on se barre en courant… Tu crèveras pas. T'as qu'une seule chance. T'en dis quoi ? »

À peine deux battements de cœur de réflexion, le type recule jusqu'au mur et jette son épée dans le vide, ses yeux inquiets fixés sur nous.

Je me précipite pour le trucider.

Mais il esquive ma lame et se réfugie dans le coin le plus éloigné de la porte en hurlant des insultes. Je perdrais au moins vingt secondes à lui faire rendre gorge.

« Allez, retraite ! »

Couilles de Judas, la môme se réveille !

Et elle se débat, la petite sagouine !

Tant pis pour elle, je resserre mon étreinte. Elle crie et sanglote. Ma main en guise de bâillon.

On pulse comme des dératés jusqu'au colimaçon.

Ça beugle plus bas dans les escaliers. La petite chiale et s'étouffe à moitié. Les autres gars ont fini de s'équiper et sont en train de monter. On n'a qu'une poignée de secondes d'avance ! On commence à gravir. Le sergent désarmé hurle des mises en garde à ses camarades. Les spadassins sont tout près. Ils nous collent au cul, à peut-être dix marches de distance.

J'arrache l'une des torches qui éclairent la courbe des murs et la balourde derrière nous en ricochets. Le bruit et la flamme tournoyante leur font peur. Ça les stoppe et plonge une portion de l'escalier devant eux dans le noir.

Ça devrait suffire.

Tout juste.

On atteint le plateau en haut de la tour. La tyrolienne qu'on a installée plus tôt est fidèle au poste.

Qu'un-Coup, Janvier et nos autres arbalétriers doivent être en position à l'extérieur, ils nous couvriront.

Ce n'est plus très gênant que la gamine hurle à la mort maintenant, mais je préfère quand même la renvoyer au pays des songes d'une mornifle bien sentie.

J'ai horreur qu'on me braille dans les esgourdes.

*

LE
BÂTARD

CHAPITRE 1

Frontière du comté de Kosigan, trois jours plus tard, le 29 mars de l'an de grâce 1365, à l'heure de la prière des vêpres.

Relevé d'okram de Pierre Cordwain de Kosigan.

*

Ça faisait une éternité, mais cette fois on dirait bien que j'y suis. *Je rentre chez moi.* Dans mon comté natal. Les pupilles écarquillées, je laisse s'écouler cinq ou six battements de cœur, histoire de graver la satisfaction de cet instant dans ma mémoire.

Une demi-vie depuis que j'ai franchi ce gué en sens inverse pour arracher mes fesses aux assassins qui voulaient ma peau. À peu de choses près.

D'une caresse, je flatte l'encolure de mon destrier. Il s'ébroue, impatient d'avancer. L'entaille accidentelle de mon pouce, faite il y a quelques minutes pendant que j'affûtais ma dague en scrutant l'autre rive, se referme à vue d'œil. *Dès que la peau est à nouveau lisse, je traverse.* Encore quelques instants. Voilà, il n'y paraît plus. Au pas, le cheval et moi quittons le couvert des arbres pour nous engager sur la déclivité qui mène à l'Armançon. La nuit est presque-là. Le vent léger et les clapotis de la rivière nous encouragent.

Cette sensation de frais dans la poitrine et de chaleur dans la gorge, est-ce de l'allégresse ou de la mélancolie ? Les deux sans aucun doute.

Sur l'autre berge s'étendent les terres de Kosigan.

Avant de m'engager dans l'eau glacée, je rajuste les sangles des rênes. Mon estomac grogne. Mes yeux reconnaissent des recoins familiers.

C'est à cet endroit, un peu plus loin sur la droite, que l'on venait se baigner l'été quand j'étais gosse, avec ma mère et quelques autres gamins. C'est là que j'ai croisé Alëss pour la première fois. Elle était déjà presque adulte et moi petiot. Ses yeux, sa grâce, son sang elfique. J'en suis tombé amoureux aussi sec. J'avais même fait un dessin de son visage que j'embrassais la nuit. Quand j'ai atteint l'adolescence, elle n'avait pas changé, comme si elle m'avait attendu, une sorte de clin d'œil du destin. J'y ai cru un moment. Même après, quand je me suis retrouvé sous la coupe du commandeur Carrayan, presque prisonnier de la Garde grise, et que je faisais le mur pour la rejoindre.

Mon regard se pose un peu plus loin sur une branche basse surplombant le courant. *C'est là.* Ma bouche contre la sienne pour la première fois, l'infinie légèreté de nos doigts enlacés, une explosion de bonheur, des corps d'enfants qui se jettent à l'eau. Le destin ? *Mes fesses !*

Je souris, presse les flancs de mon destrier et l'engage dans l'eau peu profonde.

C'est par ce même chemin que l'on m'a contraint à fuir, quelques années plus tard. Je m'en souviens aussi bien que des jeux de rivière, mais en beaucoup moins émouvant. La pétoche, la honte des crimes que j'avais commis, le vertige de balancer ma vie aux orties, tout me revient. Comme si je me revoyais galoper en sens inverse sur cette mule efflanquée, volée pour éviter de passer par les écuries. *Il faisait moins froid.* Partir pour ne jamais revenir, sans feu ni lieu, sans savoir où aller. Ça vous fracasse une âme et ça lui promet la boue et le froid pour pas mal de temps, mais ça forge aussi le caractère. Un peu.

C'est du passé, tout ça.

Est-ce qu'au moment de ma fuite j'avais déjà l'arrière-pensée de revenir mettre les points sur les i si l'occasion se présentait ? *Sûrement pas !* La vérité, c'est que j'étais mort de trouille, malheureux comme les pierres d'avoir à abandonner Alëss mais convaincu de faire une croix pour toujours sur ce nid de serpents.

Il faut croire que « pour toujours » n'a pas tout à fait le sens que je lui prêtais à l'époque. La plupart des femmes et des hommes infidèles vous le diront.

Le milieu du gué.

Je rentre chez moi.

J'espère y trouver un Borogar encore en vie, mon oncle, le comte, l'un des plus hauts seigneurs de Bourgogne. Fier et puissant comme un ours, et à moitié aussi bête, cette vélure m'a pris en grippe dès la naissance.

Du moins est-ce l'impression que j'en ai. Un bâtard chez les Kosigan, c'était comme un crachat sur sa joue. D'autant que mon paternel, son frère, Gregor, avait – pour je ne sais quelle raison obscure – apposé son paraphe sur un papier de reconnaissance officielle. Par amour pour ma mère, sans doute. Après les malencontreux événements qui ont suivi sa mort, il ne me restait plus qu'à choisir entre la tombe et l'exil, et j'ai préféré ne pas attendre que ma chère famille finisse de la creuser.

Je rentre chez moi.

À l'époque, j'étais trop jeune pour poser les bonnes questions aux bonnes personnes concernant l'origine de mes talents surnaturels. Mon audition et la capacité de mes chairs à se reconstituer après les pires blessures. *Sauf par le feu.* Tout le monde sait qu'il n'y a pas plus sournois que le feu…

Aujourd'hui, le gamin fraîchement adoubé au cœur blanchi de trouille que j'étais n'existe plus. Et si Dame-la-Mort monte la garde aux frontières de Kosigan, je suis sûr qu'elle ne me fera pas misère ; avec les efforts que j'accomplis pour remplir ses cimetières, elle a tout intérêt à me conserver en vie.

Je rentre chez moi.

Aux deux tiers du gué.

Les embruns arrachés par le cheval au cours d'eau éclaboussent mes chausses. Je suis presque arrivé. Sous la cotte de mailles, mon cœur s'emballe un peu. Malgré le temps pourri, il cogne de joie et d'excitation. *Je me voyais moins sentimental.* Mais après tout, ça n'arrive qu'une fois. Au ciel, des nuages gris étouffent de plus en plus la luminosité de la fin du jour. Une corneille croasse, une autre répond, et comme sous l'effet d'un signal, le ciel se met à pisser une saucée bruineuse et glacée. Si j'étais sensible aux présages, je ferais demi-tour.

Être superstitieux, ça porte malheur, Kosigan, tu le sais bien…

Le Shire d'Écosse qui me sert de monture poursuit son chemin, imperturbable. Les gouttes ne lui font ni chaud ni froid. Sur la berge, les ombres du crépuscule barbouillent les chênes et les hêtres de suie. Ma main tapote son encolure.

Je rentre chez moi.

Personne n'est censé avoir eu vent de mon retour. À part le commandeur Slynt Carrayan, mon ancien mentor. C'est cet enfoiré qui m'a fait parvenir un sauf-conduit d'invitation à Troyes, en me proposant l'immunité pour s'attacher mes services dans le cadre d'une affaire délicate.

Les grands esprits se rencontrent.

Savait-il que revenir ici me taraudait depuis des années ? *Cela ne me surprendrait pas.*

Au service de mon oncle, les assauts des assassins qu'il a lancés à mes trousses se comptent par dizaines. Sa proposition a toutes les chances d'être un appât. Il y a encore un mois, je l'aurais rejetée sans réfléchir. Cependant, les récents rapports indiquent que Borogar a contracté une maladie inconnue, si handicapante qu'il s'en trouve alité et incapable de tenir ses fonctions. Une bonne nouvelle en soi, si ce n'est que l'interception d'un message anonyme par les hommes de Gérard de Rais laisse supposer qu'une main humaine est à l'œuvre derrière son état déplorable. J'ignore de qui il s'agit mais j'estime avoir préséance sur quiconque pour lui faire avaler les pissenlits par la racine. Qui plus est, si le vieux venait à trépasser, je perdrais à jamais la chance d'arracher à ses lèvres les vérités qu'il est peut-être le seul à détenir sur mes parents et mes origines. Il est donc grand temps de venir aux nouvelles.

Je rentre chez moi.

Naturellement, placer ma confiance en Carrayan semble aussi avisé que pénétrer dans la tanière d'un Ogre qui vous invite à partager son repas. Mais j'ai quelques astuces dans mon sac. Outre les services de de Rais pour kidnapper la fille adoptive du commandeur – qui me coûtent les yeux de la tête –, j'ai pris quelques mesures de précaution : me glisser dans le comté par la porte de derrière, à la lisière de *Verte-profonde*[7] ; scruter les rives de l'Armançon pendant une heure pour éviter tout coup fourré ; faire louer une bâtisse à l'extérieur de la cité pour avoir un lieu de repli ; et franchir le gué de Sainte-Anne, ici présent, en maintenant mon cheval au plus près de moi pour limiter les risques en cas d'attaque-surprise.

Certaines personnes de mon entourage prétendent que je suis paranoïaque. *Difficile de les blâmer.*

Plus que deux toises…

Le choix de la sécurité comporte cependant certains désagréments en matière de confort. Le vacarme de la pluie s'accentue, elle grêle sur la rivière et envahit les bois. Mon mantel commence à dégouliner, le froid s'immisce sous ma cotte de mailles, et d'ici peu mes vêtements seront à tordre. Si j'avais choisi la route principale, je serais confortablement

---

7 *Calad-Ruïn*, la forêt primaire de Kosigan qui accueille l'ultime principauté elfique de Bourgogne.

installé à l'auberge de La Croisée, dégustant un civet de lapin agrémenté de bettes et d'un bon vin de Morgon, avec du pain chaud et un chaource[8] à suivre. L'idée me met d'autant plus l'eau à la bouche que mon futur repas se résumera à une miche humide et des tranches de lard à découper dans le froid.

Ça y est.

Les sabots de mon destrier s'extirpent du lit spongieux de la rivière. Ils râpent le talus jusqu'au chemin forestier peu entretenu qui surplombe la berge d'une coudée.

Par la Sainte Lance. Le sol de Kosigan !

Je suis chez moi.

Je glisse à bas de ma monture, m'accroupis, arrache une motte de terre et la porte stupidement à mes narines.

Un sourire se dessine sur mes lèvres.

Contre toute attente, ça sent bel et bien la boue.

---

8 Fromage du Jura à pâte molle et à croûte fleurie.

CHAPITRE 2

Vingt-trois jours plus tôt, le 6 du mois de mars de l'an 1365.

Missive interceptée sur un messager d'allégeance inconnue par les *fureteurs* des Loups de Rais, sur la route royale du comté de Sens.

*

« Ô mon maître,

Je le jure sur ma foi, avant le troisième jour d'avril, le comte Borogar de Kosigan, Gardien du Seuil de Bourgogne et grand banneret de Philippe le Hardi, aura rejoint les Fosses infernales.

Le vieux roc est cloué au lit, perclus de douleur. Au cours des quatre semaines à venir, sa conscience le quittera et il rendra son âme au dieu crucifié avant le prochain cycle lunaire. Personne ne saisira la raison de son agonie. Ni magie, ni poison, ni peste. Il ne se trouvera de toute façon que peu de monde pour le pleurer. Cela vous laisse vingt-huit jours pour mener à bien vos ambitions.

Au sujet de l'élimination des héritiers du comté, le fils aîné, Vladislav, sa femme et ses enfants seront les premiers sur la liste. Se précipiter serait cependant une erreur. Anastasia, la sœur du futur comte, est attendue pour les fêtes de printemps, d'ici le début du mois prochain. Ce sera le bon moment pour s'occuper d'eux. Quant au condottiere bâtard qui pourrait prétendre à une place sur la liste de succession, je réglerai personnellement son compte si jamais il commet l'erreur de venir fourrer son nez par ici.

Reste le cadet, Wenceslas, qui vit depuis trois années à la cour de Bourgogne. Votre protégé et moi avons trop à faire à Kosigan en prévision de la résolution définitive. Il vous appartiendra par conséquent d'en disposer de la manière dont vous jugerez bon.

Que les dieux anciens guident mes hommages jusqu'à vous.

Humblement,

Par Natosuelta et Eqsi Eqsaëth. »

CHAPITRE 3

Lieu-dit La Croisée des chemins, le 30 mars de l'an de grâce 1365. Le lendemain de l'entrée de Pierre Cordwain de Kosigan sur le territoire du comté. Première heure du jour.

Relevé d'okram du Bâtard.

*

Un œil au ciel.

Blafard, entrecoupé de timides éclaircies. Aux alentours, les sous-bois ruissellent d'humidité. Embusqué au sommet d'une colline forestière, j'observe la tour de garde de la Croisée. Cet endroit – un carrefour stratégique à deux lieues au sud de la frontière avec le royaume de France – constitue un nœud vital. Le bastion de négoce fortifié qui se dresse là est d'ordinaire tenu par une poignée d'hommes en armes, aujourd'hui ils sont au moins trente.

Pour m'accueillir ?

Pas pour réparer les fissures des murailles, en tout cas.

Les yeux plissés, je distingue cinq piquiers aux couleurs de mon oncle sur les créneaux, trois à la porte du bas et six autres qui surveillent le croisement des deux routes. Il faut y ajouter ceux qui se reposent ou vaquent à leurs occupations à l'intérieur. L'édifice est surmonté d'une baliste récemment remise en état. *Intrigant.* Quant aux soldats chargés de percevoir les taxes, au lieu de papoter tranquillement, leur attitude indique qu'ils sont sur le qui-vive.

N'en déplaise à mon ego, un tel renforcement ne m'est pas destiné.

Malgré la froidure qui engourdit mes doigts, je prends le temps d'examiner la situation. Les regards des sentinelles se tournent fréquemment vers l'est, en direction du comté voisin d'Albret. Une moue de contrariété déforme mes traits.

Je déteste quand ce ne sont pas mes salades qui suscitent ce genre d'inquiétudes.

Il me faudra obtenir davantage de renseignements, mais il est temps de poursuivre ma route vers la cité de Kosigan. M'éloignant de mon poste d'observation, je rejoins mon cheval de l'autre côté de la colline, le détache et l'entraîne à travers les fougères en direction d'un sentier menant vers les faubourgs isolés de la ville. Le soleil perce les frondaisons et dispense sa lumière sur la brume matinale. L'odeur de la terre humide et des feuilles me rappelle des souvenirs d'enfance.

Un instant, le vent change de direction et j'ai l'impression d'entendre une respiration. De mon oreille gauche. Celle que les dieux ont bénie. Un souffle humain. À peine perceptible mais bien réel, sur mes arrières. À une dizaine de pas.

Quelqu'un me suit ?

Sous le prétexte de curer le sabot de ma monture, je m'arrête, attrape sa patte et m'accroupis. Mes yeux frôlent l'endroit d'où provenait le son tandis que je récure la terre. Des buissons touffus sous un chêne penché. Apparemment inoccupés.

Une erreur de ma part ? Un caprice du vent ?

Peut-être.

Je reprends ma route, apparemment indifférent mais plus vigilant que jamais. À l'origine, mon intention était de rejoindre les champs à hauteur du village d'Épineuil, à trois cents toises de la porte nord de Kosigan. On y a acquis pour moi une grange isolée où j'escomptais installer mon canasson, avant de pénétrer dans la cité en fin d'après-midi, à la faveur du va-et-vient des charretiers. Évidemment, si quelqu'un m'épie, hors de question de mettre ce plan à exécution.

Il faut que j'en aie le cœur net.

Profitant d'un endroit où la sente s'élargit, je me mets à trottiner, comme pour me dérouiller les jambes, sur une trentaine de toises, le cheval sur les talons. Puis je m'arrête brusquement.

Mon destrier s'ébroue mais, dans l'instant qui a précédé, mon oreille gauche a décelé à nouveau quelqu'un lancé à ma poursuite. Pourtant, je ne vois rien.

Une créature invisible ?

Il ne s'agit pas d'un sortilège, en tout cas, j'en aurais décelé l'usage.

Je noue à la hâte la longe du canasson autour d'un bouleau, dégaine mon épée et fais volte-face.

« Qui est là ?! »

Un moment de silence. Un battement de cœur. Deux. Trois.

Une silhouette masculine se confondant avec l'arrière-plan émerge du sous-bois, au pied d'un massif de hêtres, à dix pas de ma position. Elle écarte les plis d'un manteau aux teintes mouvantes et forestières, et repousse sa capuche.

Des tissus elfiques. Voilà pourquoi il échappait à mon regard.

Sous les vêtements tissés de Source, je distingue une cotte de mailles noircie au charbon. Au bout du bras, un arc long, une flèche encochée, tendue dans ma direction, l'homme me scrute.

Je lui rends la politesse.

Le visage tanné, des cheveux blonds, ni courts ni longs, une barbe de deux semaines. La noirceur résolue de sa pupille contraste avec la pureté de ses yeux clairs.

« Cordwain de Kosigan ! Par les cornes du Malin, tu as *vraiment* fini par revenir ! »

Je reconnais sa voix à l'instant où il prononce ses premières paroles.

Au nom du Tout-Puissant !

« Nom de Dieu, *Guy*, Guy de Vélan ?! »

Le fils cadet de l'un des principaux bannerets de mon oncle. Dans mon souvenir, sa peau de gamin était lisse comme un œuf et ses yeux pétillaient de bienveillance. Plus jeune que ma pomme d'un ou deux ans. Je crois que c'est moi qui lui ai appris à tendre un arc sans se claquer les doigts. À présent, le vent, la pluie et les sales coups ont creusé des sillons sur son front et au coin de ses paupières.

La baronnie de Vélan s'étend dans les bois au nord-ouest de Kosigan depuis dix générations, ses seigneurs étaient alliés des *Iëlfélanin*[9] et des esprits des forêts à l'époque où l'Église coexistait pacifiquement avec ce genre de créatures. Et sa demi-sœur… *Alëssandriëlle. Alëssa.* Je fronce les sourcils. Pour la deuxième fois depuis mon retour, le souvenir du visage pâle et de la chevelure miel de la Semi-Elfe fait un drôle d'effet à mon palpitant. Mais cette fois-ci, je sens monter le mélange de honte et de remords que ce maudit traître cherche à instiller en moi lorsque je repense à elle…

---

9 Nom que les Elfes donnent à leur propre peuple.

« Content de te voir, Guy. Alors comme ça, tu vis à nouveau à Kosigan ? La dernière fois qu'on s'est croisés, tu n'avais pas juré d'abandonner les terres humaines en t'enfonçant toujours davantage dans Verte-profonde ? »

Raviver ces vieilles histoires, c'est comme déblayer des cendres pour récupérer une belle pièce d'argent cachée en dessous. Ce jeune insouciant s'était épris d'une Elfe sauvage, surprise à nager dénudée dans l'un des lacs clairs de la forêt. Le gosse s'était plus ou moins fait envoûter, il y avait perdu son pucelage et, le long de quelques jours, s'était persuadé, dur comme fer, que le paradis lui adressait une invitation personnelle. Après quoi, pour une raison inconnue, la belle s'était évaporée, et Guy s'était mis en tête de la rejoindre au plus profond de la forêt primordiale, au-delà des arbres-frontière qui délimitent les territoires dévolus aux créatures anciennes par les traités de 1280. Une transgression prohibée par l'Église tout autant que par les *us*[10] elfiques. Lorsque les événements m'avaient forcé à prendre la tangente, le jeune homme était déjà porté disparu depuis plusieurs jours.

Face à moi, son visage d'adulte paraît rude et indéchiffrable, et le ton de sa voix sonne moins amical que je ne l'espérais :

« Disons que cela m'a coûté quelques années d'existence, mais j'ai respecté la voix de mon cœur. Tout le monde ne peut pas en dire autant. Si ma mémoire n'est pas trop rouillée, tu avais pris *l'engagement* d'épouser ma sœur, n'est-ce pas ?... »

Je cligne des yeux. Ainsi, *Alëss* lui avait fait part de notre promesse sans lendemain...

Sans lendemain ? Vraiment ?

Un simple vœu d'adolescents qui se prenaient pour des adultes. Et même s'il y avait eu un soupçon de sérieux dans les paroles échangées, Dieu sait que la vie est une saloperie qui s'amuse à pousser les gens à trahir leurs serments.

« Par les Nornes, Guy, cette conversation a quelques décennies de retard, tu ne crois pas ?

— C'est toi qui as commencé.

— J'étais occupé à sauver ma peau à cette époque, tu le sais bien.

— Des excuses ! Qu'est-ce qui t'empêchait de revenir plus tard ?

---

10 Les « us » sont des coutumes sacrées. Il s'agit de l'un des seuls vocables elfiques à avoir subsisté, avec le mot « fur » (au fur et à mesure), qui exprime le temps qui passe et l'idée de proportion.

Quelques mois, ou quelques années ? Tu aurais *dû* revenir ! Elle avait des sentiments pour toi. »

Merde. Évoquer des plaies remontant à Mathusalem, aujourd'hui, en pleine forêt… c'est déconcertant. J'en avais pincé pour *Alëssa*, c'est la vérité. Davantage que pour n'importe qui depuis, en tout cas. Je tente de me remémorer l'enthousiasme qui m'habitait quand je m'éclipsais pour la retrouver derrière la basilique ou près des mares aux libellules. J'ignore si quelqu'un, par un simple effort de mémoire, est capable de *percevoir* des sentiments éteints depuis longtemps, mais ce n'est pas mon cas : je peux affirmer que son odeur était délicieuse et sa langue merveilleusement affûtée, mais rien à faire pour *ressentir* quoi que ce soit.

Qu'est-ce qui m'empêchait de revenir ?

Je hoche la tête, préférant m'en tenir à la vérité :

« La trouille, Guy, j'avais la trouille. Un chevalier encore vert, à peine adoubé, traqué par les assassins de la Garde grise, accusé du meurtre de la pupille du duc et de son plus jeune cousin. Je l'aurais mise en danger autant que moi. De toute manière, personne ne peut remonter le temps… Tu comptes réellement m'aligner à cause de cette histoire vieille de trente ans ? »

Par prudence, je n'ai pas baissé la garde de mon épée et je suis partiellement protégé par mon cheval. *On ne sait jamais.*

« Je n'ai aucune intention de te planter, Cordwain… »

Cordwain… C'est vrai que beaucoup de monde m'appelait de cette façon à Kosigan. Un prénom choisi par ma mère, qui soulignait ma bâtardise.

« À la bonne heure !

— … dans la mesure où tu me remets tes armes et où tu me suis gentiment jusqu'au château.

— Pardon ?

— Tu m'as très bien compris.

— Tu me demandes de me soumettre à toi en tant que prisonnier ?

— Invité, plutôt… Mais sans lames susceptibles de blesser quelqu'un.

— Dans ce cas, je crains que nous ayons un léger désaccord. »

Une parole claque dans sa bouche. Je sens la Source rugir, le vent se lever. Ses doigts lâchent la flèche. Elle hurle et estafile mon oreille avant que j'aie eu le temps de bouger un muscle. *Une telle célérité, c'est prodigieux !* Il a fait usage d'un *Murmure de pouvoir* qui a décuplé la vélocité de son trait ! Quelques gouttes de sang perlent sur ma joue. Je porte une main à mon esgourde pour vérifier qu'elle est encore là, puis j'étale le rouge afin de masquer la réparation des chairs qui va refermer la plaie d'ici quelques secondes.

Guy m'adresse un sourire désabusé.

Un nouveau trait empenné est déjà en place, prêt à filer, droit vers ma tête.

« Tu n'esquiveras pas mes flèches, Cordwain, et la prochaine te coûtera cher… Mais nul besoin de prendre ce risque. Au cas où tu ne l'aurais pas deviné, je suis venu t'accueillir au nom de Carrayan… »

Je reste de marbre.

L'enfoiré de vieux renard !

Il n'y a pas grand monde qui connaît les sentes que j'ai empruntées pour me faufiler jusqu'ici. Je repère les bûcherons et les forestiers de loin. Mais Guy a couru dans ces bois bien plus que moi, et il a manifestement rapporté plusieurs arcanes puissants de Verte-profonde. Je ferais bien de ne pas le prendre à la légère.

« Tu es censé me tenir lieu de nourrice ? Ou éviter que je me perde ?

— Je suis chargé d'empêcher que tu te lances dans l'une des stupidités dont tu as le secret et de t'accompagner à qui de droit.

— Je vois. Et Alëssandriëlle, est-ce qu'elle est revenue à Kosigan, elle aussi ? »

D'après les rapports de mes espions, mon amour de jeunesse avait quitté le comté trois ans après mon évasion, sans plus jamais donner de signe de vie. Mais vu que personne n'avait jugé bon de m'informer du retour de Guy, il se peut que certaines de mes informations soient obsolètes.

« Dépose les armes, Cordwain, et suis-moi, tu verras par tes propres yeux si elle est là ou pas. »

Cela veut sans doute dire que non.

Je soupèse la distance qui me sépare de lui, ainsi que les arbres qui pourraient me servir de couvert si je décidais de tenter d'aller le désarmer. *En gardant une bonne mobilité, j'ai mes chances.* Mais il a l'air doué. Les risques qu'il me troue en cours de route ne sont pas négligeables. Ce qui n'arrangerait pas mes affaires.

Par ailleurs, je perçois des mouvements, là-bas, en retrait dans les sous-bois. Guy n'est pas seul. *À contrevent, les malins.* Si j'opte pour la manière forte, même si je l'emporte, je vais me retrouver la proie d'une chasse à l'homme en bonne et due forme. Ce n'est pas du tout ce que je désire. Et puis, en dépit de ma réputation d'assassin, passer Guy de Vélan par le fil de l'épée – le *petit* Guy – ne fait pas partie de mes projets préférés.

Un long duel de regards.

Ses prunelles ont depuis longtemps perdu leur naïveté mais me promettent la franchise.

Je plante ma lame en terre et lui adresse un sourire amical.

« Eh bien, soit ! Après tout, je dispose d'un sauf-conduit signé du commandeur en personne… »

Sans oublier que Gérard de Rais détient sa fille en otage pour mon compte…

« Je suppose que si le vieux sollicite une entrevue, ce serait impoli de ma part de la lui refuser… »

CHAPITRE 4

Clairière de la Chanteraie, le 30 mars de l'an de grâce 1365, à la deuxième heure de l'après-midi.

Librement inspiré du second tome de *L'Histoire des capitaines de route.*

*

Gérard de Rais se gratte la tempe, tranquillement assis sur une pierre plate de la clairière où se situe le *second* lieu de rendez-vous prévu pour l'échange.

La fille de Carrayan, ligotée et bâillonnée, les yeux flous d'incertitude, s'agite à côté de lui. Le mercenaire avale une rasade d'eau-de-vie de sa flasque personnelle, ça compense la fraîcheur de l'air. Il a toujours aimé le goût de prune que le liquide brûlant laisse en bouche. Une œillade à la clepsydre qui égrène le temps, puis au ciel afin de jauger les risques d'averse. Il enchaîne avec un mouvement de tête circulaire, destiné à s'assurer que son meilleur tireur, Qu'un-Coup, et ses arbalétriers sont bien planqués en couverture.

Il est rare que le capitaine breton se sente nerveux, pourtant, aujourd'hui, la tension court dans son corps. *Par les seins de la Vierge, qu'est-ce que tu glandes, Cautelle ?* Encore cinq minutes et si le semi-homme ne se ramène pas comme prévu, la prudence obligera la compagnie à se replier en abandonnant la transaction.

À l'instant où le capitaine s'apprête à beugler les ordres, un bruit de chevaux le rassure. Au jugé, ses oreilles discernent deux canassons en approche. Au trot. Il fait en sorte que son soupir de soulagement ne soit perceptible par personne.

J'ai quand même un petit faible pour les plans qui fonctionnent !

Il avait organisé un premier lieu de rendez-vous – censé être le seul – où Cautelle, en solo, devait prendre contact avec le représentant de l'autre parti afin de s'assurer qu'il n'y avait pas anguille sous roche. Si le Semi-homme jugeait l'affaire sûre, lui et l'émissaire avaient un quart d'heure précisément pour rejoindre le second lieu de rendez-vous. Et si les chevaux se pointaient à une allure différente du trot, pur et simple, cela signifiait qu'il y avait traîtrise.

Gérard de Rais sourit intérieurement. Il les aperçoit à présent.

Le gars mandaté par la Garde grise porte un haubert de mailles et un heaume semi-ouvert, il arbore le tabard aux couleurs du comte Borogar de Kosigan. Une grosse moustache, un œil torve et l'autre un rien moqueur. Il s'agit de l'officier en second du commandeur Carrayan. La cinquantaine bien charpentée, qui sait de quoi il cause.

Les destriers se mettent au pas puis font halte à trois toises du capitaine breton, dans un léger nuage de poussière.

« Eh bien, messire de Rais, je constate avec satisfaction que la petiote n'a rien.

— On n'est pas du genre à déglinguer les gamines chez les Loups, sire Garaudain… En tout cas, pas si on n'est pas payés pour ça.

— Sans foi ni loi, pas vrai ?

— Disons, sans loi, c'est déjà pas mal.

— Ça vous fait quoi de faire un enfant dans le dos au Bâtard ? Pas très *respectable*, quand même…

— Bosser pour son compte, c'était bien… du temps où je bossais pour son compte. Maintenant, c'est moi le pacha, alors ça ne me plaisait qu'à moitié.

— Je comprends.

— Je n'en suis pas sûr. Tous ceux qui se sont succédé à la tête de la compagnie ont calanché au combat, cloués d'acier par l'ennemi. Une belle révérence de mercenaire, bien comme il faut, saine et honorable. Se retirer comme il l'a fait, c'est mal vu dans la partie. La retraite, c'est la défaite. On baisse son froc, on se déballonne, on abandonne le terrain. Du coup, dans notre secteur, rouler pour son prédécesseur sans qu'il soit clamsé ou qu'on l'ait déboulonné soi-même, je ne suis pas sûr que ce soit tellement *respectable*, non plus.

— Si vous le dites.

— Et puis, je ne le trahis pas foncièrement : votre maître a donné sa *parole* par écrit qu'il ne lui ferait *aucun mal*, pas vrai ? »

Le chevalier grisonnant extrait un court tube porte-vélin en cuir et le projette d'un geste sûr dans les airs. De Rais le réceptionne, le descelle et entreprend de le parcourir. Ce qui pousse sire Garaudain à préciser :

« Le commandeur a préféré écrire qu'il lui occasionnerait "le moins de mal possible" et qu'il "ne mettrait fin à ses jours qu'en cas de nécessité absolue", afin d'être certain de ne pas déroger à ses engagements. »

De Rais lui adresse un regard en coin.

« Ce n'est pas ce qui était convenu. »

Le chevalier frotte sa moustache du plat de la main, passablement préoccupé.

« Je sais, mais j'ai là les cinq mille livres d'or qui ont été promises en échange de la petite, auxquelles s'ajoutent cinq cents autres en dédommagement pour le changement de formulation. Si vous souhaitez revenir sur le marché, je repars et il faudra relancer des négociations. »

Gérard de Rais cligne des yeux sous l'effet de la contrariété. Ce qui fait toujours un drôle d'effet, puisqu'il n'en a qu'un. Mentalement, il passe en revue ses options. Il y a toujours celle de décaniller l'homme de Carrayan pour s'emparer du pognon et conserver la fillette en otage. Seulement, le commandeur est le genre de type qu'il vaut mieux éviter d'avoir pour ennemi. Et il n'est même pas certain que cela arrangerait les affaires du Bâtard, de toute manière, dans la mesure où le chef de la Garde grise pourrait céder à l'envie d'user de torture pour le faire parler.

Tandis que si le maître-espion récupère sa fillotte en pleine santé, cela lui donnera un bon gros sentiment de supériorité qui l'inclinera à l'indulgence.

Et puis, cinq mille cinq cents livres de rançon… Ça ne se refuse pas.

Gérard de Rais n'avait jamais refusé.

Ses lèvres s'étirent en un sourire.

« Balancez l'oseille, chevalier. »

Garaudain grogne, délace les fontes attachées à sa selle et les jette dans l'herbe devant le rocher sur lequel trône de Rais.

Celui-ci, enchopant la gamine par les bras, tranche les cordes de ses poignets d'un coup de dague. Puis fait pareil avec celles de ses pieds. Et ôte le bâillon. Pour finir, il lui claque un baiser sonore sur le front.

À peine libérée, la mouflette lui crache au visage, cherche en vain à lui balancer son poing dans le nez et s'enfuit à toutes jambes jusqu'au destrier alezan du chevalier venu la délivrer.

De Rais part d'un éclat de rire.

« Eh bien ! Ça promet ! Elle a l'air de tenir de son père ! Si jamais c'est son père. Quand on pense aux beaux souvenirs qu'on vient de lui offrir, à cette petite ingrate ! »

Le visage rude de Garaudain s'éclaire d'un sourire en coin, il se penche, attrape la gosse par une main et d'un seul mouvement la hisse en selle devant lui. Le chevalier au tabard sinople et argent fait doucement tourner bride à sa monture.

« Le commandeur s'estime quitte, capitaine. Au principe que vous avez rattrapé votre méfait. Quant au Bâtard de Kosigan, il devra répondre de sa forfaiture.

— Passez-lui le bonjour de la compagnie des Loups de Rais quand vous le verrez !

— Je n'y manquerai pas ! »

CHAPITRE 5

Oubliettes de la citadelle de Kosigan, siège de la Garde grise, le 30 mars de l'an de grâce 1365. Première heure de la nuit.

Relevé d'okhram du Bâtard.

*

Foutu chanvre qui me serre la gorge !

Les mains saucissonnées dans le dos.

Et cette saleté de chaise bancale sous mes pieds !

Tendant les muscles au maximum, je jauge, depuis ma position surélevée, les soudards qui m'ont passé la corde au cou dans l'une des salles de torture des oubliettes. Faciès patibulaires, ces gars sont aguerris et bien armés. Six en tout, sans compter le commandeur. Jouer au plus fin équivaudrait à choisir une mort rapide.

« Carrayan… ! »

Le maître-espion de Kosigan ne répond pas. Il se détourne et sort d'un coffre une bouteille sombre et un verre en étain.

Le chef de la Garde grise est une saloperie de légende en Bourgogne et jusque dans le Saint-Empire. On le prétend né il y a près de deux siècles, descendant des empereurs romains, élevé par une secte d'assassins. Certains racontent qu'il doit la partie fondue de son visage à un affrontement contre un dragon, d'autres qu'il a combattu aux côtés des Iëlfélanin de Verte-profonde au temps des Croisades noires. Son allégeance à la maison de Kosigan remonte à soixante-dix ans, lorsqu'il fut capturé après avoir tenté de rançonner le fils de Stanislas, mon arrière-grand-père. Un acte qui aurait dû sceller son destin sous la hache du bourreau. Au contraire, Carrayan avait convaincu mon bisaïeul de l'enrôler au titre de négociateur ! Les détails de ce retournement restent obscurs mais ses résultats sont indéniables. Il avait obtenu la signature d'un traité de paix entre les esprits de la forêt et le comté de Kosigan. Et ses tractations auprès du roi de France étaient parvenues à dissuader Philippe le Bel d'envahir la Bourgogne.

Ça, c'est le côté glorieux.

Côté sombre, on rapporte qu'il est sans pitié, on le soupçonne de pratiquer des arts hérétiques et de détenir certains secrets inavouables. Aux dires des plus imaginatifs, il contrôle des entités féminines aux formes démoniaques qui fouillent pour lui les esprits afin de leur arracher leurs cachotteries les mieux dissimulées. Un croque-mort s'est vanté un jour de l'avoir surpris à goûter le sang d'une succube au cimetière de Saint-Maur. À propos de n'importe qui d'autre, je n'aurais accordé foi à aucune de ces rumeurs, mais concernant Slynt Carrayan, il est probable que certaines possèdent un fond de vérité.

J'aimerais autant ne jamais découvrir lesquelles…

Au-dessus de moi, le crochet de fer fixé au plafond qui soutient la corde est solide, aucune chance qu'il cède sous mon poids. Sous mes bottes, la chaise tremblote.

Mon ancien mentor s'approche à nouveau, portant son verre à ses lèvres. Au-dessus du bord arrondi, ses prunelles accrochent mon regard. Toujours aussi perçantes, au milieu de ce visage cabossé, recousu, brûlé. Et cette prestance inimitable.

« *Capitaine* Pierre Cordwain de Kosigan, un joli titre bien ronflant que tu t'es attribué là, garçon ! »

La voix rauque émanant de cordes vocales abîmées résonne sur les voûtes de la pièce. L'accentuation du mot « capitaine » teinte la phrase d'ironie.

Je fais l'effort de sourire.

« Un peu comme *commandeur*, commandeur… Mais un cran en dessous, par respect ! »

Il me foudroie du regard. Puis ses lèvres craquelées s'étirent.

« Tu conserves ton humour, Cordwain, comme un bouclier face au danger. Mais cela ne te sauvera pas. Donne-moi une seule bonne raison de ne pas faire basculer la chaise et de te pendre haut et court, ici et maintenant.

— Vous… vous m'aviez promis l'immunité, à ce qu'il me semble me souvenir, quant au sauf-conduit que vous avez signé de votre main, il se trouve à l'intérieur de ma… »

D'un geste, il m'ordonne de me taire.

« Depuis quelques années, tu exposais à qui voulait l'entendre ton désir de revenir à Kosigan. De faire la paix. Vu les circonstances, il paraissait judicieux d'en profiter pour *t'inviter* et te garder sous la main. J'imagine que tu es au courant de l'état de santé de Borogar…

— J'ai appris la situation. De ce qu'on m'en a rapporté, la maladie a rattrapé le vieux bouc et rien ni personne ne parvient à le guérir… »

Carrayan acquiesce, préoccupé.

« Il y a trente ans, le double meurtre de ton cousin, Yegor, et de la pupille du duc de Bourgogne t'a valu l'exil. Et, aujourd'hui, tu pointes le bout de ton nez au moment précis où une infection inconnue menace d'emporter ton oncle ? Singulière coïncidence…

— Mais par les Nornes, Carrayan, c'est *vous* qui m'avez demandé de venir !

— Je te connais, Cordwain, tu es capable d'avoir laissé filtrer que tu avais envie de revoir ta terre natale dans l'unique but de préparer ce moment. Et le fait que tu aies choisi de te faufiler dans le comté par des voies détournées ne plaide pas en ta faveur… »

Le commandeur adresse une œillade au garde qui tient la corde tendue. Il tire pour serrer davantage. Le nœud coince ma nuque et le chanvre écorche un peu plus mon cou.

« Ce n'était qu'une… une précaution, que vous auriez sans doute prise également à ma place. Si j'ai bien compris, le vieux est tombé malade il y a *trois* semaines, or à ce moment-là…

— À ce moment-là, tu bataillais en Normandie, je suis au courant… Mais rien ne t'empêche d'avoir commandité la chose, ou au moins de chercher à tirer profit de la situation. Après tout, tu n'es pas si éloigné que cela dans la ligne de succession… »

Je hausse les épaules de mon mieux pour écarter l'argument.

« Vous enterrez vite Borogar, Carrayan. Ça fait trois semaines qu'il tient le choc. Et il a deux fils, Vladislav l'héritier direct et Wenceslas le cadet. Sans compter leur sœur, et le fait que Vlad lui-même est père d'un garçon et d'une petite fille. Cela ne laisse guère de place pour un neveu renié dans mon genre, bâtard de surcroît… »

Il me scrute avant de reprendre :

« Quatre personnes à envoyer au ciel, six en incluant les femmes, qui en théorie ne peuvent pas prétendre au titre. Je t'en sais capable, c'est moi qui t'ai formé. On pourrait m'accuser de trahison si je te laissais libre de tes mouvements, tu ne crois pas ? »

Je m'efforce d'afficher à quel point je refuse d'accorder du crédit à cette idée.

« La charge de comte de Kosigan ne m'intéresse *en aucun cas*, commandeur ! La preuve, partout où j'ai reçu des domaines, en Angleterre, en Champagne et dans le Saint-Empire, j'ai toujours confié le pouvoir à des intendants. Gouverner, c'est la chienlit, Carrayan, moi je suis un homme de terrain ! »

Son plissement de bouche affiche un air peu convaincu.

« Peut-être bien. Il n'empêche que tu es le meilleur petit enfoiré d'opportuniste que je connaisse. La conjoncture serait idéale pour régler tes comptes et empocher l'un des plus riches comtés d'Occident. Sans compter que le duc serait ensuite plus ou moins enclin à effacer l'ardoise de tes actes passés si tu deviens son premier banneret.

— Commandeur, s'il vous plaît. Je suis seul et sans troupes. J'ai abandonné ma compagnie à Gérard de Rais depuis des années. Et j'ai répondu à votre appel, conscient des risques… Vous savez pourquoi je l'ai fait ? Parce que, par certains aspects, vous avez été un père pour moi. Ne riez pas, j'ai foi en votre jugement, et je pense qu'il est temps que ma famille et moi fassions la paix ! Qu'on le veuille ou non, Kosigan est ma terre natale ! Mon père Gregor m'a reconnu officiellement et je porte la tache de naissance. Cette maison est la mienne. S'il y a moyen de me racheter une conduite, j'y suis favorable. Avec un fief à la clef, ce serait plus correct. Voilà pourquoi je suis venu. Ça et la curiosité. Quoi qu'il en soit, ma route a été longue et il a pas mal plu… » J'indique comme je peux la corde qui entrave mon cou. « Je ne vois pas l'utilité de menacer ma vie plus longtemps. »

Je fais une pause avant d'ajouter avec sincérité :

« Je viens pour aider, pas pour tuer. »

Allez, vieux bouc, tu as besoin de moi, c'est certain…

Il demeure pensif quelques instants, puis reprend :

« Ton éloquence s'est affirmée avec le temps, Cordwain, tu m'as presque convaincu. Néanmoins… »

Il s'apprête à poursuivre lorsqu'un messager pénètre en coup de vent dans la salle des basses œuvres, trotte jusqu'à lui et lui murmure quelques phrases à l'oreille.

Je capte le mot « confirmé ».

Une satisfaction fugace illumine son faciès avant de s'effacer comme on souffle une bougie. Il plante son regard dans le mien, avec autant de chaleur qu'un lac gelé.

Un frisson désagréable.

Le vent vient de tourner…

L'effrayante précarité de ma position s'impose à moi, me nouant les entrailles : étranglé, les mains liées, perché sur une chaise branlante, unique rempart entre moi et une mort sèche, la gaule entre les jambes.

Surtout ne pas lui montrer que j'ai la trouille…

« Quelque chose ne va pas, commandeur ? »

Il adresse un signe de tête appuyé au spadassin chargé de la corde. Cette fois, le type tire plus fort, ma mâchoire se soulève et mes pieds quittent presque la chaise, une seconde, avant que la tension diminue.

« P-par les Furies, qu'est-ce que vous foutez, Carrayan, vous voulez réellement me tuer ?

— Nous verrons… Pour l'heure, je te punis ! »

Et il intime au soudard de maintenir une tension désagréable.

Par les Furies, je suis à deux doigts d'étouffer !

« S'il vous plaît… Je…

— Tu t'es permis d'enlever ma *fille* adoptive, Cordwain… Il s'agissait d'une idée stupide ! »

Le rauque de sa voix se teinte d'amertume.

Il soupire.

D'un mouvement de doigt, il ordonne de me laisser respirer, pour que je sois en mesure de m'exprimer.

« Je sais que tu l'as fait séquestrer par Gérard de Rais. Et avant que tu tentes de me bercer de belles paroles, sache qu'à l'heure qu'il est, je l'ai déjà *récupérée*… Saine et sauve. Garaudain l'a placée en sécurité. »

Je tousse.

Impossible !

Pas en si peu de temps, pas avec ce qu'on avait concocté pour cacher la petite…

Sauf si…

Mon visage reflète le désarroi.

« De Rais… Il m'a trahi, c'est ça ? C'est la seule explication ! Vous avez dû lui faire une sacrée gâterie, espèce de pourriture… »

Sa main esquisse un geste qu'il n'avait pas effectué jusque-là. Cette fois, la botte du spadassin situé tout près cogne un pied de la chaise. Juste ce qu'il faut pour me placer en déséquilibre, sur la pointe des pieds, le cou tendu pour ne pas suffoquer.

« Par le sang de sainte Foy, que t'ai-je enseigné, Cordwain ? Ne jamais provoquer l'homme qui te tient à sa merci ! »

Et s'il s'agit d'une femme, c'est deux fois plus dangereux, je sais.

Ma gueule rougeaude se débat pour happer de l'air.

Un putain de poisson hors de l'eau !

Je le fixe dans l'espoir de conserver un peu de dignité.

S'il sent qu'il m'a brisé, c'est foutu !

Son œil froid me scrute, longuement, puis il adresse l'ordre aux soudards de lâcher un peu de lest et d'attacher la corde à un crochet du mur. Un filet d'air atteint mes poumons. Par intermittence. Sous mes bottes, la chaise tremble encore dangereusement.

« Soldats, sortez de la pièce ! »

Les hommes, bien dressés, marquent à peine un temps d'hésitation puis lèvent le camp. La porte se referme derrière eux.

Carrayan m'observe.

J'arrive à peu près à respirer, mais je dois garder le cou en extension. En dessous de mes pieds, la chaise grince.

Pas le moment de la ramener…

Il finit par reprendre la parole :

« Il est temps de jouer cartes sur table, garçon. Le prix de la rançon de ma fille s'est élevé à cinq mille cinq cents livres. Tu me les dois. Ta manœuvre était audacieuse mais elle a échoué. Quant à ton intention de rallier le camp de la maison de Kosigan, je vais t'offrir une chance de prouver ta bonne foi. Mais uniquement dans l'hypothèse où tu me démontres que je n'ai pas affaire à un imbécile encroûté par la retraite. Qu'est-ce que tu en dis ? »

D'un mouvement de paupière, j'indique que c'est assurément la meilleure proposition dont je pouvais rêver.

Il a besoin de moi !

« Dans ce cas, première question : parviens-tu à deviner la raison *profonde* pour laquelle tes plans ne pouvaient *que* tourner en eau de boudin concernant ma fille et ton arrivée dans le comté ? »

J'essaie d'articuler une réponse, en vain. Sous mes orteils tendus, l'équilibre a vacillé, la pression sur ma jugulaire s'accentue. Mon visage vire au pourpre. *Tant pis pour ma fierté.* J'émets un râle.

Carrayan s'approche, enchope mes jambes et, d'un coup de hanche, replace la chaise d'équerre. Puis il se déplace jusqu'au mur et allège la tension sur ma gorge.

Dieux merci.

L'étau se desserre, je halète doucement.

Mon cou m'élance comme si on l'avait frotté avec des chardons.

Il me toise, narquois :

« Tu joues la comédie pour gagner du temps et réfléchir, c'est ça ? »

Il sait bien que non.

Mes plans ne pouvaient que tourner en eau de boudin ?

J'entrevois une explication.

« La trahison de Gérard de Rais… Elle paraît incompréhensible, pas vrai ? On s'est connus à Sienne, en Italie, six mois après que j'aie taillé la route, loin de Kosigan. On était frères d'armes dans la compagnie *dei Speranti* d'Alberto della Scala. Comme cul et chemise. Depuis, on n'a jamais cessé de chevaucher côte à côte. Je lui ai confié le commandement de la compagnie quand j'ai raccroché. Tout le monde a un prix, mais lui, ma main à couper qu'il ne m'aurait pas trahi. Pas pour cinq mille livres. Même pas pour cinquante mille. Sauf dans le cas où… »

Par les Furies, l'enfoiré de vieux salopard !

Son visage reste de marbre, m'invitant à poursuivre.

« Mon excellent ami de Rais émarge chez vous depuis *le début*, c'est ça ? Avant même notre rencontre en Italie ! Et les cinq mille livres que vous lui avez versées ne sont que la sauce qui enrobe le gratin, histoire de donner le change aux gars de la compagnie. Ce fils de Judas vous a balancé la totalité de mon plan bien avant que j'enfonce mes bottes dans la boue de Kosigan. Et il vous renseigne depuis des années ! »

Un éclat brillant dans son œil droit.

« Bien raisonné, garçon. J'ai loué ses services un mois après ta fuite et je n'ai jamais eu à le regretter. Mais ne le juge pas trop sévèrement. Certes, il était chargé de me rapporter tes faits et gestes et d'orienter tes décisions dans le sens de mes intérêts, mais il a aussi veillé à ta sécurité. »

Je lui adresse un regard confus.

« À ma sécurité ? Bon Dieu, qu'est-ce que vous racontez, Carrayan ? Vous prétendez que toutes les tentatives d'assassinat que vous avez orchestrées contre moi, c'était du flan ? »

Un vertige au creux de l'estomac.

Tout ce que j'ai toujours cru…

Il grimace, vaguement amusé.

« Tu étais mon préféré dans la famille, Cordwain, tu n'en as jamais douté, n'est-ce pas ? »

Tu parles !

Je ne peux m'empêcher de réfléchir à haute voix :

« Ce qui veut dire, je suppose, que j'ai eu le nez fin, à l'époque, de ne pas claironner sur les toits que c'était vous le véritable *responsable* des décès qui m'avaient valu l'exil…

— Tu exagères, tu devais t'occuper uniquement d'Agnès de Bourgogne. Si tu n'avais pas tué le plus jeune fils de Borogar, les choses auraient tourné différemment. »

Le cauchemar de cette nuit-là me revient. Mon père m'avait confié à Carrayan pour qu'il me forme. Ce soir-là, le commandeur m'avait ordonné d'assassiner la pupille d'Eudes IV de Bourgogne, fiancée à Borogar mais qui voulait rompre avec lui. Quant à mon jeune cousin Yegor… *Foutues Nornes !* Je revois le môme me surprendre au pire moment, je me revois l'agripper, lui coller la paluche sur le visage pour l'empêcher de crier. Je me revois l'entraîner dans un réduit à balai pour attendre que les gardes s'éloignent. Pas si longtemps que ça. Deux minutes, peut-être trois. Je n'avais pas réalisé que ma pogne l'empêchait *complètement* de respirer. Je repense à son corps amolli, à l'effroi de la prise de conscience. C'était un petit con de onze ans que son frère aîné, Vladislav, poussait à m'insulter chaque fois qu'il me croisait, mais pas de là à mériter la mort.

Quant à la pupille du duc, elle avait commis l'erreur de faire un détour par Kosigan pour jeter à la figure de mon oncle qu'elle avait choisi de se faire passer la bague au doigt dans le comté rival d'Albret. J'ai espionné leur dernière conversation. Il y avait tant de férocité dans sa voix à elle. Comme une soif de vengeance. Une haine. Mais ce n'étaient pas mes affaires. Dès qu'elle s'est retrouvée seule, j'ai appliqué les ordres de Carrayan – qu'il devait tenir de Borogar en personne – et j'ai fait en sorte qu'elle boive le poison. Elle a passé l'arme à gauche comme prévu. Sans souffrance.

Carrayan opine du chef.

« Une sale histoire… La première tentative d'assassinat à ton encontre après ça était un avertissement pour t'encourager à conserver le silence, tu l'avais compris, je suppose ? »

Pas du tout.

Mes yeux menteurs se plissent comme s'il s'agissait de l'évidence.

« Bien sûr ! Comme vous avez pu le constater, je n'ai rien dit… »

Autant pour mon estime de moi-même.

« Si tu l'avais fait, tu ne serais plus là pour le raconter…

— J'ai quand même eu à déjouer bon nombre de coups fourrés par la suite.

— Tu parles des épées louées que je lançais à tes trousses sans les mettre en garde contre tes facultés particulières ? Tu m'aurais déçu si tu les avais laissées te tuer. Leur seule utilité était d'aiguiser ta prudence. T'occire eût été stupide. Ta situation de paria était idéale pour que nos adversaires – les seigneurs français, anglais ou germaniques – voient en toi l'ennemi de Kosigan et de la Bourgogne. Et ils se sont empressés, comme des agneaux, de t'engager pour leurs œuvres les plus délicates. »

Bien qu'ayant le désagréable honneur de me trouver englué dans sa toile, je prends conscience de ses répercussions fascinantes.

Le salaud de vieil enfoiré !

« Ce qui permettait à Gérard de Rais de vous fournir des renseignements inestimables concernant vos ennemis. Des informations que vous auriez été incapable d'obtenir autrement.

— Je suis surpris que tu n'aies pas envisagé cela avant.

— Mais pourquoi me l'avoir caché ? Vous aviez peur que je refuse de me remettre à votre service ?

— Non, tu es un homme pragmatique, j'estimais que tu le ferais si je te payais suffisamment. Cependant, cela constituait un risque inutile. Ce que tu ignorais, aucune torture ne pouvait te le faire avouer, n'est-ce pas ? Grâce à de Rais, j'avais accès à la quasi-totalité des informations que découvrait ta compagnie. En toute discrétion. Mais le temps des faux-semblants est passé, à présent, j'aurais utilité de tes services à Kosigan. C'est la raison pour laquelle je t'ouvre la porte de mes secrets. Pour la première fois. Je crois que tu es prêt, et que tu l'as mérité. »

Mon œil ! S'il en est là, c'est qu'il n'a pas le choix.

Je cligne des yeux.

« Je me permets de vous faire remarquer que mon cou est toujours au bout d'une corde et que seules mes semelles me séparent de la mort ? »

Il esquisse un sourire.

« Un détail… » Il prend quelques instants pour couper mes liens et m'aider à descendre. « Tu en garderas quelques rougeurs durant les heures à venir. Tant mieux. Cela rassurera le seigneur Vladislav sur le fait que je ne t'ai pas invité pour le plaisir de partager un verre de prune. »

Je déteste ce type.

« Qu'attendez-vous de moi ?

— Que tu m'épaules dans la partie d'échecs en cours et – comme je suis en train de mourir – que tu me remplaces à la tête de la Garde grise, si jamais le pire arrive. »

Je cligne des yeux. Il a lâché l'information comme si de rien n'était. *En train de mourir ? Carrayan ?* Autant me raconter que Lucifer a décidé de remonter au paradis.

« Ne te réjouis pas trop vite, les jeux sont loin d'être faits. Je t'entretiendrai des détails ultérieurement, mais d'abord… »

Il s'éloigne, saisit les bords d'une haute tenture qui dissimule un passage dérobé dans le mur et l'écarte.

*

J'observe, les sourcils barrés d'appréhension.

Les torches de la pièce éclairent un homme qui sort de l'ombre, un manteau de peau blanche encapuchonné sur le dos. De stature moyenne, un long bâton de sorbier à la main, boitant de la jambe droite. Il avance de quelques pas avant de repousser le tissu qui couvre ses cheveux. Je reconnais son sourire sûr, son visage grec au nez affirmé, ses épais sourcils noirs, aujourd'hui striés de blanc. Il me toise comme un pêcheur jaugeant un poisson au bout de sa canne.

« Pierre Cordwain, fils bâtard de Gregor de Kosigan !… C'est un honneur de rencontrer le seigneur que vous êtes devenu, messire, même si, gamin, vous n'avez jamais été fichu de formuler un sortilège correctement. »

Ses yeux d'ébène, calmes et rusés, presque juvéniles, me toisent ; ils appartiennent au grand mestre Joachim Lodaüs, archimage de la tour d'Airain et proche de feu mon père. À part ses sourcils, le reste de sa pilosité a viré plein sel à peine rayé de poivre, ses joues se sont creusées, en revanche sa voix est restée teintée de cette ironie paternaliste qui m'irritait tant. Le sorcelier avait eu l'ambition de devenir mon tuteur en magie, avant de renoncer au bout de six ou sept mois.

« Mestre, est-ce que vous venez me délivrer de ces lieux de perdition ? »

Le gardien des arts sombres dégaine la lame gravée de runes à l'arrière de sa ceinture.

« Je ne l'aurais pas dit en ces termes, Pierre Cordwain, mais je suppose qu'il y a de cela, oui, il y a de cela. Avez-vous connaissance du rituel nommé le *Serment de sang* ? »

Je cligne des yeux, surpris, puis hoche affirmativement la tête, vaguement inquiet.

« Je ne suis pas volontaire… »

Carrayan approche une bassine d'argent ciselée d'écritures anciennes, tout en échangeant un regard lourd avec l'archimage. Le commandeur relève sa manche sur des chairs labourées et y plaque une lame sombre. Ses yeux croisent les miens. Je ne cille pas. Lui non plus. De la pointe de métal, il perce à sept reprises son avant-bras, l'ombre d'un sourire aux lèvres. Les sept points forment un dessin semblable à la constellation de la Grande Ourse, symbole d'éternité puisque ses étoiles tournent sans discontinuer au-dessus de l'horizon. Elle représente aussi l'idée de punition, car à en croire les légendes, l'ourse en question n'était autre qu'une nymphe, amante de Zeus, maudite à jamais par Héra, son épouse.

Lodaüs psalmodie. Je sens la Source onduler autour de nous. Les murmures résonnent dans la pièce. Anormalement forts. Le sorcier cisaille les cordes qui maintiennent mes poignets et s'empare de ma main gauche – celle du cœur – pour qu'elle rejoigne la paume de Carrayan au-dessus de la bassine.

Le commandeur me fixe, observant ma réaction.

Mon visage est fermé.

Quelque chose me dit que je n'aurai pas réellement le choix…

L'histoire du pape Nicolas II me revient à l'esprit. Il avait trahi un Serment de sang et l'avait payé d'une lèpre purulente trois années durant, hurlant sans discontinuer du pourrissement de ses chairs, jusqu'à rendre l'âme, étouffé par la décomposition de sa propre gorge.

Charmant…

« J'aurais apprécié connaître à l'avance les termes de ce que l'on s'apprête à me faire jurer. »

Aucun des deux ne relève. À la place, Carrayan commence à parler en me scrutant intensément :

« Je jure par mon sang renoncer à occire Pierre Cordwain de Kosigan tant qu'il respectera ses serments, ne me trahira pas et œuvrera pour le bien du comté de Kosigan. Par les étoiles anciennes et l'océan sans fond de la Source… À ton tour, garçon ! »

Passablement vague…

Tout en murmurant des paroles dans une langue perdue depuis l'aube des âges, Lodaüs me fourre entre les mains un vélin rédigé à l'encre verte.

Dessus est écrit : Je jure par mon sang obéir en tout point aux ordres de Slynt Carrayan, à compter de ce jour du 30 mars de l'an de grâce 1365, et tout du long d'un mois lunaire à partir de cette date. Je jure ne fomenter aucun complot visant à faire tomber le comté de Kosigan ou à occire son comte légitime. Je jure n'entreprendre aucune action, ni donner aucune consigne à qui que ce soit, ayant pour but d'occasionner un mal physique ou moral à Slynt Carrayan, à Joachim Lodaüs ou à un membre de la famille légitime de Kosigan. Par les étoiles anciennes et l'océan sans fond de la Source.

« Au nom des Nornes, Carrayan, les formulations sont loin d'être aussi contraignantes l'une que l'autre… »

Le commandeur ne répond pas.

Lodaüs poinçonne mon avant-bras à sept reprises. Je grimace. Sans y porter les yeux, je perçois la chaleur du sang glisser en rigoles sur ma peau et dégouliner dans le récipient qui n'attend que lui.

C'est ça ou rien.

Pas de complot. Pas d'actions, ni d'ordres… Autant m'interdire de respirer pendant qu'ils y sont…

Heureusement que mon retour n'est pas fait uniquement d'arrière-pensées.

Avalant ma salive avec difficulté, je répète les mots griffonnés, ajoutant pour finir « Hormis en cas de légitime défense », avec un regard provocateur à l'adresse des deux hommes.

Carrayan valide d'un haussement d'arcade tandis que l'archimage, indifférent, saupoudre nos sangs mélangés de fragments d'orchal et de mandragore. Il se penche sur la mixture et ses murmures provoquent un frémissement de l'atmosphère qui s'épaissit en fumée. Le contenu de la bassine se met à frisotter. Les bulles implosent en filaments rougeâtres qui prennent leur essor comme de minuscules serpents grenat. Sept pour Carrayan et sept pour moi, ils s'élèvent en fumerolles pour rejoindre les sept blessures pratiquées dans nos chairs. Le sang s'infiltre goulûment, remonte nos veines à rebours dans un flux contre nature et lacère le réseau capillaire au rythme des battements. En accélération. Constante.

Je commence à haleter.

Carrayan grimace.

Les mots de Lodaüs se font tambours, plus puissants mais toujours impénétrables. Chacun d'entre eux le secoue, comme s'il provoquait le mouvement d'une main invisible et gigantesque.

Des lames de rasoir dans les artères. Dans tout le corps.

La douleur croît en intensité.

Le front de l'ensorceleur perle de sueur. Son teint hâlé se fait blafard. Nous hurlons tous trois en un seul déchirement.

Puis tout s'arrête.

La tête me tourne, j'ai la nausée.

« C'est fait », énonce le maître sorcier d'une voix épuisée. Ses paupières ne tremblent pas malgré l'effort qu'il vient d'accomplir.

En dépit de ma constitution, j'ai le sentiment d'avoir couru une journée entière dans les montagnes de l'Attique. Carrayan paraît le moins affecté, sa respiration a déjà retrouvé un rythme normal. Son regard se pose sur les blessures de mon avant-bras qui commencent à se refermer. Un sourire entendu et il achève de trancher les liens qui entravent mes chevilles. Puis il tend une main franche vers moi.

« Alliés, garçon ? »

Ne surtout pas hésiter !

Je place ma pogne dans la sienne en ravalant ma rancœur.

« J'aurais été d'accord, même si vous aviez eu l'idée saugrenue de me laisser le choix. Et à propos de la baronnie que j'aimerais obtenir en fief sur les terres de Kosigan… ?

— Prématuré… Tu as choisi un chemin ardu en acceptant de revenir à Kosigan, Cordwain. Ni Borogar ni Vladislav ne te portent dans leur cœur et tu as intérêt à faire tes preuves si tu veux gagner quelque chose à ta manœuvre. Et pas qu'un peu.

— En attendant, je suis à nouveau membre de la Garde grise ?

— Pas officiellement, mais tu n'en es que plus libre. Il est temps à présent que je t'explique ce que j'attends de toi. Et, de ton côté, tu vas me révéler l'endroit où se cache ton amie *changepeau*[11], ex-lieutenant de la compagnie des Loups, la redoutable Dùnevia Illavaëlle. »

---

11 Créatures anciennes également appelées *changesang*, capables de modifier leur forme et leur apparence.

CHAPITRE 6

Le dit du Freux et du Dragon.
Texte thaumaturgique, milieu du XIVe siècle.

*

Le Scythe, sorcier chenu et noué, fit halte. Aux Ogres, il ordonna le recul. Les entrailles de pierre qu'ils parcouraient perçaient les profondeurs d'Albret, là où les intestins terreux allaient s'étrécissant. La vieille paume s'aplatit sur un sceau rond, rongé de lichens, gravé au portail de granit scellant la grotte maîtresse. Ses doigts, tatoués aux couleurs des dieux, au contact des runes frémirent, jusqu'au centre usé du labyrinthe ciselé. Là se trouvait l'entrée de l'antre, le dernier lieu du sommeil du dragon ! Les lèvres du sorcelier se tordirent d'allégresse, le cœur chantait, comme si son âge, subitement, comptait cent ans de moins.

Des lustres que le roi des Lys, Charles V, ondulait sous sa coupe ; des lustres à ourdir en son âme l'effondrement du dieu crucifié des chrétiens ; des lustres à traquer cet endroit. Jamais las d'affronter la poussière, les parchemins des monastères et les *codëravii* elfiques. Sa persévérance avait plu aux divinités. En ce jour d'hui, sa main vieille et lisse touchait au but.

Serrée entre ses doigts calleux, il caressa *Cythrandir*, sa lame courbe, forgée en des temps si anciens que plusieurs dizaines de générations d'hommes avaient rejoint l'au-delà depuis. Une arme durcie aux feux du désert qui prolongeait son bras et qui, en des âges perdus, avait bu le sang des démons et des djinns. Affûtée avec soin, ce jour d'hiver, c'était sa propre chair qu'elle planterait de son croc.

En équilibre contre la paroi, l'homme des siècles lointains apposa sa main. Et, de sa lame, la crucifia. Bien que frère de la souffrance, le déchirement lui fut fulgurance. Au ciel, il orienta son bras et le liquide rouge coula. Psalmodiant les paroles et les chants, le hiéroglyphe central du sceau tentaculaire fut peint de pourpre.

Son cœur palpitait d'allégresse.

Obturant le caveau, l'épaisse pierre circulaire se mit à grogner, elle trembla et, par l'étau invisible de la Source, étreinte, pivota, en crissements de reproche, libérant le passage.

Le sorcier rangea sa lame, de vie pure marquée. L'odeur de soufre et d'humidité offrit satisfaction à ses narines. Plus avant, il entreprit de mener ses pas. Les flambeaux asservis des Ogres éclairaient la nouvelle caverne à sa suite. Dents et griffes de pierre pointaient, menaçantes, et s'enlaçaient en colonnes, sous l'effet des feux mouvants. À nouveau, le sorcier huma l'air, la glaise, les substrats et les racines. Le silence lui faisait révérence. Plusieurs siècles qu'aucun être vivant n'avait posé pied en ces lieux. En des années lointaines, les *fayes* de Bourgogne y avaient tenu rituel. Dorées et brunes, les parois en conservaient les stigmates, de violence et de beauté, en peintures rupestres, nourries de sang et de sacrifices.

Au contact rugueux de la déclivité, le sorcier hâta le pas en direction du cœur, il convoqua la Source pour illuminer le chêne de son bâton d'une aura si brillante que, de honte, les torches frissonnèrent. Des ombres dansantes révélaient à présent l'éléphantesque sculpture ailée qu'il rêvait de découvrir. Il se hâta sur les derniers mètres, en une quête fébrile pour localiser la gueule. Ses yeux âgés la repérèrent. Posée au sol, endormie, elle le toisait de deux fois sa taille, parée de cornes et de crocs, noble, puissante, figée dans la pierre, ainsi qu'en avait décidé Mëlindoë Silune, dernière reine des *fayes* de Verte-profonde. « Mélusine », selon le surnom que certains humains avaient attaché à son être.

Si elle avait accepté le choix de libérer le dragon il y a un siècle, le destin des enfants de la forêt en eût été changé. Mais elle s'était abstenue et les noirs croisés de Bourgogne avaient exterminé les siens.

Les choses seraient différentes, cette fois.

De sa gibecière profonde, le sorcier extirpa les ingrédients : les chandelles de corne de bouc, le sel mêlé d'éclats d'os, le soufre et le nouveau-né plongé dans une léthargie thaumaturgique, de linges blancs emmailloté.

Les premiers et les derniers vêtements de sa courte existence.

Cruel, le sorcelier ne l'était pas. Immortel instrument des dieux, les sacrifices qu'il pratiquait en leurs noms résonnaient légitimes, et il déterminait ses victimes avec soin. Cette enfant – une fille à ce qu'il avait pu constater – était venue au monde, prématurée de deux mois. Elle était destinée à ne pas survivre à sa naissance plus de quelques jours. Sa mort rituelle était par conséquent un cadeau qui lui ouvrirait les portes de l'après-vie où elle s'éveillerait auprès d'Enki, le père de la magie, et d'Ishtar, l'enchanteresse voleuse. Enki était Dagda pour les peuples du Norrois, Ishtar était Isis autour de la Méditerranée, mais peu importait les noms, leur pouvoir demeurait intact. Le sommeil sans rêve dans lequel le sorcier avait plongé le nouveau-né était si profond que la douleur de l'égorgement lui serait une caresse.

Sa main craquelée caressa le visage tout neuf puis il plaça le couffin à l'endroit adéquat. Il installa les bougies, traçant les pentagrammes au sol à l'aide du sang qui suintait encore de ses blessures. De sa propre douleur naissait le pouvoir, il pria Dagda-des-sortilèges, Nantosuelta et le noir Eqsi Aqsaëth, ouvrit son esprit à la Source, se laissa imprégner de ses ondes sourdes et entreprit de les modeler.

Détricoter l'écheveau de filaments pétrificateurs cousus dans le monde parallèle par la reine des *fayes* pour protéger l'endroit se révéla compliqué, mais le noir-sang[12] coulait dans les veines du sorcier, et il savait les secrets des déserts d'Orient et ceux des pierres peintes des Pictes. Invoquant le néant et la Source, il sublima le vide, avala les scories nébuleuses de l'outre-monde, les recrachant en poussière d'étoiles. Alors, le flux astral glissa, libérant la sculpture comme un drap. Lentement.

L'enfant rendit l'âme à cet instant, le cou cisaillé, puis percé en plein cœur. À la suite de sa plongée dans l'abîme de la mort, la pierre granitique qui recouvrait l'immense dragon se fissura, à la manière d'une coquille, s'effritant en lambeaux et laissant paraître, à la lueur du bâton, des écailles de la taille de boucliers, d'un écarlate cramoisi.

Volkor-Gonor, *Forge-Gorge*, le grand ver pourpre du royaume déchu de Burgondie, reprenait pied dans le fleuve du temps.

Un instant, il ne se passa rien, puis l'air au-dessus des naseaux se déforma sous l'effet d'une chaleur redevenue vivante. Il inspirait et expirait. Ni la conscience ni la force, cependant, ne lui étaient revenues. À mesure que se détachait le carcan de pierre de sa prison, son corps s'avachissait tel celui d'un taureau d'arène agonisant.

Le sorcelier devait profiter de cette faiblesse pour tatouer sa marque au plus profond de l'esprit de la bête. La dominer ? Impossible. En revanche, lui inspirer des intentions favorables à son égard, de cela, il était capable.

---

12 Sang des anciennes divinités.

En l'espace de soixante-six battements de cœur, il insuffla au dragon plus de trois siècles d'histoire, lui présenta ses respects et fit miroiter un avenir dans lequel leur puissance alliée serait crainte à travers tout l'Occident.

Alors, Volkor-Gonor ouvrit un œil. D'or et de serpent. Il tenta de se redresser. En vain. Son corps obéissait mal et sa voix, inutilisable, l'obligeait à émettre des ondes pour s'exprimer. Celles-ci claquèrent comme des coups de fouet dans le crâne du sorcier.

« Je te connais, Myrdrin… Corbeau de guerre… Demi-frère du félon Merlin ! Tes mots seront entendus. Que désires-tu des flammes de Volkor-Gonor ? »

Myrdrin, conseiller et maître secret du roi de France, se redressa. Et prononça les mots :

« Je désire, par ta puissance, réaliser le triomphe du monde ancien sur le dieu crucifié de Rome, mon redoutable allié. Mais avant, nous devrons ensemble faire flamber la Bourgogne ! »

DÙN

CHAPITRE 7

Marches du comté d'Albret. Date indéterminée de la fin mars de l'an de grâce 1365.

Relevé d'okhram de Dùnevia Illavaëlle.

*

Les terres situées à l'est de Kosigan forment un plaisant domaine, capitaine. Une alternance de collines forestières, de sources, de riches terroirs, de vallées agricoles et d'églises enlacées par des villages gracieux. J'ai attendu d'y avoir pénétré sur une lieue avant de me caler votre saleté d'okram dans la nuque, mais je peux d'ores et déjà vous dire que l'enquête que vous m'avez confiée est aussi utile que de balancer une pierre sur une falaise : il n'y a pas la moindre chance que le seigneur d'Albret soit à l'origine des déboires de votre oncle… vu que son comté est en train de se faire raser par le menu.

Vous me direz, l'un n'empêche pas l'autre, et comme je suis d'une grande honnêteté intellectuelle tout autant que d'un naturel curieux, je vais tout de même poursuivre et mener quelques investigations.

Depuis la lisière surélevée que j'ai choisie comme poste d'observation, j'aperçois des bouillons de fumée s'élevant de la cité comtale à quelques lieues de distance. En général, c'est mauvais signe. Et, à moins de soixante toises en contrebas, finissent de brûler les restes du hameau du Val-Montherie. Complètement ravagé. L'odeur dans le vent est ignoble et les croassements des corbeaux ajoutent une charmante touche lugubre.

Ça ne donne pas envie d'aller y poser un orteil.

Enfin, je suppose que vous m'en voudriez si je faisais demi-tour.

Je scrute dix bonnes minutes les ruines des trois fermes visibles depuis les futaies, puis m'extirpe des feuillages pour descendre me rendre compte de plus près. Prudemment.

Mes fourrures me tiennent chaud mais le froid matinal produit des nuages de vapeur à la sortie de ma bouche, illuminés de soleil. Attentive et courbée, je progresse de haie en haie, d'arbre en arbre et en creux de ruisseau, jusqu'à atteindre les potagers des habitations dévastées.

Un œil au coin du premier muret.

C'est pas vrai !

À cinq ou six pas, les cadavres d'une femme et de deux gosses. Calcinés pendant qu'ils tentaient de fuir, le visage figé dans un cri d'agonie. Quant à l'arbre près duquel ils sont tombés, son squelette charbonneux ne serait plus capable de soutenir la corde d'un pendu. Autour d'eux, la terre labourée, à demi vitrifiée, exhale des fumées grises, puantes, délayées par la brise. Dans cette vision infernale, quelque chose ne colle pas : aucune trace d'incendie entre l'endroit où la femme et ses gosses ont péri et la masure éventrée à quinze mètres de là. Comme si le feu leur était tombé dessus *depuis le haut.*

De la sorcellerie ?

Je serais plus avisée de retourner dans la forêt.

J'hésite, le temps de cinq ou six battements de cœur.

Il faut quand même que j'essaie de piger ce qui s'est passé ici.

Malgré l'angoisse, mes pas me rapprochent des ruines de la bicoque à proximité, tous sens aux aguets.

Personne aux alentours.

Du doigt, j'effleure les pierres fondues du mur, ramollies et repeintes à la suie. Beaucoup sont éboulées. Le toit s'est effondré par endroits, évaporé à d'autres. À peine subsiste-t-il une poutre maîtresse, bizarrement tordue, qui ressemble au visage grimaçant d'un démon.

Je me faufile par l'encadrure déchiquetée de la porte arrière. Deux autres cadavres gisent au milieu des gravats : le père et un troisième enfant. L'odeur est immonde. Un haut-le-cœur me prend. Je détourne la tête et rejoins l'encoignure de l'entrée principale. En restant à couvert, je scrute l'espace qui sépare cette ferme des deux autres.

Au nom des dieux !

Le centre du hameau est un charnier. Des soldats. Peut-être vingt ou trente. Une troupe entière, transformée en un amas puant, grouillant de corbeaux, les chairs noircies, mêlées en une sculpture macabre. Un calvaire de pierre surmonté d'une croix du Christ a fondu en partie, tout son côté droit est éboulé.

Prenant mon courage à deux mains, j'entreprends d'en faire le tour, en conservant mes distances.

L'un des gars a failli s'en tirer : il a rampé derrière le socle du calvaire, au milieu de la place. *Bon réflexe.* Malheureusement, l'une de ses guibolles dépassait du muret. Du milieu de la cuisse jusqu'à la pointe de la botte, les chairs ont rendu l'âme sous l'effet de la chaleur. Le reste du corps paraît intact. Le gars a crevé, dos au mur. Une croix de rosaire dépasse de ses mains et le blason de la famille d'Albret est visible sur son tabard. Un sergent d'armes. À en juger par la configuration du carnage, à l'éclatement de certaines matières, on jurerait que les flammes ont été *projetées* en une sorte de jet. Et vu les effets, il ne s'agissait pas d'un feu ordinaire.

Fronçant le nez, je m'aventure à travers le charnier à la recherche d'indices. À l'avant de l'escouade décimée, je repère la racine du souffle qui confirme mes craintes, là où le sol du chemin est marqué en éventail. Un jet incendiaire a ravagé toute la troupe et s'est arrêté trente toises plus loin.

Un dragon ?

Impossible ! Il n'en existe plus qu'une poignée – un dans les Marches d'Auvergne, un en Espagne et un autre dans les royaumes scandinaves d'Enibelungen – mais les plus destructeurs, les *rouges*, ont été éradiqués il y a plus de cent ans.

Des bruits de voix, rocailleuses, sur mes arrières droit.

Instantanément, je m'abaisse en position accroupie.

Mon cœur manque un battement.

Grognant et râlant, une silhouette humanoïde, mastoc et dégingandée, avec des épaules d'orc et presque pas de cou, vient de tourner au coin d'une des masures en cendres que je n'avais pas encore explorée. Elle se cure les crocs et regarde vers l'arrière. Suivie d'une autre et de plusieurs encore.

Par Chalaëlle, des Ogres, des putains d'Ogres !

Et moi qui suis là, au milieu de rien. Ils sont beaucoup trop près et nombreux. Je ne les ai pas entendus approcher !

À contrevent, sûrement !

Qu'est-ce qu'ils foutent ici, aussi loin de leurs terres du Jura ?

Je laisse glisser mon corps à plat ventre, en croisant les doigts pour ne pas me faire repérer. Courber la lumière, faire jouer les muscles qui sous-tendent mon épiderme. En une seconde, mes habits et mes chairs prennent un aspect noir, calciné et déchiré. Le sol est froid mais c'est le dernier de mes soucis. Plus qu'à espérer que mon « cadavre » n'attire pas l'attention.

Aucun cri d'alarme côté dévoreurs.

Bénis soient les dieux !

Terminer déchiquetée par leurs sales dents cariées ne faisait pas partie de mes projets de la journée.

Mon palpitant distille la trouille dans mes veines. Il balance des coups comme s'il voulait jaillir pour prévenir le monde entier que je simule. *Saloperie !* Je m'efforce de le calmer. *Vas-y, respire !* De longues inspirations silencieuses. Si jamais ils approchent, il faudra retenir son souffle. Peut-être longtemps.

Les monstres s'apostrophent les uns les autres dans un dialecte rugueux. Ils sont sept ou huit, peut-être davantage, et chacun mesure autant de pieds de haut. *Un seul vaut au moins trois ou quatre combattants…* D'après ce que je peux discerner, ils fouillent les lieux, se disputent les colifichets et les morceaux de métal fondu. Un moment, l'une de leurs chamailleries paraît s'envenimer. Je crois deviner que la querelle porte sur les restes comestibles du pauvre gus qui a péri, adossé au calvaire, à moins de dix pas de moi.

Le ton monte, ça éructe, ça rugit.

C'est peut-être ma chance.

J'opte pour un très lent mouvement de pivot afin de voir ce qui se passe.

Je ne m'étais pas trompée. Trois mangeurs de chair noueux, peau terreuse et faciès épaté, se défient autour de la dépouille, frappant le sol de leurs bras trop longs et crachant par terre. Les autres contemplent le spectacle, goguenards. Le chef de meute, pas très loin, avec ses ornements chamaniques, plumes, perles et tatouages de Source, agite un bâton surmonté d'un crâne. Il beugle des ordres. Ou des injures, pour ce que j'en sais.

C'est le moment de prendre la tangente par où je suis venue.

Avec une infinie prudence, je commence à ramper à reculons. Sans oser quitter la scène des yeux. Mes mains et mes pieds alternent au contact de la terre, s'appliquant de leur mieux à ne surtout rien faire craquer.

Les trois dévoreurs échangent des politesses en prenant les autres à témoin. Sans doute des « C'est moi qui l'ai chopé le premier ! », « Non, c'est moi ! » ou encore « Fermez vos gueules, je l'avais vu avant ! ». Le chaman hausse le ton. Il frappe sévèrement l'un des râleurs, un bruit de tonnerre déchire l'air. Les autres reculent, en désordre, effrayés.

J'accélère ma reptation en marche arrière. *Plus que trois ou quatre toises.* Ma cheville se coince dans une ornière. Tant pis pour la douleur, rien de grave, je repars. *Mierla !* Le chef ordonne quelque chose à l'un des Ogres qui obéit en embarquant le cadavre du mort sur le coin de son épaule, sans doute en guise d'en-cas pour plus tard. *Je ne vais pas avoir le temps d'arriver à la ferme*. L'incident étant clos, la meute se remet à fouiller, maugréant et râlant. *Chierie !* Je me fige. À cinq pas du couvert. Ma chair et mes vêtements adoptent à nouveau l'apparence de la mort. Sauf que maintenant je me trouve décalée par rapport à l'amoncellement mortuaire…

Pourvu qu'ils soient trop stupides pour s'en rendre compte !

De corps retournés en anneaux de mariage arrachés, la horde atteint mes parages, la démarche chaloupée.

Merde, merde !

Je serre mes paupières. Comme si ça me protégeait. La puanteur en approche insulte mon odorat. Mélange de sueur, de charogne et de musc, estampillée de meurtre et de brutalité. Ça fait froid dans le dos.

Maintenant !

J'interromps ma respiration.

Mon cœur bat beaucoup trop fort.

Allez, ma fille, courage, ils vont juste passer !

Mon illusion est parfaite. Et je n'y ai inclus aucun élément qui puisse aiguiser leur envie. Rien à manger, pas de sceau ou de bague à chouraver, ni même de ceinture. L'un d'eux m'éprouve du pied. Avec une force suffisante pour me faire mal. Il me bascule sur le dos.

Maintenir une image sans défaut réclame un effort éreintant. La moindre fluctuation leur mettrait la puce à l'oreille.

Je tremble. Normalement, ils ne doivent pas le voir. Les yeux clos, je me bats contre la trouille, prête à rouler et à tenter sans grand espoir de dégager ventre à terre. Ils ont l'air de s'interroger sur l'absence de traces de brûlure sur le sol autour de moi, et aucune piste de résidus corporels n'indique que j'aie traîné mon agonie jusqu'ici.

Ils sont moins bêtes que ce qu'on raconte.

Leurs naseaux sont-ils capables de renifler ma peur ?

L'un d'eux se laisse tomber à genoux, son haleine sur ma joue indique qu'il approche son visage du mien ; pour mieux écouter, toucher, humer.

Punaise, il va entendre mon cœur !

Je ne vais plus pouvoir retenir ma respiration longtemps.

Tant pis, il faut tenter de se tailler.

Cinq… Quatre… Trois…

Un bruit déchirant en croissance rapide, venu de très haut, me fait renoncer. Comme des voiles de bateau claquant en pleine tempête, mais en plus espacé, régulier. Les monstres proches détournent leur attention de moi.

En profiter pour respirer ! Pas trop fort.

Une goulée d'air, lente, précieuse. Qui produit une sale petite buée sournoise. Une autre. *Ces salauds de poumons en redemandent.* Je les satisfais à quatre ou cinq reprises. En priant. Personne ne s'en aperçoit.

À une dizaine de toises dans les airs, les froissements se font plus forts, plus hâtifs, je sens d'ici les ondes qu'ils provoquent dans l'atmosphère. Ils s'achèvent par un choc massif qui fait vibrer la terre.

Tant pis, je soulève les cils.

Et les referme dans la foulée.

Moi qui étais curieuse, me voilà satisfaite !

Je ne peux m'empêcher de laisser une semi-ouverture entre mes paupières.

Les bouffeurs de chair sont agenouillés devant le plus colossal dragon rouge dont j'aie jamais entendu parler. La monstruosité, de la taille d'une église, fait osciller son cou aux écailles vermillon. Sa tête cornue, aussi grosse que deux aurochs d'arène, s'abaisse en direction du chaman ogre.

Ce dernier fait une révérence en déblatérant des mots à demi avalés. Il n'a pas l'air d'en mener large. Il faut dire, sa caboche couturée n'est même pas aussi grande qu'un seul des yeux or et noir du reptile ailé. En revanche, il semble capable de baragouiner la langue draconique et il s'adresse à la bête comme s'ils étaient dans le même camp.

La voix puissante du grand rouge s'élève en réponse. *Le choc !* Ça passe par mes oreilles mais c'est comme un coup de poing dans la tête. Ces ignobles accents, poisseux, emplis de feulements et de sonorités sirupeuses provoquent la peur… Ça noue les tripes d'une frayeur atavique, viscérale, surnaturelle. Comme si on venait de lâcher des serpents sous mes vêtements. Froids. Gluants. Prêts à me planter leurs crochets.

Barre-toi, Dùn ! Putain, barre-toi !

Tout mon corps frissonne. Mais l'impuissance… Jusqu'au plus profond de mes muscles.

La panique ! Je n'arrive plus à bouger !

De toute façon, si je le fais, le dragon prendra conscience de ma présence…

Des gouttes de sueur pisseuses et froides envahissent mon front. Mon cœur cogne, au bord des lèvres. Les grains de lumière que je déforme pour tisser mes illusions m'échappent. J'avale ma salive à plusieurs reprises, à deux doigts de pleurer, je serre les paupières comme si ma vie en dépendait. Et c'est le cas.

Si les Ogres jettent un œil dans ma direction, ils vont s'apercevoir que quelque chose cloche…

Éas, déesse de l'espoir, faites que je surmonte ça !

L'échange entre chaman et dragon se poursuit sans que l'alarme redoutée ne se déclenche. La tempête intérieure qui jette mon cœur à l'assaut de ma raison s'apaise peu à peu.

On… On arrive à s'habituer…

La discussion s'étire sur plusieurs minutes et le dragon finit par susurrer des ordres sur un ton sans appel. Il étend ses ailes membraneuses de part et d'autre de son corps. Ses pattes antérieures se plient puis se détendent, immenses balistes qui propulsent sa masse d'un bond, à vingt pieds dans l'atmosphère. Les battements qui s'ensuivent le poussent vers les nues, lourdement d'abord, puis avec fluidité. Déjà, il perce les nuages épars, vire sur la brise et s'oriente en direction de la cité d'Albret.

Le chaman glapit et invective ses troupes, houspillant les guerriers dans des injonctions incompréhensibles.

Dans son empressement à obéir, l'Ogre le plus proche de moi esquisse un pas en arrière.

Chierie !

Ce couillon me marche dessus et manque de se ramasser. Il ne se prive pas pour gueuler sa hargne.

Un coup de saton dans les côtes.

Ouch !

Par les Nornes, j'ai inspiré !

Pourvu qu'avec le soubresaut le bestiau n'ait rien remarqué.

Il grommelle, m'attrape par le col et me secoue un peu. Comme une sorte de test.

In extremis, je maintiens la trame illusoire.

Déçu, il me rejette au sol en beuglant et entreprend de traîner ses savates ailleurs. Ils s'éloignent tous.

Je laisse passer dix battements de cœur… vingt… une trentaine…

Les odeurs de musc se font ténues, les pas lourds et inégaux résonnent plus loin.

J'ose enfin soulever les paupières.

Les Ogres sont en train de décarrer au pas allongé.

J'attends que leurs silhouettes massives aient disparu sur la route forestière pour laisser s'évaporer mon illusion puis me relève prudemment. *Punaise, j'ai eu chaud.* L'effort a vidé mon estomac, ma tête joue les danseuses.

Je remonte en titubant jusqu'au couvert des sous-bois, déblaie fébrilement les branches et les feuilles qui camouflent mes affaires. Les doigts tremblants, j'extrais le lard fumé de ma besace, j'arrache le pain de seigle à pleines dents. Trois ou quatre minutes sont nécessaires pour recouvrer quelques forces. Le tout arrosé de rasades d'eau-de-vie qui me brûlent le gosier.

Mon regard se perd au loin.

D'après la direction qu'ils ont prise, on dirait que les Ogres ont enquillé pour rejoindre le dragon à Albret. Il y a peut-être d'autres clans sur place. *Mais quel est leur objectif ? Raser la ville ?* Quand bien même ils y parviendraient – et au vu des colonnes de fumée que j'aperçois, le travail semble bien engagé –, ils finiront massacrés par l'ost du duc de Bourgogne, avec ses balistes antidraconiques et les hippogriffes des chevaliers de la Toison d'or. Aussi puissantes que soient les vieilles races, elles seront toujours trop peu nombreuses. Et je doute que les Ogres aient la moindre chance de négocier une alliance avec les Elfes de Verte-profonde pour grossir leurs rangs. Tout au plus, eux et le ver rouge peuvent espérer se repaître du comté le temps d'une ou deux semaines.

En conséquence, soit ils sont d'une stupidité sans nom – chose relativement avérée pour les Ogres mais pas pour le dragon – soit leur but est ailleurs. Peut-être sont-ils en quête des gemmes de puissance de la famille d'Albret. Quoi qu'il en soit, s'ils massacrent et pillent au grand jour, sans crainte des représailles, cela signifie qu'ils ont un allié puissant qui peut les protéger de la colère des Bourguignons.

Vous direz que je suis de parti pris, mais personnellement j'aurais tendance à miser sur les Français. Particulièrement un certain abbé de Nirdrym[13], éminence grise de Charles V, sorcelier et porteur de noir-sang comme vous. Même si une possible ingérence anglaise n'est jamais à écarter, ou un coup du nouvel empereur du Saint-Empire germanique.

J'achève mon festin en essuyant mes doigts dans l'herbe à la hâte. Mes mains tremblent moins. Au loin, le vent dissipe progressivement les fumées.

Je récupère la petite cage du faucon-voyageur dont je m'encombre pour rester en contact avec vous puis replace ma besace en bandoulière.

Un dragon, des Ogres et peut-être un sorcier ?

Franchement, je suis gâtée.

Mais j'ai envie d'en avoir le cœur net.

Je me remets en route, coupant à travers les futaies en direction d'Albret.

Ça promet d'être une vraie partie de plaisir.

---

13 Dont le nom originel semble être Myrdrin.

CHAPITRE 8

Royaume de France, citadelle de Sens, à moins d'une lieue au nord de la frontière bourguignonne. Date indéterminée.

Inspiré des *Chroniques anonymes des comtes et comtesses de Sens.*

*

Trente toises de pierres blanches dressées vers le ciel ; le donjon de la forteresse chatouillait le ciel bleu immaculé. Sous les caprices du vent, les oriflammes en son sommet dévoilaient les blasons des grands seigneurs attendus entre ses murs : la tour d'argent ajourée de sable et ses six fleurs de lys de la lignée de Sens ; le lion d'argent à queue bifide sur champ de gueules des comtes de Montfort ; et les trois lys clairs sur fond azur de la maison des rois de France.

Sur le chemin de ronde surplombant le pont-levis, un officier, attiré par le bruit de la cavalcade, se pencha pour apercevoir le galop du légat français et de son escorte, rapatriés ici en urgence malgré leur mission diplomatique auprès du duc de Bourgogne.

Aussitôt, des servants d'écurie aux armes de Sens se précipitèrent, saisissant leurs brides et épaulant les cavaliers pour mettre pied à terre et mener leurs chevaux à l'écurie. Le connétable Olivier de Montfort ne les avait pas attendus pour glisser hors de sa selle, comme si sa chemise de mailles ne pesait pas davantage que du lin. Le héraut d'armes envoyé à sa rencontre s'inclina devant lui, mais le temps qu'il redresse la tête, il s'était déjà fait dépasser.

Le baron de Montfort avait l'habitude de dévorer la vie à pleines dents. Aujourd'hui, son pas pressé l'était plus que jamais. Traits tirés et mâchoires serrées, il allongea l'allure sur l'ultime passerelle enjambant la douve intérieure, passa en trombe devant les gardes et enchaîna trois à trois les marches usées de l'antique construction. D'étage en étage, il laissa derrière lui le corridor menant aux salles d'armes, celui qui accueillait les sujets en attente d'audience, l'antichambre des bannerets, il ne ralentit pas au niveau des appartements réservés aux invités et atteignit enfin l'entrée de la salle de guerre. Les deux chevaliers de l'Ordre de l'Étoile qui en assuraient la protection lui adressèrent un signe de tête. Sans une parole, il franchit la porte, déboulant dans la pièce en coup de vent.

Trois bannières fleurdelisées étaient dressées au mur en l'honneur de la présence du roi, Charles V. Le souverain, boucles noires sur un visage rasé de près, de corpulence moyenne, releva les yeux de la carte tactique étalée sur une longue table de chêne. Autour de lui, la comtesse Renarde de Sens, son hôte, son cousin Gauthier d'Armagnac, le baron Arnault de Montmorency et le grand officier de l'Ordre de l'Étoile, Ysandre de Fercy, firent de même.

« Votre Majesté ! » Olivier de Montfort accompagna ces premiers mots d'un hochement de tête sec mais respectueux. « Me voici, à votre demande, malgré les négociations délicates que je mène avec le duc de Bourgogne à Arcourt ! De quoi est-il question, qui ne pouvait attendre ? »

Outre son rôle de diplomate et de légat du roi, le second connétable de France commandait l'armée du sud, installée à quelques lieues en retrait de la frontière, dans la ville de Courtenay. Relativement réduite en nombre – il aurait été malvenu de fâcher les Bourguignons alors qu'on avait besoin de signer un pacte de non-agression avec eux –, elle comptait tout de même plus de mille lances et renforçait considérablement son autorité.

Montfort observa d'un œil expérimenté les protagonistes présents dans la pièce. Charles V et ses conseillers semblaient sûrs d'eux et la prunelle du souverain brillait de contentement. La nouvelle qu'il comptait annoncer était vraisemblablement bonne. Seule la maîtresse des lieux, la comtesse Renarde de Sens, dame de Sainte-Croix et de Quatremares, demeurait en retrait, un verre à la main, une moue réservée sur le visage.

« Messire de Montfort, heureux que vous soyez enfin arrivé », formula le roi.

Enfin ?... Charles suggérait qu'il était en retard, alors que lui et son escorte avaient galopé à bride abattue depuis Arcourt, dans l'espoir de répondre à la convocation et de retourner là-bas aussi rapidement que possible.

Il suggéra :

« Est-il possible que l'armée du premier connétable au nord ait botté les fesses des Anglais et repoussé le Prince Noir à la mer, Votre Majesté ? Et que cette victoire inespérée modifie la mission qui m'était confiée ?

— À votre avis, baron ?

— Si on considère que les Goddams[14] et leurs maudits archers ont arraché la moitié des places fortes de Flandre et que le connétable Du Guesclin ne se trouve pas à vos côtés, je gagerais que l'écrasement de l'Angleterre n'est pas d'actualité.

— Vous avez malheureusement raison. C'est pourquoi il est plus que jamais urgent de régler la question bourguignonne, afin de nous assurer la *paix* de ce côté-là et de pouvoir tourner la totalité de notre armée contre les Anglais.

— Avec toute la déférence que je vous dois, Sire, c'est précisément ce que j'étais en train de négocier avec Philippe le Hardi : un pacte de non-agression en échange d'une somme conséquente ou de quelques châtellenies frontalières. J'espère que ce n'est pas pour me repréciser cette broutille que vous m'avez enjoint de parcourir vingt lieues pour vous retrouver ? Sauf votre royal respect. »

Gauthier d'Armagnac lui adressa un regard sévère et le roi fronça les sourcils. Le baron de Montfort se montrait coutumier de ce genre d'impertinence. Un jour ou l'autre, il faudrait le remettre à sa place. Mais ce temps n'était pas venu. Pour l'heure, Charles V avait besoin de cette pièce maîtresse dans son jeu. Le second connétable était un stratège hors pair, un diplomate habile, et ses appuis parmi les seigneurs d'Anjou et de Touraine permettaient, en plus du reste, de sécuriser la Bretagne.

Le roi lui jeta tout de même un regard acéré avant de hausser les épaules.

« Vous vous doutez bien qu'il y a plus important, baron ! Les lignes ont bougé dans le nord. L'assaut des Anglais a emporté les défenses de la cité d'Arras mais leur armée a payé un lourd tribut à la victoire. Un carreau d'arbalète a blessé le Prince Noir. D'après nos espions, sa vie est en danger et l'offensive ne risque pas de reprendre avant la Pentecôte, en mai. L'occasion était trop belle… »

Un éclair cynique balaya le regard de Montfort.

« L'occasion de me rejoindre pour passer quelques jours de villégiature en Bourgogne et profiter du vin local ? »

---

14 Surnom donné aux Anglais en rapport avec leur injure coutumière, « God damn ! ».

Ysandre de Fercy sourit mais pas Charles V.

« Nous allons mettre un terme à la défiance de Philippe le Hardi envers son roi légitime, non plus par la négociation, comme prévu initialement, mais par la force ! »

Olivier de Montfort cligna des yeux puis hocha la tête.

La guerre ?

Les ducs de Bourgogne avaient coupé les ponts avec la France depuis trois siècles. Ils se prétendaient héritiers de l'ancien royaume de Burgondie et pissaient joyeusement dans les solerets de Sa Majesté dès qu'ils le pouvaient. Leur domaine formait un immense arc de cercle entre les Alpes et la Hollande, et avec l'une des meilleures armées d'Occident, ils avaient les moyens d'affirmer leur indépendance.

Charles V, l'œil noir et enthousiaste, poursuivit :

« J'ai laissé mille cinq cents hommes sous les ordres de Du Guesclin pour tenir Amiens et j'ai pris avec moi les dix mille soldats du reste de l'ost pour chevaucher plein sud. Nous sommes arrivés à Sens il y a deux jours. Les troupes sont dissimulées à deux lieues de la frontière. Nous allons les balayer ! »

Montfort scruta son souverain, le front barré d'inquiétude.

Il avait un certain respect pour Du Guesclin mais le vieux connétable rêvait d'un coup d'éclat. Prendre les Bourguignons par surprise n'assurerait la victoire que très momentanément. Le duc resterait capable de lever dix mille soldats en quelques jours. Sans parler de l'alliance du comté de Champagne et des milliers d'autres combattants en provenance de l'est et du nord du duché qui renforceraient son armée au bout de deux ou trois semaines. Dans ces conditions, aboutir à la chute de la Bourgogne en deux mois – avant la fête de Pentecôte qui, d'après le roi, marquerait la reprise des hostilités dans le nord – semblait, au mieux, d'un optimisme rare.

« Je sais ce que vous vous dites, Montfort, mais notre bon ami, l'abbé de Nirdrym, a préparé une manœuvre qui joue sur la surprise. Il assure que la Champagne ne soutiendra pas Philippe le Hardi cette fois et que nous pourrons compter sur l'appui de créatures de Source parmi les plus puissantes pour le faire plier. Il se trouve déjà à pied d'œuvre dans le comté d'Albret. »

Olivier de Montfort avait de l'estime pour le roi mais il détestait Nirdrym. Il soupçonnait le vieux conseiller de s'abriter derrière son titre d'abbé pour pratiquer les arts sombres et d'être à peu près aussi chrétien que le calife de Damas. Cela dit, pour ce qui était de l'appui de créatures de Source, le baron de Montfort était pragmatique : dès l'instant qu'elles restaient aux ordres, l'aide de ces monstruosités était la bienvenue. Il faudrait simplement purger le royaume de leur influence néfaste, une fois la victoire acquise.

« Ainsi, voilà ce qui explique les fumées que j'ai aperçues au loin, en chevauchant vers Sens. Si je comprends bien, les hostilités sont lancées et mes semaines de tractation auprès de Philippe de Bourgogne auront été aussi utiles qu'un filet pour écoper une barque. À ce détail près que tout le monde me prendra pour un traître sitôt que le duc comprendra le tour pendable que vous êtes en train de lui jouer.

— Ne vous dévalorisez pas, baron. Vous avez découragé le Hardi de pactiser avec les Anglais et vous avez servi votre roi. Quant à la félonie, je n'en vois aucune. Le duc a pour l'instant refusé de signer un accord écrit, n'est-ce pas ? Il n'y a par conséquent aucun engagement à respecter ! »

Le second connétable grimaça mais approuva, la mine sombre.

« Comptez-vous faire mouvement ce soir, Majesté ?

— Non, il est trop tôt. Et aucun étendard français ne flottera sur Albret avant que nous ne soyons prêts. Officiellement, il s'agit là-bas d'une rébellion de clans ogres et d'autres créatures anciennes. Je veux que vous repreniez la route d'Arcourt, baron, et que vous conserviez votre rôle de négociateur, mais votre mission a changé : l'objectif à présent consiste à gagner du temps.

— J'en conclus que vos projets concernant le comté de Kosigan sont toujours d'actualité ?

— Plus que jamais. Une fois Kosigan entre nos mains et Albret hors d'état de nuire, la route du sud-est sera libre, et notre armée fondra sur Arcourt avec une célérité suffisante pour…

— … faire prisonnier le duc et espérer remporter la guerre en quelques jours ?

— Précisément. Le Hardi ne doit rien voir venir. S'il a des doutes, il vous appartiendra de le détromper et, s'il cherche à fuir, vous devrez l'en empêcher. »

Olivier de Montfort prit le temps de la réflexion.

« Je suppose que ce plan pourrait fonctionner, mais j'estime de mon devoir de vous avertir qu'il est hasardeux, Sire. Dans le cas où le sort nous serait défavorable…

— … Le royaume de France se retrouverait coincé entre l'enclume bourguignonne et le marteau anglais. Fâcheuse posture, j'en conviens. Je compte par conséquent sur vos talents pour ne pas en arriver à une telle situation. »

CHAPITRE 9

Comté d'Albret, date indéterminée, probablement au soir du 29 mars 1365.

Dùnevia Illavaëlle. Relevé d'okram.

*

La nuit est presque là.

Entre chien et loup.

J'ai suivi le groupe d'Ogres à distance. Au bout de quelques heures, ils ont rejoint un village dévasté où le reste de leur clan les a précédés.

Je m'approche d'une bergerie à demi effondrée par l'arrière.

Escalade d'un pan de mur noirci pour prendre un peu de hauteur.

Accroupie, je me faufile d'arête de moellon en poutre calcinée et finis par m'allonger sur la pente encore solide d'un morceau de toit. Les monstres ont dressé leur camp au centre de ce qui reste du hameau. À vue d'œil, leur nombre avoisine la trentaine. Leurs prisonniers sont entassés, parqués à l'intérieur de chariots-cages rudimentaires sur le parvis de l'église fumante. Enfin, quand je dis prisonniers, mieux vaudrait parler de bétail. Les dévoreurs viennent en arracher cinq pour les traîner à proximité d'une immense broche, en prévision du festin du soir. Ça couine, ça sanglote et ça se débat mais ceux qui râlent se font frapper et ça n'empêche rien.

On les amène dans un coin hors de vue des autres et trois Ogres s'occupent de les exécuter à la hache. Ils commencent la découpe comme à l'abattoir.

Ignoble !

Un haut-le-cœur.

Je n'ai pas le courage de regarder.

Quand je pense qu'on assimile mon peuple ou celui des Elfes à ces dégénérés dans l'appellation « races anciennes ». Vous êtes complètement cinglés, vous, les humains !

Qu'est-ce que foutent ces Ogres ici ?

Je n'arrive toujours pas à comprendre ce qu'ils fichent en Albret. En temps normal, les clans des bouffeurs de chair humaine sont cantonnés aux cluses et aux combes du Jura. Ils se sont regroupés là-bas depuis des siècles, avant même l'époque des Croisades noires. Est-ce que c'est une espèce de rébellion ? Un suicide collectif ? Un baroud d'honneur pour s'empiffrer de la viande de leurs ennemis avant que les osts des seigneurs chrétiens leur fassent passer le goût de la chair tendre ?

Ils n'auraient pas l'air si détendus.

Peut-être le dragon les a-t-il subjugués ?

Je hoche la tête comme pour nier la réalité de son existence. J'ai encore du mal à accepter ce que j'ai vu, ce que j'ai ressenti. D'ailleurs, d'où sort-il celui-là, aussi ?

Une vague d'agitation attire mon attention.

Une femelle ogre, éméchée, un sein à l'air, traîne par le bras un prisonnier corpulent en direction d'une des rares bâtisses encore debout. Le gars tend désespérément les mains vers la cage d'où elle vient de l'arracher en hurlant et en suppliant. Ça fait rire l'Ogresse qui lui colle une torgnole à assommer un âne et le projette à terre.

Chalaëlle, elle ne va quand même pas…

Si. Elle lui arrache ses frusques et commence à le découper vivant.

Écœurant.

Le pauvre gars crie, il se débat et réussit à coller un coup à l'Ogresse. Elle le sent à peine, et son crochet en retour est trois fois plus violent. Excitée par les coups, elle chope son membre viril et entreprend de l'astiquer pour essayer de le faire durcir. En vain. Cela l'énerve, elle reprend la boucherie.

Mes doigts serrent le manche de ma dague à blanchir mes phalanges, mais intervenir serait signer mon arrêt de mort.

Peut-être à la faveur de la nuit ?

J'en ai vu, des saloperies, mais là… La nausée… À un cheveu de régurgiter.

Hilares, deux autres dévoreurs viennent lui donner un coup de main en baragouinant quelques prières rituelles. *C'est pas possible, il faut que j'essaye de tirer les prisonniers de là.* L'idée m'envahit comme une évidence mais rien que d'y penser, la trouille me serre. Est-ce que ça vaut la peine de risquer ma vie pour des gens qui me livreraient à l'Inquisition s'ils savaient qui je suis ? Une *changepeau* pas tout à fait humaine, capable de modifier son apparence ? *Ça ressemble à une excuse, ma petite !* Des salauds et des pourris, on en trouve dans toutes les espèces, idem pour les gens bien. Quand j'essayais d'échapper aux moines dominicains, toute gosse en Italie, deux jeunes bergères humaines m'ont cachée. Je hausse les épaules. *Et alors, ces gens, tu ne les connais ni d'Ève ni d'Adam, ce serait stupide de crever pour eux.*

Les muscles de mon visage grimacent. On verra. S'il y a une opportunité, peut-être.

Cela prend une quinzaine de minutes aux bouffeurs de chair pour finir le dépeçage de la totalité des humains qu'ils vont manger. Après quoi, ils portent les morceaux près du feu et en mettent une partie à cuire pendant que les autres macèrent dans un mélange de sang, de vin et d'épices.

Heureusement que le vent pousse l'odeur en sens inverse.

Je plisse les paupières pour mieux scruter les chariots qui servent de cage. Celui qui semble être le père du jeune qui vient de mourir est à genoux, il n'a pas lâché les barreaux qu'il tient à deux mains, le visage dévasté de larmes. Les traits des autres prisonniers oscillent entre frustration, haine, sanglots et dégoût.

A priori, les instructions des Ogres étaient de débusquer les survivants des villages voisins après le passage du dragon. J'essaie de compter. Ils ont l'air d'avoir mis la main sur une cinquantaine de femmes, d'enfants et de vieillards. Peu d'hommes adultes, mais quelques soldats blessés dans l'ombre, dont deux, allongés, que j'entends geindre de douleur.

De leur côté, les Ogres ont mis en perce de grosses barriques d'alcool et se rincent abondamment le gosier. Ils commencent à festoyer en se vautrant sur des peaux de bêtes étalées à même le sol autour du brasier. Je les vois tous. Trente-quatre, y compris trois jeunes, moins gros ou corpulents, mais d'un appétit aussi féroce que leurs aînés. Un appétit charnel, dans tous les sens du terme.

Peut-être que moi aussi j'aurais lancé des croisades noires contre eux si j'avais été à la place du pape Innocent III. *En revanche, pas contre la totalité des vieux peuples.* Les sacrifices volontaires des Elfes n'ont rien à voir avec les meurtres et les rites sexualisés des dévoreurs. Quant à mes ancêtres changesangs, ils n'immolaient rien de plus que des fruits ou des poissons…

La beuverie orgiaque a débuté. On m'en avait parlé mais y assister de mes yeux est terrifiant. Des dizaines de monstres musculeux râlent, grognent, s'échauffent et n'hésitent pas à copuler entre eux, tout en ingérant des quantités phénoménales de viande. Les glottes frémissent en avalant, les seins s'agitent, les corps sales se grisent, les sexes se dressent comme des gourdins. Mâles et femelles confondus, tous se mélangent, dans un mépris total de l'âge, des liens du sang ou des genres. Actes et ahanements se fracassent les uns sur les autres en une mêlée violente, ponctués d'alcool, de chairs sanglantes et de grillades, à la lumière dansante d'un brasier qui rugit comme l'enfer. Un Ogre fait reluire une femelle tandis qu'un autre l'entreprend par l'arrière. Trois dévoreuses se vautrent les unes à la peau des autres, dégoulinantes de graisse et de sueur. Elles usent de leurs appendices dans des caresses démentes telles que je n'en ai jamais vu. D'autres femelles n'hésitent pas à se ruer sur un mâle monté comme un auroch, pour le renverser et le chevaucher à tour de rôle, emportées par ses rires grossiers et ses coups de reins bestiaux.

C'est…

Les mots me manquent.

Je n'arrive pas à détourner le regard.

Le plus affreux, c'est que le vent a tourné. L'odeur de méchoui humain ressemble à des grillades, elle s'immisce dans mes narines et me met l'eau à la bouche. *Chalaëlle !* Comme un outrage à distance avec la complicité de ma salive.

J'ai un haut-le-cœur.

Je crache et j'arrête de respirer.

Les gémissements de la débauche se font plus forts, brutaux, sensuels, certains s'abandonnent à la jouissance. Les attouchements, les entremêlements et les profanations s'immiscent dans mon esprit, provoquant une chaleur gênante au creux de mon bas-ventre. *Non !* Je plonge mes doigts dans mes oreilles.

Je secoue la tête en tous sens.

Le dégoût l'emporte. Je tombe à genoux. J'ai du mal à respirer. Prostrée, dos à la cheminée partiellement éboulée qui me dissimule. Je serre les paupières pour chasser les images, les mains collées de chaque côté de la tête. *C'est diabolique !* Je baisse le menton pour ne pas regarder. Et me colle une claque bien sentie. Puis une autre.

Ça va mieux.

Par les harpies, ma fille, tu ferais mieux d'en profiter pour agir !

Pour l'instant, aucun des Ogres n'est en état de jouer les sentinelles mais j'ignore combien de temps va durer leur orgie. Vu leur corpulence, pas sûr qu'ils s'effondrent avant une bonne heure, si ce n'est deux.

N'empêche, si je veux tenter quelque chose, c'est maintenant !

En avant !

Je me glisse jusqu'au sol par l'arrière du toit et me lance dans un mouvement de contournement afin d'approcher des cages par la gauche. Les ombres paraissent plus denses par là.

Accompagnée par les ahanements de plaisir et l'odeur indécente de la nourriture, j'arrive à sept toises… Cinq… Trois… *Puterelle, les cellules ne sont pas assez éloignées du tapis orgiaque mouvant. Et l'immense brasier les éclaire généreusement.* Si je vais jusqu'aux portes pour crocheter les cadenas, un des monstres risquerait de m'apercevoir.

Je m'accorde un temps de réflexion.

Les prisonniers captifs ont l'air désespérés. Les mères ont éloigné les enfants du spectacle et tentent de couvrir les bruits indécents en murmurant des chansons à leurs oreilles. Les autres font de leur mieux pour masquer la scène. Comme si tourner le dos changeait quoi que ce soit à la situation.

À présent que je suis plus près, je me rends compte qu'il y a quelques blessés à l'écart, certains geignent faiblement, l'odeur est affreuse.

Les Ogres les laissent dans leurs excréments.

Je mets le cap sur l'arrière de la deuxième cage, où sont enfermés les soldats d'Albret. Il y a même un noble, à en juger par le blason de son tabard déchiré.

« Psst ! Chevalier ! »

Les hommes aux yeux hagards se tournent dans ma direction.

« Qu'est-ce que… ?

— Pas de bruit, écoutez-moi ! Que diriez-vous si j'essayais de vous tirer de là ? »

Ils me scrutent. La surprise semble les paralyser.

Par réflexe, mon esprit tente de reconstruire les chairs de mon visage avant que je me souvienne que les ravages du vitriol qui le dévastaient autrefois ont été soignés depuis des années. Dans la pénombre lunaire, leurs yeux devinent une écuyère à la peau claire et aux cheveux courts, habillée pour la chasse.

Aucun n'a l'air soulagé. Au contraire, leurs regards se teintent d'affolement.

« Ne restez pas là, jeune dame ! Dégagez, vite !

— Non, je…

— Magnez-vous, on vous dit ! Leur sorcier a envoûté les environs… ! »

Mes yeux s'écarquillent. Les clans ogres n'arborent jamais de bannières, ils préfèrent les totems. Une vingtaine, à l'effigie de créatures démoniaques avec pattes et griffes, sont plantés en terre aux alentours. Je n'y avais pas prêté attention. *Dieux tout-puissants !* Ces saletés sont en train de s'animer !… Ils hululent une mélopée d'alarme stridente et se soulèvent du sol par magie avant de se mettre à converger dans ma direction en lévitation rapide.

Trouille viscérale. Un frisson glacial le long de l'échine.

Mierla ! Mierla de dios !

« Barrez-vous, barrez-vous ! » m'exhortent plusieurs voix.

Quelle abêtie j'ai été ! Ces enflures de bouffeurs de chair ont pris leurs précautions.

Non loin, la mêlée jouissante s'est figée, bruissante mais réactive. Ça se lève en hâte, ça comprend ce qui se passe, ça beugle des interjections.

Je m'élance mais c'est peut-être déjà trop tard, les premiers totems me barrent le passage, m'assaillant de leurs griffes, de leurs becs, de leurs crocs. Je saute, vire et volte, roule à terre, mais cela me ralentit, les démons de bois s'agglutinent. Mes coups de dague n'arrachent que des échardes.

Je ploie sous le nombre. Parviens à me glisser, trébuche, profite de l'élan, me relève, repousse… Sur le point d'échapper aux derniers qui me séparent de l'évasion, une pogne grosse comme une tête m'alpague par l'arrière. Un Ogre me soulève comme si j'étais une libellule. Je me débats, visant la gorge d'une ruade. Mon talon écrase sa pomme d'Adam. Ça tuerait n'importe qui, mais lui se contente de couiner en relâchant son étreinte. Je retombe, m'efface sur le côté, les totems m'ont rattrapée… D'autres Ogres, aussi… Partout… Je plante un mollet, mais on m'agrippe. Je crie en multipliant les coups, tente de jaillir à la gorge de l'un des monstres… Une Ogresse me capte en plein vol, refermant sa poigne sur le haut de mon bras. Elle éructe de contentement, me secoue salement ; je la vois serrer le poing, armer son coup… Je…

CHAPITRE 10

Message anonyme adressé par faucon au roi de France, Charles V. Probablement rédigé par son éminence grise, l'abbé de Nirdrym.

*

« Votre Majesté,

Charles,

Nos aspirations initiales sont désormais réalisées.

Une intuition me souffle qu'il serait sage d'accélérer les étapes à venir du processus.

Donnez les ordres à qui de droit.

Par l'ancien tout-puissant, dans l'éternel retour. »

CHAPITRE 11

Albret, probablement le 30 mars 1365.
Relevé de la pierre d'Okma de Dùn.

*

Par tous les dieux, je suis en vie !

Conscience fugace. Nauséeuse. Le dos bringuebalant sur un sol rugueux. Mes paupières se lèvent sur un ciel grisé, strié par les barreaux de l'un des chariots-cages des Ogres.

Je tente de redresser la tête… Erreur !

Ce mal de crâne !

Une puanteur de lisier m'agresse les narines, le froid de l'air me donne la chair de poule et mon front perle de sueur. Penchées au-dessus de moi, des formes indistinctes. Un effort de concentration pour saisir le sens de leurs chuchotements.

« L'écuyère, elle revient à elle !

— Aucun blason sur ses frusques, on ne sait pas avec qui elle tient.

— Jamais vue dans le comté en tout cas. »

Les voix résonnent, vaguement inquiètes.

Le sol ondule comme un bateau ivre. En plus rude. En plus chaotique. En plus tressautant.

Le chariot est en train de rouler. Je perçois vaguement qu'il y en a deux autres, escortés par les Ogres. Devant et derrière.

Par les dieux, ils n'y sont pas allés de main morte.

« J-j'ai soif. »

Mes lèvres tremblent, elles ont éclaté sous les chocs. J'essaie de m'asseoir. On m'épaule en me traînant pour me coller dos aux barreaux de fer. Quand j'ai des haut-le-cœur, un adolescent déguenillé me tient les cheveux.

Un chevalier corpulent et sale, aux cheveux mi-longs filasse, agite la main.

« Padré ! Arrive par ici ! »

En soutane déchirée, un prêtre émacié et claudicant approche et s'agenouille.

« Fais-la boire ! »

Une expression de désespoir amusé se peint sur le visage de l'homme de Dieu.

« C'est que j'arrive sur la fin de mes *réserves personnelles*, messire.

— Ne discute pas, Eloi, elle a voulu nous venir en aide ! »

Le maigrelet en robe sombre extrait de sous sa bure une flasque et la porte à mes lèvres. Je m'attendais à de la flotte fadasse mais c'est un alcool âcre qui enflamme ma bouche. Ça réchauffe mon gosier en cascade et ça brûle jusqu'à l'estomac.

« De l'eau bénite consacrée par mes soins, damzelle, un mélange d'eau-de-vie, de vin de messe et de feuilles de chanvre ! Avec ça, le bon Dieu sera de votre côté ! »

Malgré la gravité de la situation, le curé a l'œil malicieux.

Les vibrations dans ma tête me le confirment : je ne suis pas en état de lui donner la réplique. Je quémande davantage de breuvage mais on ne m'en accorde qu'une gorgée avant de m'arracher la gourde des mains.

« Tout doux, Ficelle ! » grogne l'épais chevalier.

C'est moi qu'il appelle comme ça ?

« … Ces crevures d'Ogres ne nous filent rien à becqueter et guère plus à boire… Et maintenant, dis-nous un peu qui tu es ? »

J'acquiesce de la tête.

« Dùn… Mon nom est Dùn Illavaëlle. Je suis l'écuyère de… » *Mieux vaut ne pas parler du Bâtard.* « … de sire Wenceslas de Kosigan, le fils cadet du comte de Kosigan. »

En espérant que ces gars ne soient pas copains avec votre cousin, capitaine.

Le chevalier ne tique pas. Il reprend :

« Qu'est-ce que tu fiches en Albret, Dùn ?

— Je… Mon seigneur m'a donné quartier libre. Je voyageais vers la ville de Gray pour y rendre visite à un ami. Par tous les saints, qu'est-ce qui va de travers ici ? »

L'homme de guerre et le curé échangent un regard. Ils hésitent à répondre. Comme s'ils n'avaient pas autorité pour le faire.

J'insiste :

« Eh bien ? »

C'est le chevalier corpulent qui reprend la parole, ses yeux usés et sa voix atone révèlent l'âpreté des souvenirs qui envahissent son esprit :

« Les flammes de l'enfer se sont abattues sur le comté, écuyère ! Un dragon rouge a surgi du néant avec pour cortège des Elfes noirs, des Ogres et la mort en prime ! Un déluge de feu a ravagé la cité, les hameaux proches ont été rasés, les gens hurlaient et suppliaient, certains couraient, changés en torches humaines, avant de s'effondrer, calcinés et racornis. Et les enfants… Les enfants… » L'émotion lui noue le gosier. Ça fait bizarre de voir un combattant de cet acabit aussi fragilisé. « Tout… tout ça en moins de deux jours. »

Je compatis du regard.

« Il y a eu des combats ? Vous avez résisté ? »

Il hoche la caboche en un signe indéchiffrable.

« On a fait de notre mieux mais la surprise… » Il soupire. « Si on avait su ce qui allait nous tomber dessus, on aurait pu… Sauf que le putain d'assaut a eu lieu en pleine nuit. Des *Svartalfár*[15] se sont infiltrés et se sont rendus maîtres des portes de la cité, et les clans ogres se sont engouffrés… Christ tout-puissant, normalement aucune *monstruosité* n'a le droit de pointer son nez sur les terres humaines ! »

Il parle des non-humains en les mettant tous dans le même panier. Cela me fait l'effet d'une gifle.

Peut-être que les monstruosités en ont ras les chausses d'être traitées comme de la vermine !

Mes yeux ont du mal à ne pas refléter ma colère.

Attention, ma fille, si tu glisses sur cette pente, tu vas bientôt embrasser les Ogres sur les deux joues pour avoir cassé de l'humain…

Une pointe de rage, liée à l'injustice de me sentir étrangère à chacun des deux camps. Ni brute sanguinaire ni bien-pensant excommunicateur. Et de ce fait, considérée par tous comme ennemie, irrémédiablement.

Nous avons choisi le parti des humains dans cette guerre, capitaine, mais une fois les autres éliminés, il y a de fortes chances qu'ils se tournent contre nous, non ?

Toujours en sueur et fatiguée, une idée me traverse l'esprit.

15 Elfes noirs.

« Et la famille d'Albret, ils ont survécu à l'attaque ? »

L'homme d'armes cligne des yeux. Il jette un regard en coin vers le garçon qui me maintient les cheveux et dont j'avais presque oublié la présence. Le jeune homme hoche la tête, comme s'il l'autorisait à répondre. Ça a été imperceptible, mais pas suffisamment pour m'échapper.

C'est lui le chef.

Le chevalier grimace :

« J'ai vu monsieur le comte rendre son âme à Dieu. Et son épouse aussi. »

À en croire le ton qu'il emploie, la transition ne s'est pas faite en douceur. Je reste quelques secondes silencieuse, pour témoigner mon respect. Si je veux mettre toutes les chances de mon côté pour me tirer de ce guêpier, il faut que j'en apprenne davantage.

J'inspire profondément pour faire le point sur mon état. Mes muscles me font souffrir mais mon estomac a retrouvé son équilibre.

« Messire, racontez-moi ce qui s'est produit, en détail… S'il vous plaît.

— Te raconter en détail ? Et pourquoi je ferais une chose pareille ? C'est pas tes oignons, Ficelle. »

Livrer un témoignage de défaite et de honte à une dame, jeune qui plus est ? Il considère sans doute cela comme indigne d'un chevalier.

Je me tourne vers l'adolescent. Il ne paye pas de mine, les cheveux châtains en bataille, aussi sale que les autres survivants. Un long lambeau de tissu déchiré lui tient lieu de bandeau pour recouvrir le côté gauche de son visage et des rigoles de sang séché témoignent que son œil a été crevé.

« Messire, je devine que vous faites partie de la famille du comte. Son fils peut-être, ou son neveu ? Dites-lui de me répondre, s'il vous plaît. »

La panique, la colère dans l'œil unique du jeune homme. Il craint que les Ogres apprennent qui il est. Le chevalier bourru adopte une posture menaçante. Tous les deux lancent d'un ton de rage feutré :

« La ferme, Ficelle ! » pour l'un.

Et « Madame, ne m'appelez plus messire ! » pour l'autre.

Un coup de tonnerre claque sur les barreaux de la cage roulante. Je sursaute. Le jeune aussi. L'un des Ogres a capté la tension qui était en train de monter, il vient de frapper le métal de son bâton et lance d'une voix mauvaise :

« Vos gueules, les casse-dalles ! Moi péter les genoux du prochain qui la ramène ! »

Malgré la menace proférée en langue commune, je me sens soulagée. *A priori*, le monstre n'a pas entendu le mot « messire ».

Comme les autres, je recule le plus loin possible dans la cage, adoptant une attitude craintive. L'Ogre nous jette une dernière œillade puis se détourne. On attend un peu, le bruit des cahots résonne quelques minutes, ponctué par les grognements des Ogres.

Je finis par murmurer :

« Alors ? »

Les regards du jeune noble et du chevalier se croisent.

Un autre gus lance :

« Moi, je suis d'avis de ne pas lui faire confiance, à cette damoiselle. Elle déboule de nulle part, comme ça, et on sait ni qui elle est ni d'où elle vient ! »

Le rabat-joie – un bel homme du nom de Mitch qui m'aurait peut-être plu dans d'autres circonstances – a quelque chose d'inquiétant au fond des prunelles.

Cela ne fait qu'aiguiser ma curiosité.

« Écoutez, je ne suis pas née de la dernière pluie, je sais me défendre et j'ai une ou deux idées sur la manière dont on pourrait éviter de terminer à l'abattoir. Seulement, avant de tenter quoi que ce soit, j'ai besoin que vous m'affranchissiez sur les détails de la situation. »

Un silence.

Le prêtre aux yeux rieurs intervient d'une voix feutrée :

« De toute façon, on va finir boulottés et on atteindra Albret que dans deux heures. Ce n'est pas comme si on avait autre chose à faire… Cela dit, si vous préférez, je peux organiser une longue séance de prières… »

Je l'aime bien, lui.

Un temps de latence, amusé ou gêné, selon les personnes.

« Vous ironisez, mais je pense qu'en ces moments difficiles, nous ferions effectivement mieux de recommander nos âmes à Dieu », maugrée le type désagréable.

Le prêtre le regarde, pas déstabilisé pour un sou.

« Dans ce cas, prions, Mitch… Prions pour que sire Rogier raconte ce qui s'est produit et qu'une fois la curiosité de l'écuyère rassasiée, elle trouve un moyen de nous faire évader. Si ça peut épargner à Dieu la pénible tâche de nous accueillir prématurément au paradis, ça ne serait pas une mauvaise chose. »

*

Après un court temps de réflexion, le jeune homme borgne qui fait partie de la famille d'Albret se décide à encourager du menton sire Rogier – le chevalier – pour qu'il se lance. Celui-ci se gratte le nez comme si cela l'aidait à mettre ses idées en place.

« Très bien, puisque vous insistez, je vais vous raconter, Dùn Illavaëlle. Avant-hier, le tocsin de l'église Saint-Isidore – une chapelle près de la porte nord des remparts – s'est mis à sonner à la volée, à peu près trois heures après la mi-nuit. Aucune idée de comment le curé du coin a pu se rendre compte de l'attaque des Elfes noirs, mais il s'est débrouillé pour donner l'alarme. Pauvre gars. Quand on l'a retrouvé, ces vélures l'avaient cloué sur la grande croix au-dessus de l'autel. En tout cas, au château, les cloches ont réveillé tout le monde et lancé le branle-bas de combat. On a compris l'urgence sans savoir de quoi il retournait. Monsieur le comte a rameuté tous les chevaliers, moi y compris, ainsi que… »

Le jeune seigneur esquisse un non de la tête.

Je tique, agacée.

« Ainsi que… ? »

Les babines du chevalier se découvrent sur de grosses dents sympathiques, confirmant qu'il conserve certaines informations, avant de poursuivre sur un ton sérieux :

« Ainsi qu'une bonne trentaine d'hommes d'armes… Et puis, on est sortis. Personne ne savait ce qui se passait, alors on s'est précipités vers Saint-Isidore, là où le tocsin avait sonné. Les cloches des différentes églises beuglaient plus fort qu'à Pâques. Des incendies embrasaient certaines maisons. Sur la place des halles, on s'est fait attaquer par le dragon ! Au début, on n'a pas capté à quoi on avait à faire : ça sifflait comme le vent au galop, en deux fois plus fort. Les chevaux se sont cabrés, la frayeur a liquéfié nos tripes et, quand il a rasé le ciel au-dessus de nous, éclairé par les flammes, ça a été la panique ! Il a craché un jet de lave sorti des légendes. Sûr qu'il voulait nous griller tous, mais la vitesse a faussé son tir. Les trois derniers cavaliers sont morts, des poutres de la halle aux grains ont volé en éclats, le toit et la moitié des murs se sont effondrés, mais on en est presque tous sortis vivants.

— Vous étiez équipés pour affronter un dragon ? »

Il coule un regard énigmatique en direction du jeune homme, mais cette fois je ne parviens pas à repérer de signe.

« Évidemment, non. Heureusement, cette saloperie a poursuivi son chemin pour cramer le château. Ça avait l'air d'être sa priorité. Nous, on a fait jonction avec une cinquantaine de gars du guet et des casernes, dont des arbalétriers, et on a atteint les tours de la porte Saint-Isidore. Quand on est arrivés aux remparts, les vantaux étaient ouverts et des Elfes noirs tenaient les lieux. Monsieur le comte a donné l'ordre de les reprendre quoi qu'il en coûte. Ça a chagné sec, on était dix fois plus nombreux mais on a laissé un quart de nos gars sur le carreau. Monsieur le comte a confié la mission aux survivants de sauver le maximum d'habitants de la ville, mais sans y passer davantage que la moitié d'une heure. Après quoi, ils devaient se replier hors de la ville, dans les collines, en direction de l'ab… en direction de l'abri des grottes d'Arconville. »

Il a changé de mot en cours de phrase… Qu'est-ce que ça pouvait bien être ? Abreuvoir ? Abattoir ?

« Le comte, quant à lui, a fait demi-tour pour se porter au secours de sa famille restée au château. J'ai choisi de l'accompagner avec six autres gars. En route, on a aperçu à plusieurs reprises des Ogres mais on les a contournés par les venelles aussi vite que l'autorisaient la nuit et les flammes. C'était une horreur de ne pas répondre aux cris de détresse. Quand on a atteint le château, on avait les tripes serrées, un goût de cendres dans la bouche et l'œil hagard. Les toits embrasés s'étaient à demi effondrés, mais les pierres avaient l'air de tenir bon. Le dragon n'était visible nulle part. On s'est engouffrés. Il y avait beaucoup de morts parmi les serviteurs et ça grouillait de mercenaires ennemis. Heureusement, ces enflures s'étaient éparpillées, ce qui nous a facilité la tâche vu qu'on n'est jamais tombés sur plus de trois ou quatre d'entre eux à la fois. En tout cas, au début. On a atteint le donjon en se faufilant dans la cour haute et en prenant par-derrière une dizaine de reîtres qui essayaient de défoncer la porte principale. La surprise a joué en notre faveur mais, après ça, on n'était plus que quatre, dont un blessé. On a tambouriné pour qu'on nous ouvre et, Dieu merci, ça a été fait. Pile au moment où le son aigu du piqué du dragon depuis les nuages nous a fait paniquer. On s'est précipités. À l'intérieur, on a rejoint quelques autres survivants, barricadés dans la tour, dont madame la comtesse… »

Il cherche l'approbation du jeune noble, qui lui fait signe de poursuivre.

« … Et son plus jeune fils, ici présent, Arlain d'Albret. Le drake a percuté le donjon à peine quelques secondes après qu'on soit rentrés. Plus fort qu'un roc de catapulte. La terre a tremblé et le vacarme était assourdissant. On a cru que tout l'édifice s'était effondré, mais non. Il y avait de la poussière partout. J'étais secoué. Mes souvenirs sont flous mais j'ai suivi monsieur le comte jusqu'à une salle où il a écarté un tapis au sol et libéré une trappe qui donnait sur des souterrains. On a filé par là pendant que le monstre s'acharnait sur le bâtiment. Tout tombait en ruine comme si trois siècles passaient en l'espace de trois battements de cœur. La comtesse a disparu dans l'effondrement. Monseigneur le comte a tenté de rebrousser chemin, mais en vain. Il nous a suivis le dernier, tout le monde se pressait à tâtons dans le long tunnel, la mort aux trousses et la pisse au ventre. Le passage faisait peut-être deux cents toises de long mais ça m'en a paru dix mille. On se croyait sauvés mais pas encore. Je ne sais pas comment le dragon a fait mais il a déblayé suffisamment de gravats pour avoir accès au début du boyau, de là d'où on venait. Il a soufflé au moment où on était à deux doigts de sortir. On a entendu le tonnerre de son crachat se répercuter en écho, tout s'est illuminé sur nos arrières, la matière ignée nous a atteints un peu plus tard. Ça a laissé le temps à presque tout le monde de s'extraire et de se jeter de côté. »

Presque tout le monde…

« Sauf le châtelain, c'est cela ? »

Il acquiesce, puis louche, gêné, sur le visage d'Arlain. Le jeune homme, livide, s'abstient de tout commentaire. Je devine à son regard que les flammes n'ont sans doute pas fait leur office sur le coup.

Après un temps de silence, je reprends, avec douceur :

« Arlain est le dernier de sa famille à présent ? »

Rogier hésite.

« O-oui. »

Certains hommes de guerre sont de piètres menteurs !

Je gage qu'au moins un autre membre de la famille est vivant, mais ils ne veulent pas que quiconque l'apprenne.

« Par tous les saints du Ciel, il faut me dire la vérité, messeigneurs ! »

Arlain hausse les épaules.

« Vous en savez suffisamment. À votre tour maintenant. Si vous avez une piste pour nous extirper de ce bourbier, c'est le moment de parler. »

Je les scrute l'un après l'autre.

Ils ne m'en révéleront pas davantage.

« Très bien. Les mangeurs de chair m'ont confisqué la dague que j'ai utilisée contre eux mais ils ne m'ont pas fouillée. » Glissant une main sous mes hardes, mes doigts éprouvent le toucher du fourreau plat sous mon aisselle. « Il se trouve que je possède une *autre* lame dissimulée. Elle est petite mais elle va se révéler utile. »

L'épais chevalier lève les yeux au ciel.

« Une seule lame ?! Alors qu'on est entourés de presque trois douzaines de mastodontes, puissants comme des aurochs ? Franchement, avec une telle arme, c'est sûr qu'on va les étriller…

— Ou les faire crever de rire, ajoute le dénommé Mitch.

— Laissez-la expliquer ce qu'elle a en tête ! intervient le jeune noble. Je ne pense pas qu'elle ait l'intention de nous demander de les défier l'un après l'autre en duel… »

J'opine du chef.

« Évidemment, non. Nous n'avons pas trente-six possibilités. Notre seule carte, c'est de desceller deux ou trois barreaux de la cage. Ensuite, au moment opportun, on les fait sauter, on jaillit à l'extérieur en profitant de l'effet de surprise, et après… sauve qui peut. »

Rogier écrase ses yeux et ses arcades sourcilières de sa main.

« Sauve qui peut ? C'est vraiment ton plan, Ficelle ? Alors, c'est sûr, on va tous y passer.

— Au moins, ce ne sera pas en restant les bras croisés. »

Les regards se tournent vers Arlain qui frotte son œil manquant à travers le bandeau.

Eloi, le curé ironique, ajoute son grain de sel :

« De mon côté, je prie depuis tout à l'heure, donc, normalement, Dieu va nous épauler… C'est quasiment certain… »

Arlain pince ses lèvres, puis finit par murmurer :

« Il ne sera pas dit que la maison d'Albret se sera laissé dévorer sans rien tenter ! Au travail, Rogier. Dùn, c'est ça ? Passe-lui ta lame. Les autres, faites discrètement le guet et arrangez-vous pour dissimuler ses mouvements. »

L'œil du curé pétille.

« Du coup, ça ne sert plus à rien que je garde des réserves… Qui pour siphonner le reste d'eau-de-vie avec moi ? »

CHAPITRE 12

Albret, probablement le 30 mars 1365.
Relevé de la pierre d'Okma de Dùn.

*

Le convoi progresse lentement, le long d'un chemin d'ornières à flanc de colline. Les chariots cahotent. Tout autour, dans la montée, les frênes et les hêtres semblent clairsemés, à peine en bourgeon, et seuls quelques boules de gui, des fougères et des buissons à feuilles persistantes parent la forêt de touches de verdure. En aval, à gauche, une pente de terre moussue et d'herbes rases rejoint le bois plus bas, après une douzaine de mètres de dénivelé. Le soleil s'amuse à faire la nique aux nuages. Il fait frisquet. C'est une bonne excuse pour nous coller les uns aux autres sans que les Ogres trouvent à y redire.

Les lattes en chêne dans lesquelles sont fixés les barreaux de notre prison roulante sont vermoulues. Le chevalier Rogier en a descellé cinq grâce à ma dague de secours. Tant que les monstres n'observent pas précisément les endroits creusés, il n'y a aucune chance qu'ils se rendent compte que les hampes de métal sont prêtes à céder.

Rogier me rend la lame qui regagne le fourreau, sous mon aisselle.

Plus qu'à tenter l'évasion.

« Padré, chuchote Rogier, regroupe les gens derrière nous et glisse-leur deux mots sur ce qui va se passer. »

J'observe le prêtre boiteux aux yeux globuleux et habituellement rieurs. L'étincelle de son regard s'est diluée. Le visage fermé, il rameute, discrètement, les occupants du chariot.

« Nous atteignons le meilleur endroit, susurre Arlain. Si on attend, il y aura moins d'arbres et moins de dénivelé. Ce sera plus compliqué de les semer. »

Rogier acquiesce : « J'y vais le premier. Vous me suivez ! »

La tension me noue la gorge.

Je garde le chevalier en visuel, tandis que le père Eloi finit de regrouper les autres. Rogier s'éloigne de quelques pas des barreaux, ferme ses paupières en une prière muette, se signe. Puis se précipite sur les barres de métal.

Ses cent quatre-vingts livres de poids les déboîtent comme une hache ferait péter des brindilles. Il crie sa trouille et son exultation, tombe et roule dans le ravin qui borde le chemin. Arlain saute à sa suite, guère plus agile, sans doute à cause de son œil borgne. C'est mon tour. Je me jette dans l'atmosphère. Mes pieds touchent le sol, je roule-boule dans la dénivellation. C'est pentu, le long des sept ou huit toises de la dégringolade.

Mon cœur pulse.

J'arrive en bas sans m'être fait trop mal.

Derrière moi, c'est la cacophonie !

Je suppose que le curé a suivi, mais les autres ? Les dévoreurs hurlent. Pas besoin de me retourner pour deviner qu'au moins trois ou quatre de ces monstruosités vont nous courser.

Allez !

Cavaler entre les arbres, déchirer les fougères hivernales, éviter les ronces, prier qu'un trou ne me torde pas la cheville. J'aperçois Rogier à cinq toises devant. Il porte son seigneur dans les bras et souffle comme un veau. Je prends un peu de hauteur sur un tronc affalé pour jeter un œil vers l'arrière. Le temps d'un battement de cœur. Des gens détalent de partout, et le curé, Eloi, n'est pas loin derrière moi. *Chierie !* Un des bouffeurs de chair lui colle aux basques. Le padré boite. Il va se faire clouer !

Est-ce que je tente de lui prêter main-forte ?

Contre un Ogre ? T'es malade, Dùn ?

Pour un type que tu connais à peine !

Le goût de son eau bénite maison est encore dans ma bouche…

Mierla !

Mes doigts blanchissent sur le manche de ma dague. Je me tapis, haletante, à un endroit où les fougères me masquent. Eloi me dépasse dans une course claudicante. Le dévoreur derrière lui balaye l'air et l'envoie bouler.

Maintenant !

Je bondis sur le râble du monstre, empoigne sa tignasse, colle ma lame sur sa gorge et taillade ! Un sang puant et noirâtre. Je largue tout pour sauter et rejoindre le sol. Mais les muscles de son cou sont trop solides. Le second sourire que je viens de lui dessiner n'est pas suffisamment profond. Cette saleté refuse de tomber. Il pivote brutalement, lance son poing, à un cheveu de me réduire en bouillie.

« Barrez-vous, padré, barrez-vous ! »

Je tente de me trisser aussi, mais c'est sans compter sur un second bouffeur de chair déboulant de nulle part. *Puterelle, deux, c'est de la gourmandise !* Son bâton de guerre claque ma cuisse. La douleur éclate en une future ecchymose, mais je ne suis pas gravement blessée.

Saloperie !

Il a l'habitude que les gens s'enfuient en pissant de trouille.

Il ne me connaît pas...

Jaillissant sur lui, je vise le cœur. Ça ripe sur une bande de vieux cuir ! Qu'à cela ne tienne. Je m'agrippe à ses oripeaux et plante plus haut, dans l'espoir de lui crever l'œil. Un bruit spongieux. Du liquide m'éclabousse. Gagné !

Par les neuf enfers, ce n'est pas vrai ! Son orbite saigne, crevée, le rouge dégouline sur sa joue. Mais ça ne l'empêche pas de frapper en meuglant, le faciès déformé par la haine ! *Plonger de côté !* Son coup tale mon flanc droit. Je me râpe sur des racines. Je suis encore à sa portée, mais j'ai une chance de filer !

Ventre à terre !

Arsch !

Cadenassée, au niveau de la cheville ! *Il m'a chopée !* Et son bras musculeux me soulève, tête en bas.

Comme une vipère attrapée par la queue, je me contorsionne pour attraper son poignet, planter ma dague dedans et mordre ses doigts de toutes mes forces.

Goût sale, de sueur, de sang, dans ma bouche.

L'Ogre me propulse comme on balance un crabe. Sur le sol humide et irrégulier.

Ma tête heurte... je ne sais trop quoi.

T-trente-six chandelles... La tension du combat me soutient encore.

F-fuir ! Maintenant... ou jamais !

Je trébuche.

Le premier bestiau, blême malgré le sang qui ruisselle de son cou, n'a pas abandonné. Il ahane comme un bœuf, à demi égorgé. Une montagne de haine. J'essaie de lui échapper mais ses grosses pattes saisissent mes avant-bras et les écrasent. Il les écarte en croix, prêt à m'arracher les épaules. Je rue des guibolles, en vain.

Un bruit de course, sur ma droite… Bringuebalante… Un corps en robe de bure jette tout son poids contre le monstre.

E-Eloi ?

Il va se faire tailler en pièces.

L'Ogre chancelle à peine mais abandonne un de mes bras pour le cogner. Ça m'épargne l'écartèlement. La dague que je n'ai pas lâchée est coincée dans ma main prisonnière. *Mon unique espoir.* Ma pogne libre récupère la lame et enchaîne. J'enfile, je poinçonne, je frappe. Autant que je peux, encore et encore, au jugé ! *Une artère, enfin !* Ça pisse le sang à plusieurs endroits, j'en suis aspergée. Je me retrouve à terre sans trop comprendre comment. Le monstre tente d'empêcher sa vie de s'échapper en jets, mais il y a trop de trous. Je le cloue une dernière fois. Il tombe au sol, râlant d'agonie.

Et… et le dernier bouffeur ?

Pourquoi m'a-t-il laissé du répit ?

La tête me tourne.

Je le cherche. J'aperçois Eloi gisant sur une souche.

Pincement au cœur.

L'Ogre à demi aveugle est en baroud avec Rogier. Il l'a jeté à terre et, à califourchon sur son ventre, lui tabasse la trogne. Les bras épais du chevalier le protègent tant bien que mal. Eloi, à côté, geint et saigne. *Au moins il est en vie.* Mais l'une de ses oreilles a l'air en partie arrachée.

Je cligne des paupières dans l'espoir de me remettre d'aplomb.

J'ai peut-être… une chance.

Mes jambes me paraissent aussi molles qu'après trois nuits blanches. Je chancelle.

L'Ogre ne fait pas gaffe…

Vas-y !

Un pas, deux… Le cœur en chamade… Je lève ma dague à deux mains… Et de toute la force qu'il me reste, je l'empale à la base de la nuque !

La lame crisse dans la jointure des vertèbres.

Les muscles du monstre se tétanisent ; trois ou quatre tressautements ; puis il se fige.

Son sang gargouille, sombre et puant.

Je ne tiens plus debout.

Le noir assaille mon champ de vision…

Je glisse…

Je glis…

CHAPITRE 13

Nirdrym, comté d'Albret.
Inspiré d'une étude de Philippe de Commynes sur le Frère des dragons.

*

Le jeu est le sourire du diable.

Une pomme bien rouge pour envoûter l'humanité.

Des billes aux épées de bois, aux quilles et aux balles, des cartes aux échecs et à la soule[16], on croque dans le fruit pour s'évader, s'amuser et mettre de côté les tracas, les blessures. Cela renforce l'amitié, flatte l'ambition et on se laisse griser par la joie de la victoire. Se mesurer, se comparer, être le ou la meilleure. C'est moins dangereux que d'affronter une lance ennemie les armes à la main ou de fomenter une conspiration. Pourtant, le principe de rechercher la gloire et la puissance reste le même. À ceci près qu'à la place du sang, c'est du temps que l'on mise.

Un ersatz qui procure du plaisir, mais en même temps un cadeau empoisonné qui donne envie d'aller plus loin.

Sans le dire, la vie elle-même devient un engrenage ludique. Toujours plus. Toujours mieux. Et l'œil du Malin s'illumine. À chaque âge son enjeu : l'adolescence marque le début de la partie, la soif de plaire, de faire sa place dans les « royaumes de jeunesse »[17]. L'entrée dans l'âge adulte, c'est le désir de trouver le ou la meilleure partenaire, celui qui assurera

16 Jeu d'extérieur, ancêtre du rugby, sans terrain délimité.

17 Bandes de jeunes intégrées dans le fonctionnement de la société.

la meilleure protection, celle qui donnera les enfants les plus vigoureux. Après quoi, les couples comparent leur réussite dans la quête d'un toit, d'une chaumière, si possible d'une belle bâtisse ; une étape imparable, paraît-il, sur le chemin du bonheur ; tout autant que de se marier à l'église ; d'engendrer des enfants, filles *et* garçons ; de les préparer à leurs futures épousailles pour les unes, de leur apprendre un métier pour les autres. Sans en avoir conscience, chacun accumule des points sur le plateau invisible de l'existence.

Pourtant, jusque-là, le jeu se joue sans provoquer de grandes catastrophes. Joie du quotidien, famille, réussites ou échecs. Rien de plus naturel.

Mais c'est là que les choses se corsent.

Beaucoup croient pouvoir mettre le pied à terre une fois les enfants adultes, s'imaginant couler des jours paisibles auprès de leur conjoint jusqu'à la fin de la vie.

Seulement, le diable a d'autres tentations dans sa manche. Refuser ses incitations à poursuivre la partie se paye au prix de la banalité : au bout de deux ans, cinq ans, sept ans, dix ou vingt ans, l'existence devient fade, le cœur s'ennuie, l'air se teinte de grisaille. Une vie sans nouveauté paraît insipide et terne, et chaque jour y glisse une goutte de poison supplémentaire. Rares sont ceux dont l'âme parvient à se satisfaire du calme, de la tendresse, de la douceur de vivre.

Ceux-là sont sans doute bénis des dieux.

Tous les autres relèvent le défi de pousser les mises. Une maîtresse ? Des amants ? Un nouvel amour que l'on croit plus rose ? Pour les plus violents, la griserie des batailles et des pillages. Pour les maraudeurs, des balades illégales dans des poches interdites. Pour les plus riches, l'appel de l'or. Toujours plus d'or. Des navires. Des comptoirs. Dans tout le royaume, dans tout l'Occident, jusqu'à la Perse et la lointaine Cathay[18]. Et, bien sûr, pour les seigneurs des grandes maisons, un domaine, un fief.

Rien de si affreux à cela, n'est-ce pas ?

Évidemment, chacun est libre de quitter la partie quand bon lui semble. Il suffit de le décider. Mais lorsque l'on accepte le jeu du diable jusqu'à mettre les doigts dans l'engrenage du pouvoir, s'arrêter devient impossible. S'élever, encore et encore, est un opium, plus on devient puissant, plus les aspirations enflent. Une baronnie, un comté, un duché, et pourquoi

18 Nom du royaume de Kubilaï Khan en Chine, popularisé par Marco Polo.

ne pas s'emparer du royaume ? Devenir évêque, cardinal, pape ? Et si d'aventure on obtient satisfaction, si on touche le succès durant quelques années, que faudra-t-il faire quand la sensation de bonheur commencera à s'affadir ? Attaquer ses voisins, élargir ses frontières, lancer une guerre de religion ? Bâtir l'empire le plus gigantesque du monde ou, mieux, le plus puissant de l'histoire ?

Malgré son immortalité et le noir-sang qui coule dans ses veines, l'abbé de Nirdrym a tout d'un être humain, et il ne fonctionne pas autrement.

Ses choix relèvent de la quête du bonheur, à son échelle. Pourtant, il a tout vécu, mille fois. Lui, le demi-frère du traître Merlin, fils du démon Ganesh et d'une princesse des royaumes des sables, lui, le sorcier aux cent noms, Myrdrin, Semias-Wilt, Laïloken, Quirogan et, même, Suïb Në Naï – *l'Éternel* – pour les Elfes pâles de Cornouaille. Il a commencé comme tout un chacun, par des jeux d'enfant. Il a vécu sa vie de jeune homme, de mari, de seigneur, avant de se rendre compte que le rôle de père lui serait refusé et qu'il ne pouvait mourir de manière naturelle. Combien de fois a-t-il ressenti l'amour, la haine, la tristesse et le déchirement, combien de fois s'est-il vautré dans la luxure, la folie, abreuvé d'alcool et de fumées envoûtantes ? Il a vaincu mille adversaires, vécu dans cent châteaux, s'est montré généreux, altruiste, vicieux, cruel, brillant, décadent. Il a poussé des femmes à la folie, a fait l'amour à des hommes. Toujours centré sur ses désirs, il a dévoré les siècles comme on dévore des gourmandises, succulentes ou amères, avant de prendre conscience qu'en se moquant du chemin que suivait le monde, le monde avait fini par évoluer en se moquant de lui.

La religion du dieu crucifié ! Une croyance misérable. Ridicule. Née dans un coin perdu de Méditerranée. Une foi dont l'étendard de pardon et de non-violence condamnait les sacrifices sacrés. Quelle honte ! Jamais Nirdrym n'aurait cru que ce simulacre – incapable d'accorder le moindre pouvoir réel à ses fidèles – pourrait atteindre un jour une position dominante.

Pendant longtemps, comme la plupart des porteurs de noir-sang et des sorceliers, il avait dédaigné les jeux politiques, leur préférant la quête solitaire de savoirs et d'objets anciens.

L'Église chrétienne, au contraire, avait fait le choix de s'en emparer à bras-le-corps. Elle avait délaissé les enseignements pacifistes de ses débuts pour se concentrer sur la morale, usant de sa richesse croissante pour soutenir les armées des souverains et des seigneurs qui prenaient fait et cause pour elle. C'est de cette manière qu'elle avait gagné en puissance.

Nirdrym en avait ri. Quelle importance, quand le peuple des villes comme celui des campagnes vénérait en secret les dieux du passé et accomplissait les rituels au nez et à la barbe des prêtres ? Cela avait été vrai au début. Mais, à long terme, génération après génération, son indifférence s'était révélée une erreur. Et la foi chrétienne avait pris racine.

Lorsqu'il n'a plus été possible pour aucun roi de mépriser l'Église du dieu crucifié, lorsque les nobles ont volontairement choisi de couper leurs cheveux longs, lorsqu'ils ont prié la Vierge Marie à la place de Nantosuelta, de Vénus ou de Déméter, il était trop tard. Et, à leur suite, les grands de ce monde ont forcé leurs peuples à suivre le chemin des chrétiens. Plus aucun esclavage, plus de sacrifices de sang, plus de meurtres rituels, plus de vénérations des divinités de la nature, des sources, des arbres, des lacs.

En marchant d'un pas allongé en direction de ses appartements, l'abbé de Nirdrym – vêtu d'un manteau en fourrure par-dessus la chasuble noire de son accoutrement chrétien – se disait qu'il était presque impossible de faire machine arrière.

Presque, mais pas tout à fait.

Certes, la religion chrétienne dressait une église dans chaque village, certes, chaque homme et chaque femme allait à la messe, cependant, un grand nombre de fidèles usaient encore de magie pour chasser les rats ou préserver les récoltes. Beaucoup priaient les esprits anciens aux solstices d'été et d'hiver. Et si, il y a quelques années, Nirdrym avait échoué à faire main basse sur le royaume d'Angleterre, la France, elle, ne lui avait pas échappé.

Le royaume le plus riche et le plus puissant d'Occident.

Avec cet atout en main, le vent pouvait encore tourner.

Une lueur de contentement éclaira fugacement son regard.

La manœuvre qu'il avait suggérée à Charles V en Bourgogne était osée. Si le duché retombait sous domination française, alors les ressources cumulées de ces deux puissances viendraient à bout des Anglais. Après quoi – avec la France, la Bourgogne et les terres d'Angle sous sa coupe –, c'est l'Occident tout entier qui tomberait.

Et le culte des anciens dieux pourrait renaître.

Bien sûr, il faudrait d'abord agir sous le couvert de la tolérance religieuse. Cela laisserait le temps d'écarter les seigneurs hostiles aux pratiques antiques. Le stratagème prendrait quelques décennies mais l'objectif finirait par être atteint.

C'est précisément cette méthode qu'il avait utilisée en France. Les grands vassaux du roi, comme Olivier de Montfort, qui n'étaient pas acquis aux objectifs de Nirdrym, étaient de moins en moins nombreux, et ils servaient d'étendards chrétiens pour masquer aux yeux de l'Occident ses véritables progrès. Même eux ne se montraient pas défavorables à une collaboration avec les créatures anciennes dans le but de remporter des victoires militaires. Tous les autres, ducs et comtes trop culs bénis ou insuffisamment corruptibles, avaient été mis sur la touche. Certains avaient perdu la vie dans de regrettables accidents de chasse, ou s'étaient vus emportés par la maladie, par un incendie ou par l'effondrement d'un bâtiment. Les épouses jalouses faisaient autant de ravages que les lances de tournoi et il était dangereux de cueillir des fruits en haut d'un cerisier ou d'un prunier. Quant aux cascades en terrain rocailleux, mieux valait éviter de s'approcher du bord… Autant de dangers banals, saupoudrés à petite dose, d'année en année, pour davantage de discrétion. Tous ces seigneurs se voyaient remplacés par des fils, des filles, des veuves, des neveux ou des cousins plus malléables.

Nirdrym n'avait pas encore révélé ses intentions au grand jour, car l'opportunisme des uns et des autres risquait de se retourner contre lui, tant que son pouvoir n'était pas incontournable.

Cependant, ici, à Albret, la discrétion risquait de ne pas faire long feu.

Se concentrant sur cette dernière pensée ainsi que sur la captive à laquelle il s'apprêtait à extorquer des secrets, Nirdrym franchit la porte de ses appartements.

CHAPITRE 14

Albret, le 30 mars 1365.
Relevé de la pierre d'Okma de Dùn.

*

Retour à la conscience.
Ballottée. Secouée.
Un vent de verglas me cingle le visage. Chocs répétés aux fesses. Mais pas au dos. Je ne suis ni allongée ni à genoux.
J'ouvre les paupières.
Qu'est-ce qui se passe ?
Un chemin forestier défile à vive allure, éclairé par le soleil qui joue à cache-cache avec les nuages. La crinière d'un canasson en mire. Un autre à une dizaine de toises devant avec deux hommes dessus.
Je secoue la tête sans comprendre. L'esprit encore gorgé d'écume.
Une dizaine de battements de cœur pour capter : un cavalier collé à mon dos me maintient en position assise. Sur un cheval de labour, au trot allongé, sans selle.
« C'est moi, ma dame, c'est moi !
— E-Eloi ? »
Tendu comme un poing, le prêtre fait de son mieux pour conserver son assiette. Il me serre dans ses bras tout en agrippant les rênes. Ses lèvres grommellent une prière en boucle, sans pouvoir se retenir, de temps à autre, de lâcher un juron.

À quelques toises sur nos avants, Rogier et le jeune seigneur Arlain partagent un second canasson. Un bourrin de cultivateur presque identique au nôtre, bai à crinière blonde. Mitch n'est visible nulle part, pas plus qu'aucun des autres prisonniers.

Avec la conscience, la douleur revient, ecchymoses et bleus couvrent mon corps. Pourtant, si j'en crois mes souvenirs du combat, je devrais souffrir encore davantage, et la nausée me surprend par son absence. Une routine de soin magique a dû passer par là. Et comme je ne pue pas le sang d'Ogre, on m'a probablement nettoyée un peu. *Eloi, sans doute ?* Nombreux sont les prêtres qui connaissent les vieilles formules, même s'ils ne les utilisent que lorsqu'ils sont sûrs que personne ne peut les dénoncer.

« L'écuyère est revenue à elle, messire ! »

Eloi crie dans mon oreille pour alerter les autres. Rogier tire sur ses rênes pour freiner son cheval et nous laisser nous porter à sa hauteur. Il me scrute pour jauger mon état.

« Ça va, Ficelle ? »

Je fais oui de la tête.

« Arrêtons-nous, histoire de casser une croûte et de faire le point. »

Les montures passent au pas, ralentissent, font halte. Rogier et Arlain mettent pied à terre. *D'où viennent ces chevaux, d'abord ?* On attache leur longe à une branche basse. Eloi m'épaule pour descendre. Il se montre aussi prévenant que s'il craignait que le sol me morde.

Le jeune seigneur est en train de déballer des victuailles rangées dans une large besace sortie de Dieu sait où. Des miches de pain de seigle, des panais, un gros radis noir et des bettes. Il y a aussi deux gros saucissons entamés, un fromage dont la puanteur est un délice et une gourde en bois !

Chalaëlle !…

Je lorgne dessus comme un naufragé après quinze jours de radeau.

Punaise, je crève la dalle !

« De quel paradis c'est tombé, tout ça ? »

J'observe pendant que les trésors passent de main en main. Mes compagnons ont l'air fatigués mais ils ont troqué leurs guenilles ensanglantées contre de la serge de paysan ; leur visage a été rincé à l'eau.

« Il y a longtemps que je suis hors course ?

— À peine plus d'une heure, je dirais.

— Seulement ? Où est-ce que vous avez récupéré toute cette nourriture ? Vous avez frotté une bouteille avec un génie à l'intérieur ? »

Les yeux globuleux d'Eloi s'éclairent.

« Presque. Je vous avais bien dit que Dieu m'avait à la bonne !… »

Arlain grimace.

« Loin de moi l'idée de remettre en cause vos intercessions avec le Très-Haut, mon père, mais nous avons surtout eu la chance de croiser un groupe de métayers en fuite. Ils m'ont reconnu et nous ont prêté leur concours.

— Sauf votre respect, monseigneur, c'est exactement ce que je dis : la chance et Dieu, c'est la même chose, vous ne croyez pas ? »

Le visage du jeune noble se teinte d'une expression plus sombre.

« Et pour l'éclat d'acier qui a crevé mon œil ? »

Eloi cligne une ou deux fois des paupières.

« Je suppose que la malchance, c'est l'œuvre du diable… »

Mieux vaut changer de sujet…

« Que sont devenus les Ogres ? »

Le combat me revient en mémoire. La joue gauche de Rogier en est sortie rougie et râpée, son pif a pris la forme d'un cep de vigne. Le ravalement de façade s'achève au niveau de l'œil par un coquart plus gros que son poing.

« Grâce à toi, Ficelle, on en a déglingué deux, après quoi on n'a pas décidé de camper sur place. Je connaissais un passage pas loin qui serpentait entre deux petites falaises sur une douzaine de mètres. On a pu y faufiler nos carcasses – y compris la mienne, ce qui prouve que ma panse n'est pas si épaisse… –, par contre, nos poursuivants étaient trop massifs, même de profil !…

— Et Mitch et les autres prisonniers ? »

Les mines s'assombrissent.

« Pas de nouvelles… »

Traduction : peu de chances qu'ils s'en soient sortis.

Je hoche la tête gravement.

« Où on va, maintenant ? »

Ma question provoque des moues et les mêmes regards gênés que quand je les interrogeais dans la cage.

Ils se foutent de moi ? Ils hésitent encore à me faire confiance ?

La moutarde me monte au nez.

« Par tout ce qui est sacré, vous vous payez ma fiole ? S'il y a un mystère à connaître, il est temps de me le révéler, je l'ai mérité, vous ne croyez pas ? »

Du menton, Arlain marque son assentiment.

« Si fait, écuyère, remontons en selle, il est temps que je vous délivre l'un des plus grands secrets de la famille d'Albret. »

*

CHAPITRE 15

Comté d'Albret, probablement le 30 mars.
Inspiré d'une étude de Philippe de Commynes sur le Frère des dragons.

*

L'abbé de Nirdrym pénétra dans ses appartements, le regard soucieux. Il dégrafa le manteau couvrant ses épaules, le déposa sur la table et poursuivit son chemin en direction de la pièce la plus reculée. Les voix féminines qui en provenaient l'inquiétaient. La plus rauque paraissait menaçante, l'autre, fêlée de frayeur, suppliait.

Les sourcils charbonneux du sorcelier se froncèrent. Son esclave svartalfár n'aurait tout de même pas osé outrepasser les instructions qu'il lui avait données…

Lissant sa longue moustache, il pressa le pas.

La scène qu'il découvrit ne le rassura que très partiellement. Il n'y avait pas de sang, mais l'Elfe sombre s'amusait à caresser avec la pointe d'un stylet le haut du corps de la captive attachée au mur, tout en lui susurrant des mots venimeux à l'oreille.

La voix de Nirdrym la prit par surprise :

« Sri-Satchanaril, ma toute belle, deux pas en arrière, je te prie. Tu n'escomptais pas blesser la comtesse Marguerite d'Albret, n'est-ce pas ? »

Tels ceux d'une animale prise en faute, les yeux d'obsidienne de l'Elfe s'étrécirent, elle pivota vers son maître, l'échine courbée. S'abaissant jusqu'au sol, elle s'allongea face contre terre et rampa pour baiser l'une de ses chevilles.

« Nenni, ô Laïloken, Frère des dragons, engeance cinglante d'Eqsi Aqsaëth. Vos désirs sont miens, maître. Sri s'est contentée d'esquisser à l'oreille de l'humaine les cruautés sublimes que vous m'avez enseignées. Malgré cela, cette ribaude refuse de céder. »

Ayant pris connaissance des rapports les plus récents des Ogres, Nirdrym ne s'attendait guère à autre chose. Il supposait que la résistance dont faisait preuve la femme du comte d'Albret n'était qu'une simple question de caractère et non de magie. Mais il devait en avoir le cœur net.

Plaçant ses mains en coupe sur le crâne de la dame, il marmonna une incantation en se mordant les lèvres. Le flux de Source qu'il invoqua s'immisça à travers les cheveux, les racines, le cuir chevelu, il traversa la paroi osseuse et pénétra dans les structures infinies qui façonnent la pensée. Nirdrym ne fut qu'à demi surpris d'y découvrir des arcanes mentaux de protection. La pression qu'il exerça n'y fit rien. Les sceaux résistaient à ses efforts. Bien que son intrusion soit purement psychique, le contact lui procura une sensation gustative, laissant sur sa langue un goût de sève et d'origan. Caractéristique de l'œuvre d'une *faye*. Et, à en juger par l'efficience de l'imbrication, il ne s'agissait pas de la première venue. Voilà pourquoi la comtesse était parvenue à conserver le silence face aux méthodes tout en finesse des Ogres.

Il jaugea sa prisonnière. Quel âge pouvait-elle avoir ? Trente-huit ans, trente-neuf peut-être. Une crinière noire habituellement domptée mais échevelée par les mauvais traitements, un visage pâle marbré de traces de violence et de rigoles de larmes ; une bouche carmin, tuméfiée par les coups ; des yeux bien dessinés, dont l'un cerclé d'une ecchymose. Le velours déchiré de ses vêtements laissait deviner des marques douloureuses sur ses chairs intimes. Pourtant, elle n'avait pas parlé. Même en considérant que les Ogres avaient pour consigne de ne pas la tuer, un tel courage était respectable.

D'un geste, le sorcelier congédia Sri-Satchanaril, qui s'éloigna jusqu' à l'entrée des appartements avec pour tâche d'en garder la porte.

Nirdrym dévisagea la captive et, après un moment de silence, s'adressa à elle avec une courtoisie surprenante :

« Dame Marguerite, vous me voyez navré des sévices que vous avez endurés. Je n'ai appris que tardivement que les Ogres vous tenaient sous leur coupe, sinon j'aurais… »

Marguerite d'Albret croisa fièrement son regard.

« Si vous êtes un homme d'honneur, messire, celui-ci vous commande de me libérer ! »

Sa voix trahissait la médiocrité de son espoir, mais elle se devait d'essayer.

S'attendant à une réaction violente, elle fut surprise de voir Nirdrym s'accorder quelques secondes de réflexion, puis incliner légèrement la tête.

« Et pourquoi pas ? Vous promettez de ne rien tenter de stupide, n'est-ce pas ? »

Les yeux écarquillés, la tête de la prisonnière oscilla à plusieurs reprises, en guise d'assentiment.

« Fort bien. »

Venant assez près pour la toucher, Nirdrym prit une seconde pour inspirer l'odeur amère de sa sueur, de son sang et de ses larmes, il apprécia la chaleur qui émanait de sa peau, puis défit avec précaution les liens qui la maintenaient au mur et, sans se préoccuper de se salir, soutint son corps affaibli pour ne pas qu'elle s'affale.

« Par ici, gente dame. »

Il l'épaula, claudicante, en direction de la chambre.

Peut-être pour lui permettre de se reposer ? À moins qu'il ne prenne plaisir à lui donner de faux espoirs. Marguerite d'Albret l'ignorait. Prise de frémissements, elle se sentait comme un chat efflanqué, affamé et assoiffé, l'angoisse lui vrillait la gorge. Malgré cela, le cœur battant, sa main osa se faufiler vers les reins de l'abbé, en direction de la dague qu'elle avait aperçue dépasser de sa ceinture. Dans son esprit, la promesse qu'il venait de lui arracher – même pas formulée – ne comptait pas. Soutenue par l'espoir de clouer l'homme qui la détenait en son pouvoir, elle enserra le manche et libéra l'arme.

La surprise faillit coûter la vie au sorcelier, mais il perçut le mouvement anormal du bras de sa captive et réagit d'instinct. D'un geste sec, il la repoussa loin de lui, suffisamment pour que la taillade ne lui inflige qu'une estafilade ensanglantée à l'épaule.

Marguerite d'Albret heurta le mur. Horrifiée par son échec et par le sort qui – elle en était certaine – allait lui être réservé, elle tituba et, dans un moment de panique, retourna la dague contre son cœur. L'instant d'hésitation avant qu'elle ne plonge la lame sous sa cage thoracique ne dura que deux secondes, mais cela suffit. Un mot de pouvoir claqua dans la bouche du sorcier, et l'arme, arrachée par une force invisible, alla cogner la paroi et rebondir sur le sol à plusieurs toises de distance.

La comtesse cligna des yeux à trois reprises et se signa de la croix du Christ.

« Vous… Vous êtes un démon ! »

Épuisée et tremblante, elle plia le genou et s'affala, dos contre la paroi, le visage enfoui dans ses paumes, comme pour fuir le destin qui l'attendait.

Mais le déchaînement de violence ne vint pas.

Au lieu de cela, la voix de Nirdrym résonna avec calme :

« Voilà une fort méchante initiative, madame ! Vous vous êtes faite parjure, vous qui aviez donné votre parole de ne rien tenter de stupide… »

En dépit de la menace voilée et de son corps douloureux, Marguerite d'Albret trouva le cran de dépasser sa frayeur :

« Je n'ai rien promis du tout. Je me suis contentée de hocher la tête. Et… et si l'acier avait atteint son but, je ne crois pas que ma tentative aurait été *stupide*… messire. »

Le sorcelier l'observa d'un air sombre. Dans de telles circonstances, il s'était attendu à des pleurs, des gémissements ou des suppliques. Il fit quelques pas et se baissa pour ramasser son arme.

« Force m'est de reconnaître que vos mots sonnent justes, dame Marguerite. Sans doute aurais-je dû formuler ma demande avec davantage de précision. Et vous contraindre à y répondre à haute voix. »

Étonnée par la sérénité de l'homme qu'elle venait de tenter de poignarder, la comtesse n'en demeurait pas moins prostrée, immobile, n'osant céder au moindre soulagement. À la réflexion, elle jugeait ce comportement inquiétant.

Nirdrym plia le genou, glissa un bras derrière son dos et l'autre sous ses jambes, puis la souleva comme une enfant sans qu'elle ose se débattre.

« Je prends la décision de pardonner votre affront, madame… Pour cette fois. Je suis persuadé que votre agressivité est la faute des Ogres. Les brimades que ces rustres vous ont infligées vous ont poussée à désespérer, et vous avez cru ne plus avoir d'autre choix que la violence pour sauver votre peau. Est-ce que je me trompe ? »

Que répondre, si ce n'est :

« N-non, c'est exact… »

Sourire à pleines dents n'était pas précisément la marque de fabrique de l'abbé de Nirdrym, néanmoins, lorsqu'il se laissait aller à cette faiblesse, son visage se faisait radieux, compréhensif, amical.

« À la bonne heure ! Nous allons pouvoir nous entendre. »

La comtesse cilla, craignant à tout instant que le calme ne cède la place à la tempête. Soutenue par les épaules et les genoux, elle percevait l'énergie et la chaleur du sorcelier, vibrantes, à hauteur de torse.

« Prenez confiance, dame Marguerite, et considérez-vous comme mon invitée. Dans la mesure où vous renoncez à tenter de me trucider, aucun mal ne vous sera fait. Je vous en donne ma parole. » Et il ajouta, plus fort : « Sri-Satchanaril ! Hâte-toi jusqu'aux cuisines et rapporte la collation que j'ai fait préparer pour la comtesse. »

Puisque la violence ne fonctionnait pas avec cette femme, il existait peut-être une autre voie.

« Que diriez-vous d'un plateau de fromages, de noix, de châtaignes, avec du pain chaud, du beurre et des tartines, le tout arrosé d'eau fraîche et d'une liqueur de poire légère ? Cela devrait vous redonner des forces… »

Il ajouta en pensée :

Et vous mener là où je souhaite que vous alliez.

CHAPITRE 16

Comté d'Albret, date indéterminée, probablement le 30 mars.

Inspiré d'une étude de Philippe de Commynes sur le Frère des dragons.

*

L'abbé de Nirdrym déposa Marguerite d'Albret sur le lit de ses appartements, en position assise. Il remonta une épaisse courtepointe sur ses jambes et ajusta les oreillers pour l'aider à s'installer confortablement, puis il s'écarta afin de laisser place à Sri-Satchanaril, porteuse d'un grand plateau de bois et d'argent, chargé de victuailles à l'odeur alléchante. Dans la cheminée, les tisons s'étaient mués en braises, diffusant une agréable chaleur accompagnée d'un fumet de pin dans la pièce.

La comtesse se sentait aussi perplexe qu'inquiète. Soulagée, également. Après être passée entre les mains des Ogres et de la Svartalfár, elle supposait que la torture et la mort l'attendaient au bout du voyage. Pourquoi, alors, ce Nirdrym se comportait-il avec autant d'élégance ?

Elle devait s'en méfier comme de la peste.

Tout en répondant aux suppliques de son estomac affamé, ses pensées l'amenèrent à son mari, à ses deux fils. Pour le peu qu'elle en savait, tous trois avaient pu s'enfuir sains et saufs par les souterrains. Quant à sa fille, Jeanne, le hasard avait voulu qu'elle fugue, le soir même de l'invasion. Au moment où le tocsin d'alarme avait résonné au loin, la comtesse était en train de déverser verbalement sa colère contre elle, mais maintenant c'était l'inquiétude qui envahissait son coeur.

Elle observa l'homme en robe de bure du coin de l'œil.

De grande taille, Nirdrym en imposait par sa prestance, le sourcil épais et le poil noir et gris. Ses yeux sombres, légèrement globuleux, présentaient cette capacité de paraître dangereux aussi bien qu'amicaux, et parfois protecteurs. Quant à son sourire, elle n'en avait jamais vu de tel. Il illuminait son visage d'une aura séduisante et rassurante, un peu comme s'il disait : « Tout va bien se passer, vous êtes entre de bonnes mains, je suis là ! ».

Marguerite d'Albret secoua la tête intérieurement avant de plonger ses yeux dans les siens.

Elle devait s'en méfier comme de la peste.

« Qui êtes-vous *réellement*, messire Nirdrym ?

— Je suis abbé de Saint-Edern et premier conseiller de Sa Majesté, Charles V de France. »

La comtesse avait vaguement entendu parler de l'existence de cette éminence grise, mais… Elle loucha sur Sri-Satchanaril, l'Elfe à la peau de jais, souple et menaçante, qui lui jetait des regards assassins.

« Je… ne comprends pas. Êtes-vous traître à votre seigneur le roi pour côtoyer ce genre de *créature* ? »

La tension monta d'un cran tandis que tous les muscles de la Svartalfár se tendaient, sur le point de sauter à la gorge de la prisonnière.

La main calme de Nirdrym se posa sur l'épaule dénudée de l'Elfe.

« Tout doux, Sri, la curiosité de la comtesse est légitime, et je suis certain que dans sa bouche le mot de "créature" ne revêt aucun caractère insultant… N'est-ce pas, madame ? »

Marguerite d'Albret cligna des paupières puis acquiesça d'un murmure :

« Cela va de soi… »

Sur un ton honnête, mais du bout des lèvres.

« Quant à moi, poursuivit Nirdrym, nul ne peut me qualifier de traître, bien au contraire. Je respecte mes serments ainsi que les anciennes traditions. Et Charles de France me fait l'honneur d'écouter mes avis.

— Je vois. C'est donc sur son ordre qu'Albret subit en ce moment même les pires outrages ? Et vous vous croyez assez fort pour m'arracher autant de renseignements que possible pour traquer mon époux et mes fils ?

— J'ai appris à juger les gens, Altesse. Vous êtes persuadée que vous ne divulguerez rien, quelle que soit la souffrance que l'on pourra vous faire endurer, n'est-ce pas ? »

Marguerite d'Albret savait son esprit protégé, pourtant elle aurait aimé que le doute ne transparaisse pas dans son regard. Malheureusement, ce fut le cas.

Nirdrym fit mine de ne pas s'en apercevoir. Il prit un malin plaisir à laisser planer le malaise avant de passer à la suite.

« Nous avons également attrapé votre fille, Jeanne... »

Éclat de glace, le long de l'œsophage.

« C'est... impossible, elle ne se trouve pas... au château !

— En effet, elle a été capturée en rase campagne, en fuite, en compagnie d'un jeune palefrenier de vos écuries qui voulait l'épouser. Cela a-t-il un sens pour vous ? »

Hélas, cela en avait un.

La mine déconfite de la comtesse convainquit Nirdrym de ne pas ajouter que le corps de son mari avait été découvert carbonisé à la sortie des souterrains. Cela risquerait de faire trop.

« N'ayez crainte, Altesse, je ne m'abaisserai pas à menacer votre fille pour faire pression sur vous. Je laisse ce genre d'attitude aux rustres et aux mercenaires. Peu m'importe de découvrir où se terrent les membres de votre famille. D'ici quelques jours, le royaume de France aura reconquis la Bourgogne et ces informations n'auront plus la moindre importance.

— Mais alors, si vous dites vrai, si vous n'attendez rien de moi... Pour quelle raison me traitez-vous aussi... convenablement ? »

Nirdrym s'approcha et lui prit la main d'un geste courtois.

« Je ne suis pas le monstre que vous imaginez, comtesse, j'aime à offrir à mes adversaires le choix. Charles V et moi-même estimons que l'Église chrétienne abuse de son pouvoir en traînant les anciennes races et les vieux rites plus bas que terre. J'ai cru comprendre que les seigneurs et bannerets de Bourgogne, quoique chrétiens, ne se montraient pas hostiles aux peuples antiques et aux pouvoirs de la Source. Et je crois que vous-même avez des relations avec une ou plusieurs *fayes*. Je perçois leur pouvoir en vous. »

Marguerite d'Albret s'efforça de dissimuler son inquiétude.

« Où voulez-vous en venir, messire ? »

Il effleura le dos de sa main de ses lèvres.

« Prenez notre parti, comtesse ! Je stopperai immédiatement toute exaction sur vos terres je libèrerai votre fille et, d'ici deux mois, je restituerai le pouvoir à votre famille. Les *fayes* que vous abritez en secret n'auront plus à se cacher. Elles seront sous ma protection. Qu'en dites-vous ? »

Marguerite d'Albret cilla.

Il y avait moins d'une heure, elle se voyait achever son existence dans le sang, torturée, violée, brûlée, et à présent le principal conseiller du roi de France tenait sa paume dans la sienne et lui proposait un rapprochement… Un torrent d'espoir envahit sa poitrine. Une chaleur lui monta aux joues.

Intérieurement, Nirdrym esquissa un sourire vicieux.

La comtesse observa ses doigts puissants et élégants, jaugea son inégalable prestance, croisa son regard, et il y eut comme une résonnance. Se pouvait-il que, d'une manière ou d'une autre, cet homme… lui plaise ?

Par tous les saints, d'où venait cette pensée stupide ?

Ce n'était certes pas le moment !

Elle devait s'en méfier comme de la peste.

« Je… »

En dépit de son sourire rassurant, Nirdrym avait ravagé Albret par le feu. Elle aurait dû se sentir folle de rage contre lui. Le haïr, le détester. Pourquoi n'était-ce pas le cas ? Les liens de son mariage n'avaient jamais été ceux de l'amour mais bien qu'il soit de dix-neuf ans son aîné, son époux lui témoignait du respect et, contrairement à bien d'autres grands seigneurs avec leurs moitiés, il ne l'avait jamais violentée.

Malgré cela, une vie entière à se priver de passion, cela finissait par sembler long…

« Comtesse, le jour ne va pas tarder à décroître et je crains que les déchirures de vos atours ne vous protègent guère contre le froid. Sri-Satchanaril, va quérir les robes et les pelisses que j'ai placées pour notre hôte dans l'antichambre, s'il te plaît. »

Nirdrym offrait à Marguerite l'opportunité de clore cette journée la tête haute, de sauver ceux des siens qui pouvaient encore l'être. Et peut-être y avait-il derrière sa courtoisie une promesse personnelle qui l'attirait autant qu'elle l'effrayait. Elle n'avait pas retiré sa main tout en détestant la sensation agréable que lui procurait la chaleur de ces doigts sur les siens.

« Eh bien, Altesse, acceptez-vous ? »

Elle devait s'en méfier comme de la peste.

Pour autant…

Sa tête commença à acquiescer.

Ce geste déclencha en elle un vertige.

Le sort de protection des fayes *?*

Son oui se mua en non puis, plus diplomatiquement, en peut-être.

« Votre proposition d'alliance, messire, semble si… inattendue. Si impensable. Comprenez qu'il me faille y réfléchir. »

Nirdrym fut déçu, le charme naturel des porteurs de noir-sang n'avait pas agi. Quant à accorder davantage de temps à la comtesse, il n'en était pas question. Son visage se figea, il se redressa et recula d'un pas.

Sri-Satchanaril reparut à cet instant. Ses mains d'un noir d'encre déposèrent au pied du lit l'amas de riches tissus brodés d'or, passementés et doublés de fourrure, qu'elle portait comme une gerbe dans ses bras. Des vêtements luxueux et chauds.

Les traits de Nirdrym retrouvèrent leur sérénité, néanmoins son ton semblait à présent moins cordial.

« Je comprends mais je n'apprécie pas. Changez-vous, madame, cela vous aidera à réfléchir. Et la bassine sur la table est remplie d'eau tiède pour le cas où vous ressentiriez le besoin de nettoyer certaines de vos plaies. »

Marguerite entreprit de dégrafer deux boutons de son corsage déchiré puis hésita. Nirdrym croisa les bras, l'observant avec attention. Les doigts immobiles sur son bustier, la comtesse le fixa.« Auriez-vous l'amabilité de vous… retourner, messire… S'il vous plaît ? »

Nirdrym hésita puis pivota lentement en direction de la cheminée.

« Sri-Satchanaril, je préférerais que notre invitée ne se mette pas en tête de me poignarder à coups d'épingle à corset, alors garde-la à l'œil, s'il te plaît !… »

Pour patienter, le sorcelier enfourna une bûche dans l'âtre et entreprit de tisonner le feu afin de raviver les flammes.

L'Elfe noire s'approcha de la comtesse, la démarche menaçante, comme si elle avait l'intention de la mordre. Pure esbroufe, mais Marguerite d'Albret n'en menait pas large. Elle fit de son mieux pour ne rien laisser paraître, se pressant de défaire ses vêtements en cachant de son mieux sa nudité. Pendant qu'elle nettoyait grâce à un linge humide les saletés et les blessures de sa peau, l'autre tournait autour d'elle, un sourire carnassier aux lèvres. Autant Nirdrym semblait *relativement* sain d'esprit, autant cette sauvage aux yeux de nuit qui l'avait menacée des pires outrages lui glaçait le sang. Jamais la comtesse ne s'était sentie en posture aussi embarrassante. Et effrayante. Ses mains tremblaient. Elle se hâta d'enfiler la première robe venue, bordeaux, striée d'hermine, bataillant contre les plis intérieurs et les serrements du corset.

Nirdrym perçut que l'attention de Marguerite d'Albret était à présent fixée sur Sri Satchanaril. Il attendait ce moment pour tirer un sachet de drogue alchimique de sa manche. D'un geste mesuré, il en saupoudra une pincée sur le feu. Puis, de l'ongle métallique de sa main droite, s'infligea une coupure. Le sortilège s'acheva par un mouvement de doigts pendant que Marguerite ajustait ses vêtements, un dernier murmure sacré, et la fumée se fit invisible. Sur l'ordre mental du sorcier, elle s'éleva comme un tentacule transparent puis voleta jusqu'au visage de la comtesse.

Celle-ci toussa à deux ou trois reprises tandis que, les bras contorsionnés dans le dos, elle attachait la dernière agrafe.

La tête lui tournait, comme après trois verres de vin.

« L'humaine est habillée, mon maître ! » susurra l'Elfe noire.

Le sorcelier pivota avec une tranquillité affichée et enveloppa la comtesse d'un regard appréciateur. Malgré les éraflures sur sa peau de femme mûre, elle avait fière allure. Ses yeux crânes dissimulaient l'inquiétude derrière un voile de hardiesse et sa mâchoire se serrait de détermination. Ses paupières frémirent un instant avant qu'elle ne prenne la parole :

« Je… j'ai réfléchi, messire. Je suis d'accord. Si vous faites déguerpir cette *créature*, et que vous vous liez par Serment de sang de ne plus faire aucun mal aux habitants d'Albret et de rendre le pouvoir à ma famille, alors je prendrai officiellement le parti du royaume de France. »

Nirdrym cligna des yeux, surpris.

La poudre d'*onir*[19] avait pour effet d'accélérer la venue du sommeil et de rendre l'esprit plus malléable. Le sorcelier espérait contourner le sortilège de protection en passant par le plan des rêves. Pour autant, elle n'avait pas le pouvoir de faire changer ses victimes d'avis. Il semblait donc probable que la comtesse espérait gagner du temps.

Marguerite d'Albret tituba et s'adossa à la tête de lit.

La drogue commençait à agir.

« Je me sens *vague*, prononça-t-elle, portant la main à sa tempe.

— Votre journée a été difficile, madame, mais vous pouvez vous reposer à présent, nous reparlerons de notre accord au matin. Sri-Satchanaril veillera à l'extérieur de cette pièce, quant à moi, vous avez ma parole que je n'abuserai pas de la situation et que je ne vous ferai aucun mal.

— Mais vous… »

Lentement, la comtesse se laissa glisser en position allongée, sans se soucier du fait qu'elle venait juste de s'habiller.

« Je… »

Ses paupières se fermèrent, elle s'enfonça en quelques secondes dans un sommeil profond.

---

19 Matière mouvante qui compose les rêves.

Nirdrym hocha la tête. Ses yeux redevinrent froids comme la mort. Il s'assit à côté d'elle, caressa son poignet et posa ses doigts à l'endroit qui permet de sentir les battements de cœur. *Âtmān ājñākāritā !* Il inspira profondément et ses pupilles se révulsèrent. *Manāmsi upāghrā !* Lentement, sa conscience enlaça celle de la dame.

Il ne voyait plus la pièce, son esprit naviguait sur un océan d'*onir*, , couleur perle, dans un état proche de l'hypnose. Cet environnement prêt à être façonné attendait servilement les ordres de sa volonté. Il modela une image de lui-même, colorée, puissante et emplie de bienveillance. Il appliqua son désir à « marcher » en direction du reflet chatoyant de Marguerite d'Albret, allongée sur un lit à l'identique de celui de la chambre réelle.

Là, il formula une onde :

« Percevez-vous ma présence, comtesse ? »

Une réponse claire, apaisée.

« Oui, messire.

— Savez-vous qui je suis ?

— Vous êtes l'abbé de Nirdrym, premier conseiller de Sa Majesté Charles V, le roi de France.

— Merveilleux. Vous souvenez-vous que j'ai fait serment de protéger la *faye* de votre comté ?

— O-oui, messire… Il me semble.

— C'est le cas. Seulement, pour respecter cette parole il me faut savoir où la trouver, n'est-ce pas ?

— À l'évidence.

— Alors, allons-y, Altesse, je vous suis. Ayez l'obligeance de laisser votre rêve me guider jusqu'à elle… S'il vous plaît. »

Le corps allongé se crispa. Une résistance impressionnante. Nirdrym le berça de la vague agréable de l'endormissement, et il s'alanguit à nouveau.

Autour de la tête de la comtesse, l'*onir* se brouilla puis s'éclaircit, se démultipliant jusqu'à l'horizon, en écailles de paysages verdoyants, de forêts, de sous-bois et de monts. Quelques constructions religieuses également. Mais ce début de tableau ne parvenait pas à former un tout, il fluctuait, s'effaçait et se recomposait sans arrêt, comme un puzzle dont les pièces vivantes s'acharneraient à ne pas demeurer en place.

« Je… je ne puis divulguer ce savoir, messire !

— Faites un effort, Altesse, il en va de la sécurité de votre comté !

— Je… »

Soudain, la verdure printanière se mua en ronciers aux épines sombres de deux pieds de long. Un mur acéré et bouillonnant bloquant l'esprit du sorcelier et se frottant à lui, tentant de le déchirer de toutes parts. Faisant fi de la douleur, celui-ci s'appliqua à conserver son aura de sérénité. Bienveillance. Calme. Force tranquille. Les piques qui auraient déchiqueté des âmes moins aguerries ne pouvaient rien contre un porteur de noir-sang, ami de la souffrance depuis des siècles.

« Je comprends, Altesse. N'ayez crainte. Placez votre confiance en moi, je vous épaulerai afin de conserver votre secret. »

Flux réconfortant. Amitié. Loyauté. Sincérité. Se présenter comme un soutien, une solution, et non un danger. Les buissons barbelés d'*onir* se firent moins agités. D'abord hésitantes, les épines s'effilochèrent les unes après les autres en traînées vaporeuses. Et la forêt rêvée du comté d'Albret se para à nouveau d'une fraîcheur sereine. Pour autant, le paysage semblait à présent figé.

« Je… J'ai le vertige, messire… »

Toujours le charme de protection.

« Prononcez le nom du lieu !

— Je ne puis… »

Nirdrym grimaça. Il devait trouver autre chose. Il effaça sa propre image et la remplaça par celle des enfants de la comtesse.

« Mère, je vous en supplie !

— Jeanne, Clem, Arlain ?

— Oui, mère ! La Sainte Inquisition écume nos forêts. Le temps presse, faites-nous revivre vos souvenirs ! »

Nirdrym accompagna cette requête d'un coup de pouce mental appuyé et, cette fois, ce fut comme s'il crevait une canalisation. Un flot d'images, de sons, d'odeurs, de sensations inonda l'*onir*.

« Il nous faut sauver la *faye*, mère… » ajouta-t-il.

Les souvenirs s'égayèrent par milliers en nuées de papillons, à l'exception de quelques-uns.

Nirdrym aperçut un visage féminin, beau et ancien, et, soudain, il sut son nom.

Quant à l'environnement : une source au cœur d'un bosquet d'arbres blancs, située au centre d'un cloître arboré, encadré d'une promenade de pierre, dans laquelle débouchaient des bâtiments, chapelle, réfectoire, scriptorium, dortoir de cellules … Un monastère. Dans un tourbillon, fonçant au ras du sol ou glissant sur les ailes du vent, haut dans l'atmosphère, les images défilèrent, révélant un domaine de la taille d'une petite seigneurie. De chemin en ruisseau, de vignes en champ de seigle, de grange en pressoir à vin, on cernait un prieuré, réservé aux moniales, localisé à une lieue des bâtiments masculins. Un moulin, des forges, des mines de sel… Traversées de part en part par la grand-route qui remontait au nord en direction de Troyes, Provins, Lagny et Bar-sur-Aube, les cités des foires de Champagne…

Sans nul doute, il s'agissait là de l'abbaye cistercienne de Clairvaux.

À l'intérieur de l'enceinte réservée aux sœurs, à Cisfontaine, la *faye* se dissimulait, parée d'une aube blanche et d'une chasuble noire. Moniale parmi les moniales. Son nom était Melisandre, la Merveille de l'eau, la Brume des lacs. Elle était de chair, de sève, de bois, elle était l'ultime fée guerrière de Bourgogne, née de l'amour d'une *faye* et de l'esprit d'un rêve. Nirdrym décela sa présence dans des souvenirs plus lointains de Marguerite d'Albret, au jour de son mariage avec le comte. Son visage aussi pur qu'il l'était aujourd'hui, si jeune qu'on lui aurait donné seize années d'âge. Dissimulée derrière un pilier, elle bénissait les époux de sa protection ensorcelée. Il la vit encore aux baptêmes des enfants, octroyant à chacun des dons magiques, et aussi lors de la mise en terre d'un cousin. Démêlant les écheveaux, il comprit que, depuis les Croisades noires, le destin de la *faye* était noué à celui de la famille d'Albret. Protection mutuelle et secret escamoté. Une fée dévoyée, traîtresse aux divinités antiques, transigeant avec les moines du dieu crucifié, exactement comme l'avait fait Merlin le maudit, en haute Bretagne, il y a si longtemps. À moins qu'elle ne simule sa soumission dans le but de préserver son existence, auquel cas il serait envisageable d'en faire une alliée.

Quoi qu'il en soit, le danger que cette créature représentait pour les calculs de Nirdrym paraissait élevé. À l'image de la grande Entayàma Mëlindoë Silune – la dernière reine des *fayes* à avoir régné sur Verteprofonde, celle qui avait autrefois vaincu Volkor-Gonor –, cette Melisandre devait connaître le talon d'Achille des dragons, ainsi que la manière de leur faire mordre la poussière.

Le grand ver pourpre cracheur de feu qui avait porté les flammes dans tout Albret représentait l'une des cartes maîtresses du sorcelier.

Une telle chose ne devait pas advenir.

Ce qui impliquait de se résoudre à mettre la *faye* d'Albret hors d'état de nuire, au plus tôt.

Nirdrym autorisa sa conscience à glisser à nouveau dans son corps matériel pour se synchroniser avec les battements de son cœur et les impulsions de son cerveau.

Il se massa la nuque, s'accordant encore quelques minutes de réflexion.

L'emplacement de l'abbaye de Clairvaux ne représentait un secret pour personne. Quant au prieuré réservé aux femmes, les souvenirs de la comtesse permettaient de le localiser avec précision, à proximité du hameau de Cisfontaine.

Le sorcelier souleva le corps endormi de Marguerite d'Albret et le porta jusqu'à l'Elfe noire dans le couloir extérieur de ses appartements.

« Sri-Satchanaril, ma toute belle, j'ai donné ma parole de ne pas faire de mal à notre invitée. Puisque ce n'est pas ton cas, je te laisse le soin d'enduire son corps pour le sacrifice et de convoquer quinze reîtres parmi ceux qui nous servent. Dès que vous aurez procédé, je vous indiquerai votre itinéraire et vous partirez pour Clairvaux. Si les Ogres n'ont pas encore brûlé l'abbaye, vous le ferez, mais d'abord vous traquerez la *faye* qui s'y cache !

— À vos ordres, maître ! Il en sera fait selon vos désirs !

— Si jamais il est possible de la ramener en vie, fais-le ! »

CHAPITRE 17

Albret, fin d'après-midi du 31 mars 1365.
Relevé de la pierre d'Okma de Dùn.

*

À en croire le jeune seigneur borgne Arlain d'Albret, le prieuré féminin des moniales de Clairvaux se situe à une lieue à l'est du monastère principal, à l'écart du village de Cisfontaine. Il prétend y avoir accompagné son père à plusieurs reprises. Malgré cela, le cloître a l'air aussi dur à dénicher qu'une nonne dans une maison de passe. Nous tâtonnons depuis le milieu de l'après-midi dans la forêt. Des broussailles partout. Au point que, malgré mes chausses, mes jambes ressemblent à un massif de ronces. Heureusement que les râleries de Rogier et les traits d'esprit d'Eloi détournent mes pensées de l'agacement que je commence à ressentir.

« Par la sainte chiasse, c'est pas des épines, c'est de la maille barbelée, ces saloperies ! grogne le premier. Y en a autant que de poils sur le cul de ma tante, et on jurerait qu'elles en ont après mes balloches ! »

Le langage de sire Rogier-le-rouscailleur suggère qu'il n'est pas de haute naissance. Il a dû servir dans les troupes de rang avant de se faire adouber. Probablement pour faits d'armes.

« Il ne semble pas impossible que ce soit une punition du Tout-Puissant pour vos péchés de gourmandise… suggère le prêtre.

— Des péchés de gourmandise ? Vous vous fourrez le doigt dans l'œil, curé ! rétorque l'épais chevalier. Quand j'étais jeunot, j'étais tellement costaud que ma mère racontait que j'avais dévoré mon jumeau dans son ventre. Je n'ai jamais su s'il y avait un fond de vérité là-dedans mais, dans le doute, et par respect pour l'âme de mon frangin potentiel, je m'applique à becqueter pour deux. C'est pas de la gourmandise, c'est de la contrition !

— Si vous le dites. »

Et à peine quelques instants plus tard :

« Par la croix du Christ, j'en ai ras la timbale de jouer à la toupie au milieu des futaies ! Je suis prêt à miser ma ceinture qu'on a déjà croisé ce bouleau ! enchaîne Rogier.

— Vous avez certainement raison… raille le prêtre. Ce n'est pas comme si des arbres fins à tronc blanc, il y en avait une douzaine de milliers à moins d'une lieue à la ronde !

— Padré, vous me chauffez les oreilles à prendre toujours mon contre-pied !

— Vous me faites de la peine, Rogier, moi qui m'efforçais d'aller dans votre sens… »

Je m'approche pour murmurer à proximité de son oreille :

« Vous avez mauvais fond, mon père ! »

Celui-ci me regarde, la prunelle brillante.

« Avec toute l'eau bénite que j'ai siphonnée dans ma vie, cela m'étonnerait, écuyère.

— Arrêtez, vous trois, lâche Arlain. Regardez, c'est par ici ! »

Il écarte une brassée de fougères pour dégager une petite colonne de pierre gravée d'une fleur d'eau, symbole de l'ordre de Cîteaux.

À sa suite, nous progressons à flanc de coteau jusqu'à une crête et débouchons enfin, après une centaine de mètres, sur l'essart occupé par les terres cultivées, le moulin et les bâtiments des cisterciennes.

Les trois hommes font silence autour de moi et je grimace.

Chalaëlle !

La Mort a fait une putain de moisson ici.

Il y a eu des massacres et peut-être un combat.

Une huitaine de corps en robe blanc et noir de l'ordre de Cîteaux. Les murs du prieuré sont éclaboussés de rouge tirant sur le marron, et le double battant de bois surmonté d'un tympan de pierre qui donne accès au cloître a été attaqué à la hache. Mais la porte a tenu. Deux cadavres d'Ogres gisent devant l'entrée au milieu d'une mare sombre.

Les yeux de Rogier se plissent. Bien que dépourvu d'arme, le chevalier s'engage le premier comme pour s'interposer entre nous et tout danger éventuel. Nous lui emboîtons le pas, le nez froncé à cause de la puanteur. Les deux monstres sont bel et bien clamsés. Étrangement enlacés.

Quel genre de moniale a pu avoir raison d'eux ?

« C'est le pouvoir de la *malveine* ! murmure Arlain, d'une voix empreinte de respect. La *faye* qui imprègne ces lieux de sa présence en cultive le mystère. »

Il sait de quoi il parle. C'est la petite cachotterie de sa lignée qu'il m'a révélée sur le chemin... Dame Melisandre, l'ultime fée de la dynastie sylvestre de Bourgogne, s'est placée, il y a une centaine d'années, sous la protection des comtes d'Albret. En échange, elle offre depuis sa bénédiction aux nouveau-nés de la famille.

Je prête attention aux deux cadavres musculeux.

Pour avoir joué de malchance, ils ont joué de malchance... La hache du premier, balancée avec trop de force, s'est déboîtée, la tête et la lame ont ricoché dans la gorge du second qui, dans un réflexe de vengeance, a dû empaler son camarade en tombant. Redoutable.

Rogier nous fait signe de lui emboîter le pas.

Le fumet du sang et des déjections donne des haut-le-cœur. Contournant les immondices, nous atteignons la chaîne qui actionne la cloche d'entrée. Eloi la tire à trois reprises, ce qui occasionne des tintements clairs. Aucune réaction. Il recommence. Encore. À la quatrième sonnerie, on entend des pas de l'autre côté. Plusieurs personnes à ce qu'il semble. De faible corpulence.

« Par la Vierge Marie, qui est là ? s'inquiète une voix fluette, moitié effrayée, moitié menaçante.

— C'est le père Eloi, ma sœur, j'accompagne le jeune seigneur Arlain d'Albret. Il faut nous laisser entrer. »

Hésitation et murmures affolés. Quelques secondes, puis :

« Il... Il n'y a plus d'Ogres dehors, n'est-ce pas ?

— Les deux devant la porte sont tout ce qu'il y a de plus morts. Nous n'en avons pas croisé d'autres. »

Le bruit d'une barre de fer retirée pour débarrer la porte.

Trois moniales en voile écartent les vantaux pour nous ouvrir, livides, la plus jeune tremble de tout son corps. Elles balbutient que normalement aucun homme n'est autorisé à pénétrer à l'intérieur de l'enceinte. Eloi leur adresse un sourire rassurant et les écarte avec douceur, leur répétant qu'il est prêtre et que rencontrer la mère supérieure revêt un caractère de la plus extrême urgence.

« C'est même une question de vie ou de mort, mes sœurs, l'interrompt Rogier. Plus précisément, *votre* vie et *votre* mort ! »

Le teint déjà pâle des femmes vire plus blanc que leur voile. Elles marmonnent quelques mots d'acceptation puis nous indiquent de les suivre. Après avoir traversé la basse-cour d'office, les couloirs de pierre que nous empruntons sont éclairés à la bougie. La lumière naturelle pénètre rarement ici. Elles nous guident vers le quadrilatère d'un cloître, belle cour intérieure à l'air libre, que le printemps fait fleurir, puis vers la chapelle. Cette église paraît bien plus modeste que celle des monastères masculins, elle ne doit pas accueillir plus d'une vingtaine de sœurs. Mis à part celles qui sont venues à notre rencontre, toutes les autres ont trouvé refuge ici, agenouillées en arc de cercle autour de l'autel, en prière.

La supérieure se lève à notre approche, une expression sévère sur le visage ; les autres font de même l'une après l'autre, et le silence se rompt en chapelets de murmures. J'observe l'abbesse. Ainsi, c'est elle. Une *faye* authentique ! J'ai bien retenu mes leçons, capitaine, il faut observer les yeux, c'est cela ? Leur teinte est censée varier en fonction de ses sentiments.

Autour de nous, certaines des nonnes paraissent reconnaître Arlain, d'autres posent sur Eloi un regard familier. L'une d'elles lui adresse même un hochement de tête timide auquel il sourit en retour. Serait-ce un pincement de jalousie dans ma poitrine ? *Chalaëlle*, cela faisait un bail que ça ne m'était pas arrivé ! Je cligne des yeux, surprise. *Allons, ma fille, tu n'es plus une gamine !* En plus, il n'est même pas mon type. *Enfin si, un peu, à sa manière*. Quand son regard s'éclaire, ça ressemble à un cadeau. Il est malin, gentil, fragile, sûr de lui et, surtout, complètement inaccessible. C'est bien mon genre d'en pincer pour les hommes que je ne pourrai jamais avoir.

Cela dit, les prêtres font vœu de célibat, pas de chasteté...

Mais, par tout ce qui est sacré, il faut que j'arrête de penser n'importe quoi !

Sourcils froncés, je m'efforce de concentrer mon attention sur la *faye*. Ses traits ont conservé la perfection de la jeunesse mais ses yeux, soulignés d'un pli autoritaire, semblent se parer d'une sagesse ancienne. D'un geste posé, elle signifie aux sœurs de retourner à leurs prières puis incline la tête devant Arlain. Celui-ci l'engage à nous suivre à l'écart, jusqu'aux abords du confessionnal installé le long du mur.

Sitôt à l'abri des oreilles indiscrètes, la supérieure prend la parole, le regard fixé sur le bandeau qui cache l'œil percé du jeune seigneur :

« Par le Christ miséricordieux, que vous est-il arrivé, mon filleul, et qu'est-il en train de se passer dehors ? Nous avons subi un assaut d'*Ogres* !

— Marraine, je… je ne sais que répondre. Albret est assaillie par des clans de dévoreurs, épaulés par une ou plusieurs compagnies d'écorcheurs, ainsi que par le *dragon écarlate* dont les légendes racontent que votre lignée s'était rendue maîtresse, il y a des lustres. Mes… mes parents… Ils sont… »

Sa voix se brise.

Une lueur de compassion chez son interlocutrice.

« Et votre œil ? s'inquiète-t-elle.

— Emporté lors d'une escarmouche », répond Rogier à sa place.

La mère supérieure grimace et place sa main sur l'épaule du garçon, ses iris se colorent d'une teinte mordorée et sombre. Elle marmonne une prière à une allure presque impossible à suivre et, de sa seconde main, serre son chapelet. L'objet doit être muni d'une griffe d'acier, car quelques gouttes de sang suintent le long des perles de bois. Un sang blanc. *La sève des* fayes. Le faciès tendu d'Arlain paraît retrouver de la vitalité.

« C'est à cause du dragon que vous venez à moi, mon filleul, n'est-ce pas ? »

Le jeune seigneur acquiesce, plein d'espoir.

« Marraine, il faut le combattre et le défaire, ainsi que le fit votre mère ! »

Une seconde de temps suspendu.

« C'est un grand malheur, mais vous devez comprendre que je… je ne saurais y parvenir. La puissance des drakhs est formidable. Ainsi que la plupart des êtres créés aux premiers âges, ils sont imperméables à la *malveine*. Quant à la magie ancienne, les envoûtements majeurs se sont taris, trop d'ingrédients sont désormais inaccessibles. Cela étant, quand bien même je souhaiterais livrer cette bataille, j'ai fait serment à votre maison de ne plus *jamais* combattre et de me consacrer *uniquement* à la spiritualité et à la prière, à jamais… »

Arlain serre les poings et réfléchit.

« S'il le faut, je vous délivrerai de ce serment !

— Ce n'est pas si simple, enfanson d'Albret.

— Pourquoi cela ?

— Les pouvoirs anciens lient les âmes bien plus profondément que les entraves matérielles.

— Mais, les Ogres… Vous les avez pourtant…

— Il m'est loisible d'utiliser mes dons pour me défendre, mais ainsi que je vous le disais, le peu qu'il me reste, le dragon n'en aurait cure. »

Les traits du jeune seigneur s'affaissent tandis qu'il réalise que ses espérances sont vaines ; en un instant, il redevient un enfant perdu dans un monde hostile ; un monde qui, une fois de plus, vient de lui cracher au visage.

« Cependant, Arlain… Si Volkor-Gonor, *Forge-Gorge*, est redoutable, il n'est pas invincible. Je ne puis prendre le dessus sur lui en affrontement singulier, en revanche, ne perdez pas courage, il demeure peut-être certains savoirs susceptibles de l'entraîner à sa perte… »

CHAPITRE 18

Albret, fin de journée du 31 mars 1365.

Inspiré du *Dit des âges finaux*, chroniques probablement imaginaires du clan d'*Urdan d'O*. Cantique de l'esclave.

*

Sri-Satchanaril considérait n'avoir d'esclave que le nom. Il est vrai qu'elle *appartenait* à Nirdrym, le Frère des dragons, comme un objet animé, au sens où l'entendaient les anciens Grecs. À savoir que son maître pouvait disposer d'elle selon son bon vouloir, de la racine des cheveux jusqu'à la plante des pieds. Il était libre de la vendre, de lui faire du bien ou du mal, et même de lui ôter la vie. Sri-Satchanaril avait été livrée en offrande dès son plus jeune âge afin de sceller l'alliance des derniers *Moriyänt Iëlfélanin*[20] avec Laïloken, l'ultime rempart de l'Ancien monde. Cependant, à ses yeux, cette apparence ne correspondait pas à la réalité. Le statut qui était le sien, elle le chérissait comme un honneur. Nirdrym tenait à elle, elle le savait, il prenait soin d'elle, elle n'avait qu'à se laisser guider. Obéir n'était-il pas le verbe le plus reposant du monde ? Au nom de son maître, elle sacrifiait, elle assassinait, elle torturait, elle se livrait, corps et âme. Aujourd'hui, elle était l'extension de sa volonté, l'arme mortelle qui accomplissait ses désirs.

Les yeux douloureux à cause de la luminosité du couchant, elle observa au loin un groupe composé de quatre personnes en train de pénétrer à

20 « Les Elfes des ténèbres ».

l'intérieur du prieuré. Un homme d'armes, sans arme, un prêtre, boiteux, un gamin, borgne, et une femme, souple mais menue. Rien de bien inquiétant.

Elle fit signe aux mercenaires qui l'accompagnaient de la rejoindre. Les Ogres morts devant l'entrée ne lui disaient rien qui vaille, pour autant nulle crainte n'obscurcissait son cœur : la *malveine* des *fayes* ruisselait sur les Svartalfár telle la pluie sur les plumes d'un corbeau. Quant aux quelques poignées d'oiselles en robe blanc et noir qui s'enfermaient à l'intérieur de ces murs, aucune ne constituait une menace.

Aux côtés de Sri-Satchanaril, quinze écorcheurs de la compagnie de Gruau de Tristemort – embauché pour le coup de force sur Albret – sortirent des fourrés. Ils prirent le chemin du prieuré. Les soudards, sales et dépareillés, jetaient à l'Elfe des œillades méfiantes, comme s'ils craignaient que cette sombre créature ne leur porte malheur. Ils étaient dressés pour obéir et tuer, mais la moitié était plus stupide qu'un lion affamé. Pour autant, tous savaient qu'il valait mieux ne pas se frotter à celle qui les dirigeait. Un peu patauds, accoutrés de bric et de broc, on percevait dans leurs mouvements que le combat faisait partie intégrante de leur existence.

Sri-Satchanaril ajusta sa capuche afin de se protéger de la lumière de la fin du jour et renforcer son allure dangereuse. Tant qu'elle avait voyagé dans la forêt, les ombres lui avaient fait escorte, mais à présent qu'elle sortait en terrain découvert, elle se sentait vulnérable.

Aucun cri d'alarme ne résonna à l'approche du porche. Personne n'observait par le judas. Bien qu'abîmée par les précédents coups de hache des Ogres, la double porte, barrée de l'intérieur, s'annonçait difficile à forcer. Y mettre le feu pourrait avoir des conséquences imprévisibles. Sri-Satchanaril éprouva les moellons du bâti et leva les yeux. Pour contourner l'obstacle, les petites colonnes et le fronton de pierre allaient lui faciliter la tâche. Entortillant sa capeline en écharpe pour éviter toute gêne, elle assura le pied sur une première prise et sauta avec la souplesse d'un chat jusqu'à une deuxième, qu'elle attrapa à deux mains. Un pied écarté pour l'appui sur le coin du tympan, elle se propulsa à nouveau vers le haut. Deux toises de paroi avalées en moins de temps qu'il en faut pour prononcer « Sésame, ouvre-toi ». Mouvement de bascule sur l'autre versant, côté cour. Chute souple. Rétablissement au sol. Trois battements de cœur plus tard, elle déposait la barre de fer qui condamnait l'ouverture sur le coin du mur.

Les quinze reîtres de la compagnie de Tristemort la dévisagèrent entre admiration et défiance. Sans mot dire, ils la rejoignirent dans une manœuvre chaotique mais bien maîtrisée. Ils savaient que mieux valait éviter de révéler leur présence pour l'instant. Se penchant jusqu'à terre, Sri-Satchanaril scruta à la recherche d'indices indiquant la direction qu'avait prise le groupe de quatre entré juste avant eux. Il semblait probable que l'on mène ces nouveaux arrivants devant la mère supérieure pour se présenter.

Repérer leurs traces à travers la basse-cour sur le sol meuble fut facile. Facile encore de suivre les éclaboussures de boue déposées par leurs chaussures dans le hall jusque dans les couloirs du bâtiment principal.

À mesure que les écorcheurs s'enfonçaient dans les corridors illuminés de torches, ils percevaient des cantiques. L'idée de faire couler le sang en ce lieu religieux au mépris du droit d'asile énoncé par l'Église ne les inquiétait guère. Voués à l'enfer, ils l'étaient tous depuis longtemps. Et quand bien même cela n'aurait pas été le cas, qui donc pourrait connaître leur nom pour les excommunier ?

Soudain, au détour d'une volée de marches, une porte s'ouvrit, à moins d'une toise devant les premiers. Une moniale, lanterne à la main, qui avait eu la triste idée de s'éloigner des autres pour se rendre au petit coin. Sa bouche s'ouvrit pour crier. Une note aiguë, étouffée dans l'œuf par la pogne épaisse de l'un des vétérans qui l'attira à lui pour la bloquer. Elle se retrouva au milieu de la meute, écarquillant des yeux affolés. Le gars qui la maintenait, habitué à violenter des paysannes, avait déjà la main sur sa poitrine.

« Vous voulez qu'on en fasse quoi, dame noire ? »

Sri-Satchanaril fit un pas et gifla l'homme à la volée.

« Couché, humain dégénéré ! Il s'agit d'une représentante d'un *dieu* ! Que le sien soit faible et crucifié ne change rien, même si tu décides de l'occire, tu lui dois le respect ! »

D'un coup d'épaule au plexus, elle déséquilibra le reître et prit sa place dans le dos de la moniale. Dans un geste fluide et vif, elle lui brisa la nuque, murmura les paroles de consécration à Eqsi Eqsaëth et accompagna le corps à terre. Puis elle déposa un baiser sur le front, ferma les paupières de la sœur et agença les bras afin qu'ils se croisent sur la poitrine.

Quand elle se redressa, les chants, plus loin, s'étaient tus.

CHAPITRE 19

Relevé d'okram de Dùn.

*

Nous échangeons quelques mots avec la *faye* à l'écart des moniales dans la chapelle baignée d'odeurs d'encens et de cire. Soudain, le visage de dame Melisandre se fige, sa voix se fait diaphane.

« Avez-vous senti ? »

Je jette un œil à Eloi, Rogier et Arlain. Visiblement, leur réponse est tout aussi négative que la mienne.

« Senti quoi, ma dame ? »

La *faye* au long voile blanc se retourne vers les autres sœurs et leur fait signe de cesser leur prière.

« Une âme vient de monter au ciel. Non loin d'ici. Tout près. »

Elle observe intensément le groupe des nonnes regroupées près de l'autel, baigné par la lueur du gros cierge de Pâques.

« Sœur Mina n'est plus des nôtres… Nous nous trouvons en grand danger. Il faut fuir, tout de suite !

— Mais les Ogres n'ont pas pu…

— Il ne s'agit pas des Ogres ! Venez par ici ! Et vous également, mon filleul ! Le mal approche. Je le sens ! »

CHAPITRE 20

Inspiré du *Dit des âges finaux*, cantique de l'esclave.

*

Sri-Satchanaril pénétra dans la chapelle telle une déesse guerrière dans le temple d'ennemis vaincus, sûre de sa victoire, lames d'obsidienne en main, psalmodiant les chants de combat du clan *d'Urdan d'O*, auquel elle avait autrefois appartenu. Elle était prête à trancher dans le vif de toute stupide résistance qu'elle pourrait rencontrer.

À sa suite, les quinze écorcheurs, dont certains munis de torches, investirent l'espace en beuglant les cris de ralliement de la compagnie de Tristemort. S'ils avaient l'intention de tétaniser les femmes qui se trouvaient là, ils en furent pour leurs frais. L'endroit était désert.

Il y régnait ce silence qui habite les lieux sacrés aux plafonds taillés pour les géants.

L'Elfe noire plissa son nez aquilin et huma l'atmosphère.

Les fragrances de l'encens brûlé n'étaient pas les seules à flotter dans l'air. Elle sentait les effluves de la peur.

À terre, quatre missels traînaient, abandonnés à la hâte.

« Ceux et celles qui priaient céans viennent de quitter les lieux. Sans emprunter le corridor que nous venons de prendre. »

De toute évidence.

« Ils sont encore là, trouvez-les ! »

CHAPITRE 21

Relevé d'okram de Dùn.

*

La prudence me recommande de demeurer immobile malgré la fébrilité. Les échos de rage haineuse d'une quinzaine de reîtres déflorent l'atmosphère de la chapelle, à quelques pas à peine de la cachette magique que nous a tissée dame Melisandre. Ces brutes dévastent tout.

Souvenirs de cauchemars et d'Inquisition.

Si jamais ils mettent la main sur nous !…

Ça fait froid dans le dos.

J'ai du mal à avaler ma salive.

Une saloperie d'Elfe noire les dirige !

Des Ogres, un dragon ancien et, maintenant, ça ?

Les soudards sillonnent les travées. Certains d'entre eux passent si près que leur odeur de musc agresse mes narines.

J'ai l'habitude, lorsque je change de visage, de croiser des regards vides de toute reconnaissance mais, là, ils ne nous voient tout simplement pas.

Je jette un œil incrédule à dame Melisandre.

La sève blanche des *fayes* s'écoule avec lenteur et régularité d'une plaie qu'elle s'est infligée à la base du cou. Ses paupières sont closes, aussi sereines qu'un lac de montagne au matin, et ses lèvres se meuvent en une litanie silencieuse.

Collés au mur, tous les autres – moniales et hommes d'Albret – n'en mènent pas plus large que moi. Une tache humide s'étend sur l'aube de l'une des sœurs, au niveau de l'entrejambe. La plupart ont les mains jointes en prière, y mettant tout le poids de leur peur additionné à celui de leur espoir.

Respirer le plus calmement possible.

J'ignore si le sortilège d'illusion de la *faye* camoufle également les sons, mais dans le doute…

Dans l'alcôve où nous nous sommes réfugiés, non loin du chœur, l'air tout entier fluctue en circonvolutions transparentes et huileuses, comme au-dessus d'un feu de poix. Si je me fie à ce que je ressens, la magie ne fonctionne pas de la même manière que mon pouvoir. Elle ne *courbe* pas la lumière et ne filtre pas les spectres de couleur, la Source semble plutôt *peindre* dans l'atmosphère une image, une sorte de tableau provenant de son esprit.

Est-ce que je serais capable d'obtenir un résultat similaire ?

Il y a tant d'éléments à contrôler, pas sûr que j'aie la force de tenir plus de quelques secondes.

En tout cas, les routiers qui s'agitent à proximité semblent persuadés de longer un mur vierge de décoration, une paroi grise, insignifiante.

Espérons qu'ils se lassent avant que l'un d'eux n'ait l'idée pathétique de pisser dessus.

CHAPITRE 22

Inspiré du *Dit des âges finaux*, cantique de l'esclave.

*

Les reîtres obéissaient à l'ordre de fouiller sans prendre de gants. En quelques minutes, les bancs de la petite église valsèrent, le confessionnal fut renversé, l'autel dépouillé, même le grand crucifix, arraché du mur, finit au sol, désossé. Ils firent main basse sur les objets de valeur en ivoire, en argent, en tissu brodé, en or, puis l'un d'eux découvrit, dans un recoin, la porte étroite qui menait à la sacristie.

Ils la défoncèrent, réduisant les meubles à l'intérieur en petit bois et pillant tout ce qu'ils pouvaient sur leur passage.

De là, une poterne débouchait sur une arrière-cour abritant un jardin potager. Il faisait presque nuit.

En inspectant la terre humide sur les premiers mètres, Sri-Satchanaril ne discerna aucune trace de passage.

L'Elfe noire serra les dents.

Les fugitifs ne paraissaient pas s'être réfugiés par ici. Pourtant, c'était la seule issue. Ce devait être l'œuvre de la *faye*. Aurait-elle usé d'un charme d'illusion ? L'Elfe n'y avait pas pensé jusque-là, car les fées guerrières n'étaient pas réputées pour en maîtriser les arcanes.

Quoi qu'il en soit, il était hors de question que sa proie lui échappe.

CHAPITRE 23

Relevé d'okram de Dùn.

*

À mes côtés, les yeux de dame Melisandre s'ouvrent soudain en grand !

De ce que je peux percevoir, la plupart des reîtres ont quitté la chapelle. Ils grognent et s'interpellent dans la sacristie et certains s'éloignent par l'issue arrière, dans le jardin.

C'est notre chance !

La *faye* semble être arrivée à la même conclusion.

L'air vibre autour de nous et le voile du sortilège qui nous masquait donne l'impression de fondre dans un scintillement. La réalité reprend ses droits et l'alcôve originelle – avec sa statue de sainte Anne, ses prie-Dieu et sa table à bougies – est à nouveau visible.

Le visage fermé, elle pose un doigt vertical sur ses lèvres. Le message est clair : profiter de ce répit pour fuir en silence, avant que les ennemis ne reviennent.

« Mais… »

La main d'Eloi se plaque sur la grande bouche de Rogier pour étouffer son murmure.

Le regard noir mais sans perdre davantage de temps, dame Melisandre se presse en direction de la sortie principale de la chapelle.

CHAPITRE 24

Inspiré du *Dit des âges finaux*, cantique de l'esclave.

*

Dans la cour, à quelques pas de la porte de la sacristie, les oreilles d'Elfe de Sri-Satchanaril frémirent.

Était-ce un staccato de bruits ténus : des frottements accompagnés de murmures contenus ?

Elle se figea.

« Vous tous ! Demi-tour ! Vite ! »

CHAPITRE 25

Relevé d'okram de Dùn.

*

Le jeune seigneur Arlain est livide dans le corridor qui nous éloigne le plus rapidement possible de la chapelle.

« C'est après moi qu'ils en ont, marraine ! lâche-t-il. Je vous ai placée en grand danger en venant ici. Partez devant, fuyez avec l'écuyère et Rogier. Avec Eloi, nous allons rester et nous rendre !

— Et moi, je suis incapable de courir, de toute façon », ajoute le prêtre d'une voix blanche.

Il est des instants où l'existence se joue tout entière. Les souvenirs de mon passage aux mains de l'Inquisition, cette fameuse nuit où vous m'avez sauvée, capitaine, envahissent mon esprit. Je crève d'envie de faire comme ils disent. De ne pas demander mon reste, de prendre mes jambes à mon cou et de me trisser en les laissant derrière pour occuper les enfoirés qui nous cherchent. Mais cela me ferait honte. Et le regard triste d'Eloi achève de me convaincre d'accepter le risque de la douleur et de la torture.

La voix de dame Melisandre susurre :

« Je n'accepte pas votre proposition, Arlain. Demeurez par-devers moi, une *chance* se trouve encore à notre portée ! »

Le sens du sacrifice a ses limites, je perçois le soulagement d'Arlain et d'Eloi. À moi aussi, les mots de la *faye* redonnent courage.

Nous tournons en hâte au coin du couloir qui nous place hors de vue d'éventuels poursuivants. Le hall dont la double porte donne sur le cloître n'est plus très loin…

CHAPITRE 26

Inspiré du *Dit des âges finaux*, cantique de l'esclave.

*

Là !

Cette fois, aucun doute pour Sri-Satchanaril ! La *faye* et ses ouailles s'étaient jouées d'elle en se dissimulant dans la chapelle avant de fuir. Débouchant à toute allure sur le seuil, l'Elfe noire venait d'apercevoir le prêtre boiteux disparaître au coin du couloir, à une dizaine de toises.

« Ils sont là-bas ! »

Ils auraient mieux fait d'emprunter l'une des portes de côté pour brouiller les pistes, songea-t-elle.

Elle se sentait soulagée.

Ce n'était plus qu'une question de minutes avant qu'elle parvienne à ses fins.

« Courez, chiens de guerre ! Ne les laissez pas fuir ou il vous en cuira ! »

Les reîtres de Tristemort se propulsèrent dans le couloir, comme une meute assoiffée, écumante, qui aboie des insultes, des menaces, des promesses.

Sri-Satchanaril s'élança à leur suite, bien décidée à punir par la souffrance l'outrecuidance de la *faye*.

CHAPITRE 27

Relevé d'okram de Dùn.

*

Le cloître, enfin !

Mais, à nos trousses, la chasse !... On nous renifle ! On nous traque !

Du fiel dans ma gorge.

Le sang de *changepeau* me permet de percevoir la Source lorsque Melisandre l'utilise. Elle referme à toute volée la double porte et tisse ses écheveaux magiques dessus avec célérité. L'arrondi de son visage, entouré du voile, semble d'une sérénité absolue.

Peut-être, lorsqu'on a vécu suffisamment d'années, la peur ne peut-elle plus vous atteindre.

Ce n'est pas mon cas.

Tout autour, dans les premiers mètres de la galerie qui encadre le jardin, les moniales et les hommes d'Albret observent la *faye*, les traits déformés par l'inquiétude.

Je jette un œil au ciel presque noir de la fin du crépuscule, piqueté çà et là d'étoiles et obscurci de nappes de nuages. Une nuit froide est tombée sur le cloître pendant que nous étions à l'intérieur. La cour n'est éclairée que par quelques torchères. Nos respirations libèrent de la buée. Comme si une part de nos âmes cherchaient à s'échapper.

Je fais un pas vers Eloi et murmure :

« Vous croyez toujours que Dieu nous protège ? »

Au fond de son regard, le tourment cède fugacement la place à une lumière.

« N'ayez crainte, écuyère, si le Tout-Puissant est occupé, je demanderai à Rogier de s'en charger à sa place. »

Je souris.

La dame se tourne vers les moniales.

« À présent, mes sœurs, courez devant, quittez le prieuré, vous vous séparerez sitôt la forêt atteinte. Sœur Marie-Léanne, je vous les confie. Puisse le Seigneur guider vos pas !

— Mais, ma mère…

— Je ne veux rien entendre, filez ! Arlain, ses amis et moi avons encore à faire céans ! »

La longue chasuble blanc et noir de la *faye* virevolte. Sans un regard en arrière, elle prend en hâte la direction de l'obscurité et du milieu du jardin rectangulaire.

Chalaëlle !

Derrière nous, des chocs brutaux et répétés résonnent déjà sur la porte.

CHAPITRE 28

Inspiré du *Dit des âges finaux*, cantique de l'esclave.

*

Le moins que l'on puisse dire, c'est que la *malveine* est un pouvoir singulier.

La botte du premier soudard, trop pressé, se tordit méchamment sur une dalle instable. Le deuxième, à sa suite, se foula le poignet en essayant de faire jouer la clenche du battant. Le troisième eut la mauvaise surprise de voir la poignée se briser entre ses mains.

Sri-Satchanaril jura.

Il fallait rattraper les fuyards. Chaque seconde perdue l'éloignait de la réussite. L'Elfe noire ne doutait pas de l'issue de la chasse, néanmoins ces contretemps finissaient par la hérisser.

Elle écarta les broignes et les cottes de mailles sur son passage et se planta devant la porte.

Sa paume plaquée sur le bois, elle sentit un picotement dangereux chercher à tordre ses doigts. Elle le dissipa sans difficulté. Ses poings se serrèrent pour concentrer son pouvoir puis elle libéra ses griffes et balafra le bois à sept endroits choisis. Les influx de chance négative furent balayés les uns après les autres.

Un sourire.

De courte durée.

Le portail s'obstinait à refuser le passage.

Au-delà de la *malveine*, cette saleté de *faye* avait dû le sceller à l'aide d'un charme de clôture.

Que le sang des morts l'emporte !

CHAPITRE 29

Relevé d'okram de Dùn.

*

Grâce aux dieux, la porte envoûtée par dame Melisandre a l'air de tenir le choc !

Je jette un œil envieux aux moniales, oies blanches qui pressent le pas en direction de la sortie du prieuré pour se carapater vers les essarts et les bois.

Par tout ce qui est sacré, pourquoi est-ce qu'on ne s'enfuit pas avec elles ?

Je n'ose poser la question. Comme si les décisions de la dame aux robes blanc et noir ne pouvaient être remises en cause. Les autres non plus ne pipent mot. L'urgence motive la *faye*, ses grandes enjambées ne sont pas aisées à suivre.

Mes yeux de Changesang s'adaptent à la nuit. Eloi boite et trébuche à côté de moi. Je saisis sa main.

Le centre du jardin accueille un bosquet d'arbustes et d'arbres au feuillage persistant. Quelques chèvrefeuilles portent des fleurs, comme si le froid ne les dérangeait pas. Melisandre se fraie un chemin à travers les ramures. Rogier, fouetté par une branche, suit en râlant, tout en protégeant Arlain. Nous atteignons le cœur du boqueteau. Là, un arbrisseau est emmailloté dans des linges humides. Écorce cuivrée et minuscules feuilles d'un blanc de lys.

Qu'est-ce que c'est ?

Un *arbre-cœur*, ou peut-être même un *arbre-mère* ?

J'ignorais que ce type d'essence légendaire pouvait être *jeune*. Je perçois la présence d'embruns de Source autour de lui.

Mes yeux écarquillés pour mieux voir scrutent la *faye* avec attention. Elle se penche et murmure dans une langue chantante, inconnue. Ses mains écartent une bande de tissu du tronc, effleurent le bois et tracent très vite des pictogrammes à sa surface. Puis elle extrait de ses robes une pierre sombre, peut-être brune, et la frotte contre l'écorce.

CHAPITRE 30

Inspiré du *Dit des âges finaux*, cantique de l'esclave.

*

La mythologie des Svartalfár racontait que les divinités créatrices avaient conçu leur peuple à partir de la matière noire originelle ; non pour le plaisir esthétique ou pour le combat, mais dans le but initial d'en faire des messagers, des espions et des assassins.

Parmi les Elfes noirs, seuls ceux que l'on nommait les *Ronyin Fuynë*, les Traqueurs des ombres, possédaient le pouvoir de se dématérialiser et de voyager en suivant les ténèbres. Les autres – dont Sri-Satchanaril faisait partie – étaient néanmoins imperméables à de nombreux sortilèges, et tous détenaient la connaissance du *Dit d'anti-magie*.

L'envoûtement que la *faye* avait incrusté dans la porte ne pourrait y résister.

D'un geste vif, Sri-Satchanaril s'entailla le creux de l'avant-bras et, des doigts de son autre main, peint un heptagramme de son sang sur le bois. Elle fit claquer un mot de pouvoir et, au milieu d'une lueur irisée, dans une odeur de cheveux brûlés, les entrelacs invisibles protégeant la porte se dissipèrent, comme des fils d'araignée sous le feu d'une torche.

L'Elfe expira profondément, s'efforçant de ne pas baisser la tête pour masquer aux reîtres sa faiblesse momentanée. Elle leur intima par gestes l'ordre d'enfoncer le battant.

Le plus rugueux, un certain Oder, harnaché d'acier noir, s'y employa immédiatement. Il balança les boules de son fléau d'armes sur la jointure, dans un ahanement de violence. Deux fois, trois fois. Les coups de boutoir firent hurler le bois et l'un des copeaux manqua d'éborgner l'un de ses comparses. Il projeta dans la foulée ses deux cents livresau même endroit. À deux reprises.

Avec un claquement de tonnerre, les battants cédèrent.

CHAPITRE 31

Passage mélangeant le *relevé d'okram* de Dùn et le *cantique de l'esclave*.

*

« Plus un son, plus un bruit ! »

Les lèvres de la *faye* se contentent d'articuler mais les mots résonnent dans nos têtes.

*

« Où est-ce qu'ils ont déguerpi ? »

La hâte d'en découdre fait vibrer la gorge d'Oder. Bien que chaque combat mette leur vie en péril, c'est le cas de la plupart des mercenaires. Que Dieu leur livre sa sentence au plus vite, que les primes tombent et qu'ils sachent pourquoi ils font ça.

Les yeux du guerrier quémandent un ordre de l'Elfe noire.

Il fait froid et la nuit est tombée. Les torches portées par plusieurs des hommes sentent le suif.

Sri-Satchanaril avance de deux pas afin d'échapper aux lueurs qui la gênent. Elle scrute le sol et balaye le cloître du regard jusqu'au portique extérieur. Un signe du menton dans cette direction.

« Par là, vite ! »

*

Je tiens toujours la main d'Eloi.

Au travers des feuilles, nous apercevons la meute filer ventre à terre vers la sortie du prieuré.

Je me demande… Dame Melisandre a-t-elle sciemment utilisé ses moniales comme des leurres pour détourner le danger de nous ?

Je glisse vers elle un œil furtif et constate que son regard est en train de me fixer. Le rouge me monte au visage mais mes yeux interrogateurs soutiennent la pression des siens.

« Elles auront davantage de chance chacune de leur côté que si nous les avions gardées près de nous », lâche-t-elle avec douceur.

Cette phrase, j'ai conscience d'être la seule à l'entendre.

Elle n'a pas tort. J'aurais sans doute fait le même choix.

« Par ailleurs, j'ai besoin d'un peu de temps. »

*

Débouchant hors des murs, aveuglés par la buée de leur respiration et par le noir de la nuit, les soudards allument davantage de torches. En leur ordonnant de se hâter, Sri-Satchanaril prend un peu d'avance. Sa vue d'Elfe porte loin. Les sœurs, quant à elles, ne peuvent compter pour se repérer que sur la clarté lunaire, fréquemment assombrie par les nuages. Courir est impossible. Et ce sera pire dans la forêt.

*

Arlain pose respectueusement la main sur la manche de la *faye*.

« Ma dame, pourquoi… ? »

Celle-ci applique deux doigts sur sa bouche.

« Silence, filleul. Vous et les vôtres, faites le guet, l'heure n'est pas aux questions. »

De toute façon, avec le boucan des reîtres, s'ils font demi-tour, on le saura. Je ne la quitte pas des yeux.

Sa main s'ouvre sur une petite boule de lumière, couleur d'or sombre, qui prend son envol et se stabilise à un pouce de la paume. De l'autre, elle tient la pierre brune qu'elle a précédemment frottée contre l'arbrisseau. Les deux s'unissent et, tout bas, la *faye* se met à fredonner. Sa complainte revêt des consonances mystérieuses, presque hypnotiques. La langue m'échappe toujours, moi qui connais pourtant des rudiments de parlers anciens et de dialectes d'esprits de la nature.

Des points lumineux prennent naissance et s'éteignent à la surface de la pierre, comme si des gouttes de pluie solaire la heurtaient en respectant un rythme fidèle aux notes de la chanson. L'un des sarments de l'arbre qui ressemble à une petite liane semble prendre vie et enserre l'ensemble.

C'est fascinant et beau.

Mais cela produit des *sons* musicaux peut-être un peu trop bruyants.

Pourvu que l'ouïe de cette saloperie d'Elfe noire ne soit pas aussi fine que la vôtre, capitaine.

*

Sri-Satchanaril n'entend pas la mélodie ténue.

Elle est tournée vers la forêt.

Malgré les fines nappes de brume qui masquent par endroits le sol, elle parvient à discerner le groupe des moniales. Les femmes sont en train de se séparer, chacune dans une direction. Des proies fragiles et hésitantes.

Les torches crépitent derrière la Svartalfár, les mercenaires de Tristemort se lèchent les babines en prévision de la suite. Il ne faudrait pas plus de quelques minutes pour les rattraper toutes. Pourtant, quelque chose retient l'Elfe noir de lancer la poursuite.

Pour quelle raison ces femmes ne sont-elles pas accompagnées par le groupe de visiteurs qui les avait rejointes à l'intérieur du cloître ?

*

« Puterelle, ils reviennent, dame Melisandre, ils reviennent ! »

La *faye* ne répond pas. Elle en est incapable. De toute évidence, c'est trop tôt, elle n'a pas eu le temps d'achever ce qu'elle voulait faire. Ses vibratos se concentrent sur la diction. Leur murmure se contente d'accélérer. La lumière d'or de la pierre pulse de plus en plus vite.

Ce qu'elle peut bien manigancer ? Je n'en ai pas la moindre idée. Qu'elle veuille nous faire transplaner jusqu'en Italie ou apprendre à chanter à l'arbre, ce serait du pareil au même pour moi.

En revanche, la lumière présente un danger. L'éclat est faible mais si on peut limiter les risques...

Je m'adresse à Arlain, Rogier et Eloi :

« Venez, tous les trois, on va essayer de masquer la lueur avec nos corps ! »

Un œil vers nos ennemis.

À travers les branchages, je discerne la Svartalfár. Elle et ses chiens ne viennent pas directement sur nous comme je le craignais, ils sont en train de retourner vers la porte défoncée. Sans doute pour reprendre les recherches à partir de là.

Illuminés par le flamboiement des torches, ils ressemblent à des démons, taillés dans l'ombre et le fer.

*

Un genou en au sol, Sri-Satchanaril scrute le seuil. L'inquiétude la gagne. Au-delà des dalles, à l'intérieur du quadrilatère de verdure du cloître, c'est une herbe rase, affaiblie par l'hiver, qui s'accroche à la terre. La croûte rêche, dure comme un pain de dix jours, ne conserve aucune trace, mais il peut arriver qu'elle s'effrite au passage des semelles. Pour déceler une piste, il est nécessaire d'y consacrer un peu de temps.

*

J'aperçois l'Elfe poser ses mains au sol et le sonder du bout des doigts. Le bassin très bas, elle s'affaire avec nervosité.

Si elle ne trouve rien, est-ce qu'elle va renoncer ou venir farfouiller par ici ?

Rogier laisse échapper dans un souffle :

« Par les auréoles de la Vierge, magnez-vous, révérende mère ! »

Comme en réponse à sa demande, la *faye* inspire profondément. La minuscule lueur intermittente s'éteint. La petite liane dénoue son étreinte sur la pierre. Melisandre elle-même vacille. Son enchantement a l'air d'être achevé.

Arlain la soutient, en maintenant de son mieux son équilibre.

De faibles mots résonnent dans notre crâne à tous.

« Écoutez mes paroles, mon filleul, et vous autres également ! Face au dragon, vous devrez… »

*

Sri-Satchanaril éprouve du bout des ongles une fibre de vêtement ramassée dans l'herbe sèche. Ni blanche ni noire. Donc, ne provenant pas de l'aube de l'une des sœurs…

Ils sont passés par ici !

Les fugitifs ont dû traverser vers l'autre côté du cloître.

Elle se relève et s'élance dans cette direction.

*

« … Face au dragon, vous devrez brandir la pierre de commande que je viens d'enchanter, prononcer mon nom, puis le sien, Volkor-Gonor. »

Me concentrer sur ce qu'elle dit !

Mais ce que je vois approcher me fait froid dans le dos.

« Ils arrivent, ma dame, ils arrivent ! »

Elle relève la tête, les yeux laiteux.

« Je… Je vais les retenir ! Le chant des Premiers-Conçus est inscrit à l'intérieur de la pierre ; le chant par lequel, dans les arènes des archipels, les divinités endormaient les dragons originels ! Fuyez sans attendre ! »

*

Sri-Satchanaril entend des voix et discerne ses proies, à l'intérieur du bosquet, au centre du cloître ! Elle fait glisser ses lames menaçantes à l'extérieur des fourreaux, deux semi-épées d'un pied trois quarts de long, et se met à courir. Dans la lumière dansante des torches tenues par les soldats à sa suite, on jurerait la fille du diable !

Ils barrissent des cris de guerre.

Melisandre est exténuée. Elle se dresse au milieu des ramures. Courage et honneur ! Du fond de son être, elle convoque les ultimes écheveaux de *malveine* auxquels elle peut prétendre. Ils couleraient sur l'Elfe comme l'eau sur les plumes d'un cygne, elle en est consciente. Mais c'est sur les mercenaires qu'elle les déchaîne. Plusieurs trébuchent, emportant un ou deux de leurs camarades avec eux, certains s'empalent sur leurs propres armes ou blessent les autres. Sri-Satchanaril elle-même est contrainte d'esquiver un corps qui aurait pu la faire tomber.

Pourtant, l'Elfe noire est sur le point d'arriver au contact. Elle siffle. Un long sifflement de menace et de guerre.

Melisandre est de la race des fées guerrières de Bourgogne, elle n'a pas le *liandart* sacré de son peuple en main et elle n'a jamais reçu les enseignements, mais elle sait s'effacer devant les coups. Et frapper en retour de ses poings.

Sri-Satchanaril accuse des coups au ventre et à la poitrine tandis que ses lames découpent l'air sans succès. Elle a mal, elle feule sa haine.

« Trouvez les autres ! hurle-t-elle aux hommes de rang. Je vais prendre soin de la *faye* ! »

La gorge de Melisandre se serre. Sa vie à elle est probablement déjà fichue. Elle recule d'un pas et reconcentre son attention sur les soudards afin de troubler leur vision.

*

Rogier et moi soutenons Eloi chacun d'un côté pour accélérer le mouvement. C'est déséquilibré côté taille, mais le prêtre parvient à suivre le rythme.

On court, en tout cas. Aussi vite que nos jambes nous le permettent. Aussi silencieusement que possible. Dans la direction opposée à celle des reîtres. Je suis au courant que la sortie ne se trouve pas par là, oui. Mais, si on avait coupé, les soldats nous auraient vus et chopés directement.

Pourquoi ces enfoirés ne sont pas déjà en train de baver à nos trousses ? Melisandre, sans doute.

Ça cogne de plus en plus fort dans ma poitrine. On atteint la galerie couverte. Trois marches. On bifurque pour se barrer de cette saloperie de prieuré. On est au coin. Plus que vingt pas avant le portique ! Quinze !

Ahh, mierla ! Ça y est, ça gueule ! Des ordres ! Des jurons ! Un peu partout aux alentours. Ils nous ont repérés ! J'entends des bruits de course pour nous barrer la retraite !

Allez ! Alleeez !

*

Sri-Satchanaril accélère sa vitesse d'exécution, elle enchaîne des feintes, des attaques et des coups pour tailler la végétation. L'allonge de ses armes lui donne l'avantage. Ses pieds bondissent au-dessus des racines mouvantes du bosquet qui prennent mollement vie. Son adversaire est de taille mais la *faye* paraît épuisée. Sur une quinzaine d'allonges, l'Elfe noire lui porte cinq ou six estafilades profondes aux bras et aux jambes. Le sang pâle de son ennemie s'écoule abondamment.

À chaque nouvelle blessure, Melisandre sent ses forces l'abandonner, le noir de son aube se gorge de blanc, la fin est proche.

Une dernière tentative !

Elle prie de toute son âme, évite une première fulgurance d'acier adverse. La seconde lui arrache une esquille de chair. Tant pis ! Elle s'élance en contre-attaque. Ongles tendus, droit vers les yeux !

Un choc à l'estomac lui coupe le souffle.

Sri-Satchanaril a frappé du pommeau. Elle se souvient que Nirdrym-Laïloken, le Frère des dragons, lui a enjoint de ramener la *faye* vivante. *Si possible…*

Les genoux de Melisandre heurtent le sol.

Elle ne les sent probablement pas.

Tête dodelinante, elle écarte ses mains en signe de reddition. Ses pensées maladroites vont sûrement à ses moniales.

Sri-Satchanaril la surplombe au milieu du bosquet, à deux pas de l'arbrisseau sacré. Indécise, le temps de quelques battements de cœur. Un œil à ses mercenaires. La dizaine encore debout galope pour rejoindre les fugitifs. Ils ne pourront pas leur échapper. Personne ne regarde dans sa direction !

Dans un bruit d'acier et de vent, ses deux lames se détendent en un double mouvement circulaire. Elles se croisent sèchement au niveau du cou de la *faye*. La tête roule sur le sol irrégulier. Le sang blanc jaillit. Un coup de pied à la poitrine. Le corps s'affale.

Ce sera comme si je l'avais vaincue en combat…

Pas question d'avoir une concurrente auprès du maître.

Pas question.

*

On dépasse les dépouilles sans vie des Ogres clamsés devant l'entrée.

Un bruit de choc au milieu des cris de poursuite !

Ils ont topé quelqu'un.

Ce n'est pas moi. À ma droite, Rogier vient de se faire plaquer dans un capharnaüm de jurons, de heurt de métal et de carambolage avec le sol. *Mierla !* Eloi n'est plus soutenu que d'un côté, il cahote et s'affale.

Je le lâche pour conserver mon propre équilibre et fais volte-f… *Nom de… !*

Ouch ! Une épaule couverte de cuir et de métal s'encastre dans mon estomac. J'ai accompagné le coup mais je tombe à la renverse. La terre craquelée claque mon dos ! Le poids du gars, un râblé au poil noir, m'écrase comme une ancre. *P-puterelle !* Il se relève pesamment, à califourchon sur mon ventre. Avec des grosses dents souriantes. Sûr de son fait.

« Elle est pour moi, la greluche ! J'l'ai fauchée le premier ! J'vais me la taper direct ! » Je me débats, je sens son braquemard qui durcit.

Pourriture !

Il bloque mes deux bras et écrase celui où se trouve ma dague. Pas question de la lâcher. Je lui crache au visage. Il tente de me coller un coup de tête. Mais ma tempe se décale. Il cogne seulement mon oreille. Elle vibre avec des sons aigus, comme un sifflet d'alarme. Le niaquer avec les dents ! Raté. Il redresse son buste en rigolant.

« C'est qu'elle me boufferait, la pucelle ! »

Il regroupe mes poignets en une seule prise. Il est trop fort pour moi. Sa main libre entreprend de me peloter. Se fichant de la lame que je tiens comme si j'étais une gamine maladroite, une de ces mômes de la campagne qui chialent pendant qu'il les burine.

Attends, mon salaud !

La souplesse contre la masse.

Dans son dos, ma jambe jaillit vers le haut, elle se plie de côté, mon mollet glisse sous sa pomme d'Adam. Je tire d'un coup sec pour le faire basculer en arrière. Il a beau être lourd, la surprise et le pivot le renversent. Libre ! Je me jette sur lui, dague au poing !

Le sang jaillit entre les côtes, deux fois, trois fois, il hurle comme un cochon.

Qui se tape qui, maintenant, enfoiré ?

Je me redresse, chaude de liquide poisseux, mais pas celui qu'il me destinait.

Et les autres ?

La réalité du combat me rattrape.

À gauche, Rogier gueule au milieu de cinq baroudeurs, il en a déjà étalé deux. Ils ont bien compris que c'était lui le plus dangereux. Il y en a deux de plus qui s'amènent en renfort.

Merde ! Pile quand il me voit debout, un pieu l'empale au niveau de l'aine. *C'est pas vrai !* C'est une vraie force de la nature. Au lieu de tomber, il beugle et charge les bras ouverts, en essayant d'enchoper la totalité des assaillants à sa portée pour les éloigner de nous.

C'est… C'est du suicide !

Les coups pleuvent sur lui, tranchants et contondants. Il s'époumone :

« Fuyez, Arlain, courez !!! »

Comme si on venait de libérer ses jambes d'un étau, le môme qui restait là, tétanisé, le visage livide, s'élance. Eloi fait un croche-pied au premier pourri qui le prenait en chasse, mais il y en a un autre qui tombe sur le râble du prêtre, le cingle à l'aine et le marave de coups bien sentis au visage. Je plonge sur le type et le sèche au niveau des reins et du foie.

Qu'est-ce qu'on fait maintenant ?

Chalaëlle, non !

À deux pas de moi, debout, une autre saloperie de mercenaire que je n'avais pas repérée vient de décocher un carreau d'arbalète. Le hurlement du trait sert de héraut à la mort. Arlain, qui court sous la lune, se fait transpercer comme un simple ballot de vêtements. Entre la colonne et l'omoplate. Le pauvre est propulsé vers l'avant par l'impact et s'effondre dans une gerbe de sang.

Je jaillis sur le gus, qui m'a repérée à la lueur des torches lâchées au sol. Il me cueille d'un coup de crosse, mais mon élan l'emporte dans une bringuebalade sur la terre dure. Il en ressort l'œil cloué jusqu'au cerveau.

Puterelle, l'os garde ma lame en otage ! Encore une fois !

Pas le temps de batailler.

Je soutiens Eloi qui se relève, les pommettes explosées et la bouche saignante.

Derrière nous, Rogier pisse le sang. Dans la lumière et dans les ombres, la scène est affolante, plusieurs le maintiennent. Une brute avec un fléau d'armes rugit avant de lui démonter le faciès.

Je détourne le visage du prêtre pour qu'il regarde la forêt.

« Allez, padré, allez !!! »

La lisière est loin. Beaucoup trop loin… Ils convergent vers nous. *On n'y arrivera jamais.* Deux reîtres nous ont dépassés et nous bloquent la route. J'attrape mon compagnon par l'épaule.

« Non, finalement, attendez !… »

Il se retourne vers moi, courageux mais décontenancé.

« Qu'est-ce qu'on fait, Dùnevia… ? »

C'est la première fois qu'il prononce mon nom.

C'est stupide, vu les circonstances, mais ça me fait plaisir.

« Face contre terre, Eloi, face contre terre ! On se rend, il n'y a plus que cela à faire ! »

*

***

CHAPITRE 32

Forteresse de Sens, royaume de France. Date indéterminée.
Inspiré d'une lettre sur vélin déchirée, écrite par le roi.

*

Charles V pénétra dans ses appartements, l'esprit préoccupé. Par la fenêtre, son regard se perdit en direction d'Albret. La cité était vraisemblablement dans un triste état. Les traits du souverain se tordirent. Il avait connu le comte et son épouse, dame Marguerite, dans sa jeunesse. Le mari était un rude combattant mais patient avec les hommes sous son autorité, quant à sa femme, une vraie grande dame, noble et chaleureuse. De temps à autre, Charles se demandait s'il faisait bien de soutenir l'abbé de Nirdrym dans sa croisade clandestine.

Le prix que l'abbé sorcelier lui avait fait miroiter était cependant inestimable. Rien de moins que transformer le royaume de France en *royaume d'Occident*. Une seule terre, des confins ibériques jusqu'aux principautés slaves. Un seul roi, appartenant à la dynastie des Valois, pour l'Europe tout entière. Et, qui sait, peut-être ensuite la Méditerranée, la Terre sainte, l'Orient ?

Unir l'humanité, n'était-ce pas là la plus noble des tâches ?

Qu'importe le prix à payer ?

Il se versa un verre de vin clairet et le but d'une traite. Puis un second.

La manœuvre qu'il tentait en Bourgogne était marquée du sceau de l'audace. Si le duché retombait sous l'influence française, comme il l'avait été après la chute du royaume de Burgondie, alors la puissance combinée de ces deux domaines ferait plier le genou aux Anglais. Après quoi, avec la France, la Bourgogne et les terres d'Angle à ses pieds, les cités libres d'Italie, les royaumes espagnols, ceux du sud et de l'est du continent, tomberaient l'un après l'autre sous sa coupe.

Il se sentait seul. Incroyablement seul.

Il avisa Margay, son garde du corps au faciès marqué de deux cicatrices en croix, et lui fit signe d'approcher.

« Qu'on m'amène la fille d'Albret et un fouet ! »

Il allait bientôt être l'heure.

LE
BÂTARD

CHAPITRE 33

Château d'Arcourt. Nuit du 31 mars au 1er avril.
Relevé d'okram du Bâtard de Kosigan.

*

Trois heures que je suis en planque.

Le tronc de l'arbre que je considère maintenant comme *mon* chêne commence à ruisseler à cause du crachin, ses ramures frémissent sous le vent nocturne. L'eau de pluie dégouline de feuille en feuille jusque sur ma capuche. Je scrute les remparts du château d'Arcourt dans l'attente du moment propice pour m'y introduire. *Le gel arrivera avant l'aube et changera mes vêtements en glace*. Pour autant, il n'est pas encore temps de me lancer. Patient, je me rencogne dans le cuir de mes peaux, presque imperméables.

Ça ne devrait pas tarder.

Sur les créneaux de la barbacane, les bannières françaises à fleurs de lys et celles, bourguignonnes, bandées d'or et d'azur à la bordure de gueules se balancent de concert. Pas encore suffisamment trempées pour s'avachir entièrement sur elles-mêmes mais déjà alourdies par l'humidité.

Deux drapeaux ennemis, côte à côte.

Un rayon de lune illumine la bordure des nuages, éclairant les douves, les créneaux et le chemin de ronde. La patrouille fait enfin son apparition. Je l'entends davantage que je ne la vois. Alors, je plisse les yeux. Les soldats avancent courbés contre l'eau et le vent du ciel. Ils arpentent à pas allongés la pierre du haut des remparts sans prêter grande attention à ce qui se passe de l'autre côté des douves. La cloche de la chapelle sonne l'avant-dernière heure de la nuit. Les prochaines sentinelles ne pointeront pas leur museau avant l'aurore et la prière des laudes.

Allez, barrez-vous maintenant !

Trois cents battements de cœur avant qu'ils m'obéissent, disparaissant à la queue leu leu par un petit escalier qui mène à la cour principale puis à leur casernement.

Voilà, ils sont hors de portée d'oreille.

Je tapote l'écorce du chêne comme pour quitter un vieil ami et je m'éloigne, courbé, jusqu'à la berge. De là, je longe la ligne d'eau un peu sauvage des douves pour atteindre l'endroit le plus reculé de la forteresse. Le briquet à amadou enfoui dans des linges de protection rechigne à faire son travail mais finit par allumer ma petite lanterne aveugle. Je furète à droite et à gauche, dans le rouge presque invisible de sa lumière.

Ça doit être dans le coin.

Oui, ici !

Comme indiqué par Carrayan, à l'endroit où les roseaux forment un bosquet plus dense, en contrebas de deux arbres morts. Une barque s'y trouve dissimulée. Je dégotte la corde à laquelle elle est attachée et la tire jusqu'à moi. D'un souffle, j'éteins la lampe et la range dans ma musette. Quelques pas pour pousser la coque sur le côté des ajoncs, et j'embarque à plat ventre, impulsant l'élan nécessaire pour glisser sur la dizaine de mètres d'eau, jusqu'aux fortifications. J'y accoste en douceur, mes paumes amortissant la froideur du grès.

Une fois l'esquif stabilisé, je m'accroupis, descelle la bonde qui rend hermétique mon fier navire et observe le liquide noir des douves glouglouter à mes pieds. Mes chaussures clapotent alors que je progresse vers l'avant. Tandis que l'embarcation sombre vers l'anonymat, mes pieds prennent appui sur les jointures mal entretenues des moellons et j'enfonce les pointes de mes bottes ferrées pour m'assurer d'un soutien digne de ce nom. À cet endroit, l'ascension n'est pas difficile.

J'ai choisi une arête un peu oblique, sur les arrières de la fortification, entre l'arrondi d'une tourelle et le pan d'une muraille. Mes muscles sont mis à rude épreuve mais il n'y a que deux toises et demie à gravir. Des hourds bloquent le passage vers le haut mais ils sont contournables au niveau de l'encoignure. Je me faufile et me rétablis sur le chemin de ronde.

Aucun signe de présence imprévue.

En quelques enjambées, j'atteins un escalier éloigné du corps- de-garde, dégringole les marches côté potager et rejoins une petite grange que je connais à proximité du pigeonnier. Dans ma jeunesse, j'ai fréquenté Arcourt une bonne huitaine de fois. Le seigneur et sa femme, proches de mon paternel, me traitaient bien et m'invitaient parfois pour jouer avec leurs fils. Ils sont morts depuis. C'est un neveu du duc qui a hérité du fief. Il a fait rénover le corps principal, les jardins, les terrasses arborées et les pièces d'eau par des maîtres artisans pour en faire l'un des lieux de villégiature les plus prisés par la cour de Bourgogne. En revanche, le fond du château où je traînais avec les autres gamins, en contrebas, est demeuré dans son jus, avec ses mares à grenouilles, sa petite pinède, ses rangées de haricots, ses granges d'animaux d'élevage décaties. Presque campagnard. Peu fréquenté.

Je pose mon sac de cuir dans un coin de l'ex-fumerie, abandonnée depuis des lustres, et commence à déballer mes affaires. Il est temps de troquer ma mise de mercenaire contre celle d'homme de cour.

C'est ici, à Arcourt, que le duc Philippe le Hardi a invité la délégation menée par le second connétable français, Olivier de Montfort, pour mener des pourparlers. La cour bourguignonne a investi les lieux et, avec elle, mon cousin Wenceslas, fils puîné de Borogar. Comme cela se pratique couramment, il est à la fois invité de marque, bénéficiaire des plus grands honneurs et otage sans le nom. Toutes les grandes familles pratiquent ce genre de courtoisie. Et les mères se révèlent efficaces pour empêcher leurs maris de trahir leur suzerain, évitant ainsi de mettre leur fils en danger.

La première tâche qui m'a été assignée par Carrayan est de joindre Wenceslas afin de le mettre en garde – au vu de la perspective d'une succession à Kosigan – contre tout projet de mariage. Il serait curieux, voire dangereux, qu'on lui propose des épousailles pile au moment où l'héritage du comté va se jouer. Ma tâche numéro deux est de tirer l'un des agents de Carrayan des griffes des Français. Si tant est qu'il soit encore en vie.

Son dernier rapport mentionnait qu'au détour d'une conversation, Wenceslas avait fait allusion au fait qu'il serait temps pour lui de convoler. L'espion affirmait également nourrir des soupçons quant aux intentions *réelles* des Français. Rien d'étayé. Cependant, certains regards échangés par les membres de la délégation en réaction à un discours amical du duc lui avaient mis la puce à l'oreille. Une simple intuition. Il était censé fouiller les appartements d'Olivier de Montfort le soir même, mais son rapport du lendemain n'était jamais arrivé.

À clarifier, donc.

Avec Carrayan, nous sommes tombés d'accord qu'il serait hasardeux de me présenter à Arcourt sous ma véritable identité. La bouche en cœur et l'étiquette d'assassin de la pupille de feu le précédent duc de Bourgogneaccrochée au front. Une provocation inutile, quand bien même les faits remontent à Mathusalem.

Par conséquent, les habits que j'enfile conservent mes couleurs – vert, argent et noir – mais ils remplacent mon aigle bifide par le cerf élancé de la maison des Alimes. Il y a dix ans que je n'avais pas rasé ma barbe à blanc et ma tignasse n'avait plus connu de coupe courte depuis l'époque où mon père était encore en vie. *Je me sens nu et j'ai froid au visage.* C'est le prix à payer pour endosser l'identité de l'un des membres de cette lignée autrefois puissante mais aujourd'hui mineure.

Je dissimule sac et épée sous des gravats, dans un coin, ne gardant qu'une dague au fourreau, et je prends la direction de la cour haute et des endroits plus fréquentés du palais.

Un coq chante derrière moi.

Les grognements de mon estomac réclament un petit déjeuner. Cela tombe bien, celui donné à la cour de Bourgogne doit être délicieux. De fait, l'odeur lointaine des œufs brouillés et du pain chaud me chatouille les narines.

Je croise quelques courtisans.

Ce sera, je l'espère, l'occasion de rencontrer mon cousin. Et peut-être aussi le duc de Bourgogne qui, si je ne me trompe, n'a pas retiré mon nom de la liste des têtes mises à prix dans la région.

CHAPITRE 34

Château d'Arcourt. Matin du 1er avril.
Relevé d'okram de Pierre Cordwain de Kosigan.

*

Mon nom d'emprunt, Cendres des Alimes – second fils du seigneur Tarente des Alimes, dont les ancêtres se sont illustrés aux côtés de Richard le Justicier et de Saint Louis –, se trouve inscrit sur le registre des membres de la cour de Bourgogne au titre de maître des jardins. Carrayan s'en est assuré.

Le chambellan de Bourgogne, sire Nolan d'Ocx, ne tique pas lorsque je me présente à lui. Il me fait pénétrer avec déférence sur les *Terrasses des serres matinales* où chaque invité peut prendre son petit déjeuner au cours d'un buffet informel.

Le vent a fini par souffler les nuages et un soleil pâle m'accueille au milieu d'une trentaine de gentes dames et de seigneurs bourguignons appartenant aux maisons de Lucey, Vannaire, Montrachet, Meursault, Saulieu, d'Arcy et bien d'autres.

Le duc Philippe, en compagnie de son épouse la duchesse Mathilde et de leurs cinq enfants, navigue au milieu de cette meute. La mode est colorée : orange et noir, or et vermeil, écarlate, le jaune se mêle au blanc, et les robes comme les pourpoints se parent d'animaux fantastiques cousus en filigranes pastel, hippogriffes, dragons et chimères. Les coiffes des dames s'élèvent en cônes ou en cornes, les épaules dénudées attirent le regard sur le liseré des bustiers ouverts jusqu'aux échancrures.

Les membres de la délégation française, au nombre d'une vingtaine, se reconnaissent par des teintes moins joyeuses, bleues et vertes, des tissus aux fioritures discrètes. Les robes des femmes s'élargissent en corolles, travaillées sur les ourlets.

La fille aînée du connétable de Montfort présente aux regards la jeunesse radieuse de sa vingtaine aux côtés de son puissant père, dans une toilette blanc et argent. Difficile de détacher ses yeux d'elle tant il en émane de fluidité et de grâce.

Mon attention se détourne cependant vers ce que mon estomac juge comme bien plus important : le buffet.

Et mon cousin ?

Je ne l'aperçois nulle part.

Tournoyant autour de la profusion de nourriture disposée sur des nappes blanches brodées de fleurs, je laisse mon odorat me guider. Brioche aux myrtilles, bouchées au miel et aux noisettes, pain chaud avec du beurre fraîchement baratté. Les tartines croustillent, elles sont piquetées de céréales. Accompagnées de confitures de pêches et de cerises. Un délice. Du lait pour accompagner tout cela ? Ou pourquoi pas de la liqueur de mirabelle ?

Ah, les petites prunes dorées de Bourgogne, un délice d'enfance qui me remet en tête les maraudes dans les vergers, les mains sales à force de monter aux arbres et les grandes tartes cuisinées par ma mère. Bien sûr, pour produire le spiritueux du même nom, les mirabelles sont passées entre les mains de bouilleurs de crus qui en ont tiré un nectar à quelques dizaines de degrés, mais l'odeur et la saveur sont là.

Une touche d'alcool ne peut qu'aiguiser l'esprit, pas vrai ?

Va pour la liqueur.

Ma main se tend vers la carafe.

Surprise. Elle n'atteint pas la poignée, mais se pose par inadvertance sur une peau étrangère et douce qui vient de s'emparer juste avant moi du flacon transparent.

Une voix gênée.

« Veuillez m'excuser, messire, je supposais que vous alliez choisir le lait. »

La surprise me fait cligner des yeux.

La fille de Montfort.

J'incline respectueusement la tête.

« Damoiselle, n'êtes-vous pas un peu jeune pour ternir vos matinées avec un alcool aussi fort ?… »

Elle hausse les épaules, jette un regard inquiet alentour. Heureusement, tous les grands personnages du voisinage, imbus de leur importance, n'ont d'yeux et d'oreilles que pour eux-mêmes. Aucun ne prête garde à ce qu'elle boit. Elle verse à la va-vite le liquide légèrement doré dans sa timbale en étain opaque, sans doute choisie pour que personne ne puisse deviner ce qui se trouve à l'intérieur.

« Mon père m'en fait goûter depuis quelques années. En quantités modérées. Pour ne pas que les hommes puissent me faire tourner la caboche dès les premiers bals, d'après lui. Mais ici, à la cour de Bourgogne, je n'y ai pas droit, sous prétexte que cela donnerait une mauvaise image de notre maison. Alors que je m'ennuie à mourir.

— Une injustice flagrante !

— Vous ne me dénoncerez pas, n'est-ce pas ? »

Elle m'en verse un demi-verre comme si elle me soudoyait.

J'esquisse un sourire.

« Si vous achetez mon silence de cette manière, je m'en voudrais de trahir votre secret. »

Elle s'éloigne d'un pas.

« Qui êtes-vous, messire ? Je jurerais ne jamais vous avoir vu depuis trois semaines que nous sommes à Arcourt, et je suis assez physionomiste. Même votre blason ne m'évoque rien. Une maison mineure, je suppose ?

— Vous vous y connaissez en héraldique ?

— Pas plus que nécessaire, mais tout de même un peu. Alors ?

— Cendres des Alimes, pour vous servir ! Mon trisaïeul a combattu au côté de Saint Louis il y a un siècle.

— Vous m'en direz tant. Et vous-même ? »

Je souris.

« Moi, non, je n'étais pas né. »

Ses lèvres agiles s'étirent, cela lui creuse de jolies fossettes.

« Mais encore… ?

— Je m'occupe des jardins du château d'Arcourt. »

L'affirmation n'est pas entièrement fausse, puisque le véritable maître jardinier est retenu au lit par une fièvre et que je le remplace.

« Un fleuriste ? Comme c'est mignon. » Son ton est sarcastique. « Faites-vous plutôt dans les *simples*[21], l'horticulture ou les potagers ? Et préférez-vous le lisier ou les fumures ? »

---

21 Plantes médicinales.

Serait-elle en train de me tester ?

« C'est variable au gré des besoins, ma dame. Mais je connais également quelques breuvages capables de clouer le clapet des jeunes femmes un peu trop provocatrices… »

Ses cils battent, amusés.

« Vous en rencontrez souvent ?

— Trop à mon goût. À croire que je les attire.

— Sans doute le charme de la quarantaine… Vous devriez en profiter, il vous reste peu de temps avant le vieillissement et la mort… »

Sa main glisse à nouveau vers la carafe mais je m'en empare avant elle. Cela ne la contrarie pas, mais alors qu'elle s'apprêtait à me lancer une pique, son visage se fige. Elle vient d'apercevoir quelqu'un d'important parmi les convives. Une brillance illumine sa prunelle, puis elle s'éloigne sans plus m'accorder un regard.

« Bonne journée, messire, lâche-t-elle tout de même. Si le cœur vous en dit, nous nous retrouverons au bal, ce soir. »

J'incline la tête en guise d'au revoir.

« Damoiselle… »

Je tente d'apercevoir la personne qu'elle rejoint mais un coin du pilier la masque. La fille de Montfort tourne et les deux disparaissent hors de ma vue. Vaguement frustré, je cherche des yeux Wenceslas. En vain. En attendant qu'il pointe le bout de son nez, filer le train à cette jouvencelle paraît une activité comme une autre.

Une main sur ma poitrine m'en empêche.

« Halte-là, monsieur ! Il se trouve que je connais la carafe que vous tentez de kidnapper par son nom, et elle ne vous appartient pas ! »

La voix féminine mais rauque semble légèrement pâteuse.

Je prends conscience que je n'ai pas reposé la liqueur de mirabelle. Une autre jeune femme, très différente de la première, l'a agrippée par le verre. Aussi petite qu'une dame du peuple nain, elle est pourtant humaine, d'aspect gracile. Son visage pourrait être jugé disgracieux mais la forme de son regard est plaisante, et sa peau parfaite s'illumine lorsqu'elle sourit.

Elle a l'air à la fois sûre d'elle et profondément démoralisée.

« J'ignore qui vous êtes, le bellâtre, mais si vous ne lâchez pas immédiatement cette bouteille, je pourrais bien vous mordre ! Ou vous faire pendre par mon père ! »

Je cède, intrigué, tandis qu'elle s'en verse une coupe à ras bord, l'avale cul sec et s'en ressert une autre dans la foulée. Sans même me demander mon avis, elle remplit mon verre également et se détourne sans me prêter davantage attention. *Décidément, c'est la journée des alcooliques.*

Un véritable nain d'âge mûr, collier de barbe et nez fort, vêtu de couleurs bariolées, la rejoint, le visage souriant mais tendu. Ses clochettes et sa coiffe le présentent comme le fou du duc. Kusin Consord, si j'ai bien retenu les leçons de Carrayan. D'une main résolue, il empêche la jeune femme de porter le verre suivant à ses lèvres et chuchote, caustique :

« Allons, damoiselle Morgiane, vous savez pertinemment que l'abus d'alcool doit se pratiquer avec modération… »

Morgiane, la fille puînée du duc ?

« Kusin, lorsque l'on est, comme moi, pieds et poings liés, il ne reste que la bouche pour pleurer.

— Quelques nuits de sommeil et Morphée balaiera vos soucis.

— Tu oses dire cela ? De la manière dont je vois les choses, l'alcool reste la manière la moins douloureuse d'attenter à mes jours.

— C'est aussi la plus longue.

— Sous-entendrais-tu que je manque de courage pour y ajouter du poison ? »

Le sourire du bouffon se fige.

« Nenni, Altesse. Je suggère que vous devriez en verser dans le mien… »

Est-ce du désespoir dans les pupilles de la princesse ?

Toujours est-il qu'elle s'éloigne en hâte, intime au nain de ne pas la suivre et quitte les serres d'un pas pressé.

Je hausse les sourcils… *Qu'est-ce que c'était que ça ?*

Le fou est resté à côté de moi.

Par curiosité, je tente :

« Son Altesse ne se sent pas bien ? »

L'amusement réinvestit le regard du fou.

« Si quelqu'un a l'idée malvenue de vous interroger à ce sujet, messire, n'hésitez pas à me l'envoyer, je lui conseillerai d'aller se faire voir… »

Et il prend le large à son tour.

Perplexe, je profite des fruits et des galettes disposés sur les tables voisines. Je me promène entre les invités, mais sans trouver Wenceslas, ni la demoiselle de Montfort. Où peut bien se cacher mon cousin ? A-t-il l'habitude de s'offrir des grasses matinées ? Lui est-il arrivé des ennuis comme à l'agent de Carrayan ? Ou est-ce qu'il se promène main dans la main avec la fille du connétable ? Tant que je n'en saurai pas davantage, poser des questions en prononçant son nom pourrait s'avérer compromettant.

J'échange quelques mots, de-ci de-là, avec tel chevalier du Vieil Ordre ou telle baronne, tout en veillant à rester éloigné à la fois du légat du roi et du duc de Bourgogne. Il n'y a de toute façon guère de risques que l'un ou l'autre me reconnaisse, je n'ai croisé le connétable qu'une fois, il y a au moins quinze ans, j'avais la barbe et les cheveux longs, quant au duc, jamais vu avant aujourd'hui.

Un serviteur tourne autour de moi pour proposer de nouveaux amuse-bouches à l'anis quand brusquement j'aperçois celui que je cherche : mon cousin. Est-ce bien lui ? J'en ai l'impression. Le gamin de mes souvenirs a mangé de la soupe ; de grande taille, élancé, les cheveux noirs ondulés et même, *non*… quelques crins blancs.

Je me dirige vers lui en m'appliquant à ne pas donner l'image d'un homme pressé mais, tandis que j'aborde ses parages, on l'attrape par l'épaule. *Par les Nornes !* Le duc Philippe en personne l'interpelle et l'invite à le suivre.

Je m'efface discrètement.

Est-ce un éclat de colère que je devine au fond du regard apparemment chaleureux du maître des lieux ?

Si Wench n'avait pas d'ennui jusqu'à présent, j'ai le sentiment que c'est en train de changer.

Ils se dirigent vers la splendide double porte ciselée qui permet de quitter les terrasses pour l'intérieur du château.

Je m'apprête à leur emboîter le pas quand l'un des chevaliers du Vieil Ordre se place ostensiblement sur mon chemin.

« Qui êtes-vous, messire, et quelle affaire vous pousse à vous intéresser au duc ? »

CHAPITRE 35

Château d'Arcourt, dans la matinée du 1er avril.
Inspiré du *Recueil de Sens*, attribué à Colombe Chamblain de Marival.

*

La porte d'un salon privé, décoré de bois rare et de pourpre, se referme sur le duc Philippe et le fils cadet de Borogar de Kosigan. Les blasons des princes bourguignons depuis Richard le Justicier ornent les corniches sous les moulures du plafond. Et l'homme qui leur a succédé jette à Wenceslas un regard sombre.

« Mon garçon, approchez !

— Votre Seigneurie ?

— Rappelez-moi depuis combien de temps vous avez rejoint ma cour à Dijon ?

— Sauf votre respect, Votre Altesse, depuis que vous avez jugé bon de conserver un otage de la maison de Kosigan sous votre auguste main.

— Un *otage* ? Vous exagérez. Vous n'avez jamais aimé les ronds de jambe, n'est-ce pas ? Évoquer un *invité permanent* serait plus conforme à la réalité.

— Je serais bien ingrat de ne pas le reconnaître. Je circule librement, mes appartements sont confortables, la nourriture, excellente et je me porte comme un charme, monseigneur. Du moins, tant que je n'exprime pas le désir de quitter votre entourage ou de retourner à Kosigan.

— Un invité permanent, ainsi que je le disais… Donc, depuis quand êtes-vous là ?

— Depuis l'année où mon père, Borogar, a considéré opportun de se lier d'amitié avec la comtesse de Sens, pourtant vassale du roi de France, il y a cinq ans.

— Précisément. Faire ami-ami avec un seigneur ennemi, qui plus est une femme… ! Vous comprenez que de telles accointances ne sont pas dans l'intérêt de la Bourgogne ?

— Je ne suis qu'un humble chevalier, monseigneur, les arcanes de la politique me sont étrangers.

— Et cela me convient, là n'est pas le problème ! Vous souvenez-vous de l'offre que je vous ai faite la semaine passée ?

— Fort bien, monseigneur, mais…

— Je n'ai aucune considération pour les "mais". Vous souvenez-vous que je vous ai demandé d'y prêter réflexion ?

— Comment pourrais-je l'oublier ?

— Bien, alors, pourquoi n'ai-je pas obtenu de réponse ? Ou votre esprit tourne trop lentement, ou vous vous préparez à me fâcher plus que de raison. Je ne vois aucune autre explication.

— Votre Seigneurie. Devenir membre de votre famille serait pour moi un honneur, m…

— Pas de "mais", j'ai dit !

— Pourtant, épouser Morgiane…

— Serait-elle insuffisamment avenante à votre goût ?

— On ne peut pas… réellement… dire cela. Il est vrai que son physique n'est pas… avantageux… Pour autant, ses yeux… sont beaux et… assez bien dessinés.

— Vous jugez son apparence acceptable. Très bien. C'est une question de caractère, alors. Trop intelligente, c'est cela ?

— À mon sens, la finesse d'esprit est une qualité que l'on ne peut pas avoir en excès.

— Même chez une femme ?

— Particulièrement chez une femme.

— Et Morgiane en déborde, n'est-ce pas ?

— Il est vrai.

— Donc, cela vous plaît et vous acceptez !

— Monseigneur… Il se trouve que… J'en aime une autre, voilà !

— Ahaha ! C'est ce que mon instinct m'avait soufflé ! Je me moque d'apprendre de qui il s'agit. L'amour n'est pas le sujet ! Épousez ma fille et dénudez votre maîtresse au lit, comme tout le monde !

— Votre Altesse, je ne comprends pas pour quelle raison vous souhaitez me forcer en ce sens. Il y a de nombreux partis plus en vue que moi. Je ne suis pas l'héritier du comté de Kosigan, ni même le second, et je ne brille pas par mes prouesses, ni en combat ni en tournoi.

— Vous vous entendez bien avec Morgiane, n'est-ce pas ?

— En effet, m...

— Pas de mais ! Figurez-vous que c'est extrêmement rare ! Je dispose de deux filles plus âgées et plus dociles pour les alliances matrimoniales que je souhaite réaliser. Quant à Kosigan, c'est le plus puissant de mes comtés vassaux, c'est également le pivot du système de défense du duché face à la France. Or, votre frère aîné est déjà marié et je souhaite m'assurer d'y conserver un pied. Au cas où.

— Vous sous-entendez que si mon père décède et que mon frère se montre réticent à prêter allégeance, vous pourriez le faire assass...

— N'utilisez pas ce méchant mot, Wenceslas, il est si peu chrétien ! Loin de moi cette idée ! Je n'ai aucun doute sur le fait que votre frère aîné se montrera fidèle aux serments de sa maison. Disons que j'ai pour unique intention de consolider les liens entre nos deux familles. Vous considérez cela comme louable, n'est-ce pas ?

— Bien sûr, Votre Altesse !

— Parfait ! Par conséquent, si je résume, ma fille Morgiane ne vous révulse pas, son esprit vous plaît et vous vous entendez convenablement avec elle. Par ailleurs, vous affirmez vous sentir honoré de ma proposition. L'affaire est entendue ! J'en parle dès ce soir à l'évêque de Dijon, nous accélérons la procédure et vous pourrez convoler d'ici la fin de la semaine prochaine. Merveilleuse nouvelle, n'est-ce pas ? Ne me remerciez pas ! Je suis ravi que cela vous plaise.

— Monseigneur...

— Oui ?

— Et si je vous disais *d'aller vous faire foutre* ?... »

Le duc accuse le coup le temps de deux ou trois battements de cœur, puis part d'un grand éclat de rire.

« D'aller me faire foutre ? Ahaha ! Si vous vouliez me fâcher, Wenceslas, c'est tout le contraire ! Vous avez du répondant, cela conforte mon choix. Je vous tiendrai au courant du lieu et de l'heure de la cérémonie, et n'ayez crainte, je me suis déjà chargé de prévenir l'heureuse élue... »

CHAPITRE 36

Château d'Arcourt. Fin de matinée du 1er avril.
Relevé d'okram de Pierre Cordwain de Kosigan.

*

Se débarrasser de l'officier du Vieil Ordre qui m'avait empêché de suivre le duc et mon cousin n'a pas été difficile : je lui ai servi une histoire de fleurs à livrer et il a jugé l'affaire aussi capitale que la vidange des pots de chambre du palais. Il m'a fait signe de m'éloigner puis s'est hâté de rejoindre l'escorte de Philippe le Hardi.

La matinée touche à sa fin à présent et je n'aperçois Wench nulle part. La messe qui réunit tout le monde dans la chapelle pavoisée aux bannières des grandes maisons se termine. Dès que les cloches sonnent, le maître des lieux et le connétable de Montfort s'éclipsent. D'après la planification de la journée, on ne les reverra pas avant le banquet du soir.

Le reste de la cour s'égaie pour aller vaquer à ses occupations : promenade, chasse au faucon, jeux d'argent. Ces derniers, quoique mal vus par l'Église, attirent la majeure partie des chevaliers et des dames. Associés aux dieux du hasard, la morale chrétienne les accuse de favoriser la colère et la convoitise, au point qu'il y a deux siècles, un pape avait même placé les mises d'argent sous anathème. Depuis, l'interdiction a été assouplie mais flamber cent mille livres en une seule nuit, comme le duc Louis d'Orléans il y a quelques années, peut encore mener au procès.

Je louvoie entre les cartes, les dés et les médisants. Les piques volent bas et Morgiane de Bourgogne, surnommée par plusieurs dames *le gros castor*, en est souvent la cible. C'est également le cas d'une certaine Flavie d'Hylaire, une obscure bannerette de l'est du duché sur le point d'accoucher. Son lévrier aurait, paraît-il, tellement l'habitude de se frotter contre sa jambe qu'il se pourrait que ce soit lui le père de l'enfant.

Je surprends quelques discussions concernant les négociations entre le duc et le légat du roi. Beaucoup de Bourguignons espèrent une paix à long terme, sans avoir à renouveler le vieux serment d'allégeance à la couronne de France. Vu que l'armée des Lys a fort à faire contre les Anglais dans le nord, on considère unanimement qu'un tel accord est possible. Quant aux détails…

Est-ce que Charles V consentira à reconnaître une fois pour toutes l'indépendance du duché ? Se contentera-t-il d'offrir de l'or et des châtellenies ? Et pourquoi n'irait-il pas jusqu'à autoriser la Bourgogne à récupérer le statut de *royaume* qui était le sien au temps des fils de Charlemagne ? Autant de questionnements qui, bien que dignes d'intérêt, n'ont rien de nouveau à mes yeux.

Les rayons du soleil traversant les larges baies m'attirent sur la terrasse surplombant les jardins. L'air est doux, et le ciel changeant fait la part belle à l'astre du jour. En contrebas, la verdure du parc est une merveille. J'en profite, humant les fragrances aromatiques des essences plantées il y a quelques mois par le véritable Cendres des Alimes.

Une douzaine de nobles, dames et seigneurs, parcourent les allées. Je les rejoins en quête d'un visage connu, si possible celui de Wenceslas. Deux jeunes écuyers pêchent dans le bassin aux carpes. Après une quinzaine de minutes, mon manque de patience me souffle de renoncer, lorsqu'en longeant une haie, mon oreille la plus affûtée perçoit quelque chose.

De l'autre côté de la rangée d'arbustes bien taillés, assez loin vers le fond du parc, une sorte de cri étouffé. Quelqu'un appelle, en prononçant un prénom de femme que je parviens à peine à reconnaître : « Aliénor ! » Un peu comme lorsque l'on intime à quelqu'un l'ordre de ne pas s'en aller, alors que la personne s'éloigne.

Avec discrétion, je repère les gens alentour susceptibles de me regarder.

Il y en a quatre mais ils bavardent entre eux à deux ou trois allées de distance.

Je détermine un endroit moins dense et m'enfonce dans la haie pour la traverser, me râpant ici et là. Côté pile, un chemin de terre piqueté qui descend en pente douce le long de la base des remparts jusque sur les espaces un peu en friche du fin fond des jardins.

J'aperçois les cabanons bien entretenus où on range les outils, mais également la fille de Montfort qui marche dans ma direction. Derrière elle, à cinq ou six toises, mon cousin, le faciès dépité, n'ose pas élever davantage la voix pour la rappeler. Il a tout d'un amoureux délaissé.

Les bordures de ses robes en main, la jouvencelle passe dans mes parages d'un bon pas, sourire éblouissant au coin des lèvres. Elle murmure en me croisant :

« Messire le jardinier ! Il faudra m'entretenir de votre science des pistils et des étamines lorsque vous aurez un moment. Je suis d'humeur à vous accorder mon attention… »

Puis elle accélère le pas et s'éloigne sur mes arrières comme si elle m'avait simplement dit bonjour.

On lui donnerait le bon Dieu sans confession.

Beaucoup de femmes découvrent à l'adolescence le pouvoir de la séduction. Leurs lignes s'arrondissent et les œillades se font plus appuyées. Un grand nombre de garçons sont intimidés, certains amusés, d'autres vulgaires. La plupart pratiquent l'art subtil des allers-retours visuels, aussi discrets que malhabiles. Cette capacité d'envoûtement, il faut en incriminer la nature, ou Dieu. C'est le complexe du paradis : le coup de la pomme qui arrache les gamins à l'enfance. Combien de jeunottes de dix-sept ans ai-je vues faire tourner la tête à des chevaliers fous d'amour en pleine force de l'âge, des barons, des ducs ou même parfois des rois ? Et que dire des moines, des prêtres ou des évêques qui cèdent à la tentation ? À bien des égards, les femmes sont plus fortes que la religion, que les serments et que le Tout-Puissant lui-même. Les jeunes filles réagissent à cette prise de conscience de manière variable : certaines en ressentent de la crainte ou de l'écœurement, et on peut les comprendre vu les monstres qu'elles attirent parfois à leur insu. Les plus choquées se réfugient dans des abbayes ou deviennent recluses. La majorité n'apprivoise cette puissance que pas à pas, avec parcimonie. Mais une petite part, grisée par ce pouvoir, ne peut résister à la tentation d'user de ses charmes au service des dieux de la gourmandise.

Se pourrait-il qu'Aliénor de Montfort soit l'une de ces saintes perverses pour lesquelles le délice d'ensorceler les hommes s'apparente au plaisir de la collection ?

Une splendide petite vipère ?

Quant à Wenceslas, je le vois repousser la porte du cabanon et m'observer approcher, le front soucieux. Tout porte à croire qu'il me confond, lui aussi, avec le maître jardinier.

« N'ayez crainte, messire, nous n'avons dérangé aucun outil. » Il n'a manifestement pas vu en moi son cousin préféré, ce qui le pousse à ajouter : « Nous n'avons pas non plus péché de quelque manière que ce soit.... »

Je fronce les sourcils, ouvre la porte et renifle à l'intérieur pour le mettre mal à l'aise. Tout paraît bien rangé et la seule odeur est celle de la terre battue. Je lui fais face.

« Alors, Wench, mon visage affable ne te rappelle rien ? »

Je ne portais pas non plus la barbe dans ma jeunesse, cela devrait lui revenir.

« C-cousin ?... »

Il tord sa mâchoire inférieure. Une lumière soudaine illumine son regard.

« Cordwain ? Le fils de Gregor ? »

Je lève les sourcils pour souligner l'évidence.

« Un peu plus large d'épaules et quelques cicatrices en prime, mais c'est moi !

— Par le Christ, qu'est-ce que tu fiches ici ? Je n'y comprends rien. Tu es jardinier ? Tu n'as pas les foies de venir chatouiller les Bourguignons sous le nez ? Rapport à... ? »

Je l'arrête d'un signe de main. Le visage détendu comme si de rien n'était, je jette un œil à la ronde pour vérifier l'absence de curieux. Inutile de parler de choses qui fâchent.

« La Bourgogne n'avait pas le même duc à l'époque et, non, je ne suis pas jardinier. »

Une ombre indéchiffrable obscurcit son visage. Il esquisse un mouvement de recul.

« Tu es venu pour me tuer ? »

Sa crainte n'est pas illégitime.

« Ne dis pas de bêtises, Wench, tu es le seul de la portée que j'apprécie. Je ne suis pas un monstre. » *Même si ça se discute.* « Non, Carrayan m'envoie te transmettre un message.

— Tu... tu fais partie de ses agents ?

— Non, enfin, oui... Disons, momentanément. »

Le reflet de la peur quitte ses traits mais la tension demeure.

« Par sainte Foy, Borogar !... Mon tortionnaire de père est mort, c'est ça ? C'est ce qui explique que tu aies pu revenir à Kosigan ?

— Pas encore, à vrai dire. J'aimerais bien, mais le vieux salopard s'accroche à la vie. Et, avant que tu ne poses une question désobligeante, je précise que je n'y suis pour rien. J'ai plutôt l'intention de donner un coup de main pour me racheter et me faire une place dans le comté. »

Ses yeux s'attardent sur mon visage, glissent vers le fourreau de ma dague et finissent sur mes bottes. Comme s'il pouvait déceler une quelconque vérité à travers l'étude de ces trois éléments. J'extrais l'enveloppe de cuir dissimulée sous l'aisselle de mon pourpoint et la lui tends en ajoutant :

« Le message de Carrayan. »

Il s'en empare comme si la missive était couverte de croûtes de lépreux, puis s'attelle à décacheter le sceau de cire noire aux armes de la Garde grise.

D'un signe de tête, je l'engage à marcher à mes côtés vers le fond des jardins. Il y a davantage d'arbres par là, on sera plus tranquilles. Sans compter qu'on y trouve une roseraie, pratique pour justifier notre présence puisqu'en tant que célibataire, il pourrait avoir besoin de fleurs pour une obscure raison romantique.

Tout en avançant, ses yeux parcourent le parchemin. Je lorgne par-dessus son épaule pour m'assurer que Carrayan n'a pas mitonné une entourloupe. Ce qu'il a écrit paraît correspondre à l'histoire qu'il m'a servie même si je n'arrive pas à tout lire.

Je vois Wenceslas blêmir. Je lui demande :

« Qu'est-ce qui ne va pas ?

— Les nouvelles sont mauvaises. Tu n'as pas lu le message ?

— Loin de moi de telles pratiques. Mais je crois savoir ce qu'il contient. »

D'après ce que m'a dit le commandeur, une incitation à la prudence, pas de quoi fouetter un chat. Pourquoi a-t-il l'air d'avoir avalé du verre pilé, dans ce cas ? Son regard oscille entre le confus et le désespéré.

« Écoute, Cordwain, je suis navré mais… »

Il s'apprête à mettre fin à la conversation…

Pas question avant qu'il m'ait révélé de quoi il retourne.

« Tu as l'air effondré, cousin. Je pourrais t'épauler si tu me mettais au parfum. » *Curiosité…* « Tu te souviens de la fois où tu as reçu une dérouillée à ma place de la part des amis de Vlad parce que tu avais eu le malheur de prendre mon parti ? Je n'ai jamais eu l'occasion de te rendre la pareille… »

Wench avait poussé son frère dans le dos alors qu'il m'écrasait au sol et qu'il s'apprêtait à transformer mes bijoux de famille en bouillie pour chat. Grâce au gamin, j'avais pu me relever et me carapater en traversant la rivière.

Il s'arrête, me dévisage et inspire profondément comme pour trouver l'inspiration dans les senteurs printanières alentour.

« Tu m'aiderais ? Vraiment ? Même si cela allait à l'encontre de ce que Slynt Carrayan a écrit dans cette fichue lettre ? »

Il faut voir…

Je hausse intérieurement les épaules.

« Pourquoi pas ? Je suis de son côté parce que je l'ai décidé, mais je choisis seul ma ligne d'action. Explique-moi le problème et nous verrons. »

Il me scrute puis finit par parler :

« Très bien. Le message de Carrayan retranscrit les volontés de Vlad. Comme tu le sais, vu l'état de mon père, c'est lui qui fait office de chef de famille. Il m'ordonne explicitement de ne pas me marier en attendant la succession. »

Rien d'autre que ce qui était prévu…

Je plisse les paupières.

« Tu sais à quel point je déteste ton frère mais dans le cas présent sa demande est pleine de bon sens : il veut éviter que quelqu'un interfère dans les affaires de Kosigan en ce moment. Imagine un peu. Une belle dame t'épouse, puis Vladislav a un… accident. En tant que fils cadet, tu hérites… Et quelques semaines plus tard, c'est ton tour de passer l'arme à gauche… En une poignée de mois, le comté passe dans des mains étrangères ! T'accrocher au célibat en cette période troublée paraît judicieux. Cela te pose problème ?

— Plus d'un ! Philippe le Hardi, que j'apprécie, m'a offert un arrangement matrimonial. Il souhaite que j'épouse Morgiane, sa troisième fille. Elle recevrait en dot le comté de Hénin, ce qui ferait de moi un homme riche, puissant et qui n'aurait plus de comptes à rendre à sa famille. »

Je me frotte la nuque.

« Je comprends. Mais personne n'exige de toi que tu renonces à ces épousailles pour toujours. Ce n'est qu'un vulgaire contretemps. Dès que Borogar aura l'obligeance de tirer sa révérence et que la succession sera faite, tu pourras convoler en toute tranquillité.

— Je le sais. Seulement, le problème n'est pas uniquement là.

— Qu'est-ce qui te tracasse, alors ? Avec le Hénin à la clef, Vlad donnera son accord. Cette affaire de mariage ne paraît pas bien compliquée.

— Avec Morgiane, non… Le hic, c'est que ce n'est pas du tout *elle* que j'ai décidé d'épouser !

— Pas elle ?

— Non. Figure-toi qu'il y a trois mois, j'ai passé deux semaines aux foires de Châlons et c'est là que j'ai rencontré une dame. Lors d'un bal. Mon cœur en la découvrant s'est mis tout seul à rougir. Tu l'aurais vue… Elle virevoltait, joyeuse, ravissante, drôle… et son sourire… un morceau de lumière pure… Et sa grâce, son élégance ! Sa voix, un délice ! Ses yeux, pétillants, doux, brillants d'intelligence ! Comme deux soleils pointant derrière les nuages… Je frissonne d'émoi au souvenir de ses lèvres… Et, lorsqu'elle respire… »

Si je le laisse continuer, son entrejambe va se mettre à durcir…

« Par la Pierre noire, Wench, dis-moi de *qui* tu parles exactement. »

Stoppé dans son élan, il cille, hésite, ses yeux font un aller-retour au sol puis reviennent se poser sur moi.

« Il s'agit de… la jeune fille que tu viens de croiser, Aliénor de Montfort.

— Aliénor de Montfort ? Bon sang, Wench, tu ne peux pas être sérieux ! Elle connaît la nature des sentiments que tu nourris à son égard ?

— Bien sûr ! Ce soir-là, à Châlons, nous avons dansé et ri toute la nuit, et le vin de Champagne nous est monté à la tête.

— Ne me dis pas que tu as déjà consommé ce que tu n'avais pas le droit de consommer !

— Non, bien sûr que non ! Je suis un homme d'honneur, Cordwain. Nous avons été proches, mais… *pas trop*…

— *Pas trop*, cela veut dire que vous n'avez pas non plus gardé vos mains dans vos poches, c'est ça ?

— Je suppose qu'on peut présenter les choses de cette manière… Je… En tout cas, nous souhaitons nous marier le plus vite possible !

— Tu t'emballes un peu. La demoiselle a flirté avec toi, la belle affaire. Rien ne dit qu'elle ne considère pas vos effleurements comme une passade sans lendemain.

— À mon grand bonheur, pas du tout. Nous nous écrivons depuis, et si elle se trouve à Arcourt aujourd'hui, c'est qu'elle a fait des pieds et des mains pour accompagner son père… Nous allons nous marier en secret !

— Alors là, mon garçon, tu es dans les ennuis jusqu'au cou !

— J'en suis conscient. Aliénor est française et le duc Philippe risque de prendre notre union comme le pire des affronts. D'autant que sa fille Morgiane n'est pas précisément un parti facile à placer.

— Avec le comté du Hénin en dot ? Il faudrait qu'elle soit la pire des harpies ! Tu ne peux pas t'arranger pour l'épouser et voir ensuite Aliénor en secret ? »

Il secoue la tête.

« Cordwain, je te l'ai dit, je suis un homme d'honneur…

— Ça existe, cette race-là ?

— Il faut croire que oui. Tu ferais ce genre de coup, toi ? »

Je feins de m'accorder un temps de réflexion.

« Bien sûr que non ! »

Il faut voir…

Cela dit, se retrouver le fil à la patte, même attaché à une mine d'or, n'est pas le genre de perspective qui m'attire.

Il reprend :

« Alors, tu peux faire quelque chose pour me venir en aide ou pas ? »

Je me frotte le bas du visage, pensif, ma main s'étonne d'y trouver une peau rasée de frais. J'ai hâte de retrouver ma rugosité habituelle. Quant à Wench, j'ai toujours eu un faible pour les amours impossibles mais là, ou je ne m'y connais pas, ou la damoiselle de ses rêves est une garce. Elle se joue de lui, c'est certain. La question c'est, est-ce pour le plaisir ou dissimule-t-elle des desseins plus sombres ?

Je plante mes yeux dans les siens, songeur. L'amour donne des ailes mais il pousse aussi aux pires bêtises. Carrayan m'a spécifiquement demandé d'empêcher tout mariage du côté de Wench. Il ne faudrait pas que les deux tourtereaux prennent la tangente et dégottent un prêtre pour les unir devant Dieu, parce qu'une fois prononcé, ce genre de sacrement est comme qui dirait… définitif.

« À vrai dire, j'ai pas mal de choses à faire à Arcourt et les histoires de mariage, ça me connaît. Je vais voir ce que je peux faire, mais ne prends aucune initiative sans m'en parler. Comment se fait-il que vous vous soyez quittés en faisant grise mine, tout à l'heure ? »

Il cligne des yeux, surpris, son regard scrute une fois à gauche, une fois à droite.

« Rien de très important.

— Dans ce cas, dis-moi de quoi il retourne. Si tu veux que j'obtienne des résultats, je dois disposer de toutes les informations. »

Est-ce que son front rougit ?

« Puisque tu insistes… Aliénor avait envie… que nous nous cachions dans le cabanon… pour… Enfin, tu vois… Pas de véritables rapports charnels, bien sûr… Mais j'ai tout de même refusé, n'importe qui aurait pu passer et nous surprendre. »

Mon cousin est un saint.

Il poursuit en se grattant l'oreille, confus :

« Après quoi, elle a tourné les talons en lançant que si je refusais de faire des efforts pour elle, elle ferait mieux de trouver quelqu'un d'autre… »

Voilà qui explique ce qu'elle m'a dit en me croisant.

« Tu estimes qu'elle plaisantait ?

— Évidemment, elle possède un don pour la provocation. »

Ce n'est rien de le dire.

J'enchaîne :

« Si on résume, tu souhaiterais accélérer votre union avant que ta belle ne reparte vers la France, mais en évitant de fâcher à la fois le duc de Bourgogne et ton frère au point que l'un ou l'autre ne décide de t'écorcher vif. »

Il acquiesce.

« On ne saurait mieux dire. »

Dans ce monde de perdition, on jurerait que personne n'est capable de faire quoi que ce soit par lui-même, et c'est toujours ma pomme qui est chargée de ficeler les miracles…

« C'est dans mes cordes. Je vais réfléchir à la suite des événements. »

J'ai deux ou trois idées.

Pas sûr que cela lui plaise.

DÙN

CHAPITRE 37

Ruines de la cité comtale d'Albret. Probablement en fin d'après-midi du 1er avril.

Relevé d'okram de Dùnevia Illavaëlle.

*

Jusqu'à ces dernières semaines, Albret comptait parmi les trois citadelles chargées de verrouiller la frontière nord du duché de Bourgogne, aux côtés de Kosigan et d'Auxerre, situées plus à l'ouest. Ses fières murailles de dix toises de haut, parsemées de tours plus grandes encore, servaient de bouclier à la ville et encerclaient deux méandres tumultueux de la Seine. Pourtant, ce qui s'étale sous mes yeux n'est plus qu'un squelette de pierres éboulées, éventré et fumant.

Je traîne la patte, sale, affamée, entravée. Eloi claudique à mes côtés, visage émacié, yeux cernés. La douzaine de reîtres de notre escorte porte le blason du crâne de sinople à la larme de gueules de la compagnie de Tristemort. Sous la clarté pluvieuse de la fin du jour, les trognes de ces salopards ressemblent à des hures de sanglier, à des gueules de blaireau ou d'ours, hirsutes, râblés. Dans les veines de pas mal d'entre eux doit couler du vieux sang *humal*. Pas un qui ne tire pas la tronche, en tout cas, comme si parler risquait de leur faire péter les sphincters. Il ne fait pas bon avoir des envies de conversation quand ils traînent à proximité.

La troupe, menée par l'Elfe noire encapuchonnée, pénètre dans la cité par la porte est, sous une pisse céleste drue et froide. La barbacane a pris des sales coups, à demi effondrée. À vue d'œil, une maison sur trois est en ruine, cramée ou fissurée. Des quartiers entiers sont partis en fumée et le vent traîne des odeurs de cochon grillé. Sauf que, dans le cas présent, les victimes ne sont pas des cochons…

J'ai envie de prendre la main d'Eloi mais je n'ose pas. On s'est mangé suffisamment de volées comme ça. Le long des rues décharnées, on croise quelques survivants qui se pressent, tête basse, en évitant les regards. Pas une seule cloche n'a sonné depuis que la ville est apparue à l'horizon. *Ils ont dû détruire les chapelles et les églises.*

Au centre, le puissant donjon ainsi que le castel forment un amas de pierres et de gravats fuligineux. Surmontant ces ruines, le dragon, rougeoyant sous le soleil, lové comme un chat, profite de la chaleur des destructions sous son ventre.

On emprunte une rue qui pointe dans sa direction.

Chalaëlle, courbeuse de destinée, je te promets cinq cierges et dix prières si on ne va pas jusque là-bas !

Une placette avec un puits et deux chiens miraculés, puis une venelle, chaque pas nous rapproche du dragon.

Cinquante cierges et vingt prières ?

En arrivant sur le parvis qui cerclait autrefois le vieux château, la troupe bifurque vers la droite.

Oh, merci !

Eloi manque de se prendre un coup de nerf de bœuf pour ne pas avoir réagi assez vite, je l'oriente de l'épaule. Sur un panneau désaxé au mur, on peut lire le nom de la rue dans laquelle on s'apprête à s'engager : la sente aux Suppliciés.

Charmant !

Je grimace.

Déesse, les offrandes que je t'ai promis, tu es consciente qu'il faut que je m'en sorte pour te le payer ?

Au bout du chemin labouré de pavés arrachés s'étale une vaste esplanade garnie d'un échafaud avec des poutres à pendus accueillant une dizaine de corneilles. Les volatiles ont l'air coutumiers du bazar parce qu'il n'y en a qu'un ou deux qui se donnent la peine de croasser sur notre passage. Juste à côté, alors que la pluie s'est calmée et qu'à l'horizon se faufile une éclaircie, se dressent cinq ou six piloris. Un brin plus loin, une tour hexagonale et courtaude, bâtie avec des moellons épais, surplombe la place. L'ancien campanile de la maisonnée du bourreau d'Albret. Manifestement, cet endroit est devenu le lieu de villégiature de la compagnie de Tristemort. Il est surmonté d'étendards frémissant sous la brise et cerné d'une fourmilière de mercenaires en cuir, lin, serge ou acier, qui vaquent à leurs occupations près des tentes et des chariots. Des lavandières profitent de l'accalmie pour suspendre du linge à sécher sur des fils. Une longue charrette à six roues attire mon attention. En passant à côté, son utilité saute aux narines : les remugles de foutre dénoncent sans vergogne un bordel militaire de campagne. Les halètements émanant de l'intérieur confirment.

Je me fais toute petite.

Je n'aimerais autant pas qu'on me balance là-dedans pour tester les draps…

On se rapproche de la tour. Deux autres chariots. Changement d'odeur mais, d'une certaine façon, c'est presque pire. Des fumets de cuisine alléchants, de légumes chauds et de viandes grillées, mettent mes papilles au supplice. Les cuistots sont en train de préparer une espèce de garbure dans de gros chaudrons sous le toit d'une bâtisse éphémère à murs ouverts.

Je n'ai pas mangé depuis trop longtemps.

À quoi ça te servirait de becqueter, ma fille, si c'est pour clamser juste après ?

Un dernier plaisir. Mais, surtout, si je veux avoir l'énergie de tenter une illusion pour fuir, il va me falloir un peu de forces. Si je ne me nourris pas, je risque de ne pas y arriver.

Une idée simple fuse à travers mon esprit.

Pas le temps de tergiverser.

Allez, à l'instinct !

Comme si je chancelais, je m'affaisse sur le vougier le plus proche. Pas de là à tomber, ni à le faire trébucher, mais il prend un choc, accuse le coup et se retourne le faciès rougit de colère.

« Par tous les saints, espèce de sale petite merdasse ! »

Vas-y, frappe-moi !

Ou va-t-il hésiter parce que je suis une femme ?

Il faut l'encourager :

« Si j'étais une merdasse, je te couvrirais de chiasse, sotard ! »

Tu parles ! Sa mornifle sèche et rude me cueille, joue droite. Je m'effondre volontairement, pile dans les sacs de victuailles. Tout le monde se met à gueuler, les cuisiniers et leurs apprentis en tête. *Parfait !* Doigts de fée ! À genoux, sous prétexte de me relever, mon corps masque mes mains. Deux ou trois poignées de haricots et de lard en dessous de ma tunique, un quignon de pain, un pot de miel, ni vu ni connu, je les roule dans la farine !

On me relève *manu militari*, on me secoue, on m'injurie, on me repousse dans le rang. Une ou deux claques finissent sur le haut de mon crâne, mes coudes et mes bras.

Je courbe l'échine, contrite, implorant pardon.

Ça m'a toujours attendrie, un estomac qui crie famine, surtout quand c'est le mien. La situation n'a pas beaucoup évolué, mais je me dis que maintenant on a peut-être une chance.

CHAPITRE 38

Tour du bourreau d'Albret. Soir du 1er avril.
Relevé d'okram de Dùnevia Illavaëlle.

*

Le condottiere Gruau de Tristemort a vraiment la gueule de son nom. Des lamelles de cuir couvrent les parties de sa chair arrachées au combat, trois de ses doigts sont sculptés en bronze, quant au reste du visage, des mains, du cou, tout est couturé à de multiples endroits. Les mauvaises langues raillent que son âme a un tel goût de chiottes que le diable la vomit chaque fois qu'il essaye de l'avaler. C'est peut-être vrai. En tout cas, c'est un choix symbolique de sa part d'avoir opté pour la tour du bourreau comme camp de base. On dirait vous, capitaine, toujours le souci de la sacro-sainte réputation.

Sur un signe de la Svartalfár, la troupe fait halte. La pluie de l'après-midi a achevé d'éteindre les incendies. Le vent froid de la fin de journée me fouette le visage, charriant des relents de cendres. Çà et là, sur la place devant la tour, des petits groupes de mercenaires s'affairent à protéger et à entretenir des feux de camp pour la nuit. Non loin de là, le roulement de la Seine masque leur brouhaha.

Tête basse, je jette un regard furtif vers l'avant.

Gruau de Tristemort bavasse avec un ecclésiastique de haut rang à la bure anthracite et à la ceinture claire. Ils se tiennent debout sur les pavés noircis face à l'édifice crénelé.

Puterelle de Dieu !

L'homme d'Église porte des moustaches *à la Clovis*. Je plisse les yeux pour mieux voir. Personne n'a ce genre de pilosité. Ce pourrait-il que ce soit l'abbé de Nirdrym ? *Dieux, faites que non !* Je n'ai jamais rencontré l'âme damnée du roi de France mais vos descriptions ont l'air de correspondre : un faciès taillé à la serpe, des yeux enfoncés dans les orbites, un charisme qui rayonne à cinq toises de distance…

Dans le frisquet crépuscule, l'un et l'autre ne nous accordent même pas un coup d'œil. L'Elfe noire, respectueuse, place un genou en terre et patiente en silence. Les reîtres de l'escorte se balancent sur leurs deux pattes, s'interrogeant du regard pour savoir si certains d'entre eux ne pourraient pas rompre les rangs pour rejoindre leurs camarades restés au camp et s'enfiler un godet bien mérité. L'œil de leur sergent les foudroie sur place : le premier qui prend la tangente finira de corvée de latrines.

Je ne perçois pas tous les mots de la conversation à cause du bruit de la rivière mais Tristemort et le religieux discutent organisation et approvisionnement. Le maître mercenaire donne à l'autre du *monseigneur* et du *messire l'abbé*, et il finit par l'appelerpar son nom : « Nirdrym ! » *Eh merde !…*

Mon plexus se noue comme une couleuvre quand on lui bloque la tête.

Par la Pierre noire, s'il apprend que c'est moi qui ai fait foirer ses intrigues à Bruges…

Aucune raison qu'il le découvre. *N'est-ce pas ?*

Non, aucune.

À moins qu'il ne soit déjà au courant.

Ne te laisse pas déstabiliser, réfléchis.

Nirdrym, Myrdrin, Laïloken et une palanquée d'autres blazes du même bois : le demi-frère de Merlin. L'homme qui croit dur comme fer que sa destinée consiste à renverser l'Église du Christ crucifié et à régénérer les pouvoirs anciens. Sa présence éclaire la situation. C'est de toute évidence au vieux sorcelier que l'on doit la venue du dragon et des Ogres. Ce qui signifie que les Français sont en train de s'emparer d'Albret, sous couvert d'une attaque des vieux peuples.

Concentre-toi, ma fille, ils ne causent plus logistique, rapproche-toi et écoute !…

Tristemort râle à cause des dévoreurs qui ont becqueté quatre de ses lavandières qui se rendaient à un lavoir voisin. Il réclame compensation. Nirdrym répond qu'il n'a qu'à se servir en ville, il y a autant de femmes qu'il veut. Il rassure le condottiere en lui annonçant que les dévoreurs de chair doivent de toute manière lever le camp demain à l'aube en direction de Kerbuck, un village près de la frontière, tandis que la compagnie au crâne de sinople et à la larme de gueules fera, quant à elle, route vers Kosigan. Son ordre de mission est de passer bien au sud de la Croisée des chemins et d'atteindre la cité après-demain avant l'aube, pour profiter des portes qui seront ouvertes. *Pourquoi les portes seraient-elles ouvertes avant l'aube ?* Aucune ville d'Occident ne garde ses entrées béantes la nuit. Il… Il explique. Il parle d'un *héritier bâtard* de la famille de Kosigan et d'une *femme de l'ombre* qui l'accompagne. Il affirme que tous deux vont se rendre maîtres de la cité de votre oncle et qu'il faudra obéir à leurs ordres.

Je n'y entrave plus rien !

Est-ce que c'est *vous*, l'héritier bâtard ? Est-ce que c'est *moi*, la femme de l'ombre ? Si c'était le cas, je devrais sûrement être au courant, pas vrai ? *Pas vrai ?*… Non, non, non, non, non, vous ne m'avez pas fait un enfant dans le dos quand même, pas à moi, pas maintenant, ce n'est pas possible.

Mais si, ça l'est ! Je suis sûre que vous avez un putain de plan caché ! Je me disais aussi que je ne devais pas vous faire confiance. Vous ne venez pas dans la région pour faire le gentil toutou à son tonton, abaisser l'étendard et vous ranger des épées. J'aurais dû capter ça depuis longtemps. Vous venez pour devenir comte de Kosigan ! Et pourquoi pas duc de Bourgogne ? Si Philippe le Hardi finit *ad patres*, vous seriez combientième sur la liste de succession ? Au moins trente ou quarantième ? Mais ce n'est pas le genre de détail qui vous effraie.

Tout ça en vous rangeant du côté de Nirdrym ?

Et pourquoi pas ? Comme vous m'avez dit un jour, « il n'y a que les imbéciles qui ne retirent pas leur pourpoint quand il commence à faire trop chaud ». Quoi que cela veuille dire.

Je soupire malgré moi.

Mais non, ça ne colle pas. C'est séduisant, cette théorie, mais ça ne colle pas. *Pas tout à fait.*

Si j'étais la femme de l'ombre, vous me l'auriez dit.

Donc, soit il y en a une autre, soit, ce qui est plus probable, il y a un second bâtard dans la maison de Kosigan.

Sauf qu'à ma connaissance ce n'est pas le cas…

J'ai perdu le fil de la conversation. En tout cas, une chose est certaine, après Albret, c'est Kosigan que les Français ont l'intention de faire tomber. Et sans verser le sang d'un seul de leurs précieux soldats, si j'ai bien compris…

S'ils y parviennent aussi discrètement que ça semble prévu, la route d'Arcourt leur sera ouverte, ils choperont le duc et empocheront la Bourgogne !

« Maître… »

C'est l'Elfe noire qui ose rappeler sa présence maintenant que la discussion arrive à son terme.

« Sri-Satchanaril, ma toute belle… relève-toi. »

Elle s'exécute dans un bruit étouffé de fourreaux et de mailles.

« La mission est accomplie, mon maître. Par malheur, les hasards du combat ont fait que la *faye* n'a pas survécu au sort des armes ! »

Les yeux vifs de Nirdrym la fixent intensément. *Il n'est pas dupe !* Puis ils se posent sur Eloi. Puis sur moi.

Au nom des dieux !

Ses iris intenses dégagent une aura, comme un choc. Il me dévisage avec, aux lèvres, un sourire calme, inébranlable, presque malicieux. *Personne au monde n'affiche davantage de certitudes.* On sent cet homme capable de résoudre vos pires problèmes. Il exhale le danger, certes, mais on est convaincu qu'on sera en sécurité à ses côtés. On ne ressent qu'une envie, c'est qu'il nous sourit, qu'il nous regarde, qu'il nous aime.

C'est stupide.

Détournant les yeux, il formule une phrase plus audible qu'elle ne le devrait :

« Tu seras punie pour tes arrangements avec la vérité, Sri-Satchanaril. Quant à vous, sire de Tristemort, il se trouve que le dragon Volkor-Gonor m'attend. Placez cette femme et le prêtre dans les cachots de la tour du bourreau et veillez à suivre le reste de mes instructions. Vos émoluments seront doublés, une fois la victoire assurée ! »

Avant de se détourner, ses yeux croisent à nouveau les miens. Ses lèvres se meuvent en silence. Un léger zéphyr décoiffe mes mèches et ses mots susurrés me caressent les tympans. Si suaves que je me sens rougir.

« Je sais ton nom, jouvencelle à la peau changeante, fille des vieux peuples et artisan de ma défaite. Je viendrai te visiter bientôt ! »

LE
BÂTARD

CHAPITRE 39

Château d'Arcourt. Soirée dansante du 1er avril.
Inspiré de brouillons anonymes attribués au fou du duc de Bourgogne.

*

Le soleil disparaissait sur l'horizon accompagné par la musique flâneuse du quatuor à cordes personnel du duc Philippe – luth, psaltérion, vièle et guiterne. L'intensité feutrée des accords composés par mestre Johannes Ciconia demeurait discrète en ce début de soirée. Elle accompagnait chevaliers, riches seigneurs et dames embellies de bijoux sur le chemin de tablées informelles. Les buffets, éclairés de bougeoirs, présentaient des victuailles alléchantes, des viandes, grillées ou en sauce, des assiettes parsemées de bouchées croustillantes, de délices à l'aneth, de fruits secs et à coque. Comme chaque soir, le chambellan de Bourgogne, assisté de ses veneurs, bouteillers, panneurs et rôtisseurs, enchantait les convives de son art. Que le bas peuple ait de quoi manger chaque jour, on ne s'en souciait guère, mais il fallait impressionner la délégation française, il en allait de l'honneur du duché.

Morgiane de Bourgogne avait connu une fin de matinée difficile. Elle avait dessaoulé à force d'ingurgiter le doux mélange d'eau de vinaigre, de romarin, d'œufs caillés et de graines de citrouille concocté par sa dame de compagnie, Guillemette. En ce début de soirée, les pulsations de son mal de crâne se faisaient résiduelles et son estomac avait cessé de crier « aux armes » !

Rencognée le plus loin possible des bruissements de la foule, elle observa le bouffon de son père approcher et fit de son mieux pour lui adresser son sourire le plus charmant.

« Kusin, apportez-vous enfin de bonnes nouvelles ? »

La fille du duc était persuadée ne pas pouvoir compter sur son physique pour plaire, néanmoins elle savait que l'éclat de ses yeux allié à sa peau de porcelaine rendait son visage séduisant. Sous une certaine lumière. Kusin Consord ne put s'empêcher de lui renvoyer un regard tendre mais il se reprit aussitôt.

« Vous me connaissez, je suis faiseur de miracles, Altesse. Tous vos problèmes sont réglés. Le mariage avec le plus jeune des Kosigan n'est plus une affaire d'actualité. Votre père, dans son immense sagesse, a compris qu'il devait vous octroyer la moderne liberté de choisir votre conjoint par vous-même ; garçon d'écurie compris, s'il plaît à Votre Altesse. Et il vous offrira en dot un tiers de ses domaines du nord, ceux de votre choix, à votre bon loisir.

— Mais comment… ? Nous n'avons plus besoin de… »

Son sourire naissant se figea soudain devant l'œil rieur et triste du bouffon.

« Par les neuf enfers, vous vous moquez de moi, tout cela est faux ! »

Les lèvres du bouffon s'élargirent.

« Poisson d'avril, Altesse, il faut bien dédramatiser, n'est-ce pas ? La seule véritable bonne nouvelle, c'est le feu de l'espoir que je vois briller dans vos prunelles. Mais gardez-vous de ne pas le laisser vous brûler. Quant à ce que vous voudriez apprendre, je préfère ne rien révéler, sachez simplement que les préparatifs sont en bonne voie. Pour autant, je vous conjure d'accorder à vos choix une réflexion supplémentaire. Votre décision ne paraît guère judicieuse.

— Seriez-vous partisan de renoncer, mon ami ? Pour ma part, ma résolution ne faiblira pas.

— Vous êtes une enfant têtue prête à se jeter d'une fenêtre du deuxième étage pour le simple plaisir de prouver qu'elle en est capable. Malgré cela, vous pouvez compter sur moi pour vous aider à boiter une fois que vous vous serez brisé la cheville !

— Espérons que nous n'en arriverons pas là.

— Espérons que ce ne sera pas pire… »

Une courbette et le bouffon s'effaça, repartant faire rire et grincer des dents quelques groupes alentour.

Sans même s'en apercevoir, Morgiane fit quelques pas en direction d'une table et saisit par le col une bouteille de vin de Baudrand. Elle se sentait bien décidée à y puiser conseil.

CHAPITRE 40

Château d'Arcourt. Soirée dansante du 1er avril.
Relevé d'okram du Bâtard de Kosigan.

*

Pour les hommes dans mon genre, la musique et la danse sont de bonnes alliées. Elles détournent l'attention, envoûtent les esprits et autorisent à se rapprocher de parfaits inconnus. Une sorte de parenthèse hors du temps dans laquelle il serait permis de se parler, de se sourire et de se frôler.

Si je veux désamorcer le mariage de Wenceslas, il va me falloir convaincre et trahir. Rien de bien méchant, mais je dois choisir à qui parler en premier. Mes yeux picorent la foule le temps de repérer les deux prétendantes. Morgiane de Bourgogne a élu domicile dans un coin d'ombre à côté d'un buffet, quant à Aliénor de Montfort, elle danse avec son père la première *saltaraëlle*[22] de la soirée. *Intéressant choix musical !* Opter pour une pavane iëlfélanin en guise de musique inaugurale est une décision subtile, évoquant aux Français l'alliance entre la Bourgogne et la lignée elfique de Champagne. Cela laisse planer la menace d'une possible offensive venue de l'est, prête à frapper la France en cas de conflit ouvert.

Alors, Morgiane ou Aliénor ?

Pile ou face ?

Non, je préfère décider.

---

22 Danse festive des Iëlfélanin de Stanin Dhuitis.

Le mieux semble d'entamer les hostilités par la sympathique princesse qui manque de confiance en elle. L'autre étant, mis à part sa beauté à couper le souffle, à peu près aussi intéressante qu'un bouquet de fleurs avec un décolleté.

J'exagère, elle s'est montrée habile avec sa langue de vipère. Et, surtout, c'est la fille de Montfort. Éminemment digne d'intérêt…

Quelques pas vers une table. J'avise un échanson pour qu'il remplisse ma coupe. Quelques pas encore. Kusin Consord vient de quitter Morgiane, parfait.

Je laisse passer une trentaine de battements de cœur et je me glisse jusqu'à elle, un sourire aux lèvres.

« Dame Morgiane, heureux de constater que l'alcool de mirabelle du matin ne vous empêche pas de boire à nouveau le soir. »

Prise par surprise, ses sourcils se lèvent, vaguement hostiles, mais son attention demeure fixée sur les danseurs.

« Deux fois dans la même journée, messire ? J'ignore qui vous êtes mais le fait que vous ayez voulu faire main basse sur ma bouteille plus tôt dans la journée ne vous autorise pas à m'aborder. Si un jour votre avis m'intéresse, je vous le ferai savoir.

— Vous comprenez encore ce qu'on vous dit ? Votre foie est digne d'éloges… Je suis le cousin de Wenceslas de Kosigan, il m'a parlé de vous. »

Un léger voile alcoolisé embrume ses prunelles mais elle paraît en possession de ses moyens.

« Vous prétendez que mon futur époux se souvient de mon nom ? Ce serait surprenant !

— Vous voilà bien caustique…

— Quand on est souvent moquée pour son apparence, comme moi, l'ironie est l'ultime planche de salut, messire… Ça, la boisson et, en dernier recours, la mort…

— Ne vous dévalorisez pas, vous n'êtes pas du tout… Enfin, vous n'avez que faire de mon avis, n'est-ce pas ? Je suis surpris que l'idée d'épouser Wench vous déplaise. Il a l'air d'un homme prévenant et gentil. La plupart des dames lui accordent des regards en coin lorsqu'elles le croisent. Quant à son intelligence, je l'estime supérieure à la moyenne. »

Elle me cisaille du regard.

« Ainsi, c'est vous le fameux juge de l'intelligence ? Je me demande qui vous a nommé à ce poste ?

— Étant l'aîné de Wenceslas et ayant une certaine affection pour lui, vous pouvez considérer que c'est la nature… »

Elle me dévisage comme si elle prenait en compte ma présence pour la première fois.

« Gentil et intelligent, Wenceslas ? C'est ce que je croyais moi aussi, mais ce traître a donné son accord au projet de mon père alors qu'il savait pertinemment que je souhaitais par-dessus tout conserver ma liberté. Ce n'est qu'un sale arriviste aux dents longues, sournois et manipulateur. »

Je lâche, ironique :

« Il ne s'agit donc pas d'un mariage d'amour… ? »

L'esquisse d'une lumière apparaît pour la première fois dans ses yeux.

« *Pourquoi* est-ce que ce cher Wenceslas vous envoie ?

— Il souhaiterait s'excuser : figurez-vous qu'il n'est guère plus enchanté que vous que votre père vous force la main à tous les deux.

— Forcer la main est un euphémisme. Je ne suis que sa troisième fille et Wenceslas le cadet de sa famille, nous devrions l'un comme l'autre avoir le droit de nous marier comme bon nous semble ! Servir de monnaie d'échange ainsi que mon père l'a prévu, c'est tout simplement révulsant !

— De monnaie d'échange ? Que voulez-vous dire ?

— Ce que je veux dire ? Vous me paraissiez plus malin que cela, monsieur… ? Quel est votre nom déjà ? »

Elle risque de connaître le maître jardinier. Une intuition me pousse à opter pour la vérité :

« Pierre Cordwain de Kosigan, obscur bâtard de la famille de Kosigan et neveu du comte Borogar.

— Ah, un bâtard ! Vous n'êtes guère au fait des affaires politiques, à ce que je constate. Ce mariage sert à renforcer le lien de vassalité entre Kosigan et la Bourgogne. Le comté de Hénin que je recevrai en dot se situe très loin au nord du duché, mon père espère ainsi faire d'une pierre deux coups : envoyer son laideron de fille aux confins de son domaine pour ne plus l'avoir sous le nez et rallier définitivement la famille de Kosigan à sa mouvance.

— Pourquoi a-t-il besoin de faire une telle chose ? Mon oncle lui jure déjà allégeance, n'est-ce pas ?

— C'est exact mais, depuis quelque temps, Borogar donne des signes *d'éloignement*. Autrefois, il était l'ami et le compagnon d'armes de feu mon grand-père, ils étaient inséparables, mais depuis qu'il a passé l'arme à gauche, il se défie de mon père. Leur différence d'âge explique qu'il le tient à peu près en aussi haute estime que s'il s'agissait d'un gamin débile, et il y a deux ans, il a commencé à montrer des signes de rapprochement avec sa voisine française, la comtesse de Sens.

— Vous pensez qu'il peut y avoir anguille sous roche entre eux ?

— Si vous entendez par là qu'il la saute joyeusement chaque fois qu'il en a l'occasion, je ne saurais l'affirmer, mais c'est ce qui se murmure chez les mauvaises langues.

— Malgré son âge ?

— Toujours vert à ce qu'on raconte, le Borogar. Sans doute grâce au sang slave mâtiné d'alcool qui inonde les veines de votre lignée. »

Je souris. Dans mes veines, c'est plutôt le noir-sang qui coule pour me conférer les capacités qui attirent tant l'Inquisition. Et malgré mes efforts, je ne sais toujours pas d'où il vient… Probablement hérité de ma mère, à moins qu'elle ait eu un amant.

Bref…

« Un atout et une malédiction, Altesse ! C'est la relation entre Borogar et la comtesse de Sens qui inquiète votre père ?

— Évidemment, le comté de Sens est français et à ce titre ennemi de la Bourgogne depuis trois siècles. Et, comme si cela ne suffisait pas, le torchon brûle depuis quelque temps entre Kosigan et le fief bourguignon voisin…

— Albret.

— Très juste ! Je suis heureuse de constater que tout n'est pas perdu pour vous !

— Quel est le problème avec Albret ?

— Un litige de frontière, je crois. En tout cas, mon père veut s'assurer que Kosigan ne va pas basculer du côté de Charles V.

— Un bel exemple d'attachement d'un suzerain à son vassal…

— C'est surtout que les terres de votre famille occupent une position stratégique en contrôlant la Croisée des chemins, où passent la plupart des grandes routes commerciales et de pèlerinage.

— Le désintéressement se perd de nos jours… Mais revenons à votre mariage : qu'est-ce qui vous chiffonne ? Wenceslas vous déplaît ? » Elle semble gênée et le sang qui lui monte aux joues teinte son visage d'une vilaine nuance violacée. « Vous pouvez vous ouvrir à moi. J'ai une sainte horreur de ceux qui jugent autrui et je vous donne ma parole de ne rien révéler de ce que vous me direz. »

Elle produit un rire sec.

« Vous me prenez pour une buse, Pierre Cordwain de Kosigan ?

— Plutôt comme une femme qui n'a rien à perdre. Figurez-vous que j'essaie *déjà* d'empêcher votre mariage pour le compte de Wench. Ce qui, au passage, vous prouve que ce petit n'est pas entièrement à jeter aux orties… Si vous répondez à mes questions, vous ne ferez que vous aider vous-même.

— Écoutez, messire le cousin prodigue ou je ne sais quoi… La vérité, c'est que j'aime bien Wench, mais que je *n'aime* pas Wench… Vous comprenez ? Je suis amoureuse de quelqu'un d'autre.

— Vous aussi ? Décidément, c'est une maladie contagieuse. Vous avez tellement de points communs avec mon cousin qu'on vous jurerait faits l'un pour l'autre ! Qui donc est l'élu de votre cœur ? »

Elle cligne des yeux deux ou trois fois, puis louche, confuse, dans ma direction. Comme sous l'effet d'un coup de fouet, elle finit par lâcher à mi-voix :

« C'est Kusin Consord.

— Kusin Consord, le *fou* ?! Celui avec qui vous venez de parler et qu'on aperçoit là-bas, en habit bariolé ? Celui qui fait des cabrioles avec un bruit de clochettes ? Celui qui… »

Elle me balance un coup sur le bras.

« Il suffit, messire ! Oui, c'est lui ! Il n'est pas de sang noble, il a le double de mon âge, mais c'est le seul qui ne me regarde pas avec ce mélange de pitié et de dégoût quand je rougis. » Sa voix tremble de rage contenue. « À présent, disparaissez !

— Ma dame, vous offenser n'était pas dans mes intentions. Au contraire, je réitère ma proposition d'aide. »

Elle me dévisage en fronçant ses sourcils trop fins et boit d'un trait sa coupe de liqueur.

« Vous voulez me faire croire que vous donnez un coup de main à tous les chiens en détresse qui croisent votre route, *saint* Cordwain de Kosigan ? C'est gentil comme passe-temps. Vous pourriez m'expliquer ce qui vous motive ? »

Je lui adresse un franc sourire.

« Mes services ne sont pas gratuits, Altesse, et dans le cas présent j'ai à y gagner. Par ailleurs, il se trouve que je dois une faveur à Wench et que vous m'êtes sympathique… Malgré vos mauvaises manières, ou à cause d'elles, je ne sais pas exactement. En plus, en tant que "bâtard", je trouverais amusant de donner une leçon à ces grands seigneurs qui dirigent la vie des autres comme si elle leur appartenait. »

Son esquisse de sourire révèle des dents un peu trop pointues qui lui donnent une allure de gobelin.

« Et quand bien même j'avalerais votre baratin. Je me demande ce que vous pourriez y faire…

— Davantage que vous ne le pensez : jusqu'où êtes-vous *prête à aller* pour obtenir ce que vous désirez ? »

Au vu du sérieux de la question, ses yeux alcoolisés, d'abord suspicieux, se teintent d'une lueur.

« Je ferais tout pour être libre, *tout* !

— Y compris disparaître à jamais, jeter votre existence de fille de duc pourrie gâtée au rebut, devenir pauvre, mendier sur les routes ? »

C'est à peu près la seule manière de soustraire Morgiane de Bourgogne du puzzle du mariage. À moins d'arranger son suicide mais j'ai fait le vœu de ne plus assassiner d'innocent. *Autant que possible.*

Elle hoche gravement la tête.

« S'il le faut ! Vous croyez que je vous ai attendu pour y réfléchir ? Soyez rassuré, messire, j'ai prévu de régler le problème cette nuit même. »

Elle a déjà décidé de s'enfuir !

Je hausse un sourcil interrogateur mais son regard me précise qu'elle ne compte rien me révéler de la manière dont elle a l'intention de s'y prendre.

Pas question d'avoir une inconnue de ce côté-là.

« Quoi que vous ayez décidé, j'ai des amis à la cour de Champagne, d'Angleterre ou dans celle du Saint-Empire. Si vous me donnez des précisions et que vous me permettez de veiller à votre réussite, je vous ferai une lettre qui vous y assurera une place. Histoire que vous évitiez de terminer coureuse de rempart[23] ou mendiante sur le parvis des églises, rongée par la lèpre. »

Ses paupières clignent à trois ou quatre reprises tandis que ses efforts de réflexion bataillent avec l'alcool dans ses veines.

« Vous savez parler aux dames, vous… Je ne dis pas que la proposition n'est pas tentante… » Elle reste muette le temps de quelques battements de cœur, puis opine de la tête en guise d'acceptation. « Il faut que j'y réfléchisse.

— Si vous envisagez de disparaître avant demain, il faut vous décider vite…

— Au vrai, messire, j'ignore les détails. Kusin s'est occupé de tout, il m'a simplement demandé de me tenir prête à l'aube.

— Depuis combien de temps avez-vous des relations intimes avec lui ? »

---

23 Prostituée

Ses sourcils se crispent et ses joues se peignent à nouveau en violet.

« En… en réalité, il n'y a rien entre nous. » Son expression se charge de tristesse. « Il n'y a d'ailleurs pas la moindre chance qu'il partage mes sentiments. Il… il a été mon précepteur depuis l'âge de sept ans.

— Votre précepteur ?

— Un maître adorable, doux, patient, intelligent. Il sait tellement de choses, c'est lui qui m'a appris à voir clair dans le jeu politique… Mais je n'ai pas le goût des intrigues. Non, il ne peut pas m'aimer ! »

Dans la pénombre, ses traits paraissent las.

« Essayez de voir avec lui mais laissez-moi à présent, s'il vous plaît, j'ai besoin de réfléchir. »

J'acquiesce de la tête en me retirant ; ce Kusin Consord a certainement des tonnes de choses à me raconter.

CHAPITRE 41

Lieu et date indéterminés.

Inspiré de brouillons anonymes, supposés rédigés par Sri-Satchanaril.

*

« Maître, j'aimerais comprendre les rouages de vos choix politiques. »

Sri-Satchanaril, soumise auprès de l'abbé de Nirdrym, remonte les peaux de bêtes du lit sur sa nudité. Allongée sur le côté, seules ses fesses dépassent à présent des couvertures. Le sorcelier au torse tatoué dépose sur une table de chevet un bol de breuvage hallucinogène tout en caressant la soie des seins noirs de l'Elfe.

« Il s'agit d'un jeu d'une grande simplicité, ma lame. Quelles aspirations ton cœur brûle-t-il de découvrir dans l'écheveau de mes énigmes ? »

Frottant délicatement sa peau à celle de son maître, la Svartalfár dépose des chapelets de baisers sur la poitrine signée de runes.

« Vous avez uni votre destinée à celle du royaume de France, maître, mais il est censé être chrétien… Et, à l'inverse, vous faites prendre les armes au roi Charles contre la Bourgogne qui se montre pourtant compréhensive envers les vieux peuples… Je me demande pour quelle raison ? »

Les yeux rougis du vieux mage sourient, noyés dans les volutes de fumée bleutée qui dérivent dans la pièce.

« Mes stratagèmes s'épanouissent au carrefour de l'atteignable et du désirable, disciple. Là où se cache le pragmatisme. Des siècles durant, j'ai dédaigné les intrigues des cours. Jusqu'à ce que je comprenne que l'Église du dieu crucifié bâtissait sa puissance sur le *Jeu des royaumes*... Il y a plusieurs années, j'ai décidé d'y jouer à mon tour, afin de renverser en une seule manœuvre les deux piliers les plus robustes de la Chrétienté : la France et l'Angleterre. Le sang d'une même famille coulait dans les veines des souverains de ces deux pays, offrant l'opportunité d'un coup à deux entrées. Hélas, les terres d'Angle ont échappé à mon emprise. En revanche, le royaume des Lys se laisse, depuis lors, consumer par ma subversion.

— Et la Bourgogne ?

— L'importance vitale du duché était moindre sur l'échiquier, à l'époque, et aucun fidèle ne m'y prêtait allégeance.

— Mais pourquoi traiter Philippe le Hardi en ennemi, aujourd'hui, alors qu'il paraîtrait moins risqué de s'en faire un allié ?

— Le duc est tout aussi chrétien que le pape, ma belle ombre. Sa prétendue sympathie pour les peuples anciens n'est qu'une façade, une posture qui dissimule son mépris. Les vieilles traditions, il leur crache au visage. Non, notre meilleur choix est d'emporter la Bourgogne et d'additionner sa puissance à celle de la France pour briser l'Angleterre. Ensuite, nous tournerons nos regards vers l'ensemble de la Chrétienté pour la dompter sous notre volonté. »

Il bascule le corps de l'Elfe sur le ventre, sa main l'oblige à creuser les reins.

« Telle est ma résolution inébranlable ! »

CHAPITRE 42

Château d'Arcourt. Soirée dansante du 1er avril.
Relevé d'okram du chevalier de Kosigan.

*

Main en haut, main en bas, je m'incline en arrondi, révérence, mes pieds se croisent et se décroisent. La pavane bourguignonne se danse au rythme de la vièle et du psaltérion. De partenaire en partenaire, je marche, avec une élégance toute relative, d'une vieille baronne à une chevalière couturée, puis à une noble dame maussade. Mon regard scrute les convives en quête du bouffon du duc.

Je ne l'aperçois nulle part.

C'est finalement lui qui me prend au dépourvu lors d'une pause, à proximité d'un pilier proche des ombres. Une lame au creux de mes reins. Il a patiemment attendu son heure. Son corps se colle au mien, ironisant à mi-voix :

« Voyez-vous cela, un homme libre, amoureux des coins sombres, à la recherche d'une cage dans son propre comté !... Je sais des choses sur vous, messire, et d'autres qui vous intéresseraient grandement, mais pour l'heure... Vous aurais-je aperçu vous entretenir avec la délicieuse Morgiane de Bourgogne ? Sans doute avez-vous pour sinistre dessein de prendre de vitesse Wenceslas de Kosigan et de l'épouser ?... »

Vu la proximité des danseurs et autres convives, j'estime ne pas me trouver en grand danger. Je réponds comme si son acier ne menaçait pas un dos qui m'est cher :

« Vous avez de bons yeux mais pas un sou de jugeote, monsieur le demi-homme.

— Dans mon métier, ce sont deux qualités vitales, monsieur le demi-noble… Vous êtes le fameux condottiere *bâtard*, Pierre Cordwain de Kosigan, n'est-ce pas ? »

Sans qu'il puisse le voir, mes yeux s'assombrissent. *J'ignore comment il sait cela mais il est crucial qu'il ne le révèle à personne.* Son ton laisse penser que cela n'est pas dans ses intentions, il poursuit :

« Figurez-vous que le duc ne m'honore pas de sa confiance pour le simple plaisir de mes sarcasmes. Souhaitez-vous me révéler de quelle manière vous vous êtes introduit dans le palais sans invitation ? À moins que vous ne préfériez que nous spéculions sur l'endroit où peut être retenu prisonnier un certain sous-fifre de Slynt Carrayan, tombé aux mains des Français ? »

Je grimace.

Ce nain est tout sauf demeuré. Il pourrait se révéler dangereux. Mais il n'est pas homme de guerre. Je pourrais lui arracher sa dague, avant de reculer dans l'ombre et de la lui planter dans un endroit définitif…

Ce serait stupide. Il possède des renseignements que je convoite.

Je lance, d'un ton léger :

« Gaffe, messire nain, vous êtes doué, je m'en rends compte, mais si vous me menacez, je risque d'être obligé de me débarrasser de vous. À moins que vous ne préfériez l'idée de vous faire embaucher ? Je ne serais pas contre vous offrir un peu d'or… »

La pression de l'arme se relâche légèrement.

« Monseigneur a de l'esprit, un don peu répandu par les temps qui courent. Je n'ai pas le sentiment que vous soyez ici contre les intérêts de la Bourgogne. M'en révélerez-vous davantage sans que j'aie besoin d'en venir à des sommations désagréables ?

— Oubliez mes propos sur votre manque de jugeote. Mon intention est simplement de régler les *complications* autour des futures noces de votre *élève*, Morgiane.

— Comme c'est aimable à vous. Et de quelle manière le loup compte-t-il s'y prendre pour aider les oiseaux ? »

Un serviteur passe sans s'arrêter dans nos parages. Je recule doucement dans les ombres, obligeant le nain à écarter sa lame.

« En leur donnant un coup de pouce pour s'envoler, peut-être ? »

Je sens son sourire se figer.

« Vous piquez ma curiosité, messire. Que sous-entendez-vous par là ? »

Je lui relate ma conversation avec Morgiane et l'inclus dans la proposition concernant les lettres de recommandation qui leur permettraient d'entamer une nouvelle vie à Troyes, Londres ou Cologne.

Je le devine intéressé.

« Il y a une condition : votre protégée et moi souhaiterions connaître la nature *exacte* de vos sentiments pour elle. »

Morgiane n'a rien demandé de tel, mais si on peut éclaircir cette zone de flou…

Il hausse les sourcils.

« Vous êtes gonflé, Kosigan. Qui a bien pu vous mettre en tête que c'étaient vos oignons ? Quant à ma *protégée*, comme vous dites, si jamais elle ressent l'envie d'en apprendre davantage, elle n'a qu'à poser la question elle-même !

— Je comprends vos réticences, Kusin… Mais je n'embarque pas à bord d'un navire sans savoir si la coque tient la mer. Si vous acceptez mon aide, il va falloir répondre ! »

Sa main frotte nerveusement sa pilosité faciale, puis il finit par lâcher :

« Très bien… Morgiane est une jeune fille brillante, une cavalière émérite, une musicienne hors pair, elle a de l'esprit et du cœur, deux qualités dont beaucoup semblent avoir oublié l'existence. Le mois dernier, elle a passé trois nuits au chevet de sa dame de chambre atteinte par la fièvre. Je ne connais pas beaucoup de gens de la haute qui montreraient une telle compassion…

— Je vois.

— Vous ne voyez rien du tout ! Tout ce que vous voulez savoir c'est si j'en pince pour elle ! Eh bien, j'ai des sentiments, c'est vrai, mais je ne l'aime pas d'amour. Je l'aime… » Il hésite longuement en pesant ses mots. « Je l'aime… *différemment.* »

Par les Nornes, ils se sont tous passé le mot ou quoi ?

« Différemment ? Vous vous foutez de moi, Kusin ? Vous en êtes amoureux, oui ou non ?

— Si vous posez la question de cette manière : non. Mais ce n'est pas la réponse que vous attendiez, n'est-ce pas ?

— J'avoue que j'espérais que les sentiments de Morgiane à votre égard soient partagés. On ne trahit pas quelqu'un dont on est amoureux… » *En général.*

Il marque un temps d'arrêt face à ce qu'impliquent mes paroles.

« La môme a le béguin pour moi ? C'est ce qu'elle vous a dit ? » Sa trogne se tord d'un air désolé. « Chiotte, je ne suis pourtant pas Phoebus !

Mais ne remettez pas en cause ma loyauté, je jure par la Sainte Vierge que jamais je ne lui ferai faux bond !

— Un engagement digne d'éloges. Mais le nouveau départ que je vous offre exige que vous m'expliquiez pourquoi ! »

Son visage grimace d'embarras.

Il m'enverrait sur les roses en toute autre circonstance, mais l'opportunité que je lui fais miroiter est inespérée…

« Allez, Kusin, crachez le morceau !

— Je… Très bien… Il se trouve que c'est… c'est ma… ! »

Il grommelle un mot impossible à saisir.

« Votre quoi ?

— Ma *fille*, ma fillotte, la chair de ma chair ! Mais si jamais vous racontez ça, à elle ou à qui que ce soit, je jure par tout ce qui est sacré que je trouverai le moyen de vous étriper, tout bâtard et maître de guerre que vous êtes !

— Votre *fille* ? Par les Nornes, ça signifie que vous avez fait le duc *cocu* ? »

J'ai parlé un peu fort, ses yeux se révulsent.

« Fermez-la, bon sang, vous êtes cinglé de répéter ça à voix haute ! » Il a raison, c'est la surprise. Un œil alentour. Les convives les plus proches sont à deux toises, avec la musique ils n'ont rien entendu. « C'était il y a longtemps, Sa Majesté Mathilde était délaissée, elle appréciait mes chansons et mes conseils.

— Et pas que ça, de toute évidence !

— Silence ! Vous savez ce que vous vouliez savoir. Est-ce que ça vous suffit comme gage de mon *attachement* ?

— Je peux faire avec. Comptez sur moi, je conserverai le secret. À présent, expliquez-moi ce que vous avez prévu pour fuir avec elle ? »

Il harponne mon regard, le temps que les instruments du quatuor à cordes se taisent entre deux quadrilles.

« Avant de répondre, soyez franc, Kosigan : pour quelle raison est-ce que vous venez vous engluer dans cette affaire ? »

Avec lui, mieux vaut jouer la carte de la franchise. Je réponds sans hésitation :

« J'essaie de me racheter une place dans mon comté natal et je donne un coup de main à mon cousin. Il se trouve que, de son côté, il a autant envie de convoler avec votre Morgiane que de s'allonger sur un nid de frelons… Nos intérêts concordent. À vous à présent. »

Il lâche un rire désabusé.

« Moi, je… j'ai négocié avec le connétable de Montfort… Demain, à l'aube, il renvoie une délégation de messagers en direction du royaume de France. Il a accepté que Morgiane et moi en fassions partie, sous déguisements. »

Je cligne des yeux, estomaqué.

« Vous vous rendez compte que vous lui livrez la fille du duc de Bourgogne sur un plateau d'argent ?

— Je ne suis pas idiot, il ne soupçonne pas son identité. Il me pense épris de la sœur du chevalier de Montrachet. De toute façon, il s'agit juste de quitter le château. Les souterrains sont gardés, et se suspendre à une corde le long d'un rempart et nager dans l'eau glacée des douves, très peu pour moi… Une fois à bonne distance d'Arcourt, nous les quitterons pour partir de notre côté. J'ai préparé une cache avec de l'argent et des victuailles.

— On vous cherchera dès que la disparition de Morgiane sera découverte.

— L'enquête commencera au château, cela prendra du temps. Ensuite, j'ai deux ou trois cautelles[24] dans mon sac pour distancer les chiens. Si vous apposez votre sceau aux lettres de recommandation que vous promettez, vous aurez droit à un beau cadeau avant de partir.

— Un cadeau ?

— Que diriez-vous d'apprendre pourquoi Montfort a cédé aux exigences d'un pauvre bouffon tel que moi ? Vous verrez, la réponse vaut son pesant de purin. »

Il me tend la main en signe d'engagement. J'esquisse un geste pour la prendre mais marque un temps d'hésitation.

« Et, en ce qui concerne l'homme de la Garde grise attrapé par les lys[25], dites-moi ce qu'il est devenu. »

Son expression se fait mystérieuse.

« Le destin jongle souvent avec plusieurs boules à la fois dont deux sont systématiquement les nôtres. Figurez-vous que l'escorte qui doit nous accompagner *la* ramène discrètement vers le nord. Vous ignoriez qu'il s'agissait d'une femme, n'est-ce pas ? »

---

24 Ruses (mais c'est également le surnom de l'un des hommes de la compagnie des Loups).

25 Les Français.

Absolument.

Enfoiré de Carrayan !

Je serre la pince du fou pour sceller notre arrangement.

« Mon contact à Kosigan est un cachottier, il est arrivé par le passé que ses secrets tournent à mes dépens. Cela dit, le connaissant, je crois deviner de qui il s'agit.

— Alors, nous avons un accord, condottiere ! Est-ce que vous situez où se trouve l'auberge fortifiée du hameau des Riceys ? C'est là que Morgiane et moi quitterons les Français, à la deuxième heure du jour.

— Je m'arrangerai pour y arriver en avance. En espérant qu'ils n'aient pas l'ordre de vous égorger avant ça… »

Kusin hausse les épaules et m'adresse un clin d'œil.

« Pour prendre de tels risques avec ma fille, il faut vraiment que je sois *fou*, pas vrai ? »

Sans attendre de réponse, il s'écarte de moi, s'enfonce dans les ombres et disparaît au coin du couloir le plus proche.

Bonne chance, bouffon. Il est certain que mon père à moi n'a jamais eu une telle excuse.

CHAPITRE 43

Château d'Arcourt. Soirée dansante du 1er avril.

Passage librement inspiré des brouillons de Kusin Consord, suivi d'un relevé de pierre d'Okma du Bâtard de Kosigan.

*

Le baron de Montfort et sa fille dégustaient une coupe de pommes au miel parsemées d'amandes au coin d'une estrade de velours marine, leurs yeux évaluant les convives.

« Aliénor, cessez de loucher sur le maître jardinier, ce n'est pas un poisson et vous n'êtes pas un chat. Quelqu'un va finir par en prendre ombrage !

— Serait-ce une marque de jalousie, mon cher *père* ? Vous, en revanche, devriez l'observer davantage. Viril, de bonne taille, l'œil sévère et protecteur, un sourire comme une éclaircie dans la tempête. Cet homme mériterait de mener des troupes sur le champ de bataille, pas de bichonner des tulipes. Et ses mains… Je peux aisément les imaginer agrippant mes hanches.

— Il suffit, fille du diable, c'est indécent !

— Je vous rappelle qu'en parlant de *fille*, je suis censée être la vôtre… Et donc, en tant que damoiselle, je n'aurais pas le droit d'exprimer mes désirs ? Vous ne vous en privez pourtant guère, vous et vos mâles semblables. À cheval, dans les rues, dans les couloirs. J'ai même entendu des remarques salaces jusque dans les travées des églises.

— Vous osez vous qualifier de *damoiselle*, laissez-moi rire ! Vous n'êtes qu'une dévergondée insolente, si j'étais réellement votre père… En tout cas, ce petit noblaillon ne représente rien pour nos projets, et en le dévorant du regard, vous prenez le risque que notre cible, Wenceslas, s'en rende compte ! »

La jeune femme émit un gloussement.

« Avec les efforts que je déploie pour qu'il le remarque, je serais vexée s'il passait à côté. Au vrai, j'escompte que les *deux* en soient conscients. La jalousie brûlera le cœur de Wench, il n'en sera que plus épris et prêt à tout pour m'avoir à lui seul. Quant à mestre Cendres des Alimes, l'objectif est qu'il me considère comme une péronnelle sans cervelle assoiffée de séduction. Et que cela aiguise son désir. Si cet homme est jardinier, moi je suis sainte Catherine !... »

Olivier de Montfort fronça ses épais sourcils.

« Verriez-vous en lui un espion ? »

Aliénor lui jeta un regard splendide et condescendant à la fois.

« Votre roi a fait appel à ma confrérie pour d'excellentes raisons, seigneur connétable. La Reine de lame m'a formée personnellement depuis l'âge de six ans. Je vais gentiment ferrer Wenceslas de Kosigan. Un prêtre nous attend en l'église d'Autricourt. Croyez-moi, dès demain soir nous serons époux devant Dieu. Quant à l'autre, il s'agit, si je me fie à mon instinct, d'un fureteur de la meilleure trempe. J'escompte lui faire croire qu'il ne me déplairait pas de flirter avec lui avant de l'amener dans un coin écarté des jardins et de le faire disparaître du jeu.

— Vous vous montrez bien sûre de vos charmes.

— Je ne prends pas mes adversaires à la légère. Hélas, l'inverse arrive fréquemment. N'ai-je pas fait condamner l'évêque de Bâle et poussé la comtesse de Savoie à émasculer son propre mari ? Ne vous ai-je pas vous-même attiré dans mon lit ? Qu'y puis-je si Dieu a créé les hommes faibles et les femmes fortes ? »

Le baron serra les dents et ses yeux d'un bleu lumineux foudroyèrent l'impudente.

« Vous n'êtes qu'une pisseuse impossible à dompter, Aliénor, ou quel que soit votre nom véritable. S'il n'en tenait qu'à moi...

— Par bonheur, il n'en tient pas qu'à vous, connétable. Occupez-vous des négociations et des armées, on vous prétend exceptionnel dans ces domaines, et laissez-moi filer mes pelotes pour aboutir au résultat que l'on attend de moi. »

D'un geste gracieux, elle ajusta le tissu de sa robe pour découvrir ses épaules et se dirigea d'un pas mesuré vers le buffet proche de Cendres des Alimes.

*

Relevé d'okram du Bâtard de Kosigan.

Les *danses-basses*, lentes et majestueuses, pratiquées à deux, succèdent aux envolées virevoltantes des rigaudons et des *danses-hautes*. De l'autre côté de la salle de bal, Aliénor de Montfort s'éloigne de son père, glisse un mot à l'oreille de Wenceslas qui le fait sourire, mais sans s'arrêter près de lui, puis met le cap sur moi.

Sa grâce. Ses yeux. Leur élégance. Et pas une once de magie.

Elle les plante droit dans les miens, la poitrine discrètement provocatrice.

« Que faut-il pour qu'une dame reçoive une invitation de votre part, mestre des Alimes ? »

Je la regarde, éberlué. *Devant tout le monde, elle est gonflée !*

« Vous me jugeriez piètre danseur, Altesse.

— Piètre danseur, peut-être, mais pas cul-de-jatte, je vous ai vu accomplir des cercles tout à fait convenables lors des pavanes. À moins que… vous n'ayez peur de mes épines ? »

Elle tend son poignet en invite, le refuser serait une insulte.

Wench, à distance, hausse les sourcils, l'air détaché. Quoi qu'elle lui ait dit, elle a su dédramatiser. Quant à ses manières provocantes, elles peuvent être mises sur le compte d'une adolescence tardive. Son père me jette une œillade brûlante.

La dernière personne dont je souhaitais attirer l'attention.

Mes yeux font mine de s'adoucir, mes doigts effleurent les siens, je m'incline et nos corps se laissent emporter par la musique sur le sol de pierre. Les frôlements sont feutrés, entourés d'une trentaine d'autres danseurs, je sens son corps souple et gracile effleurer le mien sous la soie et le velours. Elle a conscience de l'effet que cela produit. Elle devine que je le sais. Ses mains profitent de chaque mouvement pour flâner, comme si de rien n'était, sur mes bras, mes épaules, mon torse. Alors que je la fais tourner, sa paume frôle la bosse de mon pantalon. Par hasard ? Ses longs cils projettent une ombre moqueuse, sa gorge donne envie, son bustier virevolte. Sans être né de la dernière pluie, je dois reconnaître qu'elle possède un certain don pour enflammer les brindilles.

Puisqu'elle prend l'initiative, je ne dois pas céder trop facilement.

« Si je ne me trompe, il existe une relation entre Wenceslas de Kosigan et vous, damoiselle ?… »

Une once de gêne ? Feinte, peut-être…

La danse la fait pivoter et elle enchaîne avec la révérence attendue sans répondre.

J'insiste :

« Eh bien ?

— Au vrai, nous comptons nous marier, messire… »

J'affecte la surprise.

« Mais, alors…

— Alors, vous vous demandez pourquoi je papillonne autour de vous, n'est-ce pas ? Un grand loup triste au sourire flamboyant, voilà à quoi vous me faites penser. Vous ne portez aucune alliance. Et je… je me dis que c'est sans doute ma dernière occasion de vivre une *folie* qui me sera interdite par la suite, pour le reste de mon existence. »

Les tournoiements teintent ses pommettes de rose.

« Pourquoi venir me voir sous les yeux de tous ? »

Une mèche légèrement ondulée s'échappe de sa coiffure.

Exquise et ingénue.

D'une candeur épineuse.

« Vous me trouvez stupide. Vous avez raison. Mais ce qui se fait ouvertement engendre rarement la suspicion. J'ai glissé à l'oreille de Wenceslas de bien regarder ; que j'allais le rendre plus jaloux que n'en serait capable Phtonos[26]. Et je crois qu'il n'y voit pas autre chose. Je ne sais comment présenter les choses, mais… si vous n'êtes pas opposé à l'idée de me revoir, je vous attendrai demain, à la troisième heure de l'après-midi, derrière le cabanon où nous nous sommes croisés ce matin. Je vous en prie, venez ! Demain… ou jamais ! »

La danse touche à sa fin, les notes se font plus longues, sa main échappe à la mienne. Je fais la révérence, elle recule d'un pas, puis deux, s'incline, se retourne et prend le large, tout sourire, pour rejoindre son austère paternel. De mon côté, je marche quelques pas à rebours, apparemment gêné, puis fais mine de m'intéresser au buffet en prélevant une desserte de poires au four et en me versant un gouleyant vin de paille du Jura pour l'accompagner.

La situation est inespérée. Même si elle cherche à me manipuler, il ne me reste qu'à me rendre à ce fameux rendez-vous en prévenant Wench de se dissimuler dans un bosquet voisin afin d'assister à la scène.

Je suppose que l'envie d'épouser cette délicieuse garce lui passera dans la foulée.

Le seul bémol, c'est que c'est moi qui aurais dû mener la danse.

Et qu'il n'est pas si aisé de débarrasser mon esprit de son regard et de la sensualité de ses échancrures.

Je ne suis jamais tranquille quand les choses m'arrivent toutes cuites dans le bec.

---

26 L'un des huit compagnons d'Aphrodite, qui personnifie la jalousie.

CHAPITRE 44

Auberge des Riceys. À trois lieues au nord-ouest d'Arcourt. À l'heure de la prière des laudes, le 2 avril.

Relevé d'okram de Pierre Cordwain de Kosigan.

*

Les ardoises noires, jaunes, ocre et vertes du toit de l'auberge fortifiée luisent sous le soleil matinal. C'est ici, au lieu-dit des Riceys, que j'ai prévu d'intercepter l'escouade française qui escorte l'espionne de Carrayan vers la France. Et de croiser Morgiane de Bourgogne ainsi que son mentor, Kusin Consord, avant qu'ils ne bifurquent en direction du Saint-Empire. Une fine gelée blanche striée de brouillard nimbe les champs de pâleurs et de brillances au-delà des remparts, jusqu'à la forêt proche. Trois vaches paissent dans un pré accolé aux murailles. À l'intérieur de l'enceinte rectangulaire, des oies cancanent dans la boue de la cour, et une paire de chèvres a élu domicile aux abords de la tour ronde, érodée, qui côtoie le pigeonnier.

J'ai passé le portillon de la lourde double porte d'entrée surveillée par l'un des hommes de service il y a une heure environ.

Quitter Arcourt n'a pas été une partie de plaisir.

L'eau des douves formait une pellicule de givre près des rives, et changer de vêtements à l'endroit où j'ai dissimulé ma monture m'a collé des frissons durant une bonne demi-heure. Le noir-sang a beau m'épargner les conséquences du manque de sommeil et me préserver d'attraper la mort, il n'empêche pas le froid de me glacer les grelots.

Dans mon dos, le feu crépitant de la cheminée cuit agréablement mon plastron et m'aide à oublier ce mauvais souvenir. En prenant mon temps, j'achève de tartiner de beurre les tranches de pain chaud que j'ai commandées. Je les mange à belles dents, accompagnées de lait, aromatisé d'une touche de vin de paille.

Il y a du mouvement !

Dehors, dans la cour, le battage d'une petite troupe à cheval se répercute sur les murs. Probablement les gens que j'attends : les Français, Morgiane et Kusin, et la prisonnière de la Garde grise.

L'aubergiste – tablier de cuir, embonpoint, grosse tignasse et hachette usée à la ceinture – sort à la rencontre des nouveaux venus avec son fils aîné.

Je me retrouve seul.

Deux objectifs pour cette belle matinée. Récupérer les renseignements promis par Kusin Consord et fomenter une évasion.

Presque une partie de plaisir...

Mes cogitations de la nuit ont abouti à un plan qui tient compte de la configuration des lieux.

Une ou deux bouchées pour terminer ma collation, puis je m'éclipse par la porte arrière, prenant soin d'abandonner sur mon banc une petite enveloppe de cuir.

La puanteur du fumier et des latrines me saisit. Je contourne les clapiers à lapin et le poulailler. Les poules caquettent, heureusement pas suffisamment pour attirer l'attention. J'approche de l'écurie en me faufilant par une façade aveugle qui longe les remparts. Là, je dépose un sac qui aura son utilité plus tard. Un œil entre deux planches mal colmatées. L'odeur de la paille et des canassons n'est pas désagréable. Les Français sont en train de bouchonner leurs montures avant de les confier au palefrenier. Un grisonnant sec et carré d'épaules, avec un bonnet de cuir gris sur la tête. Autour de ses jambes, trois dogues reniflent les nouveaux arrivants avec insistance.

Un chevalier dans la quarantaine, un sergent d'armes et quatre vougiers encadrent une captive, de dos par rapport à moi. Elle a des cheveux blond cendré, une posture élancée, les épaules légèrement avachies.

Mon cœur manque un battement.

Par les Nornes, c'est elle !

Alëssandriëlle de Vélan. L'Alëssa de mes jeunes années.

Dieux, faites qu'elle pivote, juste un peu, pour que je vérifie.

Tu parles !…

Et si on considère la localisation de la porte de l'auberge, je ne verrai pas son visage avant qu'elle s'y installe et que je pénètre à nouveau dans la salle principale.

Kusin et Morgiane de Bourgogne sont là aussi, vêtus tous deux d'un manteau de voyage bleu nuit dont la capuche couvre les cheveux. J'ai peine à reconnaître la fille du duc, perdue dans ses amples atours ; ils doivent avoir été bourrés de tissu pour la rendre plus grosse. Les mèches qui dépassent sur son front et derrière ses oreilles paraissent grises, sans doute traitées à la cendre, et on jurerait des rides profondes autour de ses yeux. Kusin Consord a fait du bon boulot. Les hommes d'armes font leurs adieux aux deux fugueurs puis enquillent avec leur prisonnière en direction de l'auberge. Je les entends de loin réclamer des miches de pain chaud avec des œufs, du lard et du fromage, ainsi que trois brocs de bière. Ils claironnent qu'ils n'escomptent faire qu'une courte halte avant de reprendre la route.

Pas de temps à perdre.

Dès que l'écho des paroles des soldats donne l'impression qu'ils sont en train de s'attabler, je pénètre dans l'écurie, le visage préoccupé, comme si j'avais l'intention de reprendre la route au plus vite. Tandis que j'arrive à deux pas de la stalle, mon corps se fige, mes mains vérifient ma besace, ma ceinture, les plis de mes vêtements. En désespoir de cause, j'avise le palefrenier qui s'approche.

« Deux deniers d'argent pour toi si tu files récupérer l'enveloppe de cuir que j'ai oubliée à ma table pendant que je prépare ma monture. »

Ses yeux croisent les miens, il n'hésite pas longtemps, empoche les pièces et s'éloigne d'un pas mesuré, les chiens sur ses talons.

Ce qui me laisse à vue d'œil trois ou quatre minutes tranquille.

Kusin et Morgiane s'affairent un peu plus loin. Je lis sur leur visage qu'ils m'ont reconnu.

Un signe de tête dans leur direction.

Comme il n'y a plus personne dans l'écurie à part nous, je leur tends la lettre de recommandation promise à l'adresse du baron Gunthar von Weisshaupt[27]. Le fou vérifie que tout est en ordre, après quoi il m'adresse un large sourire et murmure :

« Merci bien, messire. À moi de respecter ma parole, à présent. La raison qui m'a permis de convaincre Montfort de m'aider, c'est que j'ai découvert

---

27 Ami *humal* du Bâtard de Kosigan. Voir les épisodes 1, 3 et 4 du premier cycle.

que sa fille, Aliénor, n'est pas réellement sa fille ! À moins, évidemment, que tous deux pratiquent des galipettes, genre lèche-prune et transperce-abricot, en famille, ce que je ne crois pas. Curieusement, le connétable n'avait pas envie que l'affaire s'ébruite. »

Je le fixe avec surprise.

« Vous êtes certain de ce que vous avancez ?

— Aussi sûr que les chiens baisent en levrette, messire. Leurs gémissements ont chatouillé mes oreilles et j'ai vu de mes yeux le baron sortir à l'aube de la chambre de la damoiselle. »

Je cligne des yeux.

Cela confirmerait que la fine mouche s'apprête à jouer aux quilles avec le cœur et les bijoux de famille de mon cousin. Ce qui, à son tour, souligne que les Français ont sans doute un rôle dans l'agonie de Borogar. Et que Vlad, sa femme et ses enfants se trouvent en grand danger. Si tout ce beau monde passe l'arme à gauche, plus ou moins accidentellement, Wench héritera du comté avec Aliénor pour épouse, et le pauvre ne survivra certainement pas jusqu'à la fin du printemps. Kosigan tombera toute cuite dans le bec de Charles V, en position rêvée pour s'emparer du reste de la Bourgogne.

Une sacrée mouise.

Mais à ce petit jeu de dominos, si tous les prétendants directs finissent *ad patres*, ma pomme pourrait avoir ses chances de terminer comte de Kosigan.

Sauf si on me fait la peau à moi aussi.

Je serre la main tendue du nain. « Merci, Kusin, et que les dieux anciens et nouveaux vous gardent ! » Puis je me tourne vers Morgiane. « Toujours sûre de vous, Altesse ?

— Plus que jamais, chevalier ! Vous direz à Wenceslas que sa silhouette est agréable à regarder de dos et qu'il ne doit pas prendre mon départ comme une insulte à sa personne.

— J'aimerais bien mais je ne le ferai pas, ma dame ! Ce serait avouer que je vous ai rencontrée, et les dieux savent qui pourrait le découvrir. »

Des bruits spongieux, à l'extérieur de l'écurie : les pas du palefrenier dans une flaque de boue qui s'approchent de l'écurie. *Chierie ! Il devait être à contrevent !* Il ne faut pas qu'il nous surprenne ! Un doigt sur les lèvres, je fais signe aux fugueurs de déguerpir.

« Adieu et bonne chance ! »

Je me hâte vers ma monture pendant qu'eux remontent en selle.

L'homme qui s'occupe des chevaux passe à l'intérieur de l'écurie. Il semble ne s'être rendu compte de rien. Sourire édenté à la bouche, il pique dans ma direction pour me rendre la pochette de cuir. Je le gratifie d'une pièce supplémentaire et de mes remerciements, tandis que Kusin et Morgiane s'éloignent au petit trot.

S'ils parviennent jusqu'à Cologne, Gunthar râlera un peu, c'est son passe-temps favori, mais il les fera bénéficier de son hospitalité.

Passons à la suite.

La prisonnière…

Alëssa ?

L'idée me colle le trac mais son identité ne change pas grand-chose.

Puisque tu le dis…

Allez, on se concentre !

Pour entamer la manœuvre prévue, je dois récupérer le sac dissimulé derrière l'écurie, malheureusement je n'avais pas anticipé les yeux du palefrenier dans mon dos.

Il va falloir biaiser. Cela va être plus long, mais pas trop tout de même.

Après l'avoir sellée, j'enfourche ma monture. Quelques tapes amicales sur l'encolure puis nous sortons au pas, obligeant les chiens à s'écarter. Une fois aux deux tiers de la cour, je fais mine de me raviser : tirant sur la bride, j'oblique jusqu'à la taverne, démonte, attache le licou à un pic prévu à cet effet et pénètre à nouveau à l'intérieur. Un fumet de mie chaude m'accueille dans la grande salle. L'endroit est bruyant, à présent. L'un des fils du patron, un vaste plateau à la main, est en train de servir les Français. Il débacule trois miches de pain, des bocaux de cancoillotte, du lard crépitant, des œufs brouillés, de la bière.

Le visage de la prisonnière…

C'est elle, c'est Alëssandriëlle !

Elle a les poignets attachés dans le dos. J'affecte de ne pas regarder mais, de trois quarts, une seule seconde a suffi à me confirmer son identité. J'avais beau en avoir l'intuition, cela me file des frissons. Ses yeux effilés, sa chevelure claire cendrée, nattée au plus près, ses oreilles de Semi-Elfe à l'hélix pointu et ses dents irrégulières qui, je le sais, donnent à son sourire des pouvoirs d'enchantement. Les traits de son visage ont pris un peu d'âge, marqués par de jolies rides sous le regard, mais cela la rend plus humaine.

Je m'oriente vers le comptoir et commande au patron une mousse comme un voyageur décidé à se rincer le gosier pour se donner du courage avant une longue route. Ni une ni deux, il me sert une chope, n'abandonnant les œufs qu'il est en train de cuire que le tiers d'une minute.

Je glisse une pièce d'argent sur le comptoir et sirote une trentaine de secondes. Après quoi, je prends la direction des latrines par la porte de derrière. Sur place, j'en profite pour me soulager avant de presser le pas jusqu'à l'arrière de l'écurie. Mon sac est là. Et à l'intérieur, enroulée dans une couverture, une jarre d'un pied de haut, préparée avec amour : un petit mélange maison d'alcool, de naphte, de poix, de salpêtre et de résine. Parfait quand on a l'intention de jouer avec le feu…

Je débouche.

Le liquide se répand aisément sur les planches qui forment le mur de l'écurie, accolées à un imposant tas de paille et de foin. Mon briquet à amadou crache des étincelles. Et une bouffée de chaleur se mêle d'un coup à l'odeur des flammes naissantes.

C'est parti !

L'incendie va prendre en une minute.

Je rentre d'un pas assuré dans l'auberge et saisis ma chope, l'air aussi détendu que possible. À peine le temps d'en avaler deux gorgées et de la reposer qu'à l'intérieur de l'écurie, le palefrenier se met à brailler au feu. Comme s'ils n'attendaient que cela, ses trois dogues se lancent dans des aboiements furieux, aussi forts que si la bouche de l'enfer venait de s'ouvrir derrière les chevaux.

Autour de leur table, les Français s'alarment, conscients du danger qui menace leurs montures, la plupart se lèvent et se pressent dehors à la suite du tenancier et des servants d'auberge, jurant tout leur saoul contre le ciel et l'enfer.

Je suppose que le propriétaire des lieux va s'organiser pour utiliser l'eau du puits et des abreuvoirs pour démarrer une bataille contre les flammes.

Ça va les occuper un moment.

Il ne reste qu'un sergent avec Alëss.

Laisser filer une poignée de battements de cœur…

Je m'approche de lui, l'air préoccupé, comme si j'avais une question à poser. Le type m'adresse un regard soucieux, sans se méfier outre mesure. Mon poing jaillit directement, en pleine face. Un second pour bien faire, si bien senti qu'il me fait mal aux phalanges. Le gars est étendu pour le compte.

Le regard splendide et fatigué d'Alëssandriëlle de Vélan s'écarquille. Elle me reconnaît, forcément, sans barbe et avec les cheveux courts, comme à l'époque…

« Pierre, c'est toi, espèce de salopard ? »

Une lueur d'incompréhension mêlée de défiance.

Rien ne l'a préparée à ça.

« Pas le temps de t'expliquer, Alëss. Il va falloir te montrer discrète. J'ai un plan. Laisse-toi faire et tout ira bien. »

Elle cille et émet un rire narquois.

« *Me laisser faire ?* Ce n'est pas mon genre, tu l'as oublié ? »

C'est bien ce que je craignais. Pas le temps de tergiverser.

Tant pis.

Mon poing la cueille sèchement sous le menton.

« Navré, *loupiotte* ! »

L'un des surnoms que je lui donnais autrefois, de l'autre côté de l'éternité.

On aurait pu mieux faire pour les retrouvailles…

Dans l'auberge vide, au pied de mon tabouret, je récupère mon sac et en extrais la couverture qui entourait la jarre. Je la déplie. Porte le corps inconscient d'Alëssa dessus et le roule à l'intérieur avec précaution. *Allez, sur l'épaule !* Comme si j'avais un tapis à déplacer.

Son corps souple, musclé, ne pèse guère plus de cent livres. Nous passons la porte comme si de rien n'était. Dehors, la fumée qui s'élève de l'écurie acidifie l'atmosphère à m'en piquer les narines. Tout le monde tousse, râle et se démène avec des seaux ; les chiens n'arrêtent pas d'aboyer, accompagnés par la cacophonie des chevaux qui hennissent, ainsi que celle des oies, des poules et des chèvres. Personne ne prête attention à nous. Je me félicite d'avoir attaché ma monture tout près de l'auberge. Ses oreilles aplaties et ses yeux roulants indiquent qu'elle ne se sent pas sereine. Je la calme d'une voix apaisante, ficelle mon paquet à l'arrière et enfourche la selle avec douceur. Je sens les muscles sous mes genoux, frémissants mais soulagés de se mettre en marche. Blocage de respiration pour traverser les fumerolles qui me séparent de la sortie, au trot. Voilà, nous sommes dehors. Une fois passé le vantail fortifié, j'allonge la cadence puis libère les rênes pour atteindre le galop. Le vent sur mon visage est froid mais en moins d'une minute nous pénétrons dans la forêt et, au loin, les clameurs de ceux qui luttent contre l'incendie s'estompent.

Pas question de mollir. J'alterne le trot et la vive allure pendant encore la moitié d'une heure sur la route forestière. Chaque fois que les arbres se font plus clairsemés, je scrute nos arrières, marquant parfois des pauses pour prêter l'oreille. Tout indique que nous ne sommes pas poursuivis. Alëssandriëlle commence à s'agiter à l'intérieur de la couverture.

Pas sûr qu'elle me soit très reconnaissante.
En tout cas, pour une fois, l'affaire s'est déroulée sans accroc.

***

Inspiré d'*Anecdotes de Bourgogne et de France*, de Guillaume de Machaut.

*

Or, il advint que le sergent d'armes assommé par le mercenaire alors qu'il gardait Alëssandriëlle de Vélan se nommait Haldric. Par malheur, l'homme était physionomiste. Il reconnut dans son agresseur le maître jardinier du château d'Arcourt. Et ce n'était pas tout : du haut de ses quarante-huit printemps, le sergent émargeait depuis longtemps au service du roi de France. De ce fait, il avait fait partie en 1339 de la délégation mandée en Champagne pour négocier le mariage de la comtesse et, l'année suivante, il s'était retrouvé dans la garnison de Lens, face aux Anglais. Et, dans les deux cas – le hasard est étrange –, il jurait ses grands dieux qu'il s'était fait rétamer par le même type qui venait de le frapper…

À l'époque, cette vélure n'était pas jardinier, il portait la barbe et les cheveux longs. Un capitaine de mercenaires dont personne n'avait plus entendu causer depuis un bout de temps. Le Bâtard de Kosigan, si les souvenirs du sergent étaient exacts…

Le chevalier français à la tête de l'escouade le pressa pour vérifier s'il était sûr de son fait. Comme cela semblait être le cas, il donna l'ordre de rebrousser chemin en direction d'Arcourt afin de prévenir le baron de Montfort de cette singulière évolution.

CHAPITRE 45

Bois des Valviers. Matinée du 2 avril.

Relevé d'okram de Pierre Cordwain de Kosigan.

*

Nous voilà dans un coin moussu de la forêt aux odeurs de musc. Mi-clairière parsemée de gros cailloux, mi-tapis de fougères autour d'une souche.

Je dénoue les cordes qui transformaient la couverture en sac à porter et en extrais une Alëssandriëlle renfrognée. Mes efforts pour l'aider à se lever, à marcher, à s'asseoir, elle les repousse. Nous nous retrouvons posés l'un face à l'autre, chacun les fesses sur un rocher de bonne taille. Je la scrute, sérieux et désolé. Elle fait de même, avec une nuance de reproche en plus. Sa posture, altière, semble porter le poids du désespoir.

Non, pas du désespoir, plutôt d'une sorte d'accablement.

« Salut, beauté elfique ! »

Tout en l'observant, mes mains frottent mes joues, surprises de les trouver presque lisses.

« Salut, enfoiré de lâcheur ! » De son côté, ses lèvres se pincent tandis que ses doigts explorent l'ecchymose sous son menton. « Tu frappes les femmes, à présent ?

— Uniquement celles qui me haïssent déjà… »

Elle sourit. Un pauvre sourire.

« Ça ne m'amuse pas tellement.

— Disons alors que je le fais uniquement lorsqu'il y a urgence à les sauver. *De rien*, puisqu'on en parle ! »

Elle hoche la tête avant de reprendre d'une voix plus désabusée que dans mon souvenir :

« Tu es au courant que tu as plusieurs décennies de retard, pas vrai ? »

J'en suis conscient.

« Si je t'avais rejointe à l'époque, ou si j'avais essayé de te recontacter, je ne serais plus en vie pour que tu me le reproches aujourd'hui. Et cela me peinerait beaucoup. »

Elle hausse les épaules, manière de me faire comprendre que j'aurais dû trouver un moyen, mais qu'elle n'en a plus grand-chose à carrer aujourd'hui.

« Qu'est-ce qui t'amène en Bourgogne, *Pierre-siffleur* ? »

Mon surnom de gosse quand elle voulait se moquer de moi. Elle était la seule, avec ma nourrice, la vieille Marie, à me le donner encore à l'adolescence. Il y a deux ou trois millénaires de cela.

Dois-je lui dire la vérité ? *Toute* la vérité ?

Ce serait bien imprudent.

« Je cherche un *chez-moi* pour déposer mes bagages, et Kosigan est le seul endroit qui ait jamais eu cette signification à mes yeux. Carrayan me couvre pour le moment, tant que je roule pour son compte. C'est lui qui m'a demandé de te sortir de la mouise… Sans me dire *qui* je devais secourir, au passage.

— C'est tout lui.

— Le sens de l'ironie… »

Un silence morose s'éternise.

C'est elle qui reprend la parole, le ton amer, en se levant :

« Nous aurons l'occasion de mettre à jour nos comptes plus tard, Pierre. Pour le moment, tu dois me rapatrier à Kosigan pour que je fasse mon rapport au commandeur. Les Français viennent de déclencher la dernière phase de leur opération pour assassiner Vladislav et achever Borogar dans la nuit de demain soir. D'après mes informations, ils se sont déjà rendus maîtres d'Albret et envahiront notre comté dans la foulée. Il faut accélérer le mouvement ! »

Albret ? Une onde d'inquiétude… Mais non, Dùn est une grande fille, elle sait se tirer des pires situations. Ce genre de préoccupations ne doit pas m'éloigner de ce qui se passe ici.

Je grimace.

« Écoute, Alëss. Je suis d'accord avec toi sur l'urgence d'aller prévenir Kosigan, malheureusement je ne peux pas t'y emmener. Je dois absolument empêcher un mariage à Arcourt, et il se trouve que j'ai un rendez-vous personnel dans les jardins. »

Une pointe d'irritation envahit ses yeux.

« Un rendez-vous dans les jardins ? Avec une *femme* ? »

Je hausse les épaules.

« Ce sont les meilleurs, non ?

— Tu te paies ma fiole ?

— Un peu. Mais ce n'est pas ce que tu crois. Les Français veulent éliminer les membres de la famille de Kosigan. Ils intriguent pour que Wenceslas épouse une dame à leur service. »

Ses traits se figent.

Une surprise non feinte.

« Un mariage avec *Wench*, côté *lys*, tu es certain de ce que tu avances ?

— Sûr et certain.

— Pourtant, aux dernières nouvelles, il était question qu'il épouse Morgiane, la fille du Hardi…

— Cette information n'est plus d'actualité. Et mon jeune cousin risque de ne pas survivre longtemps si jamais il hérite du comté tout en convolant avec la prétendue fille de Montfort…

— La *prétendue* fille de Montfort ? Tu sous-entends qu'Aliénor n'est *pas* réellement la fille du baron ?

— C'est une quasi-certitude.

— Par Oromëtan, voilà qui éclairerait le tableau d'un jour singulier. Savais-tu qu'avant que les ducs de Bourgogne ne confient les terres qui allaient devenir Kosigan à tes ancêtres, elles appartenaient aux Montfort ? Le comté s'appelait Tonnerre-Vieille-Garde à l'époque. »

Je m'applique à sourire.

« Évidemment ! »

Première nouvelle.

« Tu suggères que Montfort pourrait jouer son propre jeu en parallèle de l'invasion prévue par le roi de France ? »

Elle soupire et réfléchit une ou deux secondes en mordant sa lèvre inférieure. J'ai toujours aimé cette qualité chez elle : son esprit est vif mais elle ne se précipite pas.

« Cela ne paraît pas impossible, mais ce serait surprenant. Il n'est pas suffisamment puissant. Non, Charles V a dû simplement choisir de ne pas mettre tous ses œufs dans le même panier. L'invasion d'un côté, le mariage de l'autre. Pour renforcer la légitimité de la conquête. En tout cas, cet aspect-là du complot m'avait échappé. Tu as une plume et du vélin dans tes fontes ?

— Oui.

— Alors, tu vas mettre rapidement par écrit ce que tu as découvert, avec ton sceau, et je le porterai à Carrayan. »

Je hoche la tête.

« Il n'y a pas de temps à perdre. Mais nous n'avons qu'un seul cheval. »

Ses yeux d'Elfe se plissent tandis qu'elle réfléchit. Ils semblent moins fatigués à présent, sans pour autant avoir été entièrement désertés par la mélancolie.

« Conduis-moi jusqu'au village de Griselles, ce n'est pas loin et il y a un haras là-bas, celui de la Croix-Surget. »

D'un geste fluide, elle érafle volontairement son bras sur une arête de rocher, murmure trois mots et frotte ses doigts entre eux. Je sens les remous de la Source s'agiter en arrière-plan de l'atmosphère, cela provoque une poignée d'étincelles et ses phalanges se mettent à scintiller avant de devenir momentanément *transparentes*.

« Ce serait bien le diable si je n'arrive pas à me procurer une monture là-bas, pas vrai ? »

J'avais oublié ses dons pour la magie d'illusion.

À la hâte, je finis de gribouiller le mot qu'elle me demande, signe de mon paraphe, appose la chevalière qui porte mon sceau et le lui tends.

« Très bien, chacun pour soi, maintenant ! En selle ! Mon petit doigt me dit que le temps est déjà en train de jouer contre nous. »

CHAPITRE 46

Kosigan. Après-midi du 2 avril.

Librement inspiré d'une série de feuillets anonymes intitulés *Rapports de Bourgogne et d'Italie.*

*

Au petit trot, Alëssandriëlle de Vélan contournait les passants et les charrettes, au plus serré de l'arrondi de la rue du Lavoir, puis dans la pente douce de la Grande Vénerie. Les cloches de la ville tintèrent pour rappeler l'heure de la prière de none. Pour gagner du temps, la Semi-Elfe prit le parti de couper par le raidillon de la sente des Lares, plus boueux et plus serpentant, mais moins fréquenté que la rue aux Huiliers. Sa monture épaisse avait à peine une coudée de marge de part et d'autre de ses flancs pour éviter de râper les murs. Ses longs cheveux nattés au vent, la fille des bois contourna le monastère de Sainte-Foy, dépassa la chapelle étriquée de Saint-Cuthbert et déboucha au trot allongé sur la place du Château, poussant sa monture jusqu'à la barbacane du pont du Midi.

Les maisons fortes à colombages bordant l'esplanade arboraient les bannières des grandes familles de négoce ou des vassaux de Kosigan. La basilique Saint-Pierre, à droite, ouvrait ses portes à une procession, et la taverne des Roches, à gauche, commençait à se remplir. Elle évita un chien.

Observant son arrivée avec inquiétude, les soldats en haubert, bassinet et camail, aux tabards sable, sinople et argent arborant l'aigle bifide des Kosigan, lui firent signe de mettre pied à terre.

Elle plaça les deux jambes du même côté, se laissa glisser sur les fesses et tendit la bride de son cheval à l'un d'eux. Difficile de les identifier individuellement puisqu'on ne voyait que leurs yeux et leur nez, mais il lui semblait qu'elle en avait déjà croisé deux ou trois en compagnie de Carrayan ou de Vladislav.

Elle tenta donc de poursuivre son chemin à pied comme si rien n'était plus naturel.

Deux chevaliers bannerets lui barrèrent l'entrée du pont de pierre sombre, rongé de lichens, qui menait à la citadelle des comtes.

« Vous ne pouvez accéder au château, dame de Vélan ! »

Au moins, ils savaient qui elle était.

L'un d'eux était le fils du baron de Mélisey, l'absence de son heaume, posé à terre, laissait visible son visage juvénile, tanné par le grand air. Quoi qu'il en soit, ces deux noblaillons n'auraient pas dû se trouver là. Jeunes ou non, ce n'était pas à des chevaliers adoubés que l'on confiait habituellement le poste de garde.

Alëssandriëlle prit conscience que les autres soldats de faction étaient plus nombreux que d'habitude. À bien y regarder, tous semblaient avoir la trentaine ou la quarantaine, choisis parmi des vétérans.

Des hommes connus, des lames de confiance.

Mauvais signe.

« Borogar aurait-il passé l'arme à gauche ?

— Nenni, ma dame, le Ciel nous en préserve, en revanche les ordres sont d'interdire l'accès. Nous en ignorons la raison. »

Dans les moments de grande tension, le visage avenant de la Semi-Elfe se faisait aigu comme le silex et sa voix aussi cinglante qu'un coup de rasoir. Rares, alors, étaient les audacieux qui osaient affronter son regard.

« Au nom de la Garde grise, écartez-vous, chevaliers. Que le fils du dieu unique m'en soit témoin, je ne saurais souffrir le moindre retard pour rencontrer le seigneur Vladislav ! C'est une question de vie ou de mort, au sens propre du terme. Et c'est de la sienne qu'il s'agit et de celle de son père ! »

De la manière dont Pierre Cordwain le lui avait enseigné du temps de leur jeunesse lorsqu'ils se voyaient en cachette, Alëssa de Vélan laissait libre cours à la vérité sans pour autant mentir de manière frontale. Elle se tourna vers les hommes qui la connaissaient, les traits vaguement adoucis.

« Soldats, vous n'ignorez pas qui je suis. J'ai accès au château de droit. Vous m'y avez vue à maintes reprises. Dites-le s'il vous plaît à ces seigneurs qui sont davantage à la chasse ou sur les terrains de lice qu'à arpenter les couloirs des halls d'audience ! »

Aux regards gênés des hommes d'armes, elle sut immédiatement que sa requête allait être rejetée.

Sans laisser à un vieux sergent moustachu le temps de bredouiller, le plus jeune des chevaliers reprit :

« La situation a changé, dame de Vélan, les directives actuelles sont de ne laisser entrer personne – strictement personne – jusqu'à nouvel ordre. Et, par la sainte Lance, nous allons nous y tenir !

— C'est complètement ridicule, je suis membre de la Garde grise et, croyez-moi, la survie de la maison de Kosigan tout entière dépend des informations que je rapporte ! Faites preuve d'initiative ! Si vous refusez de me laisser passer, ce sera une telle catastrophe que Slynt Carrayan rentrera dans une colère noire, et tout le monde sait ce qui peut arriver quand il est en colère !...

— Par saint Laurent, madame, nous aimerions vous complaire mais les ordres émanent du commandeur en personne, et il nous a mis en garde contre toute personne qui chercherait à nous convaincre en usant *précisément* de ce genre d'argument ! »

Le second chevalier enfonça le clou :

« Voyez cela avec Carrayan, mais si votre intention est de traverser ce pont, il vous faut une contremarque signée de sa main et scellée de son sceau. Dépêchez-vous si c'est réellement urgent. »

Le visage d'Alëssa se déforma de frustration.

Insister serait une perte de temps et d'énergie.

Une moue écœurée, et d'un bond, elle remonta en selle.

« Vous êtes stupides. Nous nous reverrons ! »

Une touche de menace pour faire bonne figure et masquer sa déception.

Le chevalier à l'armure bleu nuit plaça deux doigts à son front en la regardant s'élancer au galop.

« Ce sera avec un plaisir non dissimulé, ma dame ! »

CHAPITRE 47

Kosigan. Fin d'après-midi du 2 avril.
Librement inspiré des *Rapports de Bourgogne et d'Italie.*

*

L'ancien château de Tonnerre tient lieu de nid d'aigle à la maison de Kosigan depuis plus de trois siècles. Il a été offert en récompense au chevalier Hakad de Kosigan, après qu'il se fut lié d'amitié avec le comte Richard le Justicier en l'aidant à arracher l'indépendance de la Bourgogne au roi des Francs, Eudes de Paris. Pourtant, les fondations de la forteresse, son donjon et sa partie centrale remontent bien plus loin dans le temps. Ils furent édifiés sur les restes de temples souterrains antiques, celtes puis gallo-romains, dédiés aux divinités chtoniennes des mondes inférieurs. Au VIe siècle, des sorciers *tempestarii* et *nécromantii,* célèbres pour avoir provoqué la grande peste de 541, y avaient installé leur repaire. La bataille pour les déloger avait, dit-on, duré quarante jours et quarante nuits. Les trois fils du roi franc Clovis – Clodomir, Childebert et Clotaire – avaient uni leurs forces pour les affronter au nom du Christ, mais les pratiques impies n'avaient été éradiquées qu'au prix de milliers de morts.

Certains soupçonnent un ancêtre de Carrayan d'avoir été mêlé à l'affaire.

Toujours est-il que c'est à l'intérieur de ces salles cachées que le commandeur a fait le choix d'établir les quartiers de la Garde grise, à l'époque des Croisades noires. Probablement dans le but de conférer une réputation sombre et redoutable aux hommes de l'ombre qui servaient la maison de Kosigan. Les galeries calcaires, ouvragées et étayées de marbre, ont connu l'usure du temps, mais leur solidité permet de relier les vieux égouts romains à différentes constructions antiques, comme la tour d'Airain ou la fosse Dione, ainsi qu'aux catacombes, chrétiennes à l'est et druidiques à l'ouest. Leur particularité, lorsque certains corridors s'ouvrent à l'air libre, est de laisser le vent s'engouffrer, provoquant des claquements de tempête, comme si la terre couvait un orage.

D'où le nom de Tonnerre donné au lieu avant qu'il ne soit rebaptisé Kosigan.

Ce jour-là, lorsque Alëssandriëlle de Vélan fit basculer le panneau rond couvert de mousse et de fines plaques de pierre servant de passage secret vers les tréfonds du château, elle prit soin de ne pas provoquer le courant d'air qui déclenchait le bruit d'explosion. Deux pas plus loin, elle enjamba le traquenard destiné à cisailler les jambes des indésirables, puis dépassa sans s'arrêter le renfoncement à droite où les humains, aveugles, pouvaient se servir en torches. Ses yeux d'Elfe suffisaient pour s'orienter, avec l'avantage de ne pas signaler sa présence par une source lumineuse. Ses pas la menèrent au palier de garde où elle murmura les mots de reconnaissance. Les deux sentinelles l'accueillirent avec quelques plaisanteries rugueuses mais elle n'eut pas à s'expliquer pour avoir le droit de poursuivre sa route. Plus loin, elle bifurqua dans les vieux corridors éclairés de torchères et s'orienta en direction du bureau du commandeur. Elle avait par le passé été conviée à trois reprises dans cette ancienne salle mortuaire octogonale, au plafond en ogive, cénotaphe du roi-nécromant burgonde Gundobad.

À travers les interstices du rideau pourpre, les lumières chancelantes des bougies témoignaient de la présence du maître des lieux. Et si on se fiait aux crissements agiles et irréguliers qui s'échappaient de la pièce, il était en train de rédiger une lettre.

« Seigneur Carrayan ? »

Les bruits d'écriture s'estompèrent avant de laisser place au silence.

« Alëssa ?

— Puis-je entrer ?

— Et comment donc, jeune dame, je ne vous espérais plus ! »

Elle écarta le lourd velours du seuil et pénétra de deux pas dans la salle aux lumières mielleuses.

Plus de soixante bougies illuminaient la pièce, dansant dans de petites alcôves. Les parois érodées, autrefois décorées de formules et de symboles, étaient à présent garnies d'une collection d'armes en tout genre, ponctuées par de multiples tableaux de petite taille. Le caveau central, couvert d'un drap à damier vert et noir, liseré de fils d'or, tenait lieu de bureau.

Alëssandriëlle s'arrêta à une toise et inclina la tête.

« Seigneur commandeur. »

Carrayan déploya sa carcasse couturée et ses bras trop longs pour l'accueillir. Son regard d'oiseau de proie souligné de cernes intenses la fixait, entre sérénité et prudence.

« Il y a trop longtemps que vous m'avez privé de vos nouvelles, Alëssa, quel fut votre destin à Arcourt ? »

La Semi-Elfe eut un sourire énigmatique.

« Les Français, commandeur. Montfort m'a débusquée. »

Elle lui rapporta l'histoire en détail : ses soupçons sur la délégation diplomatique, sa décision de fouiller la chambre du connétable, l'entrée imprévue de celui-ci, la fenêtre trop étroite pour fuir, la confrontation qui s'en était suivie, ses efforts pour atteindre la porte, les estafilades – cicatrices encore bien visibles – qu'elle avait récoltées, le tout en vain. Le coup d'assommoir qu'avait fini par lui asséner Montfort l'avait estourbie. Elle n'avait repris conscience que bien plus tard, ligotée, bâillonnée, un bandeau sur les yeux, enfermée dans un lieu obscur à l'odeur de pot de chambre. Les Français étaient en train de la transférer en direction de leur frontière lorsque Pierre Cordwain de Kosigan l'avait tirée du pétrin.

Pour autant, avant que les événements ne tournent à l'orage, elle avait eu le temps d'éplucher une dizaine de lettres dissimulées dans le fond secret d'un coffre. Elles éclairaient une partie du complot français. La stratégie de Charles V, conseillée par l'abbé de Nirdrym, paraissait risquée mais ambitieuse. Elle consistait à fixer l'attention des Bourguignons sur les pourparlers, tandis que l'ost français revenait en secret du nord, à la faveur d'une pause dans les combats contre les Anglais. Les chevaliers du royaume des Lys, les arbalétriers génois et les piquiers flamands, regroupés dans le comté de Sens, se tenaient prêts à lancer une attaque de grande envergure sur les terres bourguignonnes. Plus de dix mille hommes. Certaines allusions laissaient à penser que les Français avaient d'ores et déjà fait main basse sur Albret. D'autres, plus explicites, affirmaient que Borogar et Vladislav seraient assassinés aujourd'hui ou demain et que Kosigan tomberait dans la foulée. Une fois les deux comtés du nord-ouest du duché hors-jeu, le plan, pour l'armée de lys et d'azur, serait de fondre sur Arcourt afin de se rendre maître du duc.

« Et de quelle manière comptent-ils s'y prendre précisément chez nous, à Kosigan ? interrompit Carrayan.

— À ce que je sais, le roi dispose d'un agent chargé d'achever Borogar et de veiller à ce que Vladislav et ses enfants ne lui survivent pas. Il est peut-être en train d'agir en ce moment même.

— Impossible. Le palais est verrouillé et personne n'a l'autorisation d'y pénétrer sans mon accord ou celui du seigneur Vladislav.

— Sauf votre respect, commandeur, j'ai croisé le chevalier de Mélisey aux portes du château. Vous souvenez-vous que sa famille a failli se soulever contre Kosigan lorsque le père de Borogar a refusé qu'une de leurs filles épouse mon grand-père…

— Cela risquait de former un domaine de trop grande puissance au sein du comté. Un vieux grief, réglé depuis deux générations, jeune dame, et Christian de Mélisey n'a jamais donné aucun signe d'accointance avec la France.

— Contrairement à Borogar, qui, paraît-il, a fricoté avec la comtesse de Sens. Les choses sont parfois complexes. Ceci étant, je ne porte pas d'accusation, car je n'ai rien trouvé de précis concernant l'identité du traître. Le danger pourrait aussi bien venir de l'extérieur. Escalader les murs et se glisser par une échauguette n'est pas impossible, il me semble.

— Je fais surveiller les remparts en permanence. Nous serions prévenus dans l'instant.

— Et les passages souterrains ?

— Un assassin serait forcé d'emprunter nos tunnels.

— Qui avez-vous chargé de la protection de Borogar et du seigneur Vladislav ? »

Carrayan contourna son bureau puis marcha vers le mur où il décrocha un ceinturon avec deux fourreaux qu'il fixa à ses hanches.

« J'ai cinq hommes sûrs à l'intérieur des murs avec le seigneur Vladislav. Quant au comte Borogar, vu le caractère étrange du mal qui le ronge, j'ai fait mander une escouade de chevaliers inquisiteurs pour veiller au bon déroulement de son rétablissement, ou de son agonie. Vous voyez, la maison de Kosigan sait se défendre et ceux capables de la faire trembler ne sont pas encore nés.

— Vous auriez suffisamment confiance dans ces hommes pour leur confier votre propre vie ?

— La mienne, non, mais la vôtre, sans aucun doute. »

Le visage de Carrayan se crispa, manière de dire qu'il s'agissait d'un compliment.

« En tout cas, si les Français ont l'intention d'exterminer le lignage des Kosigan, nous devons les en empêcher à tout prix. Je vais vous confier une escouade, Alëssandriëlle. Quant à moi, je vais m'occuper de faire envoyer des renforts à la Croisée des chemins. Si vos informations s'avèrent exactes – ce qui est probable puisqu'elles se recoupent avec d'autres provenant de sources différentes –, c'est là-bas que la guerre va débuter ! »

DÙN

CHAPITRE 48

Albret, soir du 1er avril.

Inspiré des feuillets de *Rapports de Bourgogne et d'Italie.*

*

Guy de Vélan se maintient en équilibre dans la partie basse du conduit de l'une des cheminées du château comtal d'Albret. Pieds en appui sur les pierres malmenées, jambes fléchies, dos collé à la paroi opposée. Selon une technique héritée de ses années à arpenter les cimes de Verte-profonde. Les Iëlfélanin en font usage pour se reposer entre deux branches ou entre deux troncs suffisamment proches. Son carquois ainsi que son arc court, faits d'if et de magie, reposent sur son ventre et sa poitrine.

Il patiente depuis des heures et, pour la millième fois, l'extrémité de ses doigts serpente le long des sillons invisibles formés par les lettres ciselées dans le bois de l'arme. Quiconque serait capable de déchiffrer la langue elfeline pourrait y lire des serments de puissance, de loyauté et d'amour. Des serments d'un autre temps.

Des images jouent dans sa tête.

Verte-profonde, *Calad-Ruïn*[28], la forêt primordiale aux essences millénaires, joyau de l'automne et du printemps, la cité aérienne abritée par les derniers arbres géants de Bourgogne, tissée de lianes, de feuilles vivaces et d'écorces sereines. Guy de Vélan en a été déchu depuis si longtemps…

---

28 De *calad* ou *cald*, *vert* en langue elfique, et *ruïn* dont le sens s'approche d'« insondable », « impénétrable ».

Au prétexte de nouvelles normes stipulant qu'une Elfe pure ne pouvait plus être souillée en mêlant sa sève à la chair dévoyée d'un humain.

La chair dévoyée d'un humain... Et sa demi-sœur, *Alëssandriëlle*, sa naissance avait été l'œuvre du Saint-Esprit, peut-être ?

Il retient un soupir.

Depuis son exil, à combien de reprises Guy de Vélan s'était-il lancé en vain à l'assaut des labyrinthes végétaux qui protégeaient la dernière cité des cimes ? Même la part de sang elfique qui coulait dans les veines d'Alëss n'avait pas suffi pour qu'elle l'aide à retrouver la voie. La Porte verte était close, définitivement, et les Iëlfélanin avaient mué les vieilles allées-aux-sentiers-qui-bifurquent en un entrelacs de culs-de-sac, d'orties, de fougères griffues et de ronciers.

Ils s'étaient isolés pour survivre, pour se couper des humains et de leur inconstance.

Combien de saisons, après cet exil, Guy de Vélan s'était-il vautré dans son amertume, rongé par cet état émotionnel que les seigneurs des feuilles nomment *mel-an-cùna*[29] ? Combien de fois son corps dégorgeant de vin s'était-il affalé dans un caniveau, enroulé de haillons miteux ? Combien de piécettes de cuivre avaient fini dans sa main sale et tremblante à la porte des églises ? Chez son père, à Vélan, il n'avait pas osé retourner, lui qui avait tourné le dos à son héritage pour vagabonder dans les forêts obscures. C'est dans la fange la plus sale que le commandeur Carrayan l'avait retrouvé, il l'avait relevé, lui avait rendu sa dignité et offert une raison de respirer. Depuis ce moment, ses flèches et leur empennage de sinople, son œil acéré, sa gueule blonde couturée au menton, il les mettait au service de la Garde grise de Kosigan.

Guy de Vélan ferme un instant les paupières.

Ses doigts caressent à nouveau les sillons invisibles de son arme.

Aujourd'hui, son cœur déborde d'espoir.

Ici, à Albret, si l'on en croit Joachim Lodaüs, le grand mestre de la tour d'Airain de Kosigan, se dissimulent des secrets susceptibles de rouvrir le chemin vers les arbres millénaires de *Calad-Ruïn*. Dans l'hypothèse où il parviendrait à découvrir la bonne cachette et la gemme adéquate, verte et infusée de Source végétale.

Quant à la mission pour laquelle il s'est porté volontaire au service de Slynt Carrayan, il escompte la mener à bien planqué dans le boyau de

---

29 *Tristamour*. Une mélancolie si profonde qu'elle peut amener à s'isoler du monde, quitte parfois à en mourir.

cette vieille cheminée. Depuis deux jours, il espionne les allers-retours au sein des restes éventrés du château de la maison d'Albret. C'est dans cette aile spacieuse, anciennement dédiée aux invités de marque, que le nouveau maître des lieux a élu domicile. C'est donc ici que les choses peuvent se dire et les mystères se dévoiler.

On vient. Des pas dans la pièce proche. Une seule personne à ce qu'il semble.

L'abbé de Nirdrym, sans doute ? Le conseiller du souverain du royaume des Lys ?

« Approche, Sri-Satchanaril, ma lame soumise. »

C'est lui, en effet. Mais, de toute évidence, il n'est pas seul. Sa dangereuse esclave à la peau d'encre et aux oreilles félines l'accompagne. Pourtant, en dépit de ses efforts, les sens de Guy ne parviennent à discerner sa présence que lorsque le son feutré de sa voix ou de certains de ses mouvements les plus amples la révèle.

Elle semble se mettre à genoux.

« Ô mon maître… »

Un silence et des bruits indéfinissables.

« Le moment fatidique approche, ma sombre beauté. Ta bouche est douce mais l'heure est à d'autres jeux. Relève-toi.

— Selon vos désirs, puissant Laïloken !

— Albret est tombée. Très bientôt *l'Héritier* et la Semi-Elfe trucideront Borogar, toute sa marmaille, ainsi que leur cousin bâtard si la déesse de la Vengeance a l'élégance de nous le servir sur un plateau d'argent.

— Est-il temps de mettre l'ost français en branle ?

— Précisément, et par Dagda et Eqsi Eqsaëth, le sang du monde coulera à nouveau de la meilleure des manières.

— Je me tiens à vos ordres, ô mon maître !

— Fort bien, fille de l'ombre. Tu vas filer comme le vent et rejoindre l'ost royal dans le comté de Sens. Voici l'ordre signé de Charles V et scellé du credo des flammes sombres. Le grand maître de l'Ordre de l'Étoile, Ysandre de Fercy, prendra la tête de la chevauchée contre le château d'Arcourt pour s'emparer du duc Philippe. L'effet de surprise terrassera nos ennemis.

— Les lances françaises seront-elles capables de traverser le carrefour de la Croisée des chemins, sur le territoire de Kosigan ?

— Si fait. La moitié des écorcheurs de Tristemort et les éclaireurs du lieutenant-général Rodrigue de Xaintraille sont déjà dissimulés sur place, épaulés par tes frères d'armes du clan *d'Urdan d'O*. Dès la deuxième heure de la nuit de demain, ils réduiront le fort et la tour au silence avant d'enchaîner sur Kosigan, à moins d'une demi-lieue. En traversant les ombres, ils rejoindront la Semi-Elfe de Vélan et l'Héritier pour accomplir ce qui doit l'être. »

Les paupières de Guy vibrent d'effarement. *La Semi-Elfe de Vélan ?* Sa tête oscille de gauche à droite en une dénégation muette. *Non*. Alëssa ne peut pas être une traîtresse à la solde de la France. La chose paraît impossible. Pourtant, cela expliquerait la maladie du comte Borogar. Elle était restée de longues années éloignée de Kosigan, prétendant s'être retirée au couvent de Saint-Alyre à Clermont, puis à l'abbaye de Fontevraud, en Tourraine. Le commandeur Carrayan avait fait vérifier l'information. Engager à son service une sang-mêlé était une aubaine. Et depuis cinq ans qu'elle les avait rejoints dans les rangs de la Garde grise, sa demi-sœur avait à de nombreuses reprises démontré sa loyauté, empêchant même de nuire un ou deux marchands français qui espionnaient au service de Charles V.

Pourquoi a-t-elle fait ça ? Comment a-t-elle pu ?

Une tempête de déni, de dégoût et de colère embrase l'âme de Guy de Vélan, au point qu'il manque plusieurs phrases de la discussion avant de parvenir à reprendre le contrôle.

« Ô mon maître, Sagesse des âges passés, est-il vraiment avisé de confier le fief de Kosigan à l'Héritier ? Un être de sa nature ne risque-t-il pas de susciter de la défiance ? »

Les informations échangées sont importantes. Guy se force à se concentrer.

« Il n'en sera que plus fidèle. Mordred est l'héritier légitime de Borogar, par voie d'aînesse. Il porte la marque de naissance des Kosigan au pectoral et, vu le sang orc qui coule dans ses veines, il est *forcément* le plus âgé des fils du comte : il ne peut être né que durant la Grande Chevauchée menée par son père dans les Terres sauvages des Vosges, au cours de la Croisade noire d'Épinal, cinq années *avant* la naissance de Vladislav. Il existe des règles et des traditions que tous doivent respecter. Quelles que soient ses origines, il a été accueilli et protégé en France où il vit depuis des décennies. Il est éduqué, civilisé. Il a déjà tué pour moi. Il fait partie des nôtres, nous, les parias, les rejetés, ceux que la religion du dieu crucifié appelle à mourir ou à disparaître.

— Mais, maître, pourquoi ne pas confier le domaine à la maison de Montfort ? Elle en était maîtresse avant que Richard le Justicier ne proclame l'indépendance de la Bourgogne et qu'il n'autorise le patronyme de

Kosigan à remplacer celui de Tonnerre, il y a plus de trois siècles. Il y a fort à parier que le connétable souhaiterait remettre la main dessus.

— Un homme ou une femme n'est rien s'il ne respecte pas sa parole, Sri-Satchanaril. Ainsi l'exigent les voies du passé. Quiconque trahit ses serments renie la raison d'être de l'Équilibre et se dresse en obstacle dans la course de l'univers vers la Perfection. Je n'ai rien promis à Montfort, en revanche, Mordred de Kosigan a obtenu ma parole, et moi, j'ai la sienne. Lui qui n'était qu'une créature méprisée deviendra comte de Kosigan, car tel est son droit. Symboliquement, c'est un pas supplémentaire vers le renouveau des pouvoirs antiques et la chute de l'Église du dieu crucifié !

— Ainsi soit-il, ô mon maître ! »

Un instant de silence sans aucun mouvement.

« Qu'attends-tu pour te retirer, lame soumise ?

— Pardonnez ma curiosité, puissant Laïloken, puis-je vous poser une question ?

— Tu viens de le faire. Mais exprime-toi, quelle information désires-tu voir portée à ta connaissance ?

— Cette femme humaine… Celle que nous avons enfermée dans la tour du bourreau. J'ai observé que vous l'avez dévisagée longuement. De qui s'agit-il ? »

Guy de Vélan discerne une pointe de tension dans la voix de la Svartalfár.

« Jamais je ne l'avais rencontrée mais cette vipère obéit aux ordres du cousin condottiere des Kosigan. Son nom est Dùnevia Illavaëlle. Elle a fait capoter une conspiration destinée à m'assurer la mainmise sur le royaume d'Angleterre. Pour cela, elle paiera. Néanmoins, le sang des *changepeau* d'Étrurie coule dans ses veines, ce qui pourrait se révéler précieux pour mes calculs futurs.

— Quel destin lui réservez-vous ?

— Elle sera punie avec toute la cruauté qu'elle mérite, mais, tu le sais mieux que quiconque, la souffrance s'avère parfois salvatrice. Elle ouvre des portes et construit le renouveau. Une fois purifiée, j'escompte épargner la *changepeau* et la gratifier, tout comme toi, de l'honneur d'œuvrer à mes côtés.

— Tout comme moi, maître ?

— Tu es ma lame de nuit, elle deviendra ma lame de jour.

— Je… Qu'il en soit fait selon vos désirs, Frère des dragons. »

Tous sens aux aguets, Guy de Vélan devine que l'Elfe noire s'incline et commence à reculer.

« Il est temps pour moi de me mettre en route.

— Sri-Satchanaril, ma toute belle…

— Oui, maître ?

— Je t'interdis formellement de tuer Dùnevia Illavaëlle ou de lui infliger des blessures au point qu'elle ne me soit plus d'aucune utilité. Suis-je clair ? »

La Svartalfár n'hésite que le temps d'un soupir.

« Parfaitement clair, maître.

— Excellent. Disparais à présent, et que ta mission soit remplie dans les délais impartis !

— Je m'empresse, ô Corbeau de guerre ! »

L'Elfe noire quitte les lieux à grands pas.

Guy de Vélan reste immobile, la gorge serrée.

Il veille à éviter tout bruit ou geste malencontreux susceptible de dévoiler sa présence, patientant jusqu'à ce que l'abbé de Nirdrym sorte à son tour.

Puis ses muscles se détendent.

Sa paume frotte son visage.

Un sentiment de désarroi écrase sa poitrine.

Commencera-t-il par explorer la pièce où le conseiller du roi dissimule vraisemblablement la gemme servant de sésame pour Verte-profonde ? Afin de se donner une chance de revoir la femme dont la voix et le visage brûlent dans son cœur ? Ou doit-il informer au plus vite Carrayan de la trahison de sa sœur ? Ce point précis paraît crucial pour la survie de la maison de Kosigan. Mais, cela signifie dénoncer Alëss… Il secoue la tête, déchiré entre plusieurs loyautés. Et puis, il y a également cette histoire de second bâtard… Un Semi-Orc, à ce qu'il semble, voilà qui est singulier.

Il grimace, puis prend une profonde inspiration pour faciliter sa réflexion. L'opportunité de s'emparer de l'émeraude ensorcelée capable de percer les tromperies de la forêt elfique, pourrait ne jamais se représenter. Cependant, à la réflexion, il existe peut-être un moyen d'atteindre tous ses objectifs…

Carrayan avait ordonné à Guy de profiter de sa mission en Albret pour rechercher Dùnevia Illavaëlle, la Changesang, amie du Bâtard. Or, d'après les dires de Nirdrym, elle se trouve emprisonnée dans la tour du bourreau par les mercenaires à sa solde. Ce qui laisse supposer que Cordwain n'est pas de mèche avec les Français. À partir de là, si elle parvient à fausser compagnie à ses geôliers, Guy pourrait lui confier un message à délivrer à son ancien capitaine, ainsi qu'à Carrayan. Le Bâtard ne fera pas de mal à Alëssa, c'est certain. *Presque certain*. Et lui, Guy, pourrait rester en Albret…

Le coureur des bois hésite. L'affaire comporte une dose de risque.

En tout cas, s'il opte pour cette solution, il faut agir sur le champ.

Il commence à décoincer ses jambes.

Lentement, ses pieds, ses mains et son dos se remettent en mouvement ; vers le haut et la sortie de la cheminée.

Si d'aventure l'Elfe noire fait un détour par la prison pour rendre une dernière visite à Dùnevia Illavaëlle, il la devancera en coupant par les toits.

CHAPITRE 49

Cité de Kosigan, probablement le 1er ou le 2 avril.
Librement inspiré des *Rapports de Bourgogne et d'Italie.*

*

« Mordred ! »

Alëssandriëlle de Vélan referme sur son passage la porte d'une maison à colombages située à une trentaine de toises de l'arrière du château. Cinq pas, et elle se pend au cou du plus ancien bâtard de la maison de Kosigan. En dépit de la surprise que lui procure sa visite, ce dernier la soulève de terre et l'accueille par un long baiser tournoyant. Sa force et sa vigueur la font voler comme si elle ne pesait pas plus lourd qu'un brin de paille.

« Alëssa, pourquoi es-tu venue ? Ce n'était pas dans nos plans.

— Mes pas me conduisaient si près d'ici que je n'ai pas pu résister. Comme lorsque nous faisions le mur pour nous voir au monastère.

— Ta présence nous met en danger, j'ai aperçu des hommes de la Garde grise par la fenêtre.

— Ils sont sous mes ordres. Figure-toi que c'est à moi que Carrayan a confié le soin de sécuriser la forteresse… »

Le sourire du prétendant soutenu par le roi de France se fait carnassier.

« Alors, tout est pour le mieux.

— Dès que je serai ressortie, dis aux Svartalfár de se mettre en route sur mes traces. »

Tous deux échangent un regard intense.

Aujourd'hui se joue leur existence tout entière.

« Borogar va payer », grogne Mordred.

La Semi-Elfe acquiesce, s'apprêtant à s'éloigner, mais il la retient.

« Attends. Et le Bâtard ? »

Les paupières d'Alëss cillent.

« Pierre se trouve à Arcourt, j'espère qu'il ne reviendra pas à temps.

— Ce n'est pas ce que je veux dire. Je parle *de toi et de lui…* »

À peine un quart de seconde d'hésitation.

« Le passé est mort…

— Comme lui, si jamais il se met en travers de ma route ou s'il ose s'approcher de toi, tu le sais, ça, n'est-ce pas ? »

Elle fait oui de la tête.

« N'aie crainte, mon gros monstre… Je ne cache pas que je donnerais cher pour le sauver, mais si le destin m'oblige à choisir, ma lame ne tremblera pas. »

Mordred hoche gravement le menton.

« Ce sont les mots que je voulais entendre.

— Je sais. »

Vive comme une luciole, elle se détourne, cache son désarroi et disparaît aussi vite qu'elle est entrée.

Les épines du passé se révèlent parfois plus douloureuses qu'on ne veut bien l'admettre.

CHAPITRE 50

Tour du bourreau de la cité d'Albret. Geôle des sous-sols. Nuit du 1er au 2 avril.

Relevé d'okram de Dùn.

*

Chalaëlle, pourquoi m'as-tu abandonnée ? Nirdrym va me hacher menue !

C'est un menteur, il bluffe.

Oh que non !

Mieux vaudrait ne pas avoir à vérifier, j'ai intérêt à trouver le moyen de me tailler de ce trou à rat en vitesse ! Le soir est tombé, il y aura sûrement une relève des gardes au cours de la nuit.

Et Eloi ?

Son état ne lui permet pas de m'accompagner.

Je secoue la tête.

Ma présence lui apporte du réconfort, mais pas la moindre aide.

Rester pourrait même se révéler contraire à ses intérêts si Nirdrym se mettait en tête de le torturer pour me contraindre à lui révéler certaines informations.

J'ai quand même envie de rester près de lui.

Ça se saurait, ma vieille, si les dieux tenaient compte de tes envies !

Mains attachées dans le dos, les reîtres de l'escorte nous bousculent en direction d'un escalier en colimaçon. Une vingtaine de marches en calcaire et usées. En bas, dans les soubassements, est creusée la prison de la tour du bourreau avec ses murs suintants, ses relents de glaise et d'humidité, ça pue la pisse comme dans une ruelle à tavernes, l'air extérieur en moins. *Moi qui espérais une jolie chambre avec vue…* Ce n'est pas très ragoûtant mais le corps est bien fait, l'odorat finit par s'habituer.

Les gardes nous rudoient jusque dans la cellule. En titubant, nous parvenons à ne pas nous affaler dans la bouillasse merdeuse du sol. Il y a là cinq paillasses. À la lueur des torches des soudards, je soutiens Eloi jusqu'à l'une d'elles où il s'effondre. J'ai choisi la plus éloignée du soupirail et de l'air nocturne glacé et humide qui s'y engouffre. Le saut-de-loup en question est très étroit, moins d'une paume de haut sur deux pieds de large, et grillagé de fines barres d'acier. Il donne sur une mince berge surplombant la Seine au niveau de puissants rapides.

C'est pas par là qu'on se fera la belle.

La porte s'est refermée en claquant derrière nous. Il fait noir, à part pour le carré de lumière du vantail qui permet aux soldats de surveiller la cellule. Sous les voussures du plafond, mes yeux ne distinguent pas grand-chose. J'entends les rats, en revanche. Une dizaine, avec des éclaireurs sur la terre humide de la geôle. Les autres patientent au creux des murs.

Mieux vaut ne pas s'endormir en laissant ses doigts traîner…

Un tiraillement dans mon ventre.

Ma main se porte sur mon nombril. Je resonge au galet, lustré et lisse, couleur noisette, confié par dame Melisandre. *Plus précisément, c'est lui qui se rappelle à mon bon souvenir.* Je l'ai avalé pour le soustraire à nos ennemis sans penser que sa petite balade dans ma tuyauterie intestinale pourrait se révéler dangereuse. Satiné et poli comme il est, le voyage devrait se passer sans encombre. En théorie. Une *pierre de commande*, ainsi que l'a appelée la *faye*. *« Et le chant des premiers hommes est inscrit à l'intérieur »*, a-t-elle ajouté. Je ne comprends pas grand-chose à ce charabia ésotérique, mais ça a l'air important. Peut-être la future clef de la victoire. Une note d'espoir, tout au moins. Parce qu'il faut reconnaître qu'avec un dragon de leur côté, en plus de l'effet de surprise, les Français n'ont pas trop de souci à se faire.

Je me demande de quelle manière ce caillou pourrait avoir raison du reptile. Une simple mélopée inscrite par magie depuis des siècles dans les tréfonds du petit marron ? À laquelle il faudrait ajouter les paroles déclencheuses confiées par la *faye* ? C'est ça qui est censé abattre le drake ? *« Le chant par lequel, dans les arènes des archipels, les divinités endormaient les dragons originels. »* Vous m'en direz tant…

Mon esprit vagabond m'imagine un instant, moi, Dùnevia Illavaëlle, haute comme trois pommes et deux noix, face à la montagne rougeoyante, éructante de lave et bardée de crocs et d'écailles, avec ses énormes yeux d'or malveillants. *Vraiment ?* En train de le menacer avec, dans ma main tendue, ce qui ressemble, qu'on le veuille ou non, à un *gland* ?

Très peu pour moi. Ce sera à vous que reviendra cet honneur, capitaine. Si jamais les dieux vous prêtent vie.

« Hé ! »

J'interromps le fil de mes pensées.

Qui a parlé ?

Je jette un œil à Eloi, mais à en croire son expression à peine visible dans la pénombre, le murmure ne provient pas de lui. Il me fait un signe du menton pour m'indiquer le soupirail.

Il y a quelqu'un, là dehors !

« Hé, la fille ! »

Malgré le bruit fort de la rivière, je perçois les mots.

Fébrile, je m'assure que la porte de la cellule est bien close. Les gardes ne sont pas en train de nous surveiller. À pas prudents, je m'approche et lance :

« *Hé*, vous-même ! Qu'est-ce que vous me voulez ? »

Un silence, puis :

« Vous êtes Dunava Ellavielle, c'est bien ça ? »

Mes yeux s'écarquillent. Je les plisse dans l'espoir que le faible éclat lunaire me permette de discerner le propriétaire de la voix qui se tient accroupi, dehors, au coin du soupirail. Il écorche peut-être mon nom mais il le connaît.

« Si c'est pour une demande en mariage, passez votre chemin !

— On m'avait prévenu que vous étiez facétieuse. »

Il s'agit d'un homme entre vingt-cinq et quarante-cinq ans. Son timbre est plaisant, sûr de son fait, avec un brin de moquerie, sans pour autant résonner de la tonalité rocailleuse et grivoise des corps-de-garde.

« *Facétieuse*, vraiment ? Dites-moi qui vous a raconté ça, je lui ferai passer le goût de rire.

— Quelqu'un que vous connaissez certainement de réputation. Il se nomme Slynt Carrayan. »

Le commandeur.

Je grimace avant de faire mine, sans grande conviction, de ne pas cerner de qui il s'agit :

« Qui que puisse être cet homme, je n'ai pas souvenir d'avoir échangé des plaisanteries avec lui. Et vous êtes ?…

— Guy de Vélan, fils puîné du baron Eron de Vélan, banneret de Kosigan, et ami d'enfance de votre capitaine, Pierre Cordwain. Je m'inscris sous serment dans l'œuvre de la Garde grise.

— Si vous le dites. Ami ou ennemi ?

— Selon vous ?

— Si je savais, vous croyez que je demanderais ?

— Un point en votre faveur. J'aurais tendance à partir du principe que nous sommes dans le même camp, néanmoins j'ignore si notre bâtard de Cordwain n'escompte pas retourner sa veste au dernier moment. Comme au bon vieux temps. »

Bien malin qui pourrait le dire. Moi-même, je l'ignore, capitaine. Une fois sur deux, vous paraissez dépassé par les événements et, le reste du temps, vous vous prenez pour le serpent du paradis…

« Comment m'avez-vous trouvée ?

— Je rôde à Albret depuis plusieurs jours, j'ai surpris des conversations.

— Vous allez m'aider à me tirer d'ici ?

— Selon plusieurs sources, vous êtes une *changepeau*. Vous n'avez donc certainement pas besoin de moi pour cela. Une fois que vous serez dehors, je suppose que vous rejoindrez Cordwain à Kosigan. Des affaires personnelles m'interdisent de vous accompagner mais j'ai un message de la plus grande importance à lui transmettre ainsi qu'à Carrayan : ma demi-sœur, *Alëssandriëlle* de Vélan, est une félonne. C'est sans doute à elle que l'on doit l'état de santé lamentable du comte Borogar. Vous avez saisi ?

— Oui, mais…

— Je tiens l'information de la bouche de l'abbé de Nirdrym, l'éminence grise du roi de France, en personne. Si j'ai bien compris, elle a l'intention d'achever Borogar et d'occire toute la maison de Kosigan très bientôt, ainsi que d'ouvrir les portes de la cité aux Français dans la foulée. Vous feriez bien de vous dépêcher !

— Attendez, est-ce que… ?

— Et expliquez-leur également que Borogar a engendré un fils bâtard avant Vladislav. Un gars au nom prémonitoire de Mordred. Si jamais cela leur dit quelque chose. »

Je l'entends qui change de position. Il est en train de s'en aller.

« Hé, attendez, donnez-moi au moins une arme !

— Pour qu'on s'interroge sur sa provenance si jamais vous vous faites prendre ? Sans façon. Que les dieux anciens et nouveaux vous protègent !

— Ne partez pas ! Vous m'entendez ? »

A priori, non, il ne répond plus. Il s'est évanoui dans l'obscurité et il ne reste plus que le ronflement de la Seine.

Alëssandriëlle de Vélan ? C'est la fille pour laquelle vous en pinciez quand vous n'étiez pas encore adoubé, capitaine ? Je croyais qu'elle avait disparu de la circulation. En tout cas, cela fait une raison supplémentaire pour quitter Albret dans les plus brefs délais.

Non loin de moi, Eloi grogne sur sa paillasse. Mon attention se reporte sur lui. Je le rejoins en hâte. Le prêtre dégouline de sueur et marmonne des prières. Son visage est amoché, mais il a surtout été tranché à l'aine. À l'odeur, la blessure n'est pas très propre.

Mon visage se tord en une moue ennuyée.

Si je veux être capable de me battre et de changer d'apparence, ma priorité numéro un doit être de reprendre des forces. Je ne sais pas à quel moment l'opportunité de provoquer la chance pointera le bout de son nez, mais lorsque cela arrivera il faudra que je sois la moins affaiblie possible. De sous mes frusques, je tire les haricots et le lard dérobés aux cuistots. Franchement, pas cuit et mélangé à ma sueur, c'est sec, froid, frugal, mais plutôt bon. *La magie de la faim.* Je mastique longuement pour induire mon estomac en erreur sur la quantité de nourriture. *Reste le miel.* Je crève d'envie de lécher le pot jusqu'au cul. *Non, c'est pour Eloi.* Moitié dans sa bouche, moitié pour étaler sur son estafilade. Ça a de grandes vertus soignantes et cicatrisantes, à ce qu'il paraît.

Je salive en l'appliquant. Mon estomac est loin d'être repu.

Arrête de te plaindre et étale !

Voilà qui est fait. Je ne peux résister à l'envie de lécher mes doigts pour ne rien perdre.

J'observe la porte. Les reîtres qui nous ont conduits ici ont remplacé les précédents gardes. La relève suivante peut aussi bien avoir lieu au milieu de la nuit. Ou à la fin.

La main d'Eloi se retrouve sous mes lèvres avant que j'aie pris conscience que je l'attirais à moi. Je l'embrasse à deux reprises.

Je ne le reverrai peut-être jamais.

Une fêlure dans la poitrine.

Une chaleur dans le bas de mes yeux.

Tu es malade, ma pauvre fille !

« Eloi, Eloi !... je murmure à son oreille. Mon père !... Je vais devoir partir. »

Ses doigts serrent les miens. Ses sourcils se froncent. Il racle sa gorge pour s'exprimer.

« Chut, chut ! Je sais, je sais… Mais il est impératif que je m'évade. L'abbé qui a embauché Tristemortest un sorcelier, voyez-vous, et, croyez-moi, je dois tout mettre en œuvre pour éviter le tête-à-tête…

— P-par la Sainte Vierge, je… Je n'y comprends rien, Dùnevia… Ne me laissez pas… »

Je soupire.

« J'aimerais bien, padré, j'aimerais bien, mais cette vélure va me tailler en pièces, me tuer, pire encore peut-être.

— P-pire ?

— Oui, pire. À côté de lui, le diable est un enfant de chœur… »

Un silence. Il retire une de ses mains des miennes et tâtonne pour la placer sur mon front.

« Par le saint chrême, je… vous bénis, Dùnevia Illavaëlle, puissiez-vous quitter ces lieux en vie !… »

Il fait un effort pour se redresser et me regarde droit dans les yeux.

« M-mais, de quelle manière… comptez-vous vous y prendre ? »

Je m'efforce de ne pas grimacer.

« Mieux vaut que vous l'ignoriez, Eloi. »

Un voile passe dans son regard.

« Même si vous parveniez à quitter cette prison… ils vous reprendront dans les rues ou aux portes de la ville. » *Pas si sûr.* « Je… je peux vous aider, je *sais* des choses, emmenez-moi avec vous, je suis capable de marcher… »

Mais pas de changer d'apparence.

Sa présence me retarderait tellement, et il serait si facile à traquer pour des soldats lancés à nos trousses… C'est un calvaire.

« Non, Eloi. Seule, j'ai les moyens d'échapper à leur vigilance, mais pas avec vous… »

Le désespoir dans ses prunelles. Et dans les miennes.

« Écoutez, alors ! Non loin de la tour, dans la rue des Juments juste en face, celle qui mène aux écuries, accolées aux remparts… Il y a un… *trésor* !

— Un trésor ?

— Oui. Vous… trouverez un passage derrière la mangeoire du box qui porte le numéro vingt-neuf… Une paroi qui pivote mène à… » Il marque un temps d'arrêt. « Est-ce que vous êtes… bonne cavalière ? »

La surprise me fait tordre les lèvres.

« On va dire que je me débrouille, pourquoi cette question ? »

Il hoche la tête.

« Les seigneurs d'Albret protègent là un couple de… *Ftérotà àloga.*

— De quoi s'agit-il ?

— Des… chevaux… ailés. »

Des chevaux ailés… ?

« Des pégases ? »

Il acquiesce tout en s'allongeant à nouveau.

« Ils les ont achetés à prix d'or à un prince de Constantinople il y a dix ans… et rapatriés en secret… Les ailes dissimulées sous des caparaçons spéciaux.

— Et ils les font voler ?

— Tous les jours, jusqu'à la semaine dernière… Avec une extrême prudence… Après s'être éloignés d'au moins deux lieues de toute habitation. Souvent le soir ou le matin. Arlain était très doué. »

Pauvre gosse.

« Vous les avez vus de vos yeux, Eloi ?

— Oui, gris pommelé pour le mâle… et fauve pour la femelle. »

Je les imaginais couleur neige.

Rien que l'idée de galoper accrochée au dos de l'une de ces montures, suspendue à des centaines de toises d'altitude, me donne le vertige.

« Vous plaisantez, même si on parvenait jusque là-bas, ce serait du suicide ! »

Il hoche négativement la tête.

« Non, le… le dossier de la selle… se déplie pour englober le dos. » On sent qu'il a du mal à parler. « Et il y a un système de bottes fixées aux étriers… et de sangles. »

Il peine à reprendre sa respiration.

« Choisissez le mâle, il sera moins rétif… Prononcez bien son nom, *Chrysaor.*

— Chrysaor, entendu. Elles sont loin, ces écuries ?

— À… à une cinquantaine de toises. »

Cinquante toises. Seulement… Si près que cela ?

Par les dieux, cela pourrait changer la donne !

À dos de pégase, embarquer Eloi devient envisageable. Cela m'épargnerait de le traîner derrière moi à travers champs.

« Eloi, est-ce qu'on peut grimper à deux ? »

Il hausse les sourcils dans une déformation de visage qui semble signifier que rien n'est moins évident.

Je vais prendre cela pour un oui…

CHAPITRE 51

Tour du bourreau de la cité d'Albret. Geôle des sous-sols. Fin de la nuit du 1er au 2 avril.

Relevé d'okram de Dùnevia Illavaëlle.

*

La démarche féline et carnassière, Sri-Satchanaril achève son inspection. Au creux de la pénombre de la geôle, sa peau d'encre la rend pratiquement invisible. Elle traîne les pieds en s'éloignant de la paillasse d'Eloi, soutenant le prêtre amaigri et fiévreux dans une étreinte de fer, jusqu'à la porte. Elle y frappe cinq coups, plaçant sa tête devant la grille de l'encadrement.

« Ouvrez, humains, j'en ai fini avec les prisonniers ! »

Les deux surveillants qui viennent à peine, quelques minutes auparavant, de prendre leur quart en relevant leurs prédécesseurs échangent des regards surpris. L'un d'eux est en train de repousser les mailles de son haubert vers l'arrière, tandis que le second se fige en plein mouvement de placer son fourreau d'épée contre le mur. Sur la table centrale, ils ont déposé une quiche froide, du pain de seigle et une bouteille de vin. Personne ne les a mis au courant de la présence de l'Elfe noire mais ils la connaissent suffisamment pour savoir que ce n'est pas une bonne nouvelle. La patience n'est pas sa principale vertu.

« Je vous déconseille de céder à la tentation de me faire attendre, *leblabiyi*[30]... »

30 Surnom insultant donné aux humains dont le sens est proche de « sous-race ».

Le reître situé le plus près attrape l'arceau de clefs à sa ceinture et se presse, fébrile. La tige de fer renâcle dans la serrure mais finit par grincer dans le bon sens. Le gardien complète l'ouverture en faisant jouer le gros loquet à hauteur d'yeux. Le battant de chêne pivote.

Courber le peu de lumière produite par les torches au mur pour donner l'illusion que je suis Sri-Satchanaril n'est pas très compliqué, nous faisons approximativement la même taille.

J'avance en faisant mine de forcer Eloi à marcher et, du menton, j'appuie ma phrase :

« Je vais l'asseoir à table ! »

Le second gardien s'empresse de décaler une des chaises pour la rendre accessible. Je dépose le fondement du prêtre dessus pour me sentir plus libre de mes mouvements. En sueur, il s'accroche à la table pour ne pas s'effondrer.

Je lance d'une voix autoritaire :

« Récupérez la femme dans la cellule et ramenez-la-moi, séance tenante ! »

Les deux gardes-chiourmes réagissent avec zèle, allongeant le pas vers la prison, le premier entre sans réfléchir, mais le second marque une hésitation. Sur le seuil de la porte, il pivote pour me scruter, le regard torve. *J'ai manqué quelque chose ?* Une inflexion mal maîtrisée ? Un élément martial, ou une pièce de vêtement oubliée ? L'utilisation du terme « séance tenante » ? Les mercenaires sont rugueux et moi je n'ai pas beaucoup mangé, un combat contre eux ne me fait pas du tout envie.

Ne pas se démonter…

Je plante le regard d'une tueuse svartalfár droit dans celui de l'homme. Froid, impitoyable.

« Quelque chose à redire, soldat ?… »

Il avale sa salive avec difficulté, sa pomme d'Adam fait un aller-retour, pourtant il serre les mâchoires.

« Oui, m'dame, quand on est arrivés, pourquoi vous n'avez pas… ? »

Mes yeux lui balancent un torrent de mépris et des promesses effrayantes.

Il s'interrompt, cligne des paupières. Ses épaules s'affaissent. Sa tête oscille négativement.

Et il fait volte-face pour emboîter le pas à son camarade.

C'est maintenant ou jamais !

Deux enjambées. J'attrape la porte épaisse, la claque à deux mains et referme le loquet en urgence. Une seconde plus tard, les brutes se jettent sur le battant, leurs cris de rage résonnent.

« Bordel de Dieu, je m'en gaffais, salope !

— Attends que les autres te chopent, sorcière ! »

C'est sûr que maintenant je n'ai pas intérêt à me foirer.

Parce que tu crois peut-être que Nirdrym t'aurait offert des fleurs si tu l'avais attendu ?...

« Fermez-la, là-dedans ! Fermez-la ou, par les cornes du Malin, je vous maudis d'une chaude-pisse éternelle ! »

Puisqu'ils me croient sorcelière...

La phrase suivante d'un des types est murmurée, preuve qu'il ne prend pas la menace à la légère : « Tu ferais mieux de laisser tomber, engeance du diable ! Si tu nous fais sortir tout de suite, on dira rien, on passerait pour des sotards... Mais sinon, foi de juré, quand y vont te ramener ici et nous libérer, tu vas chialer ta mère ! »

Ce sera sans doute même pire. L'idée, c'est de ne pas y penser...

« Un mot de plus et vous urinerez des lames le reste de votre existence ! »

La peur fait trembler ma voix de violence.

Ça les impressionne.

Le silence se fait, couvert par le bruit de la rivière.

Même s'ils se mettaient à beugler comme des ânes, l'esplanade où se trouve le reste de leur compagnie est trop loin. Personne ne les entendrait.

Je me retourne.

Eloi n'est plus assis à la table. Il s'est levé, a embarqué la bouteille et a atteint le chambranle de pierre qui donne sur l'escalier pour remonter au rez-de-chaussée et se trisser. Il n'a pas trop la force de causer, mais me regarde intensément, comme s'il me reprochait quelque chose. Puis il pivote et gravit les premières marches en titubant. Il lâche tout de même quelques mots sur un ton pince-sans-rire :

« Je vois que vous avez besoin de mon aide, *enchanteresse*... S-suivez-moi... Dieu nous protégera. »

Il n'a pas l'air trop effrayé. *Partons là-dessus, ça ne peut pas faire de mal.* Je le rattrape en récupérant la quiche et le pain, lui colle un baiser sur la joue et lui intime de nous accorder quelques minutes de répit, le temps de se les partager. L'odeur d'œuf et de lard nous fait saliver et même le quignon est plaisant à mastiquer.

« Dieu nous protégera mieux le ventre plein, pas vrai ? »

Il lève les yeux au ciel, moqueur.

« P-pas sûr. Il accorde son attention en priorité... aux nécessiteux...

— Soyez rassuré, on est suffisamment dans la mouise pour en faire partie. »

Un maigre sourire sur son visage.

Nous reprenons notre progression dans les escaliers tandis que je modèle mes muscles sous-cutanés afin d'imiter une nouvelle fois les traits de Sri-Satchanaril. J'explique à mi-voix :

« Il y a fort à parier sur la présence de sentinelles aux portes de la tour, et aussi sur la place qui donne rue des Écuries… Il va falloir avoir l'air sûrs de notre fait.

— Dùnevia ?

— Oui ?

— Est-ce que vous êtes une démone ?

— Non. Bien sûr que non ! » *Mieux vaut dédramatiser.* « Si c'était le cas, je suis presque certaine que ma mère me l'aurait dit !

— Sans plaisanter.

— Je suis une Changesang. »

Il me jette un regard en coin.

« Et c'est mieux ? »

Je hausse les sourcils, affirmative.

« Bien mieux puisque cela signifie que je ne vous égorgerai pas si vous faites mine de m'exorciser… »

Nous débouchons au rez-de-chaussée. Une odeur de terre battue plane dans la pièce mais c'est presque un plaisir après la puanteur moisie des geôles. J'aperçois des instruments de torture accrochés au mur, ainsi qu'un râtelier où pendent des tenailles et des lames. Un long poinçon perce-maille finit dans mes mains, ainsi qu'un petit hachoir. Mieux vaut ne pas penser à la manière dont le bourreau les utilisait.

Des bruits. Venant de l'extérieur. De l'autre côté de la porte, des rires de corps-de-garde. Il y a trois types. Et les ombres sous le battant laissent imaginer qu'ils sont assis autour d'un feu, peut-être à une toise de distance.

Une voix féminine, à la fois chantante et sèche, casse l'ambiance et les fait taire. Je ne comprends pas ce qu'elle raconte mais – *putain de dieux !* – un frisson dans ma gorge – le doute n'est pas permis – je reconnais les inflexions sifflantes de cette saloperie de Sri-Satchanaril !

CHAPITRE 52

Tour du bourreau de la cité d'Albret. Rez-de-chaussée. Fin de la nuit du 1er au 2 avril.

Relevé d'okram de Dùnevia Illavaëlle.

*

Mon regard croise celui d'Eloi. Lui aussi a reconnu la voix de l'Elfe noire.

De ses lèvres tremblantes, il formule un sarcasme :

« On ferait peut-être aussi bien de redescendre, de libérer les gardes et de retourner gentiment dans notre cage… »

Il a du cran de plaisanter.

Avec un sourire de connivence, je renchéris :

« Oui, ou alors se taillader les veines et se laisser mourir ici… »

Il me dévisage dans l'attente d'une réponse plus sérieuse.

« Qu'est-ce qu'on fait, alors ? »

Pas la peine de lui ficher davantage la trouille.

La moue faussement vaillante, je réclame par gestes le silence et lui fais signe de rester tout près. Presque sans trembler, ma main fait jouer la vieille clenche et entrouvre le battant d'un poil.

Elle est bel et bien là, quasiment de dos par rapport à moi, à quatre pas de distance. Les trois reîtres qu'elle tance pour leur manque de sérieux pendant la garde sont en train de se relever, penauds comme de gros ours au pelage sombre pris le museau dans le pot de miel.

Mes pensées se bousculent. Je pourrais me faire passer pour Nirdrym ? *Non, elle le connaît trop bien.* Mais de nuit, à la lueur du feu de camp ? *Ou alors je chope la barre de métal adossée au mur, juste là, je l'assomme et je tente de pipeauter les gardes ?*

Allez !

Délaissant les lames rangées à ma ceinture, je m'empare de la hampe d'acier qui ressemble à un pied-de-biche.

Adopter les traits et la stature de l'abbé réclame des efforts sans commune mesure avec ceux nécessaires pour imiter la Svartalfár. C'est comme se mettre sur la pointe des pieds dans une botte de métal garnie de lames. Mes muscles se tordent, mes os s'allongent provoquant des douleurs semblables à des crampes. J'ai l'impression qu'on m'a écorché vif les jambes, les seins, les épaules. C'est la tête le plus facile. Mon côté artiste, je suppose.

J'inspire profondément. Puis j'ouvre le battant et sors dans le froid nocturne avec, dans le regard, l'autorité du roi en personne. Je traîne Eloi par le bras.

Un pas.

Le froid me pique la chair. L'une des épées-louées prend conscience de ma présence.

Deux pas.

Les autres reîtres environnés des nuages de leur respiration me calculent à leur tour.

Trois pas.

L'Elfe noire emmitouflée dans des peaux marque une hésitation.

Quatre pas.

Sa tête commence à pivoter vers moi.

Je lâche Eloi, qui vacille. Mon cœur cogne. De toutes mes forces, je balance un coup de métal sur le côté de la tête de cette pourriture.

Elle a le réflexe d'accompagner le mouvement mais la surprise lui donne un temps de retard. L'acier la sèche de plein fouet. J'entends sa mâchoire craquer. Un cri de douleur. Le sang des Elfes, aussi noirs soient-ils, se révèle rouge comme celui des humains. J'enchaîne. Un deuxième arc de brutalité métallique. Elle s'effondre, inconsciente. Un troisième.

Purée, ça me brûle de partout.

En partie mes torsions internes, en partie la froidure de l'air.

Les soldats ont saisi leurs armes.

Ne pas les laisser réfléchir !

Face à eux, j'affiche un sourire grimaçant sur le visage de Nirdrym.

« Le prisonnier a parlé ! » Comme si ça avait une quelconque importance… « Attrapez-moi cette traîtresse d'Elfe et ramenez-la au palais des comtes, j'ai encore à faire par ici ! »

Ne pas les laisser réfléchir !

« Et plus vite que ça !

— Mais, monseigneur, le sire de Tristemort nous a ordonné de monter la…

— Pas de mais ! Je vais m'occuper de trouver des hommes pour vous relever. Exécution ! »

Ils grommellent mais se mettent en branle, attrapant Sri-Satchanaril par où ils peuvent, assurant leur prise et prenant la direction de la nuit froide et de ce qu'il reste du château.

J'aurais peut-être dû l'achever ?

Ça aurait été trop dangereux.

C'est l'humilier ainsi qui risque de se révéler dangereux.

Oui, eh bien, la ferme, on verra, chaque chose en son temps !

Chaque seconde où je maintiens l'illusion est un calvaire. Je ne dois pas relâcher mes tensions charnelles. Sans compter les efforts mentaux pour courber la lumière.

Je fais signe à d'autres mercenaires, à une douzaine de mètres, au niveau des tentes. Attirés par le bruit, ils observent, le visage fermé. Un peu réticents, ils s'approchent tout de même.

« Vous quatre, prenez le quart jusqu'au retour de vos camarades ! »

L'énergie consommée par mon corps me donne déjà faim.

Je récupère Eloi, appuyé comme il peut à une barrière de bois vermoulue, et l'entraîne à ma suite.

« Et que je ne voie personne assis autour du feu quand je reviendrai ! »

Je sens leurs regards peser lourdement sur mes épaules tandis que nous nous éloignons. J'ai l'habitude de l'esbroufe mais là, la situation est brûlante… Et j'ignore dans combien de temps l'Elfe noire reprendra conscience.

Le plus tard possible, Chalaëlle, le plus tard possible !…

LE
BÂTARD

CHAPITRE 53

Château d'Arcourt, le 2 avril, troisième heure de l'après-midi.

Librement inspiré des annales de la société d'assassins florentine *Sorelle della Scacchiera* et des chroniques de Montfort.

*

Le baron de Montfort frotte avec vigueur sa maigre toison capillaire et pose sur sa prétendue fille l'acier de ses yeux bleus.

« Ne prenez pas l'information à la légère, Aliénor, si le Bâtard de Kosigan décide de s'en prendre à vous, votre situation devient précaire. L'homme a la réputation d'être plus redoutable qu'un chien enragé. »

La dame écarte un instant les rideaux de velours vert de la fenêtre pour observer l'extérieur avant de s'approcher du connétable.

« Si fait, monseigneur, j'en conviens. Mais alors, pour quelle raison insistez-vous autant pour que nous l'attrapions vivant ? Songez qu'il fait partie lui aussi de la ligne de succession de Kosigan et que tous doivent périr, n'est-ce pas ? »

Le connétable grimace.

« Nous jouons sur le fil du rasoir, ma mie. Le roi fait appel aux services de votre confrérie pour éliminer Wenceslas afin de laisser le champ libre à sa carte maîtresse. L'héritier secret du comté qu'il conserve caché. Vous et moi nous sommes entendus, dans son dos, pour qu'avant cela vous épousiez Wenceslas sous l'identité de ma fille. Ce qui placera ma famille en bonne position pour reprendre le domaine autrefois nôtre sous le nom de Tonnerre-Vieille-Garde.

— Mais pourquoi conserver le Bâtard en vie ?

— Charles V va d'un jour à l'autre donner l'ordre à son agent à Kosigan d'achever Borogar et d'assassiner Vladislav ainsi que ses enfants. J'ai l'intention de faire en sorte que l'héritier que le roi va sortir de sa manche à cette occasion ne survive pas non plus à la guerre qui va éclater. Ce qui fera de vous, par mariage, Aliénor de Montfort, la seule et unique comtesse de Kosigan.

— Raison de plus pour liquider le Bâtard et ne plus avoir aucun concurrent…

— Rien ne presse, le faire prisonnier paraît plus judicieux. Si nos calculs échouaient ou étaient dévoilés, nous garderions ainsi une dernière carte : obtenir le pardon de Charles V en lui livrant le condottiere qui a fait capoter sa tentative pour s'emparer du royaume d'Angleterre, il y a quelques années.

— Tout cela commence à me sembler bien incertain. Rappelez-moi ce que j'ai à y gagner ? »

Olivier de Montfort l'attrape par la taille, l'attire dans ses bras, l'embrasse et pose une main sur son ventre.

« Ma protection, un titre de comtesse et l'assurance que notre enfant – que tout le monde prendra pour celui de Wenceslas – héritera du domaine. »

Elle minaude, faisant semblant de vouloir lui échapper pour mieux presser sa poitrine contre lui.

« Sans oublier la liberté de mœurs que me conférera le statut de veuve… »

Montfort grimace, soupire, puis hausse les épaules.

« Cela va sans dire. Tant que vous éviterez tout nouveau remariage.

— N'ayez crainte, il y a davantage de chance de voir la Sainte Vierge convoler avec le pape. »

Avec la vigueur d'un homme de guerre endurci, le baron entraîne la jeune femme sur quelques pas, presse son dos contre le mur et colle sa bouche contre la sienne, comme un bâillon. La chaleur du long baiser provoque en Aliénor des picotements de désir. Cet homme est impressionnant. Et l'envie qu'elle fait monter en lui trouve écho entre ses cuisses et dans ses seins. Elle serre la nuque de Montfort, consciente de la barre brûlante appuyée sur son ventre. Deux prédateurs, émoustillés par leur magnétisme mutuel : à faire jaillir la poitrine d'Aliénor hors des échancrures de sa robe, à la couvrir de baisers, à relever ses jupes et jupons, à délacer elle-même avec fébrilité le haut des chausses du connétable ; puis à pivoter, paumes appuyées contre la paroi. Halètements feutrés, une main enfouie dans ses cheveux. Aliénor se tourne à nouveau de face, prend appui sur le mur pour croiser ses jambes derrière la taille puissante du connétable. Elle saisit son visage et, de force, le plaque sur le tressautement de ses seins. Bassins vibrants en saccades.

« Léchez-les, monseigneur, léchez-les ou je crie !

— Vous êtes une dévergondée, Aliénor !

— Et vous, un odieux pervers, Votre Seigneurie ! »

Il s'exécute, et ses doigts à elle frottent, là où les sensations brisent les verrous.

La récompense les submerge, en un plaisir fort pour lui, et un contentement intense accompagné de picotements dans les reins et les cuisses, pour elle.

Leurs essoufflements s'achèvent en une étreinte affectueuse. Presque complice.

Un dernier échange d'embrassades, quelques linges humides extraits d'une bassine proche pour se nettoyer, et l'un et l'autre réajustent leurs vêtements, époussetant chaque atour avec soin.

Ils partagent un regard, intense et silencieux. Après quoi, Montfort, achevant d'ajuster son ceinturon, formule d'une voix plus forte que nécessaire :

« Allons, Aliénor, il est temps de descendre prendre l'air à présent ! »

Elle hoche doucement la tête en souriant.

Ensemble, ils passent la porte et rejoignent les hommes d'armes aux couleurs d'azur et de lys qui attendent sur le palier.

« Vous tous, avec nous, moi et ma fille avons rendez-vous dans les jardins. Et garnissez vos arbalètes ! »

CHAPITRE 54

Terres libres du château d'Arcourt. Après-midi du 2 avril.
Relevé d'okram du Bâtard de Kosigan.

*

« Tu as forcément joué à cache-cache quand tu étais gosse, Wench ? Eh bien, c'est le même principe ! Les jardins à l'arrière d'Arcourt sont des terrains ensauvagés, truffés de plans de légumes, de bosquets, de haies et d'une poignée de bâtiments. Tu vas me suivre tout en prenant garde de rester dissimulé. Et tu ne te montres sous aucun prétexte ! »

Bon sang, on est à la bourre !

Les cloches de la chapelle du château ont sonné à l'heure fixée pour le rendez-vous avec Aliénor il y a déjà plusieurs minutes.

« Allons-y, je pars devant ! »

J'allonge le pas sur les chemins qui serpentent en direction du cabanon où je suis censé la retrouver. Le ciel d'un gris lumineux promet davantage de douceur que de pluie. Wenceslas s'éclipse silencieusement dans les ramures.

Il fait un peu la tête mais c'est pour son bien.

J'aurais préféré arriver en avance pour préparer le terrain, malheureusement le temps s'écoule comme du sang pissant d'une artère. Revenir à Arcourt en a pris davantage que prévu, à cause de mon cheval, blessé par un silex. Il a fallu qu'Alëssa m'en vole un autre, en plus de celui dont elle avait besoin. Et une fois revenu au château, pénétrer à l'intérieur de l'enceinte en plein jour a nécessité une prudence extrême.

Il faudra faire avec quelques minutes de retard.

Le visage d'Aliénor me trotte dans la tête. C'est curieux, cette hâte de me retrouver face à elle. Bien sûr, pour faire éclater sa duplicité aux yeux de Wench, mais aussi par attrait personnel.

J'aperçois la cabane.

Mon visage se tend.

L'endroit paraît désert. La prétendue fille du baron de Montfort m'aurait-elle fait faux bond ? Un lapin ? À moins qu'elle soit venue mais ait décidé de ne pas m'attendre ? *Par les Nornes, j'espère que non, j'aurais l'air de quoi devant mon cousin ?* Je pousse la porte. Elle grince. Mes yeux explorent l'intérieur, ils s'arrêtent sur l'établi. Poinçonnées avec soin sur le manche d'un râteau, deux taches d'un beau rouge vif attirent l'œil : des pétales de rose entrelacés. Je les tâte entre le pouce et l'index. Tout frais.

Une espèce de pied de nez, une moquerie ? Pour me faire comprendre que j'ai été bien bête de ne pas me présenter à l'heure au rendez-vous ? Possible.

À moins qu'il ne s'agisse d'une invitation ?

Une sorte de message.

Il n'y a pas trente-six possibilités : soit la dame est rentrée au château, soit elle use de cette marque élégante pour me suggérer l'endroit où elle m'attend réellement. Ce qui lui permet de jouer les ingénues tout en cultivant le mystère et en me rencontrant sur son terrain.

La roseraie.

Pleine d'épines.

Avertissement ou promesse ?

Est-il possible qu'elle souhaite réellement s'accorder du bon temps avant son mariage avec Wench ? Si c'est pour refroidir mon cousin peu après, il est probable que non. Ou alors, je l'attire peut-être physiquement, après tout, cela arrive. *Elle aussi te plaît, tu peux l'avouer, Kosigan, personne ne le saura.* Si elle me plaît ? Une fille d'une beauté à courir en haut d'une falaise pour sauter dans le vide et tenter de décrocher la lune, intelligente, rusée, adroite, acerbe ? Sûrement pas !

L'image d'Alëssandriëlle s'impose à moi dans une vague de chaleur harmonieuse, comme lorsque l'on s'allonge au soleil.

Je secoue la tête.

Reste concentré, Kosigan.

Si on analyse la situation, Aliénor est une aventurière d'une grâce exceptionnelle, issue d'une famille noble de bonne extraction et choisie pour son odieux manque de principes et de moralité. *Ce en quoi je suis mal placé pour lui jeter la pierre.* Tout lui a probablement toujours réussi. Et cela éclaire la situation actuelle : pas impossible qu'à force de mener les hommes par le bout du nez, la petite arriviste capricieuse ne pense plus qu'à son plaisir. Elle a rendu Wench et Montfort jaloux, histoire de les ferrer ; deux pour le prix d'un ; et elle profite de la manœuvre pour s'accorder un quatre-heures de libertinage bien mérité avec le maître jardinier ?

Mouais…

Je ressors de la cabane, aux aguets, et m'oriente en direction de la serre autour de laquelle sont plantées les fleurs piquantes. Mon oreille gauche ne perçoit rien d'inquiétant, juste les bruissements de Wench qui progresse sur mes arrières. Une minute de marche, les odeurs agréables m'annoncent que j'y suis presque.

Les allées, ponctuées de rosiers printaniers, principalement écarlates mais parfois roses, blanc nacré, safran ou corail, forment un entrelacs de passages qui se rejoignent au centre, sur une placette entourant un massif de bonne taille.

Je furète à droite et à gauche.

Personne, ici non plus.

À quoi est-ce qu'elle joue ?

Si ça se trouve, cela l'amuse de taquiner l'homme sur lequel elle a jeté son dévolu. *Pourquoi est-ce que le mot « proie » me vient à l'esprit ?*

Je poursuis mes investigations à la recherche d'indices.

Là.

Je m'accroupis.

Deux feuilles de nénuphar déposées au milieu d'un massif. Puisqu'elles n'ont rien à faire là, cela suggère…

Une espèce de jeu de piste.

Les étangs aux grenouilles ?

Intrigant.

Je souris dans le vague et indique de la tête à Wench que je poursuis en direction des mares. Il y en a trois petites qui tiennent lieu de réserves d'eau pour les potagers. La première se trouve non loin d'ici, à deux pas de la grange où je planque mes affaires.

Le coassement des batraciens m'accueille. Je scrute les abords de crainte d'une embuscade. Pour rien.

Mes pas me portent jusqu'à la rive où je jouais gamin. Toujours personne. En revanche, je repère deux pommes de pin sur la grève boueuse, léchées par l'eau verte. Je les soulève par la pointe, les observe sous toutes les coutures au cas où elles dissimuleraient une indication, puis les rejette au milieu des roseaux.

Des pommes de pin ? On dirait que dame Aliénor m'invite à danser sur le tapis d'aiguilles de la pinède au fond du château. D'ici, on aperçoit aisément les arbres à la robe vert sombre, c'est l'endroit le plus discret d'Arcourt. Idéal pour un match amical en dessous de la ceinture ou pour égorger quelqu'un en toute impunité.

Jeu romantique ou piège mortel ?

Cette fois, ce sont les mots « chat » et « souris » qui s'imposent à mes pensées.

Il ne reste plus qu'à distribuer les rôles…

CHAPITRE 55

Pinède au fond des jardins du château d'Arcourt. Fin d'après-midi du 2 avril.

Relevé d'okram de Pierre Cordwain de Kosigan.

*

Le jeu de piste improvisé par Aliénor de Montfort devrait s'achever ici, dans la pinède, au fin fond de la cour basse du château d'Albret. C'est là qu'elle compte tourner la tête du maître jardinier. Moi, en l'occurrence.

En dépit de la sensualité que représente cette idée à mes yeux, j'hésite à faire un détour pour récupérer mon épée dans la grange. Pour davantage de sûreté. Évidemment, me présenter avec une arme de guerre à un rendez-vous galant pourrait paraître insultant. Ou, pire, mettre la puce à l'oreille de la dame. Ce qui ruinerait mes plans.

Il est nécessaire que nous échangions au moins un baiser.

Tournant légèrement la tête côté gauche, je vérifie que mon cousin Wenceslas me suit toujours à distance, dissimulé en dehors des allées.

À pas mesurés, je m'engage sous le couvert des arbres verts. L'odeur de pin du sous-bois amène de la fraîcheur ; le lieu est joli, touffu, éclairé de quelques rayons de lumière, mais peu entretenu. Identique à ce qu'il était dans mes souvenirs. Il paraît juste plus petit que quand j'avais huit ans.

Si ma mémoire est bonne, en remontant par la droite, je devrais tomber sur une fontaine surmontée d'une sculpture en bronze représentant une chasseuse de papillons. La jouvencelle apprécie les symboles, cela ne m'étonnerait pas de la trouver là, un filet entre les mains…

L'hypothèse se vérifie ; tout du moins, sans le filet. Entre les branches, je l'aperçois. Elle ne se cache pas, bien au contraire. Elle s'est même arrangée pour se placer dans le halo d'une flaque lumineuse.

Je ne peux m'empêcher de l'admirer.

C'est du grand art…

Un manteau azur, liseré d'hermine, un décolleté séduisant, une capuche repoussée sur les épaules. Sa coiffure ouvragée libère un visage à la pureté étourdissante. Une perfection que l'on pourrait juger atténuée par un nez un peu animal, si celui-ci n'ajoutait, au contraire, une touche de grâce à ses charmes.

En me voyant approcher, l'incertitude de l'attente se dissipe sur son visage et ses traits s'illuminent sous l'effet d'un empressement sincère. Ses dents de porcelaine se découvrent, chaleureuses, révélant le creux délicat de ses joues.

« Maître des Alimes ! »

J'incline légèrement la tête, comme sur la retenue.

« Damoiselle de Montfort ! »

Elle prend mes mains et les embrasse. Son sourire est une étoile et ses mouvements dévoilent, comme par inadvertance, le galbe adorable de ses seins, lisses, ivoirins, enjolivés de poudre à la mode elfique.

Elle minaude, les yeux gorgés d'excitation.

« Vous m'appelez damoiselle, messire. Mais ne vous fiez pas aux apparences, je suis plus âgée que j'en ai l'air ! »

Et moi donc.

« Peut-on savoir combien de printemps ont illuminé votre peau claire jusqu'à ce jour ?

— Disons vingt-sept, pour rester dans l'approximation.

— J'aurais parié moins, en effet.

— C'est ma malédiction. Personne ne me prend au sérieux. Peut-être parce que j'aime feindre d'être un tantinet écervelée. » Bien que le vent soit défavorable, je perçois une poignée de bruissements derrière les arbres, sur ses arrières. « J'espère que vous ne pensez pas cela de moi, messire des Alimes. » À l'évidence, elle n'est pas seule. J'imagine plusieurs hommes en armes. « Je suis heureuse que vous m'ayez rejointe. »

La petite garce !…

Son regard se charge d'une attirance non feinte. La situation doit l'émoustiller. Sur la pointe des pieds, son visage s'approche du mien.

J'hésite.

Il faut que mon piège fonctionne…

« Madame, je… »

Cette once de réticence a pour seul résultat d'aiguiser son appétit. Elle se colle à mon corps, prenant plaisir au contact, bien plus près que la bienséance ne l'autorise. Ses yeux se lèvent en direction des miens et ses mains se posent à plat sur ma poitrine. Elle murmure :

« J'espère qu'il faudra moins vous supplier qu'hier pour que vous m'accordiez une danse. »

Lui trancher la gorge, la prendre en otage, l'embrasser ? Qu'est-ce que je fais ?

Il faut que Wench constate sa félonie.

Mon cœur bat fort.

Je devine le danger, pourtant je laisse sa bouche emporter la mienne. Ses lèvres sont polissonnes, aguicheuses comme une pomme rose. Une langue agile et provocante, aux mille promesses. Sa main gauche, intrépide, descend flatter la bosse de mon pantalon.

J'ai beau essayer de la rouler, cela ne me laisse pas indifférent et elle le sent.

L'excitation rend son souffle saccadé.

Après tout, peut-être a-t-elle simplement fait venir une ou deux servantes pour donner l'alarme si jamais le rendez-vous prenait mauvaise tournure.

Mes baisers s'égarent sur son cou, à la maraude, elle incline la tête vers l'arrière. Soupire.

Tu rêves, Kosigan.

Ma main rugueuse s'empare de sa douceur.

Un gémissement s'échappe de ses lèvres.

Elle a l'air sincère.

Mais je sais bien qu'elle ne l'est pas…

Une onde fébrile, je la sens autant en elle qu'en moi.

Nos corps sont faits l'un pour l'autre.

« Il suffit !!! »

« Arrêtez-vous !!! »

Deux voix s'élèvent simultanément pour arroser les flammes ; l'une, grave, de baryton, derrière Aliénor ; l'autre, plus jeune, de ténor, sur mes arrières.

Par les Nornes, Wench, je t'avais dit de rester planqué !

Au même instant, une griffure brûlante égratigne ma nuque. Une bague, sans doute *empoisonnée*, au doigt de la dame !

Elle recule. Je la repousse.

Elle sourit et murmure :

« Échec et mat !… »

J'ignore quel est le venin, mais il est puissant. Le noir-sang qui coule dans mes veines devrait me protéger, pourtant la tête me tourne déjà.

Les yeux de Montfort lancent des éclairs. Si sa jalousie pouvait me foudroyer sur place, je grillerais déjà en enfer. Il est accompagné de sept hommes d'armes, portant mailles, vouges, épées et arbalètes.

Wench ne s'en émeut pas, sa colère le pousse droit sur Aliénor, l'agonisant de reproches, de phrases accusatrices, désespérées, insultantes. La jeune femme recule, passablement inquiète.

De la main et du regard, le connétable intime à deux piquiers de s'emparer de mon cousin. Trois autres me tiennent en joue. Les derniers se dirigent dans ma direction.

Wenceslas se débat pour échapper aux soldats, mais leurs poignes le verrouillent.

« A-Aliénor, tu n'es qu'une puterelle, une… une traînée ! »

Il tente de lui cracher dessus, en vain.

Pour le mariage, ça a l'air mal engagé.

Je sens le venin rugir en moi, des milliers de braises minuscules déchirent mes artères, il est dosé pour un cheval. Mon sens de l'équilibre joue les valseuses. Le combat du noir-sang pour le neutraliser m'assomme à moitié.

Réfléchir, quand même !

« Éloignez vos mains de votre dague, *Bâtard*, nous savons qui vous êtes ! Pourtant, malgré ce que vous venez d'essayer de faire à ma fille, je donne ma parole que je ne vous occirai pas si vous rendez les armes ! »

Au moins une bonne nouvelle.

Cela signifie que le poison n'est pas mortel…

« À votre guise, monseigneur, mais vous vous méprenez, mon nom est Cendres des Alimes, je suis maître jardinier d'Arcourt. » Je tends mes bras en croix, parallèles au sol en signe de bonne volonté. Si je pouvais sortir Wench de ce mauvais pas sans y laisser ma peau, ce serait une bonne chose. « Et lorsque le duc Philippe sera mis au courant… »

Sa voix claque pour m'interrompre :

« Ne commettez pas l'erreur de me prendre pour un sotard, Pierre Cordwain de Kosigan, je sais de source sûre que vous usurpez cette identité ! »

En tout cas, ne surtout pas lui révéler que je suis au courant que sa fille n'est pas sa fille ! Cela le ferait changer d'avis illico sur le sort qu'il nous réserve.

« Vous êtes vraiment abject, Montfort ! Cordwain m'a tout raconté ! » C'est la voix de Wench. « Aliénor n'est pas votre enfant, elle n'est même pas de votre sang ! »

Mais, non !...

Les deux soldats qui s'apprêtent à m'attraper par les aisselles arrivent de part et d'autre, au même moment. *Pas le choix.* Je les chope et leur fracasse le minois, tête contre tête, de toutes mes forces. Deux craquements sonores. J'assure ma prise sur le col de leur broigne et les plaque contre moi, en guise de boucliers.

« Sus au Bâtard !

— Trucidez-le !

— Visez les jambes ! »

Par les Furies !

J'abaisse les corps pesants pour me protéger. Les trois cordes des arbalètes claquent ! La puissance des viretons[31] est telle que l'un d'eux transperce le membre inférieur d'un de mes prisonniers et se plante d'un pouce à l'intérieur de ma cuisse.

« Aaahh !!! »

Chierie !!!

Suffisant pour que la douleur me fouette.

Malgré le poids, je grogne sous l'effort : mes hanches pivotent pour balourder le corps de l'un des soldats sur les tireurs. Je saisis l'autre à deux mains, avance d'un pas et le projette sur Montfort en train de dégainer. Le connétable ne l'évite qu'en partie et vomit des menaces. Ça l'a fait crouler, genou au sol. Il plante son arme en terre pour se relever.

J'arrache le carreau de ma jambe et le jette au loin. Dans mes veines, la lutte du noir-sang contre le poison me donne la nausée.

Les types qui tenaient mon cousin non loin d'Aliénor semblent juger qu'il n'est pas une menace, ils ont pivoté vers moi, épée au poing.

« Barre-toi, Wench, barre-toi !!! »

S'il fuit, il pourra prévenir quelqu'un !

J'entends Montfort qui beugle de ne pas le laisser s'en tirer.

Le bras d'Aliénor, qui s'était rapprochée de mon cousin, se détend d'un coup. L'une de ses barrettes de cheveux dissimulait une lame. À peine quelques pouces d'acier. Suffisant pour transpercer le cœur. Après le lui avoir brisé.

---

31 Carreau d'arbalète.

Le sang jaillit, irrégulier, éclaboussant les vougiers. Ils s'écartent. J'avance sur eux, déterminé, mais la vision troublée. *On peut peut-être encore le sauver.* Ma dague, je la serre. Ma douleur, je l'oublie. L'un des types se fend, pique en avant. *Putain !* Pivoter. Éviter. Frapper. J'ai raté la carotide mais je l'ai cisaillé à la gorge. Ça devrait suffire ! Le second n'ose pas attaquer. *J'ai intérêt à ne pas me foirer !* J'arme mon bras et lance ma lame de toutes mes forces, elle fuse, crève sa joue et se plante dans ce qu'il y a de spongieux derrière. Il hurle en se laissant tomber au sol. L'air commence à charrier des effluves de sang et de pisse. Je ramasse une vouge à la hâte et en balance un coup d'estoc sans viser en direction d'Aliénor.

Raté.

Il n'y a pas de justice !

J'enchope Wenceslas par l'épaule. Ses blessures saignent mais pas de jets énormes synonymes de mort immédiate.

« T'es pas clamsé, petit, elle a raté le cœur, allez, on se barre ! »

Je sens dans mes veines que le noir-sang gagne du terrain sur l'empoisonnement.

Et on se met à courir.

Titubant et manquant tomber tous les deux pas.

Soutenus par une trouille de première catégorie.

Enragés de vivre.

Et la vouge comme appui.

Les muscles de ma jambe me déchirent à chaque foulée.

Le sol irrégulier cherche à mordre.

Une corde d'arbalète claque. Le trait hurle entre nos deux têtes.

Putain de merde !

« S'ils s'enfuient, je vous fais pendre ! Rattrapez-les ! C'est un ordre ! »

Montfort qui tonne comme un enragé !

Ce lâche n'a pas les tripes d'affronter les risques lui-même.

Wench tient le coup, j'essaie de l'imiter en serrant les dents. On se soutient mutuellement. *Saleté de blessure, pile sur mes tissus musculaires !* La bonne nouvelle, c'est que ma tête se prend un peu moins pour une toupie. Les pins gênent notre course mais celle de nos poursuivants aussi. *Et pour nous viser là-dedans, macache !*

On émerge sur le plat.

Vingt mètres avant la grange. Dix toises… Huit.

Mon cousin souffle de plus en plus fort.

Ils seront sur nous avant qu'on y arrive !

« Vas-y, petit, je vais te gagner du temps ! »

Pourquoi je joue à la roulette pour ses beaux yeux ? Je n'en sais rien. C'est moi qui l'ai foutu dans cette mouise. Et c'est le seul qui était de mon côté, à l'époque, il y a si longtemps.

Je l'encourage d'une poussée dans le dos et fais volte-face, vouge brandie.

« Rentre dans le bâtiment, je te rejoins ! »

Ils sont déjà là !

J'agite la lame plate et tente de gnaquer l'un des trois soldats à nos basques avec la pique et le bec arrière.

Aguerris, les gars. Mais ce sont des tireurs. Munis d'épées courtes. Peu d'allonge. L'un d'eux a encore son arbalète chargée. Il l'épaule, je m'efface de côté sans grand espoir. Son trait claque. Ça me rate d'un bon mètre ! J'ai presque envie de rire. Sauf que ce n'est pas moi qu'il visait. Le cri derrière moi est poignant. *Chierie !* Coup d'œil rapide. Le vireton a transpercé le bras de Wench. Il titube sur la porte de la grange sans parvenir à l'ouvrir.

Malpeste !

J'affermis ma prise sur la vouge. Les soldats ont l'air de se méfier de ma réputation. Ils font gaffe. Ils n'ont pas tort.

« Hé, les gars, votre chef vous envoie claquer tout seuls, alors qu'il reste bien tranquille trente mètres derrière, vous savez ça, pas vrai ? »

Je recule, pas à pas.

Eux, visages fermés, avancent en un mouvement irrégulier, essayant de grignoter peu à peu la distance qui nous sépare. Leurs lames pointent et reculent en un ballet menaçant, avec l'intention de me planter en tenaille.

Vers l'arrière… encore deux toises. Encore une…

Je feinte une attaque en arc de cercle, puis une autre. Ils se dérobent comme des chiens devant un loup.

Maintenant !

Balourder la vouge dans leurs pattes de toutes mes forces ! Pivoter ! Courir ! Comme si j'avais le diable au cul !

Ça me cogne dans les tempes. Ça brûle dans ma cuisse.

Je les entends se ruer.

Cinq ou six mètres d'avance.

Bonne surprise, le double battant est ouvert. Je ne vois plus Wench. Il a réussi à entrer.

Allez, allez, allez !

Le sol glisse, je me rattrape de justesse, je passe l'encoignure et referme le vantail à la volée.

La planche pour le bloquer, la planche, vite !

Elle est là, juste à côté.

« File-moi un coup de main, Wench ! »

Livide, mon cousin est adossé debout, le souffle court, maculé de sang, à la paroi. Mais il prend sur lui et me permet de gagner une ou deux précieuses secondes.

La longue barre de bois s'insère dans les encoches de métal de part et d'autre de l'entrée, pile au moment où l'un des soldats les plus costauds jette sa grosse épaule sur la porte, la faisant trembler.

Hors de danger !

Mais pour combien de temps ?

Je me laisse glisser pour me poser cul au sol, le dos au battant. Wench n'arrive plus à maîtriser son corps, une vraie poupée de chiffon, il s'affale en gémissant.

« P-par les Nornes, cousin, courage, on a encore une chance ! »

Sa bouche s'ouvre, frémit pour répondre, mais aucun mot ne sort. Assis, menton sur la poitrine, il peine à inspirer de l'air.

Des cris.

« Eh ! Bâtard ! Tu m'entends ? » Ça vient de l'extérieur. Montfort !... « Livre-nous Wenceslas et, sur mon honneur, tu seras sauf ! »

J'arrache deux ou trois bouffées à l'atmosphère dans l'espoir d'affermir mon timbre avant de répondre :

« Allez vous faire foutre, connétable ! » Ça, c'est pour le plaisir. « Mais c'est d'accord, j'accepte ! » Ça, pour le calmer et l'appâter. « Seulement, vous me savez mercenaire... » Et ça, pour gagner du temps. « Promettez-moi dix mille livres et il est à vous ! »

Je n'attends pas sa réponse. Debout ! Mon cœur bat vite, la tension du danger irrigue tous mes nerfs. J'enchope Wench et l'entraîne vers l'arrière de l'ancienne fumerie, là où de longues structures de bois accueillaient autrefois les viandes écorchées ainsi que les peaux des animaux de la chasse.

Une nouvelle fumerie a été construite hors des remparts, rapport aux odeurs.

Je me revois, enfant, jouant à cache-cache et courant entre les pattes des veneurs, ici même. Le bruit des activités, les fumées, les remugles, je revois le sang qui dégoulinait en rigoles, canalisé par des caniveaux creusés au sol, jusqu'à une plaque.

Où est-ce qu'elle est, bon sang ?

« Dix livres, Bâtard, par pure bonté d'âme ! Dix livres, tu m'entends ? Je ne suis pas un camelot, ce n'est pas négociable ! »

Du pied, je fouille les débris et racle les résidus de paille boueux, les esquilles de bois.

« Si tu refuses, vous brûlerez tous les deux dans cette grange ! »

Chierie, plus vite, plus vite !

Ici, un coin de fer noirci !

Je hurle plus fort que je ne le devrais :

« Attendez, connétable, laissez-moi cinq minutes pour y réfléchir ! »

Seigneur, merci, c'est la grille !

Je dépose doucement Wench à côté. Il gémit avant de perdre conscience.

Je me précipite non loin de là pour récupérer mon épée cachée.

« Deux minutes, je te laisse deux minutes, Bâtard, pas une de plus ! »

Arcourt a été conçu par les Elfes et le peuple de la pierre. Les différents ateliers installés dans les cours déversaient leurs résidus liquides à travers les grilles. Elles sont reliées par un système d'évacuation qui s'étend en dessous de toutes les parties construites.

Je teste le métal. Vieux, rayé, oxydé, mais forgé de main de maître et bien arrimé.

À deux mains ! Mes muscles tiraillent sous l'effort. La grille grince, se tord dans un des coins, mais refuse de céder. J'insiste mais ça vient à peine. C'est de la pierre autour, impossible de creuser. Mon épée ! En guise de levier. Ça va la bousiller. *Rien à carrer !* Je l'enfonce à l'endroit descellé. Je m'arc-boute, en forçant comme un damné.

Raahh !!!

Ça lâche d'un coup dans un vacarme de cymbale lancée contre un mur. Je me retrouve cul par terre.

Montfort crie dehors.

« Par la sainte Lance, qu'est-ce que c'est que ce boucan ? À quoi joues-tu là-dedans, Bâtard ? »

Trouver quelque chose à dire, vite…

« C'est Wenceslas, il a tenté de s'échapper ! »

Et c'est précisément ce qu'on va faire maintenant.

Le cousin respire, mais c'est irrégulier.

Un coup d'œil à ce qui se trouve sous la grille : un conduit vertical qui s'achève dans le noir au bout d'un mètre ou deux. *Guère accueillant.* Normalement, ça doit donner sur un bassin d'eaux usées et croupies. Normalement…

C'est pas que ça me fasse envie…

« Alors, Bâtard, vous vous décidez ? »

Je mets les pieds de Wench devant. Et je le pousse à deux reprises en criant ma réponse, pour masquer le bruit de sa chute :

« Entendu, connétable, c'est d'accord, dites à vos clébards de baisser leurs saletés d'arbalètes, on va sortir ! »

Compte là-dessus !

Le son mat du corps quelques mètres plus bas.

Le temps qu'ils patientent puis qu'ils décident de foutre le feu, ou qu'ils changent d'avis pour enfoncer la porte et débouler en force dans l'entrée, on sera loin.

À mon tour.

Je m'assois. J'enfonce les pieds dans le vide, les mollets, les cuisses, les hanches, et je lâche. Il faut se tortiller un peu avant que le passage s'élargisse. Ça y est !

Une, deux secondes de chute !

Je m'étale sur Wench qui ne râle même pas.

Il fait noir mais la luminosité venue du haut permet de s'y retrouver à peu près.

Il a la tête dans la flotte, chierie !

« Courage, petit, tiens le choc, on est presque sortis d'affaire ! »

Il râle doucement. De la mousse rouge s'échappe de ses lèvres ! C'est mauvais signe. Même si j'ai déjà vu des gars s'en tirer avec ce genre de blessure. *Et d'autres clamser d'une simple estafilade.*

Nornes, sauvez-le, s'il vous plaît !

Le poison me fait vaciller. Je m'y reprends à deux fois pour me redresser, soulever mon cousin et tituber, à demi courbé, avec de l'eau à mi-mollet en direction des remparts.

La galerie d'évacuation est une sorte de tunnel de quatre pieds et demi de haut. On a l'impression d'y respirer davantage d'humidité que d'air. L'atmosphère fleure la moisissure et la boue. Tout suinte. Les filets d'eau qui ruissellent partout produisent une symphonie liquide inquiétante.

Wench n'est pas bien lourd dans mes bras.

On dirait un enfant.

Le passage s'incline vers le bas, l'eau crasseuse lèche mes genoux, mes cuisses, ma taille. La sortie du tunnel qui débouche sur les douves se trouve en dessous de la surface.

Assez loin derrière nous, en écho, résonnent des cris et des ordres. Les Français ont fini par renoncer à foutre le feu, ils sont en train d'investir la grange. Dommage, j'aurais préféré qu'ils restent dans l'incertitude.

De toute évidence, ils viennent de comprendre qu'on s'est taillés sans pour autant savoir par où. *Ça ne saurait tarder.* En tout cas, à l'oreille, personne n'est encore descendu.

Mieux vaut ne pas traîner dans le coin.

La flotte du passage qui rejoint les douves glace les os et souille les tissus. Il y a à peu près quatre toises à parcourir sous l'eau. En espérant que la herse qui bloque le boyau n'a pas été réparée depuis l'époque de ma jeunesse. Le secret de son sale état me vient des Elfes, amis d'Alëssandriëlle, qui l'avaient en partie détruite au temps des Croisades noires, lors d'un raid destiné à investir le château. Mais une trêve avait été négociée avant qu'ils aient terminé. Depuis, Arcourt n'a connu aucun siège et la fumerie a fermé. Croisons les doigts.

Je m'immerge, serrant mon cousin au plus près, lui bouchant les orifices respiratoires d'une main. *Ça rappelle de sales souvenirs.* Sous l'eau, la lumière se diffuse en un jade opaque, on ne voit pas à plus d'un ou deux pieds. Je suis loin d'être un poisson mais j'ai appris à nager en Italie, sous les ordres de della Scala. Le pacha voulait que les gars de sa compagnie soient capables de mener des actions en traversant des rivières ou en longeant des côtes. Une compétence peu commune chez les paysans, les prêtres ou les chevaliers. Même chez les marins. S'ils tombent à la baille, ils préfèrent passer *ad patres* en se noyant vite plutôt qu'en agonisant des heures au large.

Nage, nage !

Du coude, je m'oriente en me cognant le long du mur.

J'aperçois la grille. Partiellement. La luminosité en arrière-plan dessine des barreaux énormes, de trois doigts de large. Un pincement au cœur. *Pas de passage ?* De ma main libre, je tâtonne, fébrile. *Si !* Le côté droit est tordu et écarté. Seulement, la trouée trop étroite interdit de passer à deux ! Je fais pivoter Wench en le maintenant de mon mieux au niveau de la tête, bouche et nez, et l'enfourne, chaussures devant, au ras des tiges de métal cabossées. C'est bon. Je bats des chevilles pour le suivre.

Puterelle, bloqué ! Mon corps est moins mince que celui de mon cousin. Il y a une saloperie qui me retient ! Sans doute un bout de métal. *Mais où ?* Dans le flou de la flotte, je ne vois rien. Le manque d'air comprime mes poumons. Un éclair de trouille. *Cette pourriture de grille peut me faire crever !* Lâcher la tête de Wench, le pousser plus loin. Impossible de repérer le barreau qui m'a harponné ! *Bons dieux !* Je secoue mes vêtements dans l'espoir de le décrocher. Rien à faire. L'eau dans ma bouche. La panique !

Je me débats comme un brochet pris à l'hameçon. Le manque d'air. Le manque d'air ! Le tissu craque sur l'arrière de ma hanche. Dix centimètres de gagnés. Mais toujours entravé. Mes mains se projettent. Mes doigts s'agitent. Cherchent. Tâtonnent. C'est ma ceinture qui est bloquée par une tige, au niveau du dos, de côté ! *Magne, magne !* Je tords le cuir, le tissu, je décoince le fer, à m'en griffer les phalanges. *Ça y est !* Par la Pierre noire, il faut que je respire, vite ! Mes deux pieds sur la grille. Pousser de toutes mes forces. Je heurte Wench au passage. Un semis de bulles s'échappe de sa bouche. *Trop peu.* Des nuages de sang autour. Ça brûle dans ma poitrine, ma tête cogne. Je l'arrime comme je peux sur ma lancée et bats des pieds comme un damné, vers le haut. Mes poumons crament. Explosent. La lumière, la surface, pas loin, trop loin… Pas d'air ! Pas d'air ! La lumière. La surf… Mon crâne éclate et siffle. Crever le fil de l'eau ! Enfin ! Le froid, la saleté, Wench, je n'en ai plus rien à foutre ! Avaler de l'oxygène ! Aspirer le vent. Recracher les éclaboussures glacées. Vomir à moitié. Et lutter pour conserver la tête aussi haut que possible au-dessus de cette putain de surface. La mienne et celle de mon cousin. Sans perdre conscience. Ça siffle dans mes oreilles. *Puterelle, c'était moins une !* Saloperie de flotte ! Je tousse comme un souffreteux.

Le ciel est bleu.

Un seul bras disponible, et les jambes. J'ai mal partout, ça tourne. Je bois la tasse deux ou trois fois en faisant de mon mieux pour maintenir Wench à flot. Dix brasses encore, douze peut-être. La rive, enfin ! À genoux, je m'extrais de la douve boueuse, au milieu des roseaux. Des poules d'eau. Des libellules. Je tire Wenceslas dans la vase et les herbes folles. Un œil à rebours sur les remparts, pas de patrouille. Une longue et fine feuille verte s'est coincée dans ma gorge. Je tousse encore et mets les doigts pour la retirer. Pas le temps de se reposer, on peut encore nous repérer. En un dernier effort, mes bras éreintés traînent le corps sur quelques toises, jusqu'à l'abri offert par les buissons et les ramures, au pied du chêne qui m'a servi de couvert il y a deux jours.

La peau de Wench, étalé sur le dos, est blafarde. Les yeux clos, ses traits lui creusent une grimace de souffrance figée. Le sang s'écoule moins vite de ses blessures et sa poitrine ne se soulève plus. Il est maculé de saletés et d'algues. Je passe mon doigt humide sous son nez. Aucun souffle. Aussi froid qu'une carpe crevée. Mon oreille explore sa cage thoracique à la recherche de battements. En vain. *Chierie !* Mes mains agrippent les revers spongieux de son pourpoint et les secouent comme pour relancer un automate. Rien à faire. *Le dernier sommeil.* J'ai envie de hurler. Je mords ma tunique au niveau de l'avant-bras pour écouler ma rage et ma frustration.

Encore un que tu as conduit à la boucherie, Kosigan.

Personne n'est innocent, on peut toujours se rassurer comme ça, mais Wenceslas l'était davantage que beaucoup d'autres.

Quelle merdasse !

Montfort et sa puterelle vont payer ça !

Je secoue la tête.

Non, prends du recul, mon vieux, contrôle-toi ! Je dois d'abord rejoindre Alëssandriëlle et lui prêter main-forte pour empêcher les assassinats.

Quelques instants de réflexion.

Empêcher les assassinats ?

À moins que, finalement, je ne décide de profiter de l'opportunité.

On verra bien.

CHAPITRE 56

Qu'un-Coup, camp de la compagnie des Loups de Rais. Fin de nuit.
Inspiré des feuillets de *Rapports de Bourgogne et d'Italie.*

*

Qu'un-Coup secoue ses cheveux mi-longs et fait pivoter *Ochiameter*, son arbalète à trois tirs, de bois blanc et d'ivoire, amie et confidente. L'arme lui barre à présent le ventre et le torse, à la manière d'une cithare dont on s'apprête à pincer les cordes. Emmitouflé à l'intérieur de ses couvertures de nuit, perché sur un rocher à quelques toises du camp, un pot de braises fermé en guise de bouillotte, il scrute, caresse, réfléchit, alternant parfois ces activités avec les bribes d'une chanson de Byzance, à peine fredonnée. De temps à autre, il observe le ciel nocturne, les nuages, les étoiles. Cela fait un an que sa jambe droite le tiraille lorsqu'il fait froid ou qu'il pleut. L'ennui, c'est qu'en Bourgogne, soit on se les pèle, soit le ciel vous pisse dessus une grosse moitié de l'année.

Rester ou partir ?

Le Grec byzantin a investi de l'affection dans cette compagnie. Une trentaine de printemps qu'elle est toute sa vie. De belles amitiés, des frères d'armes, des coups tirés à la va-vite et même quelques amours, au fil d'une poignée de mois ou d'années. Hommes ou femmes, sans distinction, cette différence n'ayant jamais entravé ses désirs. L'un de ses fils a survécu, contrairement à sa mère, morte en couches, et à d'autres, garçons ou filles, montés au Ciel en bas âge. Avant sept ans, il ne faut pas trop s'attacher.

Qu'un-Coup se considère comme un père au rabais, un sotard incapable de s'occuper correctement d'un enfant. Quand le petit était minot, le moindre de ses cris, de ses pleurs ou de ses caprices l'agaçait. Lui, le taiseux au sang-froid, préférait quitter les lieux, abandonnant le gamin livré à lui-même jusqu'au retour du calme. À l'adolescence, c'était mieux, il avait essayé de lui inculquer des compétences utiles, la pêche à l'arbalète, la chasse, le tir, le lancer de couteau. Ils partageaient leurs repas en silence, échangeant parfois un sourire ou un hochement de tête. La parole, il ne l'utilisait que lorsqu'il s'agissait de batailler pour apprendre au jeunot à lire et à écrire. Les gars capables de jongler avec les mots et les lettres n'étaient pas nombreux au camp, et la plupart se moquaient de ceux qui pratiquaient ces activités, jugées inutiles pour un futur combattant.

Qu'un-Coup jette un œil à la clepsydre, d'après l'eau qui s'écoule au goutte à goutte, son tour de garde tire à sa fin. Le Byzantin se lève, toujours enroulé dans ses peaux de sommeil, se laisse glisser à bas du rocher et reprend le chemin du centre du camp.

Gérard de Rais, son capitaine, il le connaît depuis l'Italie. Quand le Bâtard avait décidé de raccrocher, il n'y avait pas eu d'hésitation, le Breton avait hérité de la tente de commandement. Ça n'avait pas embêté Qu'un-Coup, il savait bien qu'il fallait maîtriser la causaille quand on voulait être le pacha. On ne dormait pas des masses non plus. Et puis, la compagnie était un trou sans fond qu'il fallait nourrir et abreuver tous les jours, à deux ou trois repas de la révolte. Et gérer les blessés, les malades, les convalescents, les morts. Quant à tenir les rênes de cette meute de racailles amicales mais indisciplinées qui avait tendance à malmener les paysans alentour, il savait bien que si, lui, avait été en responsabilité il aurait passé son temps à les clouer par poignée de cinq. Pour l'exemple. Il avait quand même été promu officier, et même aide de camp. Cela lui suffisait amplement.

D'une main, il secoue l'épaule de Long-Pas, endormi avec quelques autres autour du feu éteint, afin qu'il aille prendre sa place sur le rocher de surveillance pour la dernière heure. Malgré les arbres, on commence à distinguer le trait rouge sombre de l'aube s'élançant à l'assaut du ciel nocturne à l'horizon.

Long-Pas, comme beaucoup de combattants, dort tout habillé, il lui suffit de se lever et de récupérer son arc et il est prêt. Il observe les traits de son officier de tir.

« Ça va, lieutenant ? »

Qu'un-Coup acquiesce.

« J'ai décidé de rejoindre le *Meriarque*[32] à Kosigan, comme prévu initialement, avant que Gérard de Rais ne lui tourne le dos. Tu en dis quoi ? »

Long-Pas écarquille les yeux.

« Tu déconnes ? Le 'pitaine a refourgué la gamine de Carrayan à la Garde grise, le Bâtard va nous trucider ! »

Qu'un-Coup produit une moue qui signifie quelque chose comme « Moi, il ne me fera rien et au moins ça respecte la seconde partie de la *condotta*[33] qu'il avait signée avec la compagnie ».

Long-Pas fait non de la tête.

« Désolé, mais ce sera sans moi. T'as essayé de convaincre le *pit* ?

— J'y vais ! »

Qu'un-Coup pose une poigne virile sur l'épaule de l'archer en guise d'au revoir, récupère le sac d'affaires qu'il avait empaqueté la veille, se le carre à l'épaule, puis, au pas allongé, enquille vers la tente de commandement. C'est Crécerelle qui monte la garde devant. Qu'un-Coup lui adresse un mouvement de menton, manière de demander si de Rais est à l'intérieur et réveillé.

« Ouais, ouais. »

Il fait mine de vouloir entrer.

« Attends, faut que je demande ! » Et, plus fort : « 'Pitaine, y a Qu'un-Coup qu'est là ! »

Un silence, puis Gérard de Rais répond :

« Puterelle, il vient de finir sa garde, dis à ce con d'aller se padger[34] ! »

L'ancien membre des *Hieros Lockos*[35] ne tient pas compte de la remarque, il hausse les épaules, l'amusement aux lèvres, fait quelques pas et soulève le pan de tissu de l'entrée.

« Hé ! »

Dedans, Gérard de Rais s'applique à se raser devant un miroir dépoli, torse nu. Sept cicatrices visibles et deux grosses brûlures. Il choisit de faire comme si de rien n'était et prend l'incartade à la plaisanterie :

« T'as pas bien capté, Qu'un-Coup : quand je disais d'aller te padger, je voulais pas dire *avec moi* !… »

---

32 Commandant.

33 Contrat de mercenariat.

34 Se coucher.

35 Garde rapprochée de l'impératrice de Constantinople.

L'arbalétrier renifle et ses yeux s'éclairent.

« Je viens t'informer que, comme il était convenu dans le contrat, je pars rejoindre le pacha à Kosigan ! »

La tronche de de Rais s'assombrit.

« Gaffe à ce que tu dis, le pacha, ici, c'est moi. Et tu sais très bien que la situation a changé, j'ai besoin de toi ici.

— Non.

— Si.

— Non. Tu devrais respecter la deuxième partie du plan du Bâtard. Au moins. Histoire de montrer aux futurs clients que t'es pas un si gros enfoiré de traître que ça et que leur confiance est toujours bien placée s'ils louent les services de notre compagnie… »

De Rais fixe le Grec du seul œil qui lui reste.

L'autre n'a pas l'habitude de sortir des phrases si longues, mais il n'a pas forcément tort. Sur la table à tréteaux dressée sur le côté s'étalent les cartes que le capitaine comptait étudier pour se choisir une nouvelle destination. La Bretagne, peut-être, ou le Saint-Empire. Mais, oui, finaliser le contrat du Bâtard peut aussi se concevoir. Ce serait plus simple et plus correct.

Si Carrayan a respecté sa parole, son vieil ami et ancien capitaine ne devrait pas avoir trop souffert. Et faire mouvement pour se placer en appui dans les extérieurs de la cité de Kosigan comme il l'avait demandé ne représente pas un effort insurmontable.

« Et si le Bâtard se montre rancunier ?

— Il ne l'a jamais été.

— Et s'il nous lance à l'assaut de la Garde grise.

— Tu sais, tirer l'épée, c'est le genre de trucs que demandent parfois nos commanditaires. On est une compagnie de combat. À toi de pondre une tactique efficace.

— Ouais, ben, justement, je n'aime pas ça. Si on se bat là-bas, ils joueront sur leur terrain, ils vont nous massacrer.

— Pas sûr, leurs gars sont moins nombreux que les nôtres, et une compagnie prévenue en vaut deux.

— Il faudrait monter un camp avec des axes de repli et des espaces piégés. »

Qu'un-Coup acquiesce.

« Cela dit, si le Bâtard voulait qu'on le rejoigne là-bas, c'était pas dans l'idée de castagner. Moi, je crois qu'il a des fers au feu pour récupérer son comté natal et, s'il y arrive, il lui faudra du répondant côté soldat pour faire taire les mécontents.

— Écoute, je le connais bien et, pour moi, c'est pas du tout ça qu'il est allé chercher à Kosigan. »

La grimace de Qu'un-Coup signifie « Si tu le dis, mais ça reste une possibilité ». Calmement, il reprend :

« Moi, en tout cas, il m'avait demandé de rejoindre l'auberge du Crin gris à l'intérieur de la ville et d'attendre ses instructions. Alors, j'y vais, là, maintenant. C'est ce que je venais te dire. »

Le front du capitaine breton se froisse.

« Tu ne sais même pas s'il est encore vivant. Ni même à Kosigan.

— Pas grave. S'il n'y est pas, je patienterai.

— Tu ne peux pas quitter le camp sans mon autorisation, je te signale, et je ne te la donne pas. On ne sait pas ce qui se trame là-bas, je ne vais pas risquer mon chef des archers et mon meilleur tireur dans ces conditions.

— Je ne te demande pas ton avis. Si tu veux me retenir, je démissionne ! »

Ce manque de respect, même de la part d'un vieux camarade, donne au nez de Gérard de Rais un goût de moutarde.

« Nom de… Je vais te dire, si c'est ce que tu veux, casse-toi ! Mais t'auras intérêt à ramper si t'as l'intention que je te reprenne un jour ! »

Le sourire forcé du Byzantin laisse entendre qu'il s'en cogne comme de son premier carreau. Il tourne les talons et quitte la tente en lâchant :

« La compagnie devrait tout de même faire mouvement. Quand on a un engagement, on a un engagement ! »

CHAPITRE 57

Appartements du légat du roi de France au château d'Arcourt, le soir du 2 avril de l'an de grâce 1365.

Librement inspiré des annales de la société d'assassins florentine *Sorelle della Scacchiera* et des chroniques de Montfort.

*

Aliénor referme avec délicatesse la porte derrière elle et s'approche dans le dos d'Olivier de Montfort. Le connétable observe l'horizon noir de la nuit à travers la fenêtre, soucieux. Son corps sans armure, simplement vêtu d'un cuir léger, la dépasse d'une tête. Elle hésite un instant puis l'enlace par l'arrière, joue appuyée entre les omoplates.

« On ne trouve le Bâtard et Wenceslas nulle part, monseigneur. Le vieux système d'évacuation débouche sur les douves, ils ont dû fuir par là. D'après mon expérience, les blessures du plus jeune des cousins sont mortelles, en revanche, le Bâtard doit à présent être libre, et loin d'ici. »

Le connétable demeure silencieux quelques secondes, plongé dans ses réflexions, puis reprend :

« Ce sont là de fâcheuses nouvelles, Aliénor. Cependant, si Dieu le veut, l'affaire peut encore se conclure à notre avantage. L'ancien mercenaire est dangereux, mais c'est peut-être une bonne chose. S'il advient qu'il entre en confrontation avec l'héritier de Kosigan soutenu par Sa Majesté Charles, il est fort possible qu'il nous en débarrasse.

— Auquel cas ?…

— Auquel cas, un mariage ne nous serait plus d'aucune utilité. Je réclamerai tout simplement les terres du comté au nom de ma lignée, autrefois à la tête du domaine de Tonnerre-Montfort. Et le roi n'aura d'autre choix que de s'appuyer sur moi pour y légitimer son emprise. Notre objectif reste donc le même, faire disparaître les membres de la maison de Kosigan. »

Une moue boudeuse envahit les traits d'Aliénor.

« Cela signifie que je ne deviendrai pas comtesse… Et, également, que vous n'avez plus réellement besoin de moi…

— Détrompez-vous, ma perfide, vos services sont plus nécessaires que jamais. Et en ce qui concerne le titre, faites-moi confiance, vous ne perdrez rien au change.

— Une nouvelle proposition ? Vous m'intriguez, monseigneur, qu'avez-vous en tête ? »

Le connétable se retourne, prend le visage de la jeune femme à deux mains puis joue avec les boucles de ses cheveux.

« Tout d'abord, vous partirez sur la route de Nevers à la rencontre de dame Anastasia, la sœur cadette de Vladislav, qui doit être en route pour visiter son père à Kosigan. À votre charge de l'intercepter et de faire en sorte qu'elle ne puisse jamais entraver nos plans.

— Jamais ?

— Jamais.

— Cela paraît dans mes cordes. Ensuite ?

— Ensuite, vous rejoindrez Paris en chevauchant sur les routes plus à l'ouest. J'y ai une cousine que je n'ai pas rencontrée depuis l'enfance. Je vous recommanderai à elle. »

La prunelle d'Aliénor brille de fantaisie.

« Une cousine ? Souhaitez-vous que je l'assassine ou que je l'épouse ? »

Le regard bleu azur de Montfort s'illumine mais sa voix conserve son sérieux.

« Rien de tout cela, elle vous permettra de pénétrer dans les cercles du pouvoir de la cour. Le roi a un fils qui est demeuré dans la capitale, le futur Charles VI, je suppose que vous devinez ce que vous aurez à faire ? »

Aliénor cligne des yeux à deux reprises.

« Vous voulez dire… Vous suggérez que je tente de le *séduire*…

— La couronne de reine de France serait-elle trop grande pour vous ? Une jolie fève, n'est-ce pas ? Avec *notre* enfant dans le ventre…

— Et Sa Majesté, Charles V ?

— Concernant notre bien-aimé roi, rien n'est encore décidé, j'aviserai selon les circonstances.

— Et l'abbé de Nirdrym ?

— De même, nous nous adapterons… Dans les deux cas, se montrer trop pressés présenterait des risques. Si, déjà, vous aviez l'habileté de plaire au dauphin[36], nous disposerions d'un solide point d'appui. Vous en sentez-vous capable ?

— La recette du parfait philtre d'amour ne requiert nulle potion, monseigneur. Quand on a des traits aimables, il suffit de se montrer finaude, douce, attentive et gentille. Hormis si le poilu préfère les garçons, il tombera comme un agneau dans notre escarcelle. Et même dans ce cas, je connais certains instruments susceptibles de lui faire entendre raison. Reste d'éventuelles concurrentes à écarter mais j'en fais mon affaire.

— Alors, nous pourrions sortir de ce semi-échec plus puissants que nous ne l'avions espéré.

— Dois-je partir sur l'heure, monseigneur ? »

Aliénor fait mine de se détourner, mais le connétable lui saisit le bras.

« Il est certain que le temps est compté, ma dame, néanmoins…

— Néanmoins ? »

Ses mains l'attrapent par les fesses et l'attirent à lui.

« En cette période incertaine, ce serait défier l'avenir que de nous séparer sans une dernière joute, afin de sceller notre affection mutuelle. Ne croyez-vous pas ?… »

---

36 Titre de l'aîné des fils du roi de France depuis 1349.

DÙN

CHAPITRE 58

Grandes écuries des remparts ouest d'Albret. Fin de la nuit du 1er au 2 avril.

Relevé d'okram de Dùnevia Illavaëlle.

*

Résumons : je crève la dalle à moitié dévorée de l'intérieur par mes changements d'apparence à répétition, Eloi tient à peine debout, ça caille à faire geler un loup et ce n'est qu'une question de temps avant qu'une Elfe noire à la mâchoire défoncée, accompagnée d'un porteur de noir-sang fâché tout rouge, ne se lance à notre poursuite pour solder les comptes.

Comme si ça ne suffisait pas, ma vessie n'a visiblement pas l'intention de patienter des lustres avant de délivrer le liquide doré qu'elle contient.

Ma main se pose sur une poutre verticale noir de suie à l'entrée des écuries. Accolées au mur d'enceinte éboulé, elles ont en partie brûlé, sans doute à cause d'un jet de flammes du dragon pendant les combats. Sans cesser de soutenir le padré, je m'engage dans ce qui subsiste du couloir central désert. *Bon, on doit dégotter la stalle 29.* Il y a des chiffres gravés dans le bois, mais la plupart sont illisibles. Je déchiffre le 27. J'imagine qu'il faut choisir la deuxième dans la continuité. Ça a l'air d'être là. Derrière la mangeoire ? Une palissade qui pivote ?

Tu parles, ça ne bouge pas d'un poil de chatte !

Je tâtonne à la recherche d'un loquet ou d'un improbable mécanisme dissimulé dans le bois, ou sur l'auge à foin, ou en dessous, par terre, sous la paille sale et humide. Rien. Rien de rien. Nulle part.

C'est pas possible !

Un sentiment d'urgence et de désespoir.

Tu paniques, ma vieille, calme-toi !

« Eloi, comment est-ce qu'on fait ? »

L'air frisquet de la nuit semble lui avoir redonné des couleurs. Un peu moins avachi que quand nous étions dans la tour, il relève le menton et scrute les lieux.

« C-ce n'est pas là… »

Pas là ?

« Où alors ? »

Il avale sa salive.

« Le couloir… dans l'autre sens !

— Bon Dieu, pourquoi vous ne l'avez pas dit avant ? »

Son regard fiévreux me fixe pour souligner l'évidence : il était à moitié dans le coaltar et n'avait pas pris conscience de l'erreur.

Demi-tour.

Est-ce que ce sont des aboiements de chien qui résonnent au loin ? *Oui.* Ça y est, ils sont sur nos traces.

« Dépêchons. »

La stalle 29, comme toute cette partie des écuries, a été douchée par la pluie drue de cet après-midi, la mangeoire est aux deux tiers en cendres. Au sol, la paille n'est plus que poussière noire, et la suie colle au sol et aux murs. Je tousse à cause de résidus indéterminés en suspension. À peine le temps de plaquer ma bouche sur ma manche pour atténuer le son. Au cas où.

Tâtonnements et fouille, à nouveau.

Cette fois, c'est plus facile de repérer les gonds dissimulés dans une rainure du bois. Celui du bas a partiellement fondu. Je m'arc-boute sur le pied-de-biche pour faire céder la palissade. Ça craque d'un coup et je me retrouve par terre. Mon index gauche saigne. Je ne sais pas pourquoi. Une égratignure. Je le place dans ma bouche et suce le sang salé.

Debout.

« On y est… ma fille… Prête pour votre premier envol ? »

J'avais presque oublié ce détail.

« Vous croyez me remonter le moral, mon père ?

— Pas du tout… Mais… j'aime autant ne pas être seul… à crever de trouille ! »

Derrière le battant désossé se dessine un corridor en pente. Il mène à un sous-sol vaste et circulaire, éclairé par une dizaine de petits soupiraux.

Dehors, les nuages cèdent par intermittence la place à la lune, mais pas suffisamment pour éclairer convenablement. Le parfum de l'endroit n'est pas celui d'une écurie propre fait de paille fraîche et de copeaux, personne n'a dû pénétrer ici depuis des jours. C'est la fragrance des canassons, mêlée au foin, au cuir, au bois et à une touche de fumier et d'urine. On devine quelques formes par moments. La silhouette des chevaux par exemple. Une barrière les sépare. Ils sont en train de se réveiller. L'un d'eux s'ébroue.

« Là, tout doux ! » J'avance de deux pas. « Lequel est l'étalon dont vous m'avez dit qu'il serait moins nerveux, Eloi ? Chriséor, c'est ça ?

— Chrysaor… à gauche. »

Chacun de mes mouvements me rapproche de lui, avec calme et respect. J'essaie de lui envoyer des ondes amicales. Ses naseaux émettent deux ou trois souffles appuyés. Inquiétude et curiosité mêlées.

« Bonjour, Chrysaor, enchantée de faire votre connaissance. Je suis Dùnevia, vous pouvez m'appeler Dùn si vous préférez… »

C'est le ton de la voix qui compte. Tranquille et doux.

La jument renâcle à côté.

Je plisse les yeux à la recherche de quelque chose à leur donner à manger.

« Il y a un tonneau… des grains d'orge, d'épeautre, et du foin.

— Merci, mon père. Parlez-leur, si votre présence leur est familière, ça peut aider. »

Eloi leur adresse quelques gentillesses, mais on sent qu'il n'est pas très en forme. N'empêche, les deux grands animaux semblent le reconnaître.

Pendant ce temps, j'ai trouvé le tonneau de nourriture. Il y a même des morceaux de carotte et des pommes un peu blettes.

Inespéré ! Ça, c'est pour nous !

Je croque et mâche à belles dents avant de revenir dans la pénombre épaisse jusqu'à Chrysaor.

« Vous voyez, noble étalon, nous partageons déjà un repas ensemble. »

À l'intérieur de ma main ouverte, je lui tends la moitié de la pomme et de la carotte que je viens d'entamer, pour qu'il n'ait pas l'impression que je le vole. Sa bouche sur ma paume est puissante mais habile. Il a l'air satisfait. J'enchaîne avec des grains. Puis du foin. Il me lèche les phalanges et l'avant-bras.

Eloi s'occupe de la jument. Il se déplace lentement en prenant appui sur les barrières ou les murs, il parvient à être autonome si on lui laisse le temps.

Dehors, les aboiements se rapprochent.

Je soupire. Inquiète.

« Vous savez, Chrysaor, nous sommes dans la panade. La maison d'Albret a été décimée et leurs assassins sont à nos trousses. »

Je flatte l'encolure du pégase. On devine ses ailes repliées sur les côtés. J'ose éprouver du doigt leurs plumes, à la fois soyeuses et solides. On dit qu'elles et les sabots permettent de voler, en puisant leur force dans la Source.

« Nous allons avoir grand besoin de votre aide. »

Qu'un étalon se montre curieux et affectueux aussi vite, je ne pensais pas cela possible, mais on peut accorder à celui-ci de l'intelligence et une belle sensibilité. Il colle son museau dans ma main et secoue gentiment la tête en émettant des petits bruits. Comme s'il avait compris.

C'est un être magnifique, il est plus grand que moi au garrot et exhale la noblesse.

On s'extasiera plus tard.

J'ai repéré où se trouvent les supports de sellerie. Je place d'abord un tissu adapté sur son dos. Les selles sont étonnantes.

« Vous allez pouvoir monter, Eloi ? »

Un instant de silence.

« Si vous m'aidez à m'installer… peut-être. J'espère ne pas tomber raide mort en cours de route… »

Alors, on se dépêche.

Les assises de cuir sont lourdes et équipées d'ingénieux étriers en forme de bottes qui s'ouvrent et se referment par le milieu. On peut y mettre ses pieds, chaussures comprises, et les coincer. L'arrière de la selle forme comme un dossier de fauteuil, très englobant. L'ensemble pèse le poids d'un âne mort. Je m'y reprends à trois fois, avec le peu d'aide d'Eloi, pour harnacher la jument, pousser le prêtre et le maintenir, le sangler. Je lui file des couvertures pliées à côté pour qu'il s'emmitoufle, ça va cailler dehors.

Les chiens ne sont plus très loin des écuries. J'entends les jurons meurtriers de la meute de reîtres qui les accompagne, sans parvenir à distinguer tous les mots.

Pas des enfants de chœur.

Combien de temps nous reste-t-il ?…

Pas des masses.

Chrysaor piaffe, l'impatience le gagne lui aussi. Préparer sa monte se révèle plus rapide à présent que j'ai déjà effectué les manipulations une fois. J'attrape deux plaids et en selle ! Plus qu'à régler les sangles qui ont pour fonction de me maintenir en vol. Mes mains fébriles ajustent les boucles qui closent les bottes puis les quatre ceintures de ventre et de torse, en croix, horizontales et verticales.

La troupe qui nous traque se trouve tout près, maintenant. À une quarantaine de toises maximum. Les jappements des molosses donnent l'impression qu'ils tirent sur leur laisse de plus en plus fort. J'entends la voix de Sri-Satchanaril.

Mierla.

Une pincée de panique.

Le moment de vérité !

Les muscles du pégase sous mes cuisses frémissent de puissance contenue. Un encouragement des genoux et il se met en mouvement. C'en serait presque excitant si je n'avais pas autant la frousse. *Pourvu qu'on arrive à sortir !* Au passage, je prends en main la longe de la monture d'Eloi.

Je le regarde intensément dans la pénombre et j'ai le sentiment qu'il fait de même.

« Prêt ? »

Un hochement de tête.

« Eloi, si jamais on n'en réchappait pas… »

Son bras se tend pour effleurer mes doigts.

Dehors, une salve de cris et de beuglements pleinement compréhensibles. Ils ont pigé qu'on s'était réfugiés dans les écuries.

En avant !

Les sabots clapotent sur le sol, on atteint le corridor en pente, puis le box 29. On sort au pas allongé dans le couloir central. Un œil à droite me file un coup au cœur : au niveau de la sortie se découpe déjà l'agitation des torches, des chiens et des mercenaires.

« Là, les pourritures de fugitifs !!!

— Ils sont foutus !!! »

Chalaëlle, coincés comme des rats !

Par réflexe, je tire la bride vers la gauche et pousse ma monture dans cette direction. Vers le cul-de-sac.

« Chopez-les !

— Lâchez les clébards !

— Par les Fosses noires, ramenez-les-moi vivants ! »

La lune qui joue les cachottières en lisière de nuage nimbe certains points du passage de flaques lumineuses. Elles proviennent de trous dans le plafond. À quelques endroits, c'est même effondré et entièrement brûlé.

Est-ce qu'on pourrait… ?

« Comment on fait pour s'envoler, padré ?! »

Un peu plus loin, je discerne un trou de bonne taille dans la voûte ! Pas impossible que ça passe !

« Alooors, Eloi ?!

— T-tirez…

— Comme pour s'arrêter ? »

Si on veut profiter de l'élan pour décoller, c'est maintenant !

« … V-vers le haut ! »

Logique. Même pas le temps de le faire. Chrysaor a accéléré sur deux foulées et prend son essor !

« Aaaahhh ! »

Puterelle, cette impression d'écrasement et d'envol !

Une aile touche un bord mais on jaillit hors de l'écurie vers le haut, en oblique. Le vent froid plante ses crocs dans mes joues. D'une main, je rajuste les couvertures dont certains pans battent avec la vitesse.

On a quitté la terre.

On a quitté la terre !

Ne pas pisser dans sa culotte, surtout ne pas pisser !

Je serre tout ce que je peux mais ma vessie douloureuse lâche quelques gouttes. L'air vif cingle la moindre parcelle de peau à nu. Les écuries abîmées s'éloignent sous nous. Les flammes des torches rapetissent. Les hurlements s'affadissent. Et, au-dessus, un camaïeu de nuages et de ciel pur. À l'est, l'aube.

On a réussi ! Chalaëlle, on est sauvés !

Un éclair de trouille.

Et Eloi ?

Je tourne la tête vers l'arrière. Si jamais il n'avait pas réussi à décoller. S'il lui est arrivé quelque chose… Non, non. Plus ou moins enroulé dans sa couverture, un peu balloté par le vent, il m'adresse un signe de la main.

Tu envisages toujours le pire, ma fille.

Et le dragon ? Où est le dragon ?

CHAPITRE 59

Ciel d'Albret. Aube du 2 avril, à l'heure de la prière des laudes.
Relevé d'okram de Dùnevia Illavaëlle.

*

Voler.
Voler !
Je réalise que mes mains emmitouflées dans la couverture s'agrippent aux rênes comme des tiques au trou du cul d'un chien. La crinière de Chrysaor, secouée par le vent, les fouette sans douleur. Entre mes cuisses, la puissance des muscles du pégase régule les battements d'ailes, comme une respiration de plumes claires, énergiques, infatigables, racées. Sublimes. Au-dessus de nous, les constellations de la fin de nuit scintillent. C'est une sensation digne des dieux.
Tant qu'on ne regarde pas en bas…
En moi se mélangent le ravissement, l'excitation, un estomac nauséeux et toujours une sérieuse envie d'uriner.
Me laisser aller ? Je hoche la tête. Ça ferait tellement de bien. Et ça gênerait qui ? *Sûrement pas moi.* À cette nuance près que le soulagement jouissif laisserait place à un gel intense, bien trop tenace pour être envisageable, sur le bas-ventre et les cuisses. Déjà qu'à cinq cents pieds d'altitude, la glaciation de l'aurore violente les poumons comme des lames de rasoir et que je suis obligée de verrouiller mes mâchoires pour les empêcher de jouer les castagnettes…

Dis-toi que c'est vivifiant…

Tournant la tête, j'accomplis un tour d'horizon.

Le danger que le dragon de Damoclès fait peser sur notre escapade m'empêche d'avoir l'esprit tranquille.

Il y a suffisamment de nuages pour qu'il ne soit pas facile à repérer.

Mais je ne distingue rien d'inquiétant.

Au contraire. La vue est imprenable.

Dans notre dos, à l'est, bien au-delà de la minuscule cité d'Albret, le lever de soleil raye le ciel d'une mince barre pourpre, or et vert, au contact des bleus de la nuit. Les premiers reflets du jour découpent le gel des collines, des champs, des villages et des cours d'eau d'entrelacs de lumière. Le long des eaux de l'Ource, de l'Aubette et des autres rivières sinuent des brouillards blancs, figés dans la fraîcheur du matin.

Vu de haut, le monde est une splendeur.

Combien d'êtres vivants ont-ils eu la chance d'admirer cette merveille ?

Tu peux mourir heureuse maintenant, c'est ça ?

Reste concentrée, Dùn !

La vitesse brouille ma vision mais la luminosité de plus en plus marquée permet de distinguer la robe des chevaux, en nuances de gris pommelé pour Chrysaor, fauve au crin blond pâle pour la femelle. *Quel est son nom déjà ?* Esténiale, si je me souviens bien.

À cet instant, elle plane à sept ou huit toises sur nos arrières. Je plisse les yeux pour discerner l'expression d'Eloi, emmitouflé dans sa couverture, mais je n'y arrive pas. Avec notre fuite nocturne, je croyais sa courtepointe de couleur grise mais elle est vert d'eau, aux armes d'Albret. Comme la mienne. En tout cas, je n'aperçois pas ses traits. Il est raide comme un piquet, la tête dodelinante.

Une grimace sur mon visage.

Cette pression qui me bloque la gorge…

Je m'inquiète pour lui.

Il n'y a qu'un moyen de l'aider pour le moment : s'appliquer à survivre jusqu'au plancher des vaches.

La peur ressentie au décollage achève doucement de s'estomper. Il faut reconnaître que l'ingénieux système de selle, d'étriers-bottes et de sangles qui assure la sécurité du cavalier paraît rassurant. *A priori*, je ne vois pas comment on pourrait tomber.

Croiser les doigts et tapoter l'arrière de sa tête.

Un peu de superstition ne peut pas faire de mal…

Le bruit léger de la cavalcade, mêlé au vent, attire mon attention. Il claque de manière assourdie mais les à-coups sur les fesses ressemblent à ceux qu'on ressentirait sur un chemin de terre meuble. Étrange. Comme si chaque foulée prenait appui sur une flaque d'air solide. Je perçois des éclaboussures de Source autour des sabots, ce qui signifie sans doute que…

Mierla, que se passe-t-il ?!

Chrysaor penche brusquement vers la gauche et le bruit de l'air change. Il entame un vaste cercle, comme si après sa balade il avait l'habitude de rentrer en direction d'Albret. Mon cœur fait une embardée.

Non, non, non, sûrement pas !

J'ouvre largement la rêne droite, pour le ramener en sens inverse, en confirmant avec la rêne contraire en appui. Un peu trop sèchement ?

Le pégase renâcle avant de virer sur l'aile. Trop. Beaucoup trop.

Chalaëlle !

Sensation de chute. Il plonge vers le sol. J'ai peut-être placé ma main droite trop bas ?

« Non, pas ça ! Pas ça, Chrysaor ! »

Je m'accroche aux sangles. La terre fuse vers nous à la vitesse du faucon. Je ne vois plus rien.

« Redressez, s'il vous plaît, redressez ! »

Il déploie d'un coup son envergure maximum et le choc de l'air qui nous freine subitement me plaque presque contre son cou malgré les attaches. On remonte à pic. Le dossier de la selle maintient mon dos alors qu'on file, en vrille, vers les étoiles. Revenu à bonne altitude, le pégase infléchit sa cavalcade pour planer à nouveau à l'horizontale, à peine chahuté par les sautes d'humeur du vent.

Mon palpitant cogne à cent à l'heure. Le cœur au bord des lèvres. Respirer s'avère difficile.

« Désolée… Je… Je ne sais pas encore bien… »

Le cheval ailé émet un sifflement indéfinissable, secouant hardiment la tête. Comme un rire.

Esténiale se porte à nos côtés, l'œil brillant. Suffisamment près pour qu'Eloi m'adresse un large sourire. Il tente de me crier quelque chose de moqueur mais le vent ne me permet d'en attraper que des bribes. « Débutante » et « bahutage[37] » en font partie.

Une… une espèce de plaisanterie ?

---

37 Épreuve que l'on fait passer aux nouveaux.

Ah, la saleté de cheval à plumes !

Un pégase taquin !…

J'espère qu'il ne lit pas les pensées. Et qu'il n'escompte pas prolonger ce genre de tortures. Nos soucis sont déjà bien assez nombreux comme ça. En tout cas, lui et Esténiale s'ébrouent allègrement tout en continuant à bondir dans l'atmosphère.

Je n'arrive pas à leur en vouloir. Les voilà, beaux et libres, sans entraves. Le simple fait de les admirer me procure un rare bonheur, en complet désaccord avec l'horreur de ces jours funestes.

Mon estomac malmené retrouve peu à peu son équilibre.

Et avec lui, la ferme intention de manœuvrer à nouveau. Je dois reprendre l'ascendant sur cette chevauchée inédite, en veillant à la hauteur de la main qui guide le mouvement. Tout indique que, contrairement à ce qui se pratique lors d'une chevauchée classique, il faut signifier de cette manière l'inclinaison et l'intensité. Heureusement, j'ai tanné mes fesses sur mille selles depuis l'âge de douze ans, cela m'a donné un peu d'expérience. Grâce à vous, capitaine. Ou, devrais-je dire, *à cause de vous ?* Bref, le travail d'adaptation ne me paraît pas insurmontable.

J'entreprends quelques essais.

Les galopades en ligne droite de Chrysaor s'accomplissent sans embarras. En revanche, dès qu'on désire modifier l'angle, l'orientation ou l'altitude, il y a intérêt à faire jouer les doigts dans la nuance, en dosant avec finesse la tension des rênes et le placement des mains. Mes expérimentations provoquent quelques réactions erratiques mais je m'améliore. Les muscles du pégase palpitent sans cesse sous moi, puissants et rassurants.

Essayons quelque chose : doucement, je raidis la lanière de cuir reliée au mors vers le bas, de deux pouces à gauche. La réaction ne se fait pas attendre. Ma monture pivote en biais, les sangles et cordières de ce côté s'enfoncent dans mes côtes, ça donne l'impression de glisser dans le vent. Puis je rétablis l'assiette. Nous avons changé de cap et perdu cinq ou six toises d'altitude.

Sur cet azimut, le plafond céleste semble davantage obstrué de nuages, troupeau de moutons blancs de taille variable, grisés sur le dessous. Eloi m'a mise en garde contre eux, mieux vaut renoncer à y pénétrer – sauf l'été lorsque le soleil brûle la peau. D'abord, on y voit comme à travers une poutre et, surtout, les innombrables gouttelettes qui les composent vous trempent, cavalier et cheval, de la tête aux sabots, démultipliant la glaciation du vol. Rien que passer en dessous refroidit l'atmosphère. Et mes claquements de dents actuels m'indiquent qu'il serait préférable d'éviter que cela n'arrive.

Je réajuste notre progression.

Est-ce que cette bifurcation m'amène là où je désire aller ? Toutes ces manœuvres m'ont fait perdre le fil. Il faut que je m'y retrouve en termes d'orientation. Alors, le soleil se lève à l'est depuis la disparition des premiers hommes. Un point de repère fiable. Mais où se trouve Albret ? Avec l'ombre portée des collines et des nuages, ce n'est pas évident. D'autant qu'on a déjà parcouru au moins deux ou trois lieues. Il me semble reconnaître la silhouette défigurée de la ville sur mes trois quarts arrière, à gauche.

En toute logique, la cité des comtes de Kosigan devrait se trouver approximativement plein ouest, légèrement au sud, peut-être.

Jusqu'à quelle distance le regard porte-t-il depuis le ciel ?

Loin, infiniment loin.

À quelque deux cents toises en dessous de nous, le paysage ressemble à un décor de fourmis. Même la Seine, serpentant vers le nord, n'apparaît guère que comme un lacet argenté, se frayant un chemin entre les reliefs couverts de chênes et de hêtres, et les champs, à perte de vue. Les hameaux semblent aussi petits que des jouets. Et ce spectacle immobile s'illumine à mesure que le jour gagne du terrain.

Je pense distinguer Kosigan, là-bas, à l'horizon, toujours baignée dans les ombres de la nuit. Par précaution, je pousse Chrysaor à accomplir un cercle à plat d'une demi-encablure, afin de vérifier mes points de repère. *Tout concorde.* Puis j'oblique dans cette direction.

La question à mille pièces d'or, c'est : est-ce que je vais vous y trouver comme prévu, capitaine ? Parce que si ce n'est pas le cas, je me demande quel accueil on va me réserver.

Nous survolons les fermes carbonisées de Val-Montherie, le premier endroit où j'ai croisé les Ogres. Le cap paraît correct.

J'ignore combien de temps les pégases galopent sans se reposer mais, si je me fie au rythme du battement de leurs ailes, le trajet devrait nous prendre deux ou trois heures au maximum.

Sans crier gare, Chrysaor et moi nous retrouvons au centre d'une ombre de grande envergure. Alors que je m'appliquais justement à louvoyer pour rester au soleil.

Entre mes sourcils se creuse une ride.

Sale pressentiment.

Je lève le regard.

Nom de… !

Du coin de l'œil. En piqué sur nos arrières. Au milieu d'une cacophonie de météore. Écailles écarlates, gueule rugissante, crocs d'ivoire et ergots taillés pour tuer. Le dragon, Volkor-Gonor, fond sur nous, percute de plein fouet et déchire à la fois mes sentiments, Esténiale et Eloi ! D'un seul coup. En moins de deux clignements d'yeux. Morts. Tous les deux. Transpercés, déchiquetés. En lambeaux. En plumes sanglantes.

Mon âme hurle. Un long cri de détresse et d'incompréhension. Mes yeux ne parviennent même pas à retenir les détails de l'innommable. De l'atrocité. Ils s'emplissent de larmes gelées. Et ma vessie libère son trop-plein d'infamie.

L'une des ailes brutales du monstre nous heurte. Mon épaule grince sous le choc, Chrysaor hennit de douleur, de rage et d'effroi. Quelques roquilles de sang m'éclaboussent. Le pégase perd le contrôle, projeté cinq toises en contrebas. Le long cou rouge se projette comme celui d'un serpent pour nous dévorer. Sans réfléchir, mes mains tirent les rênes, en bas à droite. La gueule hurlante déchire l'air à l'endroit où nous nous trouvions une seconde auparavant. Si près que l'haleine d'œuf pourri du dragon viole mes narines. Tout tourne. Par malheur, le repli des appendices emplumés du pégase nous entraîne dans une vrille folle. Tête en bas. À plat. Tête en haut. Tête en bas. Tout tourne. À une vitesse de tourbillon. Ciel et terre alternent, se mélangent. Tout tourne. La mort s'élance à notre rencontre.

C'est la fin ! On va s'écraser.

Triste façon de mourir.

Mais splendide, également.

L'aile droite de Chrysaor, coincée sous son ventre, l'empêche de rajuster son vol.

Pas question de capituler.

Ma trouille s'échappe par ma gorge en un long hurlement, je plaque ma semelle sur la jointure de l'omoplate et pousse comme une damnée. Les muscles de Chrysaor se nouent et se contractent pour me venir en aide. L'effort est colossal. Au sortir d'un dernier tonneau, les plumes blanches s'arrachent brusquement à leur piège et se déploient à nouveau. Ça chahute à droite, ça chahute à gauche. *Enfer !* La terre ferme est trop près pour qu'on ait le temps de se rétablir : des champs tournoyants à flanc de colline, vert tendre à cause des premières pousses d'avoine et d'orge, blanchies par le gel.

Trois toises…

Hennissement désespéré dans l'espoir de retrouver une position horizontale.

Deux toises…

Les ailes bataillent, en désordre. Une poussée en direction de l'avant pour se remettre au galop.

Une toise…

L'assiette est presque équilibrée. *Presque.*

Ça va toucher quand même !

Choc !

Dans l'élan, le pégase s'affaisse, titube, passe à un cheveu de s'effondrer. La pesanteur m'écrase. Il bringuebale sans s'arrêter, regagnant de la vitesse le long d'une haie d'aubépines et de noisetiers en contrebas d'un mur de vieilles pierres. Une dizaine de foulées. Et il reprend son essor. En sueur. La couenne frémissante de frousse, estafilé à plusieurs endroits, les oreilles aplaties.

Le dragon ! Dieux, où se trouve le dragon ?

Là-bas !

Quelle ironie. La pierre de la faye *pourrait le vaincre. Mais cette saleté refuse depuis deux jours de sortir de mon ventre constipé.*

Maudits soient les caprices du destin !

Emporté par sa lancée, son axe d'attaque et sa masse, le monstre a été emporté à une centaine de toises de nous. Il se trouve actuellement aux deux tiers d'un ample virage en descente visant à le ramener dans notre direction. Frôlant la cime des arbres, sa vitesse paraît impressionnante ; bien plus rapide que Chrysaor, la maniabilité en moins.

Dieux, il disparaît derrière la colline !

Le contact visuel est rompu.

C'est notre chance !

D'un geste sec, j'abaisse les rênes de part et d'autre de l'encolure, signal d'atterrissage. Chrysaor renâcle, instinctivement porté à chercher son salut dans le ciel.

J'insiste.

Allez, on se pose !

Après un battement de cœur ou deux, son inclinaison s'oriente vers le bas.

« Descendez vers le chemin. Oui, par ici. Un peu plus à gauche. Encore. Encore. »

Nous touchons le sol, presque en douceur, cette fois. Les sabots résonnent sur la petite route de terre, bordée de mûriers, gravissant une pente ascendante. Nous pénétrons en un galop rapide à l'intérieur de la futaie qui recouvre la colline nous séparant du dragon.

Pour nous soustraire à son regard.

Mais pas dans l'idée d'y demeurer cachés.

Volkor-Gonor n'est pas stupide. Il finirait par nous débusquer.

Pour le moment, le dragon ne peut pas nous apercevoir.

Ralentir. Au trot allongé, puis au trot, au pas, on s'arrête. Sous le couvert d'une douzaine de grands sapins tordus.

On entend le sifflement des oiseaux.

Nos respirations produisent des nuages de vapeur fine.

Le cœur battant, je tapote l'encolure de Chrysaor. Mon compagnon d'armes.

« Le dragon va passer au-dessus de nous. »

Pas tout à fait. À une douzaine de toises plus au nord, avec pour objectif l'endroit où il pense que nous nous sommes écrasés. Sa masse et sa vitesse sont telles que son passage produit du vent, même à cette distance.

« Son attention est attirée là-bas. Il faut en profiter. »

Des genoux et des rênes, je relance le mouvement. *Redécoller, vite ! Pour passer derrière lui sans qu'il nous voie !* Mais des branches recouvrent le dessus du chemin, comme un dôme. *Tant pis.*

« Allez ! »

Chrysaor hésite, il pressent que ce qui nous attend s'annonce douloureux.

« Allez-y !!! »

Trois foulées d'élan et le pégase nous catapulte vers les hauteurs dans un fracas de ramures brisées. Les griffes de bois lacèrent le tissu de mes vêtements, éraflant son pelage gris en plusieurs endroits. Ça cingle mais la maigreur des branches ne nous inflige que des blessures mineures.

J'aurais souhaité tailler la route et fuir directement, loin du reptile ailé, vers Kosigan, mais les nuages filandreux à cet endroit ne l'autorisent pas. Ils ne recouvrent qu'une infime fraction du ciel et leur densité ne suffirait pas à nous offrir une couverture digne de ce nom. Le monstre nous repérerait et nous serions obligés de fuir. Or, en termes de vitesse, Chrysaor sortirait perdant d'une telle chasse.

Nous émergeons à une vingtaine de toises derrière la bête.

Pas le choix !

Nous devons nous placer dans son sillage ! En hâte !

Mais ce n'est pas tout près.

Devant nous, Volkor-Gonor ralentit et se met à planer en profitant de son élan. Il gîte légèrement, frappé par un vent de côté qui délivre parfois quelques bourrasques.

On a une chance de le rattraper.

La dernière solution qui s'offre à nous ressemble à un suicide, mais les vieux dragons sont réputés pour leur courte vue.

Qui ose gagne, pas vrai ?

Évidemment, ce n'est pas une science exacte…

Je pique des deux[38], tout en approchant ma bouche des oreilles de Chrysaor :

« On va se placer juste derrière lui, pour qu'il ne nous voie pas ! Le plus près possible ! »

L'idée ne semble guère enthousiasmer le pégase, qui s'ébroue. Cependant, grâce aux pressions sur ses flancs et aux mots d'encouragement, il finit par accélérer, fendant l'air glacé avec une grâce et une célérité renouvelées.

Plus qu'une dizaine de toises pour recoller avec le dragon.

Faites qu'il ne se retourne pas…

Je détache certaines sangles, quitte à les refixer plus tard, afin de me pencher, joue plaquée contre l'encolure, et d'atténuer la prise au vent. Cela nous fait gagner quelques secondes. Voilà, on y est. Allez. Allez. C'est parfait. On tangue à une toise de l'extrémité barbelée de la queue qui ondule dans l'air. Une demi-toise en contre-bas également. Comme ça, l'énorme corps cramoisi du dragon et ses ailes nous dissimuleront à sa vue, si jamais il lui prenait l'idée saugrenue d'orienter sa tête vers l'arrière.

Tellement près…

La peur me serre l'estomac.

Pour le moment, Volkor-Gonor plane sous le vent, à proximité de la carcasse d'un moulin et d'un pressoir, scrutant les alentours en quête d'un indice de notre destin funeste.

C'est dément…

Et comment comptes-tu t'en sortir, maintenant, grosse maligne ?

Je ne sais pas trop…

Attendre le moment propice pour s'échapper à tire-d'aile vers le soleil ? L'idée n'est pas sans intérêt, sauf que l'astre du jour brille pour l'heure à l'est, vers Albret et donc la gueule du loup…

Je grimace.

Dans quel monde est-ce que cela pourrait bien finir ?

Soudain, l'énorme tête cornue pivote, captant l'éclat d'un rayon de soleil. *Chalaëlle, il risque de nous voir !* Chrysaor a le réflexe de se laisser glisser vers le bas de deux ou trois coudées, afin d'assurer notre cachette.

Le dragon n'a apparemment rien remarqué.

Il entame un virage ample, revenant en direction de la futaie où nous avions précédemment trouvé refuge. Peut-être est-il parvenu à la conclusion que nous y étions dissimulés.

---

38 Faire accélérer une monture en pressant son flanc avec ses deux bottes (à l'origine, équipées d'éperons).

Alors qu'il entame son survol, un grondement grandit en intensité dans sa gorge, jusqu'à exploser en une déflagration. Un jet de magma, d'un orange brûlant, déchire l'azur et les arbres, traçant, durant trente secondes, une traînée de feu dans la canopée. Partout, les troncs et les branches s'embrasent. Du liquide enflammé dégouline comme de la sève sur les écorces, éclaboussant les racines affleurantes.

Toujours dans le sillage de Volkor-Gonor, nous traversons une zone de turbulences et de fumées âcres qui piquent le nez.

Les flammes du brasier se répandent aussi vite que celles d'une torche sur un ballot de paille. Des nuées d'oiseaux, hirondelles et moineaux, s'enfuient à tire-d'aile dans un tumulte de pépiements.

Le dragon achève son passage en reprenant de l'altitude. Il enchaîne sur une série de tournoiements autour de la colline, espérant distinguer les cris de notre agonie.

La situation serait amusante si l'enjeu n'était pas notre survie.

On n'est pas là, saloperie, barre-toi maintenant !

Il n'a pas l'air pressé.

Les colonnes de cendres s'épaississent à chaque fois qu'il les traverse, m'obligeant à retenir ma respiration de peur de trahir notre présence par une quinte de toux. C'est impressionnant, car le temps de deux ou trois pulsations, le monde disparaît dans une mer de scories.

Mierla ! Cette fois, c'est plus long…

Quatre, cinq, six pulsations…

On émerge d'un coup, à la limite du danger ! Les barbelures de la queue pratiquement sous le nez ! Trop proches, bien trop proches ! Je plaque les rênes contre mon ventre. Chrysaor déploie ses ailes au maximum et bat vigoureusement en sens inverse. Malgré cela, son museau touche quand même le bout écarlate. Fugacement. Avant qu'il ne parvienne à reprendre un peu de distance. *Oh, non !*

La créature géante agite mollement son appendice caudal, à la manière d'un chat contrarié, mais ne semble pas y prêter davantage d'attention que si un faucon l'avait percuté par inadvertance.

Chalaëlle, merci !

Aussi discrètement que possible, au milieu des sifflements du vent, nous retrouvons notre position précaire, cachés dans le sillage draconique. Par prudence, Chrysaor se stabilise en prenant une toise supplémentaire de marge. Ce choix limite le risque de collision mais accentue celui d'être détectés.

Un tour supplémentaire à traverser les fumées dans la crainte d'une nouvelle collision. Un autre.

Brusquement, les chitines membraneuses de Volkor-Gonor modifient leur orientation dans un bruit de voiles, elles se mettent à battre puissamment vers le haut, ce qui permet au dragon d'obliquer et de gagner en altitude.

Enfin, cette sale bête décampe !

Devant nous, la cadence des ailes se fait de plus en plus soutenue. En dépit de la puissance de son galop, Chrysaor peine à suivre. Nous sommes distancés, à sept ou huit toises, bientôt neuf. Et il en reste encore deux cents avant d'atteindre le manteau moutonneux.

À découvert.

Si le dragon se retourne, il va nous apercevoir !...

Autant larguer les amarres sans plus attendre et faire *fissa* pour atteindre les nuages dans son dos, au-dessus de nous.

Ciao bello !

D'un geste vif, je lève l'une des longes vers la droite et le haut.

Mon dos se colle au dossier de la selle. Le pégase grimpe en prenant la tangente, fouetté par un fort vent de côté. Les bourrasques secouent. J'essaie de garder l'œil sur Volkor-Gonor.

Encore une trentaine de battements et nous serons à l'abri.

Par les neuf enfers, le dragon ralentit !

Sale pressentiment.

« Volez de toutes vos forces, Chrysaor, de toutes vos forces ! »

Le grand ver aux reflets pourpres pivote sur l'aile.

On y est quasiment !

Le long cou rouge se tord pour scruter vers l'arrière. Vers nous.

Plus que quatre toises ! Je suis capable de discerner la texture des nuages...

Puterelle, il nous a vus !

C'est comme si les énormes yeux d'or de Volkor-Gonor me transperçaient à distance.

Chrysaor ressent ma trouille. Je perçois son découragement.

Nous traversons le fond du lac de cumulus et nous pénétrons au milieu d'un blanc-gris léger, lumineux vers le haut à cause du soleil, mais glacé de myriades de gouttes de gel liquide.

Le rugissement du dragon qui se lance à notre poursuite me file la chair de poule. Chrysaor tremble sous moi.

J'aurais préféré que ce soit à cause du froid...

CHAPITRE 60

Croisée des chemins, nord-est de la cité comtale de Kosigan.

Fin de journée du 2 avril.

Inspiré des *Mémoires de Rodrigue de Xaintraille*, lieutenant-général de la compagnie-louée Tailles et entrailles à la solde du roi de France.

*

À quelques heures de notre assaut contre la forteresse garnie de balistes qui défendait la Croisée des chemins et le passage vers Kosigan-la-belle, une sentinelle vint m'avertir du galop d'un cheval en approche.

Depuis l'éperon boisé sélectionné pour nous tenir lieu de poste d'observation, le regard portait loin au sud et à l'est. C'est de cette direction que provenait le cavalier. D'Arcourt, selon toute vraisemblance.

M'aplatissant sur la pente granitique du promontoire, je le scrutai à loisir tandis que sa silhouette s'agrandissait, de minuscule à petite, puis à nettement visible.

« On jurerait qu'il s'agit d'un messager, monseigneur. Pressé, à l'évidence. Dieu seul sait quelles nouvelles il apporte. Dois-je donner l'ordre de tirer ? Par précaution », me questionna Alfrid d'Ormus, lieutenant des carreaux.

Sur mes ordres, les officiers de la compagnie avaient disposé sur les routes en amont de la Croisée trois poignées de reîtres camouflés, aguerris à l'art de l'embuscade.

« Nenni, répondis-je. Il n'est point l'heure d'agir au risque de trahir notre présence. » J'avais reconnu l'homme sur le cheval, je l'avais côtoyé dans ma jeunesse. Deux ans plus tôt, nous avions simultanément servi le grand connétable Du Guesclin en Normandie. « Par ailleurs, soyez attentif… » Il s'agissait du Bâtard de Kosigan, ancien grand capitaine de route, officiellement retiré des affaires. « Il est en train de ralentir et il bifurque hors du chemin… » L'homme est connu pour détester son oncle, le comte Borogar. « Il pénètre sous les ramures et s'enfonce au travers des fougères au pas allongé. Qu'en déduisez-vous, lieutenant ?

— Qu'il ne va pas prévenir la forteresse de la Croisée d'un quelconque danger.

— À l'évidence. Cela n'est donc pas notre affaire. »

Je faisais erreur.

Aurais-je donné l'ordre de le clouer à cet instant que cela aurait épargné bien des soucis ultérieurs.

Mais le principal à mes yeux, à cet instant précis, était sans nul doute de sortir victorieux de la prise de la Croisée afin de sécuriser le passage de l'ost français. Et en cela, j'obtins satisfaction.

Quoi qu'on en dise, je ne peux donc que me féliciter d'avoir pris le parti de ne pas tenter le diable et d'avoir conservé l'effet de surprise qui nous permit de l'emporter.

CHAPITRE 61

Ciel d'Albret. Matinée du 2 avril.
Relevé d'okram de Dùnevia Illavaëlle.

*

Tremblements, dents qui claquent, peur, vent en corne de brume dans les oreilles.

Volkor-Gonor, le dragon rouge !

À en juger par l'intensité de ses rugissements, il nous rattrape à une allure démentielle !

Cœur en chamade.

Je sens les frissons de panique du pégase sous mes cuisses. Il hennit d'anxiété.

Ça bringuebale en tous sens à cause des turbulences.

Perdus, noyés dans le blanc grisé des nuages, je n'ai aucune idée de l'endroit où nous nous trouvons, pas davantage que de celui d'où nous venons. Seule l'attraction terrestre me donne une idée de l'inclinaison. *Je n'ai pas la tête en bas*. Au triple galop, Chrysaor fend, droit devant, l'atmosphère humide et glacée des cumulus. L'angoisse de chacune de ses foulées se répercute dans mon ventre. Impossible de le guider. Malgré l'énergie qu'il a dépensée, il se jette en avant comme s'il avait les chiens de l'enfer aux trousses.

Ça ne serait pas pire !

Puterelle, il doit être quasiment sur nous !

Vu la réputation de son intelligence, cette saloperie est sans doute capable d'estimer notre position.

Il faut obliquer, changer d'angle, de cap !

Les mugissements s'intensifient… Le monstre n'est plus qu'à une poignée de coudées. À deux doigts de l'impact !

Chalaëlle, déesse aimante, je t'en conjure !

Tout mon corps se tend en prévision du choc.

Le fracas !

Un séisme venu en biais des hauteurs déchire les brumes à un poil de cul de l'arrière-train du pégase. Les ailes de cuir nous bousculent, m'arrachant un cri, le plat de la queue nous propulse dans une série de culbutes. Ailes blanches ballottées, moi aux trois quarts étranglée par les sangles. Ma tête heurte quelque chose. Sans gravité.

Le colossal vaisseau cramoisi garni d'ergots, de crocs et de barbelures fuse et poursuit sa trajectoire vers l'avant-bas. Dans un long grognement de frustration.

Il nous a manqués !

Par quel miracle ?

De peu !

Tout comme nous, il est aveugle dans cette purée de pois !

L'attirance irrésistible de la terre joue à présent contre lui : redresser puis remonter vers le ciel va exiger de lui un effort colossal.

Sans qu'on l'ait voulu, Chrysaor déchire la couche nuageuse et vole à l'air libre.

Je jette un œil fébrile en direction du monstre tandis que le pégase bat des ailes pour rejoindre une autre plaque de cumulus.

Volkor-Gonor peine à freiner sa chute.

On va pouvoir en profiter !

Sa tête s'oriente dans notre direction.

Non !

Il nous repère instantanément.

Nom de…

Il va…

Souffler !

Le jet de magma brûlant fuse vers nous au moment où on pénètre dans le couvert. Si près que l'extrémité de l'aile de Chrysaor prend feu. Le pégase hennit de terreur. Par bonheur, sa vitesse, combinée à l'humidité et à la froidure ambiantes, éteint rapidement les flammes.

Un soupir de soulagement s'échappe de ma bouche. *Le dragon va mettre pas mal de temps à remonter.* D'une main ferme, je l'encourage à poursuivre vers des altitudes plus élevées. Nous émergeons du plafond blanc, laissant une traînée de poussière de nuage dans notre sillage. Le ciel brille d'un beau bleu et le soleil resplendit. Vues du dessus, les îles nuageuses, éventrées par endroits, dévoilent des paysages d'une beauté saisissante.

On s'extasiera plus tard.

Je décèle une petite mer moutonneuse, plus au sud. Suffisamment vaste pour nous planquer, et trois autres, encore plus loin, dans cette direction.

« Par là, Chrysaor, aussi rapidement que vos ailes peuvent nous porter ! »

Si on parvient à atteindre l'une des plus éloignées sans que Volkor-Gonor sache où on est, on aura gagné.

Je regarde vers l'arrière.

Rien pour l'instant.

Une vingtaine de battements d'éternité avant de plonger dans la première nasse cotonneuse et froide. Puis douze supplémentaires pour atteindre la deuxième. Cinq pour la troisième…

À peine y avons-nous trouvé refuge que le rugissement du dragon débouchant en plein ciel nous met du baume au cœur. Il est en rage, frustré, et n'a vraisemblablement aucune idée de la trajectoire que nous avons prise.

Notre nuage est vaste et épais. On y reste cachés.

Je l'entends s'agacer, s'énerver, vriller et grogner. Puis plonger et replonger dans les couches proches de lui.

Je n'ose céder à l'espérance.

Sans réfléchir, je croise les doigts.

Nous profitons des moments où il fouille plus longuement les masses brumeuses les plus grosses pour tailler la route vers un autre abri sans être repérés. Puis un autre, encore. Toujours plus loin.

Le ciel a tendance à se couvrir, ce qui facilite notre fuite.

Au bout d'une vingtaine de minutes, dans un mugissement de défi et de dépit, l'immense dragon s'avoue vaincu. Le bruit irrégulier de son vol s'éloigne à tire-d'aile vers l'est, et je me laisse enfin gagner par le soulagement.

D'une main rendue maladroite par l'air glacé, je flatte l'encolure de Chrysaor et le félicite de nous avoir sauvés. Sous mes cuisses, le pégase fatigué se laisse glisser, cessant tout effort pour dériver au gré des flux qui nous poussent vers l'ouest en même temps que les nuages.

Mon intention est de patienter jusqu'à ce que la douleur de mes doigts dépasse le supportable, par prudence. Le pégase, lui, montre des signes de nervosité mais le gel ne semble pas le déranger. À peine secoue-t-il régulièrement son plumage afin de briser les petits cristaux de glace qui s'y accumulent.

Je m'applique à ne pas penser à Eloi.

Ma gorge se serre, malgré tout. Je me demande si Chrysaor va se laisser mourir de faim à présent que sa compagne l'a quitté, ainsi que le prétendent les légendes.

Quoi qu'il en soit, impossible d'empêcher mes dents de claquer. Avec la baisse de la tension, l'inconfort du froid tourne à l'insupportable. Le monstre rouge a l'air d'avoir réellement renoncé, il est peut-être temps de descendre en quête de températures moins cinglantes.

Advienne que pourra !

Rênes vers le bas, Chrysaor ressort prudemment du couvert. Aucune menace visible en dessous du plafond nuageux. À présent que le fil de ma vie n'est plus sur le point d'être tranché, je remarque à nouveau la buée libérée par nos respirations, le tremblement de mes doigts et le gel de tout mon corps.

Ma main à couper que la glace bat les flammes en enfer !

Moi qui suis si pure, je n'aurai probablement jamais l'occasion de vérifier…

Mais bien sûr…

À mesure que nous perdons de l'altitude, l'atmosphère se fait plus clémente, pourtant j'ai l'impression que des aiguillons courent dans mes veines. Nous dérivons à droite puis à gauche, cherchant les rayons printaniers et les puits de soleil. Cela ne suffit pas, ma peau marbrée pince de plus en plus.

Là ! Ô Chalaëlle, merci !

« Allez, cher Chrysaor, il faut atterrir, maintenant… Vous apercevez cette chapelle ? »

Il baisse la tête comme pour répondre puis incline son vol, descendant rapidement sur une centaine de toises, en approche du sol, avant de se poser au trot allongé, à vingt ou trente foulées du bâtiment isolé. L'église dédiée à sainte Foy se dresse sur le haut d'un promontoire forestier qui domine la vallée.

Chrysaor ralentit en soufflant.

Accrochée à l'encolure, mon regard épuisé croise celui du curé en charge des lieux. L'homme de foi se trouve à l'extérieur, en train de puiser de l'eau au puits voisin, et il nous observe comme s'il voyait Jésus débarquer en tyrolienne.

Il ne se doutait pas que les anges avaient quatre pattes et une crinière…

Punaise, j'ai tellement froid.

Autant pendant la poursuite, j'avais oublié les températures, autant maintenant, mes membres grelottent comme des crécelles. Je dois ressembler à une morte-vivante.

« Asile, mon père, asile ! »

Pieds à terre. Un baiser au cou du pégase. Sans regarder le prêtre, je me précipite au-devant de la double porte de bois et avale trois par trois la volée de marches qui y mène.

Dieux compatissants, faites qu'il y ait des cierges allumés. Des gros. Et des nappes en tissu pour m'enrouler dedans !

Mon nez se met à couler tout seul.

J'éternue en entrant dans la nef.

La tête me tourne comme si ma conscience voulait s'enfuir par mes oreilles.

Ce serait bien que je trouve quelque chose à avaler, aussi.

Le prêtre doit bien avoir des hosties. Faute de mieux.

Un kilo, ce serait un bon début.

Titubante, je m'enroule à la hâte dans le linge de table qui couvre l'autel, m'effondrant à moitié près de bougies au sol.

Dès que j'aurai repris du poil de la bête, je récupérerai Chrysaor et nous filerons à Kosigan, capitaine. Aussitôt que possible. Promis. Vous ne le savez pas encore, mais je suis sûre que vous êtes pressé de découvrir que votre fiancée de jeunesse s'apprête à soupeser vos bourses et à glisser un couteau de chasse en dessous…

LE
BÂTARD

CHAPITRE 62

Remparts extérieurs de Kosigan, porte de l'Aube. Fin de journée du 2 avril.

Relevé d'okram de Pierre Cordwain de Kosigan.

*

« Jarnal et Louis, laissez passer ce cavalier, c'est un Kosigan ! Faut les excuser, monseigneur, ils sont trop jeunes pour vous connaître ! »

À l'entrée des portes principales de la ville, les deux guetteurs d'une vingtaine d'années me toisent depuis le bas de ma monture. Ils jettent un œil torve au sergent d'armes qui les a apostrophés mais le vétéran insiste et accompagne son ordre d'une bourrade.

Drôle d'impression de croiser des gens que l'on a connus adolescent. Son nom s'amuse à se planquer quelque part dans ma mémoire. Il avait à peu près le même âge que les deux jeunes gars à l'époque. Les mêmes traits sur sa caboche, sauf qu'entre-temps quelqu'un de mal intentionné lui a gravé des rides à la serpe sur les joues, les tempes et le front.

« Votre nom, sergent ?

— Léodric, messire Pierre. C'est moi qui vous ai ramassé la fois où votre grand cousin, le seigneur Vladislav, a ordonné à ses camarades de vérifier si vous étiez capable de tenir debout quand dix d'entre eux vous frappaient à coups de bâton. »

On pourrait croire à une blague mais même pas.

Je hoche doucement la tête. J'avais dans les six ans et eux une dizaine. Ils m'avaient pissé dessus aussi. « Bois ça, c'est de la bière pour bâtard… »

qu'ils avaient dit. Les mots dansent encore dans ma tête. Mais c'étaient des violences de gosses, tout ça. J'ai croisé pire depuis. En tout cas, je sais gré au sergent de ne pas chercher à m'humilier en évoquant les détails. Sûr qu'il doit s'en souvenir lui aussi.

Je lui adresse un signe de tête amical avant d'enchaîner :

« Vous voyez qui est dame Alëssandriëlle de Vélan, sergent Léodric ?

— Affirmatif, monseigneur.

— Est-elle passée par ici récemment ? »

Il acquiesce.

« Pressée comme du raisin après les vendanges. On l'a vue enquiller dans la rue du Lavoir. Mon billon qu'elle filait vers la citadelle. On n'a même pas eu le temps de lui dire que personne ne pouvait y pénétrer en ce moment. Ordre de Carrayan.

— Personne à part moi, je suppose.

— Non, m'seigneur, vous y compris, le commandeur a bien donné la consigne en citant votre nom. »

Ma main frotte mon nez puis ma barbe absente qui commence à repousser.

En citant mon nom ?

Quel manque de confiance !…

« Merci, sergent. » Je lui balance six gros d'argent. « À partager avec les jeunots ! Soyez sur vos gardes et avertissez les hommes des remparts. Il n'est pas impossible qu'une armée française se pointe avant bientôt. Vous serez peut-être contraints de relever le pont-levis en urgence.

— Une armée des Lys ? Mais, normalement, le fort de la Croisée… »

Je hausse les épaules.

« Il n'y a rien de certain, je dis juste, soyez prêts, au cas où. »

Je presse les flancs de ma monture, sur le point de partir.

« Dieu vous garde, sergent !

— M'seigneur !

— Ah, et avant que j'y aille, donnez-moi votre épée. »

Il me dévisage.

Je souris et tends la main.

« C'est important. »

Il hésite encore un peu mais finit par s'exécuter.

Une fois le pommeau en pogne, je fais tourner le cheval et le lance au trot. L'espace manque pour galoper. J'oblique assez vite à gauche, le long des murailles, puis tourne rue de la Soif, jusqu'à l'auberge du Crin gris.

Encore deux pâtés de maisons à colombages et j'aurai atteint ma destination.

Le moyen de pénétrer dans le château ni vu ni connu.

Il y a tellement longtemps que je n'ai pas visité mon ancienne nourrice, Marie. Sévérité et affection maternelle. Un phare dans ma jeunesse tourmentée. Pourvu qu'elle soit encore vivante. Elle doit avoisiner les quatre-vingts printemps. D'après les derniers rapports, elle est encore de ce monde, mais ils remontent à plusieurs mois.

Pour entrer dans la citadelle, il y a chez elle un secret dont personne au château n'a entendu parler, pas même ce bon vieux Carrayan.

Croisons les doigts.

Finalement, bien qu'*ad patres* depuis des lustres, mon père va tout de même être utile à son fils unique préféré.

Arrivé à mon âge, il serait temps.

DÙN

CHAPITRE 63

Auberge du Crin gris, cité comtale de Kosigan. Nuit du 2 au 3 avril.
Relevé d'okram de Dùnevia Illavaëlle.

*

Je franchis la grosse porte un peu crasseuse du Crin gris avec un certain soulagement. *Pas mécontente de me retrouver au chaud !* Le dernier vol jusqu'à Kosigan a été glacial. J'ai relâché Chrysaor dans les bois, il ne voulait pas partir. J'espère que je pourrai le retrouver. Qui va s'occuper de lui, sinon ?

La tristesse de la mort d'Eloi, momentanément écartée pendant que je me faufilais en ville, me revient d'un coup. *À cause de la simple vue d'une bouteille d'eau-de-vie*. Ça me fait penser à son eau bénite à fort degré d'alcool… Le souvenir fait naître un sourire sur ma bouche mais ma gorge ne peut s'empêcher de se serrer. J'enfouis tout ça de mon mieux et avance dans la pièce. Les flammes vacillantes des chandelles du grand lustre teintent les murs de pierre de la salle principale de lumières tamisées. L'ambiance de ce genre d'endroit est familière, animée par une amicale cacophonie de voix, de rires et de bruits de verres qui s'entrechoquent. Une odeur légèrement enfumée me chatouille les narines, saturée d'arômes de plats mijotés – civet de lapin, coq au vin, bettes grillées – et de bois brûlant dans la cheminée.

Une trentaine de clients s'affairent autour de tables en bois sombre et épais, signées de coups de couteau et de taches indéfinies. *Pas beaucoup de femmes*. Comme dans toutes les tavernes d'Occident. Et c'est pire en Orient et en Afrique. *Une bagarre ou un coup de surin est si vite arrivé.* J'en compte quand même sept. Dont deux filles de plaisir à la démarche chaloupée et aux échancrures aguichantes, l'épouse un peu rustre du patron, deux serveuses, une dame aux atours d'artisane – vitrailliste ou fustière – et la dernière qui joue aux fléchettes avec des hommes jeunes, sans doute ses frangins.

Deux tours discrets, comme si je cherchais un ami avant de m'asseoir.

Je commence à désespérer.

Une main saisit mon épaule.

Chalaëlle !

Volte-face, avec une touche d'inquiétude.

Je reconnais le grand échalas au faciès grec et à la peau tannée qui me fait face, manteau de voyage aux épaules et bottes de marche aux pieds.

« Qu'un-Coup ? »

Ça faisait un bail. Comme à son habitude, l'arbalétrier reste coi, se contentant d'opiner du chef, un éclat amical dans le regard. Il m'indique une pièce secondaire, plus sombre et petite, derrière lui. Sa pogne me tire dans cette direction. Je lui emboîte le pas, un peu méfiante. À l'intérieur, une table de quatre places, il y a quelqu'un assis. De petite taille, cheveux teints en roux presque rouge, longs, en chignon, qui laissent apercevoir les oreilles, l'une d'elles est coupée sur le bas. De très petite taille.

Un gamin ? *Avec des seins ?* Plutôt une adolescente. *En miniature ?* On discerne mal à la lueur de l'unique bougie. En tout cas, c'est une fille, aux traits avenants, et elle est formée.

Ses robes laissent deviner les rondeurs de son corps.

« Salut, Dùn, elle, c'est Cyprine. »

Cyprine ? Un blaze vraiment pourri.

« Mignon, comme nom. »

Elle ne sourit pas et j'ai le sentiment qu'elle me scrute comme si elle avait envie de me sauter à la gorge. Ses yeux cerclés de rides me mettent au défi de me moquer. *Une gnomette ou une semi-femme d'âge mûr, pas une enfant.* Quarante, cinquante ans ? Dans la pénombre, elle ne les fait pas. Son corps a l'air potelé et mignon. Une de vos connaissances de jeunesse ?

« Alors comme ça, c'est vous la Dùneva – ou je ne sais pas quoi – de Pierrot. »

Jalouse de moi ?

Sa voix à la fois féminine et rauque fait mal à la gorge rien qu'à l'entendre ; pas vraiment laide, mais comme déchirée à coups d'alcool fort.

Pierrot, c'est vous, capitaine ? Je comprends pourquoi vous ne vouliez pas m'en dire trop à propos de votre « ami », c'est une dame de plaisir, pas vrai ? Ce serait elle qui vous aurait déniaisé que ça ne me surprendrait qu'à moitié. Pardon si je suis aussi perspicace que je l'imagine. Et pardon aussi si je me plante.

« Oui, je suis bien Dùnevia Illavaëlle. *A priori* le Bâtard vous accorde sa confiance ? »

Une plaisanterie de mauvais goût m'effleure l'esprit à propos de ce qu'il a dû lui accorder d'autre, mais je me contiens. Déjà qu'elle n'a pas l'air de m'avoir à la bonne.

« Ouais, un beau petit choucard qu'il était dans sa quinzaine, le Pierrot ; et comme en plus il paye bien, il n'a pas tort de se fier à moi. »

Alors qu'elle est encore en train de parler, mon estomac décide de gargouiller sans demander l'autorisation.

Qu'un-Coup fait glisser une grande tartine de pain noir parsemée de cancoillotte, de fines lamelles de jambon et d'éclats de noisettes dans ma direction ; ainsi que son verre, rempli d'une bière d'abbaye.

« Tu as faim, pas vrai ? Vas-y, j'y ai à peine touché. »

Je ne le fais pas répéter et remplis avec délice ma bouche de saveurs et de consistances épaisses.

Il poursuit :

« Cyprine est la matrone des filles du Crin gris mais il se trouve qu'elle émarge aussi chez Carrayan. »

Tu m'en diras tant.

« Bon, mes agneaux, j'ai du travail, si on pouvait passer à la suite cela m'arrangerait. Pierrot m'a filé de l'oseille pour que je relève tous les jours la boîte aux lettres secrète où il m'écrit ses directives à transmettre aux gens qui viendront de sa part. Vous, d'après ses descriptions.

— D'accord. Elle est où, cette boîte à lettres ?

— Au cimetière, sous une pierre descellée à l'arrière de la tombe de son père.

— Je vois. Est-ce que le Bâtard est resté en ville depuis son arrivée ?

— Non, il est parti quelques jours à Arcourt et il m'avait demandé de prévenir l'un de vous deux si jamais vous pointiez le bout de votre nez. Ça n'a pas été le cas. Mais, maintenant, il est revenu. » Elle sort un tas d'écrits, rédigés à l'encre sur des vélins d'environ une paume de large. Sur chacun, je distingue votre sceau. Elle en prend un et le tend à Qu'un-Coup. « J'ai récupéré le dernier il y a moins d'une demi-heure. Tout chaud sorti du four, et j'ai l'impression que vous feriez mieux de ne pas traîner ! »

Qu'un-Coup place le mot sur la table et je lis par-dessus son épaule pendant qu'il murmure :

« Le Bâtard est dans le château. Il pense pouvoir sauver Borogar avec l'aide d'une de ses amies d'enfance.

— Je la connais. » Cyprine pointe du doigt le nom écrit sur le vélin. « Alëssandriëlle de Vélan, le genre mignonne, avec de l'humour. Je la déteste, mais elle est réglo. »

Réglo ? Mon cœur vibre au souvenir des révélations du frère de ladite Alëssandriëlle dans la prison à Albret.

« Vous auriez intérêt à réévaluer votre appréciation, cette traînée roule pour les Français. Pour ce que j'en sais, c'est sans doute elle qui est à l'origine de l'état de santé de Borogar. Et si le Bâtard est persuadé qu'elle est dans son camp, l'affaire à toutes les chances de finir entre quatre planches. Vous voyez le tableau. Il est impératif que vous nous fassiez entrer dans le château d'urgence ! »

La gnomette grimace.

« C'est que… L'entrée principale est interdite, y compris pour moi, depuis hier. Quiconque se voit dans l'impossibilité de produire un sauf-conduit reste dehors. Sans exception. »

Qu'un-Coup prend le relais :

« Amenez-nous voir le commandeur Carrayan, dans ce cas ! Si ce que le Bâtard m'a expliqué est vrai, le siège de la Garde grise se situe dans les sous-sols, au niveau des oubliettes. De là, on devrait pouvoir rejoindre le rez-de-chaussée.

— Je n'ai nullement envie de courir un tel risque. Je me rends là-bas uniquement sur convocation. Le commandeur n'est pas le genre d'homme à goûter au plaisir d'être dérangé. Et personne ne s'amuse à provoquer son mécontentement.

— Bon Dieu, Cyprine, je vous en prie, réfléchissez, Carrayan vous en saura gré si cela aide Borogar ! Et si vous avez le Bâtard à la bonne, vous n'avez sûrement pas envie qu'il lui arrive malheur, pas vrai ? »

Sa tête balance de gauche à droite, pensive, hésitante.

« Vous marquez un point. D'un autre côté, vous accompagner paraît périlleux. Il me faudrait une motivation plus *concrète*, plus *encourageante*. Si vous voyez ce que je veux dire… »

Cette petite vermine cherche à nous extorquer de l'argent. C'est de bonne guerre, mais ça nous retarde et ça m'agace. D'autant que mes poches sont plus vides qu'un seau retourné. Je jette un œil à Qu'un-Coup, il est en train de poser sur la table quelques gros d'argent. La gnome compte les pièces, joue les déçues, elle minaude avec sa voix de caillou frotté contre une râpe :

« Vous devez pouvoir faire mieux que ça, mes agneaux, cherchez bien. »

Bon, ça suffit !

Ma main agrippe son poignet en étau et l'écrase à lui faire mal.

« Par les Fosses noires, Cyprine, on n'a pas le temps de s'amuser ! Alors, ou vous nous amenez à la Garde grise, tout de suite, ou je vous brise les os. Si vous faites la maligne en appelant à l'aide, la première chose que je trancherai sera votre jolie gorge blanche. » Je me lève et force son corps fluet à se coller au mien, d'une main, je lui tâte les seins. « Et au moindre signe de mauvaise volonté, je tailladerai vos outils de travail pour faire bonne mesure, c'est compris ? Répondez sans parler ! »

Son teint vire au blême, elle panique, ouvre la bouche, se ravise et fait oui de la tête.

Eh bien, voilà !

À présent, un petit coup de brosse dans le sens des poils et ça devrait finir de la convaincre.

« En revanche, si vous vous montrez docile, on vous réglera une commission supplémentaire quand on aura retrouvé le Bâtard. Cela vous convient ? Vous pouvez murmurer maintenant. »

Elle hésite à peine le temps d'un battement de cœur.

« D-d'accord, j'accepte.

— À la bonne heure ! Vous savez que vous pouvez presque être agréable quand vous voulez ? »

LE
BÂTARD

CHAPITRE 64

Kosigan. Au début de la soirée du 2 avril.

Inspiré du *Dit des âges finaux*, chroniques à la gloire du clan *d'Urdan d'O*. Cantique des larmes.

*

Or, donc, les Premiers-Conçus, au sommet de leur gloire, sculptèrent la chair de nos ancêtres svartalfár à la moelle de la matière noire. Leurs corps, leurs âmes, leurs esprits furent cousus de Source et trempés dans l'*onir*. Créés, non pour le plaisir esthétique ou ludique, comme tant d'autres créatures des origines, pas plus que pour la sauvagerie des arènes, mais pour le subterfuge, la ruse, la lame et le poison. Ainsi les divinités du génome conférèrent-elles aux meilleurs d'entre eux, la caste des *Ronyin Fuynë*, les Traqueurs des ombres, des amitiés avec la texture des ténèbres et de l'Éther.

Au deuxième soir d'avril, six *Ronyin* du clan *d'Urdan d'O* s'insinuèrent, sveltes et souples, invisibles et silencieux, dans l'écume de la Semi-femme, Semi-Elfe, Alëssandriëlle de Vélan. Ils suivirent l'escouade de gardes gris que le commandeur nommé Carrayan avait confiée à celle-ci. D'ombre en ombre, ils glissèrent sur leurs traces dans le secret des passages et les escaliers trouant le sous-sol du château, jusqu'à proximité de la salle d'audience. Là, encore à l'abri de la diffusion des sons, cinq des dix soldats furent égorgés en l'espace de trois battements de cœur. Bien qu'affûtés, deux autres moururent avant que l'effet de surprise ne se dissipe.

La Semi-Elfe disposa elle-même de l'officier qui faisait volte-face. Quant aux trois derniers, leur sens tactique peut être loué : prenant conscience de leur infériorité, l'un d'eux se sacrifia pour tenter une diversion tandis que ses camarades prenaient le large vers les portes d'apparat, le grand hall et l'espérance de renforts. Alors que le courageux s'effondrait, les traits des arbalètes de poing clouèrent l'élan des fuyards, dans la nuque pour l'un, au creux des genoux pour l'autre, et il fallut un dernier sifflement pour sceller la sentence du destin.

Par malchance, deux serviteurs pénétrèrent à cet instant dans la pénombre de la pièce. Jeunes pages, échansons, porteurs de bouteilles de vin clairet qu'ils escomptaient sans doute placer sur une desserte d'argent dans l'attente d'un quelconque événement. L'un d'eux brandissait une lanterne à huile. Leur peau tourna au livide à l'instant où leurs yeux, discernant des silhouettes hostiles, s'écarquillèrent, mais la chance de crier leur fut refusée.

Un hoquet de pitié échappa à la sang-mêlé de Vélan, elle émit une supplique mais ne put amadouer les traqueurs. Les enfants moururent sans souffrance, le fil de leur future vie d'adulte sectionné en un souffle par le métal noir effilé.

Il ne restait plus, à en croire la demi-humaine, que cinq hommes de la Garde grise dans les murs. Les plus compétents. Ainsi, certainement, que d'autres serviteurs, quelques familles de haute naissance et, bien sûr, les proies appartenant à la maison de Kosigan.

Avant de poursuivre leur sanglante besogne, les nôtres firent demi-tour pour ouvrir le passage pour le prochain maître des lieux, Mordred de Kosigan.

Le tiers d'une heure plus tard, la jonction effectuée, ils s'avancèrent tous ensemble, environnés de ténèbres, afin d'exaucer les vœux de rébellion du Corbeau de guerre, Frère des dragons et Espoir des dieux anciens.

CHAPITRE 65

Grange forestière d'Épineuil, au nord de la cité de Kosigan.
Relevé d'okram de Gérard de Rais.

*

« Capitaine, le fort de la Croisée est tombé ! »

Cautelle pénètre sous ma tente, agité comme une puce.

On vient à peine de monter le camp et déjà des emmerdes ?

La compagnie des Loups s'est installée à un tiers de lieue de la Croisée, sur le pourtour d'une ferme louée pour le Bâtard en prévision de son retour à Kosigan. Visiblement, il n'a jamais eu l'occasion d'y mettre les pieds.

« En si peu de temps ? Accouche, il s'est passé quoi ? »

Le semi-homme a certainement couru à toutes pattes jusqu'ici, son souffle est court et son visage rouge malgré le froid.

« Pas facile d'avoir de certitudes, chef. On était en surplomb, en observation, selon vos ordres, avec Long-Pas et Six-Mai. Brusquement, il y a eu de la fumée, épaisse et sale, d'incendie. Long-Pas, qui a des yeux d'épervier, jure que ce sont des Elfes sombres, du genre de ceux du massacre de Bruges, qui ont balancé les sentinelles du haut des remparts et baissé le pont-levis pour l'assaut.

— Des Elfes noirs ? *Pute-vierge !* Un assaut des Français ?

— Affirmatif, capitaine. Des hommes à pied, vougiers et épéistes. Ils étaient planqués dans la forêt à cinquante toises. Le baroud a duré à peine le quart d'une heure. Vous voulez que la compagnie fasse mouvement ?

— Par les neuf, non ! C'est déjà beau qu'on soit venus jusque-là. Pas question d'outrepasser la *condotta*, on va faire ce pourquoi le Bâtard nous a arrosés et c'est tout. Et si, quand il pointera le bout de sa queue, notre ancien pacha ne nous balance pas une rallonge conséquente, on rembarque les malles et on dégage !

— Mais, Gérard…

— *Capitaine !…* Je sais que tu l'as à la bonne, cette enflure de Kosigan, et moi aussi. D'une certaine manière. Mais pour l'instant il nous a préemptés pour qu'on soit là pour le soutenir en figuration, et c'est tout. S'il veut notre sang et nos armes, il a intérêt à financer ! Je mène une compagnie de guerre, moi, pas un groupe de pèlerins pour Compostelle. Combien ils étaient, les gars du Lys ?

— C'étaient des épées louées, pas des lances de l'ost de Charles V. Une avant-garde, chargée du coup de poing. Il y avait une bannière française, mais la plus grande était celle du vieux Xaintraille, d'argent et de gueules, avec deux croix et deux lions. Trente ou trente-cinq routiers, en tout. Nous, on est une cinquantaine… On leur claque le museau ?

— J'ai dit non ! Pas avant d'avoir de la visibilité. La Croisée, c'est pas nos oignons. Je viens de recevoir un faucon de Qu'un-Coup qui jure que le Bâtard nous attend au château, mais quelque chose me dit qu'il veut me faire avaler des salades. Ce n'est pas ce qui était prévu, il devait venir nous retrouver ici. Je déteste quand les événements ne collent pas au programme, et, par les couilles du Malin, ça se passe quasiment toujours comme ça ! »

Les perles noires des yeux du semi-homme brillent.

« On va y aller, alors ? Vous avez beau râler, chef, c'est une occasion en or d'accumuler du magot sans trop prendre de risques.

— Sans trop prendre de risques, tu en as de bonnes. C'est un coup à se retrouver sur la liste noire de la Bourgogne et du royaume de France en une seule journée… Il faut que je réfléchisse à ce qui serait le plus honorable, le moins risqué et surtout à ce qui peut nous rapporter le plus en écus sonnants et trébuchants ! »

CHAPITRE 66

Passage secret qui mène au château de Kosigan. Nuit du 2 au 3 avril.
Relevé d'okram du Bâtard.

*

Les crépitements de ma torche projettent des ombres sur les murs du tunnel. La tête renversée, je gobe le dernier œuf maraudé dans l'un des poulaillers croisés en cours de route et jette la coquille par terre.

C'est ici !

Il me semble.

À cet endroit, une partie de la paroi tient lieu de sortie au passage secret qui rejoint la chambre et les salles de vie des anciens appartements de mon paternel. Il m'est arrivé de l'emprunter deux ou trois fois. La dernière était le lendemain de son décès, juste après qu'une tentative d'assassinat m'eut fait comprendre que la protection dont il me gratifiait ne tenait plus après sa mort. Honnêtement, je n'avais jamais pris conscience qu'il me servait à ce point de bouclier. Comment l'aurais-je pu ? Gregor de Kosigan m'avait reconnu à la naissance, par amour pour ma mère, mais ma bâtardise lui avait toujours fait honte. Il était trop fier pour m'adresser la parole et n'avait pas hésité à me livrer en pâture à Carrayan peu de temps après la mort de ma mère.

Mon ancien mentor. Presque un père de substitution. Celui qui a fait de moi un homme. Un manipulateur. Un meurtrier. Un paria. Est-ce que la chasse à l'homme qu'il avait lancée contre moi après ma fuite de Kosigan n'avait réellement été qu'une mauvaise comédie ? Difficile à avaler mais pourquoi pas ? S'il s'agissait d'une manœuvre, il faut avouer qu'elle était brillante, dédouanant la maison de Kosigan du décès de la pupille du duc de Bourgogne tout en satisfaisant la soif de vengeance de mon oncle et en offrant l'opportunité au commandeur, par l'intermédiaire de Gérard de Rais, d'utiliser mes talents pour renseigner la Garde grise sans que j'en aie conscience. Carton plein. *L'enfoiré*.

Il est tellement doué que j'ai du mal à croire qu'il ne joue aucun rôle dans la situation actuelle. Pourtant, je suis bien placé pour savoir que, quand il vous manque certains éléments clefs, tirer les bonnes conclusions s'avère presque impossible.

Dans le cas présent, la fidélité de Carrayan à Borogar et à la maison de Kosigan remonte à des décennies avant ma venue au monde. Un Serment de sang, inaltérable, inviolable.

Mes doigts parcourent le tracé des démarcations non linéaires délimitant le portail de pierre. À la lueur des flammes, la roche les fait passer pour d'infimes fêlures, à peine plus épaisses que les poils d'une barbe. Quiconque ignore leur présence est incapable de les discerner. Je hoche la tête respectueusement. Une œuvre de bâtisseurs virtuoses, en l'occurrence les maîtres *dweorgs*[39] d'Altarac, grands ciseleurs et tailleurs de roc devant l'éternel. Avant mon exil, la vieille Marie m'avait raconté de quelle manière ils avaient réalisé ce chef-d'œuvre, dissimulés plusieurs mois sous terre, au cours des trois années durant lesquelles Borogar et Carrayan guerroyaient dans les Vosges et le Jura, pendant les Croisades noires. Mon père, qui tenait lieu de régent à l'époque, avait payé les nains en secret pour construire sa propre voie de repli. Pour quelle obscure raison, alors que les soubassements du château ressemblaient déjà à un gruyère ? Mystère. Peut-être se défiait-il de la Garde grise ou de son frère ? Pourtant, l'un et l'autre m'avaient toujours paru proches, mais était-ce déjà le cas avant ma naissance ?

Quoi qu'il en soit, les nains avaient accompli un travail remarquable en s'appuyant sur un boyau du puits asséché, creusé dans la chambre de mon paternel au temps de la jeunesse du château, bien avant que Gregor n'y installe ses malles. Comblé depuis des lustres, les *dweorgs* l'avaient dégagé et garni d'arceaux d'un alliage de fer et d'adamante en guise d'échelons pour descendre et monter. La porte imitation pierre dont je cherche

39 Nains.

l'ouverture relie le puits en question à un passage foré qui s'étire jusque dans les jardins de la maison de Marie.

Saleté d'années qui s'accumulent et érodent les souvenirs.

Ça devrait être là.

Je me remémore la zone approximative mais rien à faire pour mettre la main sur l'endroit précis où se loge la petite cavité de fausse roche protégeant le mécanisme d'ouverture.

Bien que jeune à l'époque, j'avais tout de suite compris l'intérêt de ne révéler l'existence du tunnel à personne. Aujourd'hui, je pense être le seul à en connaître l'existence, exception faite de Marie, évidemment, s'il s'avère qu'elle est encore en vie.

Une petite vague de remords.

J'aurais peut-être dû vérifier.

Non, tu as bien fait, le temps presse.

Quand je suis passé dans son jardin, j'ai privilégié la discrétion en poussant la porte du poulailler attenant au mur ouest, puis en déboîtant les trois clapiers à lapin permettant de se glisser derrière la double paroi.

Je reviendrai la voir dès que l'occasion se présentera.

Après tout, elle est l'une des raisons de ma présence à Kosigan.

Personne ne connaissait mieux ma mère qu'elle.

Et il y a mille questions que mon exil à dix-huit ans m'a empêché de lui poser.

Ici !

Le mécanisme se trouvait plus à gauche que je le pensais.

Dans un grincement somme toute modéré vu que personne ne l'a fait jouer depuis des décennies, le pan de mur s'efface en arrondi, lentement, comme à regret. Les flammes de ma torche frissonnent, elles éclairent le fond du puits qui n'a pas beaucoup changé, sec, sale, poussiéreux, encombré de toiles d'araignée.

Fascinant comme les fils blanchâtres fondent facilement au contact des flammes alors qu'ils emprisonnent et étouffent des cafards, des mulots, de petits oiseaux.

Je lève les yeux pour juger de la dernière ligne droite. Le conduit éclairé par la torche s'élève sur trois toises jusqu'à un faux sol escamotable. On aboutit à l'intérieur de l'échauguette attenante à l'ancienne chambre de mon paternel. L'espace circulaire a été muré et il faut emprunter une ultime porte coulissante pour passer de l'autre côté.

En avant !

Les échelons forgés sont aussi froids et solides que dans mon souvenir. J'en gravis quelques-uns prudemment, puis achève mon escalade plus rapidement. En haut, le métal terni du dispositif d'ouverture n'est pas dissimulé.

J'écoute attentivement. Aucun bruit. J'actionne le levier. Ça grince en me cédant le passage. *Ne pas refermer, au cas où*. Une fois dans la tourelle, je colle mon oreille à la paroi. Rebelotte. L'épaisseur du mur n'éteint pas entièrement les sons. Ce coup-ci, je discerne une voix, puis deux.

Des chuchotements d'adultes. Apeurés. Des gémissements d'enfants.

Je connais au moins une de ces voix, et ce n'est pas celle d'Alëss.

Vladislav !

Mes doigts font jouer le système d'ouverture. Les engrenages fatigués protestent mais obéissent à la mécanique complexe sans produire quasiment aucun bruit.

La chambre dans laquelle je pénètre est sombre. Je referme derrière moi. Une mince lumière sous la porte indique que la pièce attenante, en revanche, est éclairée. C'est de là que proviennent les murmures.

Ma main se pose sur la clenche.

J'ouvre doucement.

Eh merde, je m'en doutais !

CHAPITRE 67

Anciens appartements de Gregor de Kosigan, premier étage du château, aile sud. Nuit du 2 au 3 avril.

Relevé d'okram du Bâtard.

*

« Par la Pierre noire, je le savais. C'est toi, Cordwain, c'est *toi* qui es derrière tout ça ! J'en aurais mis ma main au feu ! »

Vladislav, face à moi, à trois mètres, protège de son épée brandie sa femme et ses deux enfants, comme s'il se trouvait face à un animal sauvage sur le point de mordre. Une partie de ses longs cheveux striés de blanc s'échappe du chignon traditionnel porté par les comtes de la maison de Kosigan ou leur premier héritier. À la lumière de deux lampes à huile, il paraît blessé, sa main gauche et sa jambe dégoulinent de sang. Ses bras tendus tremblent d'hésitation, entre effroi et colère. Comment se nomment ses deux rejetons déjà ? Andreï pour le garçon, sept ans, et Iéléna pour la fille, trois ans. Toujours des noms slaves pour rappeler les origines de la famille. Il y en a eu un ou deux autres mais ils sont morts à la naissance ou peu après. Et sa femme ? Bertrane de Nevers, il me semble.

Je tarde à répondre, alors, pour prendre les devants, Vlad se redresse et jaillit sur moi, pointe de son arme en avant, ciblant mon cœur. Mon cousin sait se battre, l'usure de sa lame le démontre. Mais son expérience ne peut se comparer à la mienne. Par réflexe, mon corps se décale, son épée transperce le vide. Ma poigne saisit sa main de garde et la tord. Pas de quoi casser les os, mais suffisamment pour que la douleur lui fasse lâcher prise. Je le heurte à l'épaule pour le déséquilibrer et il cogne le sol avec rudesse. L'acier résonne sur le pavement.

« Au nom du Ciel, de grâce, messire Cordwain, laissez mon mari tranquille, je vous en conjure ! »

Bertrane de Nevers a la voix d'une femme de tête, sûre d'elle et pleine du charme de la quarantaine. Je lui adresse un regard respectueux mais mes yeux lui disent que rien n'est gagné. Les enfants se sont réfugiés dans ses bras, le visage enfoui contre ses robes, ils pleurent sans pour autant crier.

Il suffirait de les éliminer tous les quatre pour que mes chances de devenir comte de Kosigan deviennent quasiment incontournables.

J'ignore les détails de la situation mais il y a fort à parier que Borogar est déjà clamsé. Quant à Anastasia, la sœur cadette de Vlad et de Wench, j'ignore si elle se trouve à Kosigan, mais en tant qu'abbesse, elle n'aura jamais d'enfants.

La gourmandise… mon défaut préféré. Un vice qui s'applique autant à la richesse et au pouvoir qu'aux croustilles aux noisettes et amandes.

Ce ne serait pas pour me déplaire d'ajouter mon comté natal à la liste de mes domaines. Un juste retour des choses en regard de la honte et des dangers que m'a valus l'exil. Mais, en l'occurrence, personne ne m'a embauché pour jouer les bouchers, et ma présence en ces lieux vise davantage à arracher des informations au passé qu'à accroître ma richesse et mon pouvoir personnel.

Et, bien sûr, il y a le léger détail du Serment de sang que m'a fait prêter Carrayan. Il court jusqu'au 30 avril, après cela, on pourra éventuellement reconsidérer la situation…

Je grimace.

« On garde ses nerfs, je vous prie ! »

Visiblement, le château est sous le coup de l'attaque qu'Alëssa tentait d'empêcher et le danger a convaincu les mômes de Vlad de faire le moins de bruit possible.

Inutile d'affirmer que toute cette mignonne petite famille ne risque rien avec moi, ce serait mentir.

D'une voix retenue vaguement menaçante, je demande :

« Que se passe-t-il exactement ici, Vlad ?… »

Je tords toujours douloureusement sa main mais ma lame sur sa pomme d'Adam desserre sa morsure pour le laisser parler.

« Les gardes sont tous morts, Cordwain… Tes saletés d'Elfes noirs les ont étrillés par surprise. Je suis parvenu à m'enfuir et j'ai amené Bertrane et les enfants ici, pour nous cacher dans la chambre désaffectée de ton père.

— Et Borogar ? »

Il hausse les épaules.

« Il est toujours agonisant. Je ne crois pas que tes assassins pourront l'atteindre. Carrayan a fait quérir des chevaliers inquisiteurs d'Avignon, menés par le grand accusateur Hugues de Saint-Saëns. Depuis deux jours, ils sont dix à veiller sur mon père. »

D'un revers de l'avant-bras, je frotte mon front, puis mes yeux, puis mon nez.

Finalement, on n'a peut-être pas tant besoin de moi que ça ici.

« Tu as vu Alëssandriëlle de Vélan à l'intérieur du château ? »

Il ne répond pas.

L'acier de ma lame se fait menaçant.

Une dénégation de la tête.

« Elle doit être avec Carrayan, je suppose.

— Et où se trouve notre dangereux commandeur ?

— Certainement à l'abri sous la citadelle, en train de se préparer à investir le château avec la Garde grise. Tu vois, à part moi, tes plans n'aboutiront pas cette nuit. À présent, si tu as une once d'humanité, laisse vivre ma femme et mes enfants et achève-moi, qu'on en finisse !

— Ne me tente pas, vélure, après ce que tu m'as fait subir ! »

Je laisse le silence s'éterniser. Histoire qu'il comprenne…

« Merde, Cordwain, tu ne veux pas me tuer, c'est ça ? Mais alors qu'est-ce que tu fous ici ? »

Comment tourner l'idée que je venais à sa rescousse alors que toute personne assistant à la scène jurerait que ma lame est sur le point de le raser de très très près ?

Je le lui dis quand même, un sourire désabusé aux lèvres.

Après un nouvel instant de silence, il laisse échapper un rire silencieux.

« Bon Dieu, je n'en reviens pas. Tu l'ignores, mais c'est mon père qui m'encourageait à te harceler à l'époque. Il m'offrait même des cadeaux pour ça. Pendant un an, il m'a demandé d'arrêter. Puis ta mère a été assassinée par ce raid de brigands à Kerbuck et il m'a contraint à recommencer. Peu de temps avant ta fuite, il voulait même te faire disparaître définitivement. Mais ça, je ne l'ai pas accepté.

— Tu ne l'as pas… Mais pourquoi ? Tu me détestais.

— Je ne sais pas trop. J'avais mûri, je suppose, je te trouvais courageux, et puis, quoi qu'on en dise, tu faisais partie de la famille.

— Pour quelle foutue raison est-ce que Borogar m'en voulait à ce point ?

— Aucune idée. Il n'a jamais voulu me le dire.

— Et pourquoi parfois oui, parfois non ?

— Je n'ai pas davantage de réponses à cette question. Si le vieux se rétablit et qu'il renonce à te couper le cou, tu auras peut-être l'occasion de lui demander. »

Je ne miserais pas dix sous là-dessus.

« Il est encore capable de parler ?

— La plupart du temps, non, mais hier il a repris conscience quelques minutes. »

Vraisemblablement, toute cette histoire tourne autour d'une affaire personnelle. Quelque chose qui s'est déroulé ou qui ne s'est pas déroulé entre Borogar, son frère Gregor, ma mère Jehanne et les dieux savent qui d'autre encore.

Marie…

On verra ce que j'arrive à glaner ici, mais elle garde certainement certains secrets.

Pour le moment, même si l'espoir de tirer des informations de la bouche de Borogar est proche du néant, je dois tout tenter pour le rencontrer. Avant qu'il ne me claque entre les pattes.

Seulement, pour l'atteindre, il me faudrait quelques renseignements.

« Combien y avait-il d'Elfes noirs, Vladislav ?

— Cinq, six peut-être.

— Les chevaliers inquisiteurs sont-ils au courant de leur présence ?

— Tu prétends que ces créatures de la mort ne seraient pas de mèche avec toi ?

— En effet. Si tu ne le sais pas encore, c'est que Carrayan n'a pas fait son boulot. Ou alors qu'il conserve ses informations pour le comte de Kosigan *en titre*. Les clans svartalfár qui ont survécu aux croisades sont peu nombreux, mais ils sont les alliés de Nirdrym, l'éminence grise du roi de France.

— Les Français ?

— Qui d'autre ? J'ignore comment ils se sont débrouillés mais ils ont pris Albret. Et tout porte à croire que s'ils déstabilisent Kosigan, ils fondront sur Arcourt pour une attaque-surprise.

— *Dostallo* ! Impossible, la presque totalité de leur ost se bat au nord contre les chevaliers d'Edward III d'Angleterre.

— C'est ce que je croyais aussi. Seulement, s'ils sont sur le point de déclarer la guerre à la Bourgogne, leurs forces dans la région doivent être plus conséquentes qu'on ne le pense.

— Si jamais ils étaient vainqueurs, cela signifierait la chute de notre maison !

— À l'évidence. Maintenant, dis-moi, est-ce que les inquisiteurs savent pour les Elfes noirs ?

— Non, enfin, je ne crois pas. Ils ont dû entendre les bruits de combat mais je suppose que leur discipline les a empêchés d'aller voir. Ils sont sur leurs gardes mais ils ne connaissent pas la nature du danger qui les menace. Sauf s'ils ont déjà subi une attaque. »

J'inspire avec force et libère mon cousin de la pression de ma lame.

Il s'éloigne promptement pour rejoindre les siens.

Nos regards s'affrontent et se mesurent.

Je vois un seigneur, un futur comte, conscient de ses devoirs.

Il n'a plus rien du gamin vicieux que j'aurais presque eu plaisir à étriper.

Dommage.

« Bon, restez cachés ici ! »

Il faut que je tente la maigre chance qu'il me reste de parler à Borogar avant que ce vieil enfoiré ne passe de vie à trépas. Une vague inquiétude pour Alëss, aussi. Où est-ce qu'elle peut bien être ? Je n'ai guère envie de la perdre à nouveau sans avoir eu l'occasion de parler.

« Je vais sortir dans le couloir et tenter de gagner l'aile des appartements de Borogar. »

Vlad et son épouse me dévisagent, atterrés. Les enfants se sont plus ou moins calmés.

« Attends, Cordwain. Avant de te suicider, dis-nous comment tu es arrivé dans la chambre de Gregor. Pas par la porte, de toute évidence… »

Oh non, pas question de révéler mon secret.

« J'y suis depuis quelques heures, Alëssandriëlle devait m'y rejoindre. Je suis inquiet pour elle. »

Au moins, ça, c'est vrai.

« À présent, soufflez les lampes. Cela diminuera les risques de vous faire repérer. Donnez-les-moi. Et priez, en attendant l'aube ! »

Seul contre plusieurs Svartalfár, en pleine nuit ?

Voilà un challenge que n'aurait pas renié Ulysse.

Heureusement, j'ai quelques idées qui pourraient aider.

Tu penses ça pour cacher ta trouille !

Et alors, ça n'est pas interdit, si ?

CHAPITRE 68

Jardin de la maison de ville offerte à Marie Hoberel par feu Gregor de Kosigan. Kosigan, nuit du 2 au 3 avril.

Librement inspiré de rares entrées disponibles dans les *Annales de la Garde grise.*

*

Fermé !

Clos, scellé, verrouillé, bloqué !

Les mâchoires métalliques du chef de la Garde grise, Slynt Carrayan, se serrent.

À la lumière des torches de la troupe, l'entrée du passage secret dissimulé derrière le poulailler de la vieille Marie est coincée. Cadenassée de l'intérieur, impossible à forcer !

Enfer !

Le commandeur réalise ce que cela signifie : Cordwain est passé par ici il y a peu, il est le seul à connaître l'existence de cette galerie de traverse, creusée par son père Gregor. Carrayan lui-même n'en a découvert le secret que tardivement, lors d'une mission diplomatique auprès du royaume nain d'Enibelungen, il y a cinq ans. Le retour du Bâtard avait été envisagé, voire anticipé, mais le camp dans lequel son ancien protégé se trouve actuellement n'est toujours pas clair aux yeux du maître-espion. Selon les dires de Gérard de Rais, Cordwain semblait « relativement sincère » dans son désir de faire amende honorable et de s'établir à Kosigan. Le condottiere breton affirme que son ancien chef n'a rien à voir avec l'état de Borogar. Mais le commandeur peut-il fonder ses plans sur de telles assurances ? Son ancien protégé est réputé pour ses manœuvres tortueuses.

Si le disciple met le mentor en difficulté, celui-ci ne peut s'en prendre qu'à lui-même.

En théorie, le Bâtard aurait dû venir faire son rapport. S'il s'est infiltré à l'intérieur du château sans s'annoncer, cela ne peut être qu'inquiétant pour le jeu du commandeur. D'autant qu'en coinçant l'ouverture du passage secret, il lui pose un grave problème de temps. Celui nécessaire pour rejoindre le premier étage du palais où se situe la chambre du comte et celle du seigneur Vladislav. L'urgence est de mise, car Carrayan a déjà du retard, il a dû envoyer des éclaireurs pour juger de la situation à la Croisée, récupérer certains de ses hommes en poste sur les remparts, et il a un rendez-vous à honorer.

Défoncer le sas de pierre qui interdit l'accès à la galerie souterraine prendrait au bas mot une demi-heure. Inutile de tergiverser ou de maudire le sort. Il faut s'adapter.

Repasser par le quartier général de la Garde dans les oubliettes ? Il y a là un escalier discret qui mène à la salle du trône, mais cela signifierait contourner toute la citadelle. *Un bon quart d'heure, peut-être plus.*

Le commandeur pivote en s'adressant à la douzaine d'hommes de la Garde grise qui l'accompagnent :

« On prend la rue des Bons Enfants pour rejoindre l'esplanade du château, on va passer par l'entrée principale, c'est le plus près ! »

Une dizaine de minutes, tout de même.

« Au pas de course ! »

Et il joint le geste à la parole en s'élançant en foulées allongées. Poings serrés. Colère au ventre.

DÙN

CHAPITRE 69

Abords et sous-sol du château de Kosigan. Nuit du 2 au 3 avril.
Relevé de la pierre d'Okma de Dùn.

*

J'ai noué une corde à la taille de la matrone des filles de joie du Crin gris afin d'éviter qu'elle ne nous fausse compagnie. Qu'un-Coup la tient en laisse tandis que nous avançons sur une sente au flanc de la pente ouest du château. Éclairés par la lune voilée de nuages, nous nous dirigeons vers l'entrée des souterrains qui servent de pénates à la Garde grise.

« C'est ici ! »

Dame Cyprine nous fait passer une trappe, on pénètre dans un corridor. Un peu à regret, elle nous met au parfum pour qu'on évite un piège coupe-jambe.

Sa voix murmure :

« C'est bizarre, il devrait y avoir des sentinelles ici. »

Ah !

« Restons sur nos gardes et poursuivons. »

Nous enquillons une trentaine de pas à l'intérieur du boyau pierreux qui mène aux oubliettes, le cœur des activités de la Garde grise. Les lieux sont aussi vides qu'un œuf après qu'on l'a gobé, ce qui signifie que le commandeur a embarqué la totalité de ses hommes avec lui. Pour aller où ? Mystère.

« Si le Bâtard se trouve à l'intérieur du château, il faut qu'on le rejoigne au plus vite. Il doit être prévenu pour Alëssandriëlle ! »

Je ressens une espèce de satisfaction de placer cette fille dans la catégorie des ennemis, et j'ai l'impression que c'est également le cas de Cyprine. Pour la première fois, elle m'adresse un vague sourire.

« Vous avez raison. Mais comme je vous l'ai dit, nous ne pouvons pas passer par le pont extérieur. Venez, je connais un colimaçon qui débouche au rez-de-chaussée dans la salle du trône. »

Je hoche affirmativement la tête.

« Hâtons-nous. »

C'est maintenant que les choses vont se corser.

LE
BÂTARD

CHAPITRE 70

Hall principal du premier étage du château de Kosigan, nuit du 2 au 3 avril.

Relevé d'okram de Pierre Cordwain de Kosigan.

*

Les battements lents et réguliers de mon cœur marquent le rythme de ma progression le long des couloirs. Tous sens aux aguets. Le dos à demi appuyé contre le mur, je me glisse, pas chassé après pas chassé, dans les ténèbres.

Plus noir que dans le fondement d'un âne !

Autant être aveugle, mais ça ne me dérange pas trop, je suis rompu à cet exercice, pratiqué des centaines de fois au cours des séances de quasi-torture que me faisait subir Carrayan lors de mes entraînements de jeunesse. Comme le veut la technique qu'il m'a enseignée, j'ai détaché mon fourreau et m'en sers, en main gauche, comme d'une canne, genoux fléchis, explorant l'espace avec une précaution méticuleuse. Quant aux ennemis potentiels, s'ils veulent me trucider, il faudra bien qu'ils bougent et qu'ils respirent. Ma sensibilité auditive m'occasionne parfois des maux de crâne, mais en cas de combat nocturne, c'est l'alliée idéale. Surprise et efficacité garanties.

Évidemment, il n'est pas toujours aisé de différencier alliés et adversaires, mais en l'occurrence la question ne devrait pas se poser. *Si c'est Alëss, je reconnaîtrai son pas... je crois.* Et dans l'hypothèse de chevaliers inquisiteurs, leurs armures pourraient tout aussi bien porter des clochettes… Sans parler du fait qu'ils ne se risqueraient pas dans le noir sans torche ni lanterne.

Se faufiler sans croiser personne serait tout de même la solution idéale.

On verra bien. *Si on peut dire…*

À mesure de ma progression, mes yeux distinguent une once de lueur. En m'approchant, elle dessine l'angle d'un mur. Le corridor forme un coude à cet endroit, il s'éloigne ensuite sur une dizaine de toises, jusqu'à un vaste hall éclairé qui marque le haut des escaliers provenant des salles d'audience du rez-de-chaussée. Je connais cet endroit. Le palier offre une double hauteur sous plafond incluant le deuxième étage et ses parois comportent quatre balcons défensifs en surplomb. *S'ils sont occupés par des ennemis, je vais devoir passer en force.* Partir à toute allure, par exemple, aisir[40], plonger, rouler, filer comme le vent, en tablant sur la stupéfaction. Trois ou quatre secondes devraient suffire.

On avisera sur place.

Profitant de discerner un peu mieux les alentours, je replace le fourreau à ma ceinture et poursuis en direction du hall. À une vingtaine de pas à droite, côté est, hors de mon champ de vision, se situe l'aile des appartements de Borogar. En face du couloir par lequel j'arrive, une porte close débouche sur le couloir réservé aux invités, bannerets, alliés ou grands seigneurs en visite.

Tout semble calme.

Pourtant, les poils sur ma nuque se dressent.

Mâchoire verrouillée, j'atteins le seuil du palier. Les torchères crépitent. Accroupi, attentif à ce qu'aucune partie de mes vêtements ne produise de frottements, je jette un œil à l'intérieur.

Intéressant…

Une barricade… L'ouverture de l'arche qui mène à Borogar semble obstruée par un amas de meubles, une imposante table de chêne, des chaises, des bahuts, des armoires. Au-delà, on devine des heaumes et des pointes de lances. Les inquisiteurs se sont retranchés ici.

En hauteur, l'un des balcons abrite une silhouette fuligineuse dans la position souple et tordue qu'affectionnent les sentinelles elfiques. Difficile de dire si c'est le cas des trois autres, mais le danger semble venir de là.

Comment éviter de finir en hérisson ?

Je pourrais miser sur la discrétion, faire quelques pas le long de la paroi pour me rapprocher, en profitant du fait que leur attention est tournée

---

40 Courir.

vers la barricade. Puis jaillir et me propulser par-dessus les meubles avant qu'ils n'aient eu l'opportunité d'ajuster un tir.

Seulement, les inquisiteurs risquent de juger plus sûr de m'embrocher…

Je devrais plutôt…

Des bruits métalliques, feutrés par l'éloignement, émanent de la porte en face de moi, de l'autre côté du hall. Ils proviennent du corridor qui mène aux chambres des invités.

On se bat là-bas !

À la volée, l'huis s'ouvre. *Par les Furies, on dirait… !* A-Alëssandriëlle ! Mon cœur manque un battement tandis qu'elle se jette dans le hall comme un chat sauvage échappant à un prédateur. Ses mouvements rapides, vifs et indomptables n'empêchent pas les deux Elfes noirs à sa poursuite de la rattraper et de la saisir par les jambes !

Elle rue, bataille, se débat et revelle[41] *au secours.*

Les voix des chevaliers inquisiteurs tonnent avec cette résonance singulière que confèrent les heaumes.

« Au nom du Christ !

— Monseigneur, ce sont bien des Elfes noirs !

— Par la sainte Croix !

— Mort à l'engeance ! »

Ils n'ont pas dû repérer celui ou ceux dissimulés sur les balcons.

Deux d'entre eux entreprennent d'effectuer une sortie pour s'élancer au combat, mais leur chef les arrête.

« Du sang-froid, chevaliers. Il peut s'agir d'un piège ! »

Chierie !

À trois toises de ma position, Alëss, au sol, résiste, elle est parvenue à blesser le premier Svartalfár avec son couteau de chasse mais le second lui bloque le poignet.

Et moi qui ai pris du retard en espérant que les Inquisiteurs interviennent.

Pendant que l'autre la maintient, il retourne vivement l'arme contre elle, ajoute sa force et sa masse, et écrase la résistance de la Semi-Elfe. *Non !* La lame se plante sur le côté de la gorge, puis en pleine poitrine. *Par les Furies, pas ça !*

Après quoi, sans perdre une seconde, les deux ombres noires la tirent vers l'arrière, repassant la porte en sens inverse. Alëss agonise et son corps laisse une trace sanglante derrière elle. Elle n'est pas morte mais ça ne saurait tarder.

---

41 Appelle.

Tant pis, j'y vais !

La porte est entrebâillée. Les Elfes, de l'autre côté, ne peuvent pas me voir. Je dévore l'espace en trois battements, épée serrée. Si la sentinelle du balcon m'aperçoit, elle n'a pas le temps de réagir. Je force le passage à l'épaule et rugis. Une brève douleur à l'intérieur de mon crâne. Les yeux du premier Svartalfár s'écarquillent. Je le percute. Ses bras encombrés par Alëss tardent pour détourner l'acier qui lui traverse l'estomac, sectionnant sa colonne. Elfe ou humain, noir ou pas noir, personne ne survit à ça.

Le sang éclabousse son camarade qui m'assaille, ses deux dagues promises à mes jugulaires. Détourner la tête, lever les bras. Coups de cisaille. Deux douleurs aiguës. Je titube. La mort a manqué sa cible mais les couperets estafilent ma chair. Un lambeau au nord du poignet et un filet près de la pomme d'Adam.

Ma main brutale s'abat sur ses cheveux, tord, tire et pivote. Il est léger comme une plume. L'inertie le projette dans un mugissement contre le mur. Il s'écrase dessus et je bondis sur lui de toute ma masse, au point que j'ai l'impression de le traverser. J'ai connu des lynx attrapés à mains nues qui se débattaient moins que cela. Mais, des coudes, j'interdis à ses attaques de poinçonner mes côtes ou les jointures de mon cuir. Avec l'adrénaline, c'est comme si je ne sentais pas les chocs. Et mon épée trouve le chemin de sa vie pour la trancher. Son corps glisse le long de la paroi dans un gémissement d'agonie.

« P-Pierre-siffleur !… »

Je me précipite aux côtés d'Alëss.

Dieux merci, elle n'est pas morte !

« Tiens le choc, loupiotte ! »

Par réflexe, je consacre deux battements de cœur à scruter le corridor, au cas où. Mis à part les corps sans vie de trois gardes tués il y a quelque temps déjà, il semble ne pas y avoir de danger.

À genoux, je jauge l'état de mon amour d'enfance.

Merdasse !

J'applique mon poing à la base du cou, comme un barrage pour ralentir les gargouillements qui la vident de son sang, sans grand succès. Tout est rouge. Sombre. Mes bras, ses épaules et sa poitrine, aussi.

« P-Pierre ! C'est inutile, c'est… fini… Je suis navrée, tu sais… J'aurais voulu…

— Ne parle pas, on peut encore…

— Dans ma ceinture. L'antidote, pour Borogar… Je leur ai volé !… Sauve-le ! Il te dira… Il t'expliquera pourquoi j'ai… »

Sa toux fait jaillir du mucus, couleur du drapeau anglais.

Son menton tressaille, son corps est secoué de tremblements.

« Dame Destinée est une… putain de crapule… »

Ses dernières paroles.

Pendant des secondes longues comme des siècles, je reste là, hébété, son corps flasque dans mes bras, le sang ruisselant malgré ma vaine compression. Comme si le liquide, bien vivant, cherchait à s'échapper en quête d'un nouveau refuge.

Je finis par abandonner l'illusion de le maintenir dans les veines sans vie et pousse un long soupir. Un voile de tristesse m'enveloppe.

Injuste ? Rien n'est juste dans la vie, Kosigan. Nous devons simplement affronter ce qui se présente aussi longtemps que nous en sommes capables.

À regret, je dépose délicatement la dépouille à terre, fouille sa ceinture et récupère la fiole de liquide translucide qu'elle a mentionnée. Mes doigts tremblent. Machinalement, ma main frotte mes yeux. Un ultime regard sur son corps. Sur ce visage que j'ai aimé autrefois.

Il faut sauver Borogar maintenant ?

Je prendrais plus de plaisir à me couper un bras !

Mais au moins cela me donnerait l'opportunité de lui poser certaines questions…

Je grimace, tiraillé entre deux envies.

En tout cas, si j'ai l'intention d'essayer, il va falloir repasser par le hall. Et convaincre les inquisiteurs. J'avale ma salive avec difficulté. Dire que j'ai déjà eu des relations cordiales avec ces gens-là serait un mensonge. Ceux d'entre eux qui ont découvert les facultés particulières que me confère le noir-sang n'ont pas survécu en parler, mais le souvenir cuisant de la brûlure de leurs tisons marque encore ma chair aujourd'hui.

Avec soin, je déchire quelques morceaux de tissu pour y enrouler le précieux flacon. Avant de le faire disparaître, j'en retire le bouchon pour le humer. Le liquide est émaillé de minuscules graines en suspension ainsi que d'infimes morceaux de pétales et d'akènes. L'odeur est suave. Du lys de saint Jean et du chardon Marie, ainsi que quelques autres ingrédients connus uniquement des Elfes.

Allez, reboucher, enrouler, enrober, je range la fiole à l'intérieur de ma ceinture, puis m'approche à pas mesurés de la porte…

*

La distance pour rejoindre la barricade des chevaliers inquisiteurs en courant dans le hall s'annonce trois fois supérieure à celle parcourue sur la largeur. Sans compter que, cette fois, le ou les Svartalfár des balcons s'attendront à me voir.

Je vérifie ma besace en bandoulière. Je dispose toujours de l'huile siphonnée dans les lampes de Vladislav et d'un briquet à amadou pour y bouter les flammes. Je pourrais m'en servir en guise de *feu grégeois* du pauvre, en balançant un cadeau incendiaire dans les hauteurs. À cette nuance près que je serais obligé de prendre la pose deux ou trois secondes, le temps d'ajuster… Ce qui découvrirait ma poitrine et ma tête. De ce fait, mieux vaut miser sur le mouvement et la célérité.

Ma main éprouve la matière de la clenche.

Inutile de tergiverser.

Inspirer un grand coup.

Prêt ?

Une cacophonie soudaine arrête ma détermination !

Métal fracassant le métal. Cris de guerre contre chants de pisteurs Elfes noirs.

Les inquisiteurs ont tenté une sortie !

Le souffle de la porte que j'ouvre à la volée.

Le spectacle est saisissant.

Sous la lumière des torches, trois combattants de la Très Sainte Inquisition gisent déjà à terre. Sur les six qui ont pris le risque de s'éloigner de la barricade. Les Svartalfár ont sûrement tiré depuis le haut, puis usé de leur pouvoir pour se déplacer par magie dans les ombres et découper au corps-à-corps. Leurs dagues perce-maille imprégnées de surprise ont fait des ravages. Les chevaliers survivants, boucliers dressés, peinent à discerner le tournoiement des noirs danseurs elfiques. Ils frappent de taille, la trouille au ventre, des coups, plus ou moins au jugé, que leurs adversaires esquivent avec agilité. Pour autant, une fois la sidération passée, il s'avère plus périlleux pour les Elfes de s'approcher des armures et des longues épées. L'un d'eux se fait blesser à la clavicule.

Mes jambes me portent vers l'avant dans l'intention d'en sécher un, malheureusement un sifflement venu d'un balcon donne l'alarme.

Repéré !

Celui que j'avais élu pour finir ses jours se lance dans une acrobatie pour effacer le danger de ma pointe. Ma lame fend l'air. À peine sur ses pieds, il hulule un message d'urgence à ses camarades et détale, plus vif qu'un garenne, vers l'un des coins sombres du hall. Sans un mot, ses quatre frères d'armes rompent l'engagement en suivant une piste proche.

Ils étaient donc davantage que six, en tout ?

Les ténèbres les dévorent dans des volutes de fumée qui se dissipent comme si elles n'avaient jamais existé. Un œil aux balcons. Vides, eux aussi.

Tout s'est déroulé si vite que les inquisiteurs demeurés à la barricade n'arrivent que maintenant pour prêter main-forte à leurs camarades. Je rengaine, adressant un hochement respectueux à leur lieutenant-cardinal. Saint-Saëns, si mes souvenirs sont bons. Un homme dans la cinquantaine, dont la famille a hérité, d'une manière ou d'une autre, d'une part de sang espagnol. Barbe blanche, front haut et carrure athlétique.

Son pas de juge l'amène jusqu'à moi tandis que les combattants sous ses ordres, disciplinés, s'occupent des hommes à terre et ramènent les corps à l'abri. *A priori*, deux morts et un blessé grave dont on s'applique à stopper l'hémorragie à la cuisse. Il a davantage de chance de s'en tirer qu'Alëss : une artère du cou, ça ne pardonne pas, sauf si on utilise la magie.

« Par la sainte Croix, qui êtes-vous, messire ?

— Pierre Cordwain de Kosigan, seigneur de Chiswick, de Lindenthal et de Villeloup. Je suis le neveu de Borogar et le cousin de Vladislav. Parent au troisième degré du duc de Bourgogne. »

Une raideur dans son menton.

« Le tristement célèbre *Bâtard de Kosigan* ?...

— Pour vous servir, Saint-Saëns, c'est ça ?

— Lieutenant-cardinal et grand accusateur de l'Inquisition d'Avignon, en effet.

— Vous avez été mandé par le commandeur de la Garde grise, Slynt Carrayan, pour veiller sur mon oncle, n'est-ce pas ?

— Exact. Qu'est devenue la dame violentée par ces démons, vous êtes parvenu à lui porter assistance ? »

Pincement dans la poitrine.

Je hoche la tête négativement.

« Alëssandriëlle de Vélan. Je suis arrivé trop tard. Je crains que Dieu n'ait à présent son âme en sa sainte garde. Je la connaissais depuis l'enfance et nous faisions tous deux partie de la Garde grise. En quelque sorte. Le complot en cours vise à exterminer tous les membres de la maison de Kosigan. Il émane du roi de France, Charles V, et les Elfes noirs agissent secrètement sous ses ordres. »

Il se racle la gorge.

« C'est vous qui l'affirmez.

— En effet, c'est moi qui l'affirme. Croyez-moi, monseigneur, le temps nous manque pour nous renifler mutuellement avec méfiance. Il reste encore une chance de sauver Borogar : avant de se faire rattraper et de périr, mon amie a dérobé aux Svartalfár un antidote au poison qui le tue à petit feu. Quel est son état ? »

Le vieux lieutenant-cardinal me dévisage avant de répondre :

« Son front est de plus en plus froid, et, il y a le quart d'une heure, il a cessé de produire les gémissements dont il était coutumier. Ses poumons n'exhalent plus que des souffles saccadés. »

Je hoche la tête.

« Vous avez certainement entendu dire que lui et moi avions, disons, certains différends. Mais je suis venu à Kosigan pour faire la paix. Puisque c'est vous qui avez la main ici, nous agirons selon votre volonté, mais Alëssandriëlle de Vélan était persuadée que cette décoction… » Je tire le flacon de ma ceinture et le lui tends. « … avait le pouvoir de lui sauver la vie. Nous pourrions aller chercher l'approbation du seigneur Vladislav, je sais où le trouver, mais j'ai le sentiment que tout retard serait… eh bien, du temps perdu. »

L'accusateur se saisit du tube de verre, suspicieux, le débouche et le porte à son nez, l'air connaisseur. Ses épais sourcils blancs froncés, le front barré du trait des soucis, il lâche comme pour lui-même :

« Cresson, aloès, lys de Saint-Jean, chardon de Marie… Des herbes de soin. Et d'autres senteurs plus âcres aussi… Vos dires paraissent plausibles mais vous accorder ma confiance comporterait une grande part de risque.

— Absolument pas, monseigneur. Prenez cela comme la tentative de la dernière chance. Je ne peux pas moi-même vous affirmer que le miracle aura lieu.

— Ne galvaudez pas les miracles.

— Loin de moi cette idée. »

Il se frotte la barbe, réfléchit puis pivote pour faire demi-tour.

« Avec moi, Kosigan ! Si Dieu a souhaité que vous parveniez jusqu'à nous porteur de cet espoir, alors je le souhaite également ! »

Je lui emboîte le pas alors que les chevaliers renforcent la barricade. Il leur donne l'ordre de rester sur place pour repousser toute nouvelle attaque, puis lui, moi et un écuyer avec la coupe au bol accélérons la cadence en direction des appartements de Borogar.

Manifestement, les inquisiteurs avaient plus ou moins compris qu'ils risquaient de faire face à des Svartalfár : tout est illuminé de ce côté-ci du château, des lampes, des torchères, des candélabres, des lustres, des bougeoirs, une véritable orgie de flammèches à l'odeur de cire réconfortante. À pas pressés, nous traversons un couloir, deux portes, une salle à manger vide, avant de pousser un dernier battant de chêne. La chambre comtale. Avec ses tapisseries de chasse, ses trophées au mur, notamment la tête de lion d'une chimère, un lit cloisonné à baldaquin.

L'odeur de la maladie me prend à la gorge.

Borogar est livide, allongé sur son lit, les mains en prière au-dessus des draps. Ses yeux, des cavernes grises ; son grand nez, un morceau de cartilage ; sa barbe, une touffe de poils. Il est si maigre qu'on jurerait discerner son crâne sous le parchemin translucide et taché de sa peau.

Déjà mort ?

Pas tout à fait, à la lueur des chandelles, le front frémit, la paupière s'agite.

Je m'assois à son chevet.

Vieille ordure !

Alors, nous y voilà. Tu es là, Borogar de Kosigan. Orgueilleux comte, grand banneret du duc Philippe le Hardi, vainqueur de la guerre contre les Orcs. Toi qui as encouragé Carrayan à lancer des assassins à mes trousses pendant une bonne partie de ma vie. L'ombre de toi-même. À ma merci.

« Maintenant que nous sommes là, allez-y ! »

Le lieutenant-cardinal place sa main gantée de fer dans mon dos pour m'encourager. Je lui jette un coup d'œil puis débouche la fiole.

Si je veux une chance d'obtenir des réponses, je suis obligé de jouer les bons samaritains...

J'ai un moment d'hésitation. Après tout, je ne connais pas tous les ingrédients du remède... Mais, de toute façon, il va mourir. Si ce n'est ce soir, ce sera demain ou dans la semaine à venir.

« Ouvrez-lui la bouche, Saint-Saëns, en grand. »

Il s'exécute.

Je verse le liquide avec délicatesse, au goutte à goutte, veillant à ce qu'il coule sous la glotte, dans l'œsophage, sans provoquer de réflexe de toux. Jusqu'à la dernière lampée.

L'inquisiteur lui referme la mâchoire.

Et maintenant ?

« Cela va peut-être prendre un certain temps.

— Nous prierons pour lui !

— Excellente idée, sauf que rien ne nous oblige à le faire ici. Retournons plutôt à la barricade, au cas où les Elfes noirs relanceraient un assaut. »

L'écuyer à la coupe au bol nous ouvre la porte.

Il est temps de…

Par les Nornes, que se passe-t-il avec Borogar ?

Agitation soudaine, des râles de souffrance en provenance du lit. Je me retourne précipitamment en même temps que l'inquisiteur. Le corps de mon oncle tressaute, secoué de spasmes intenses, les yeux révulsés.

Saint-Saëns me lance un regard de défiance et se précipite afin de le soutenir. Les lèvres de mon oncle laissent échapper du sang, une écume rosâtre en déborde, semblable à celle que l'on peut remarquer dans certains cas d'empoisonnement…

Mais ce n'est pas de ça qu'il s'agit.

Par les neuf enfers !…

Une sorte de… bête répugnante s'efforce de se frayer un chemin hors de sa bouche. On dirait qu'elle a grimpé le long de son œsophage ! Un ver pâle à la texture d'asticot, large d'un pouce et d'une longueur indéterminée, couvert de pattes crochues ou de poils blancs.

Immonde !

Borogar le vomit et la bestiole s'étale au sol, au milieu de la bile et du sang, tirant derrière elle de longs filaments barbelés d'un demi-mètre chacun entraînant avec eux des morceaux d'organes. Comme si elle s'y étaient arrimée avec ses tentacules bardés de minuscules hameçons ! Je n'ai jamais rien vu d'aussi écœurant !

Ni même entendu parler.

Le corps de Borogar tressaille encore puis s'affaisse sans vie sur la descente de lit, son agonie définitivement achevée.

Saint-Saëns tente d'écraser l'énorme cancrelat blanchâtre de deux pieds de long sous sa botte, en vain. Mi-intrigué, mi-inquiet, je dégaine. Le vieil inquisiteur fait de même et frappe à plusieurs reprises, mais la matière dont est faite cette sorte de méduse-asticot se révèle impossible à fendre. *Qu'est-ce que c'est que cette saloperie ?* Je le rejoins et essaye de la transpercer. Sans plus de résultat. Pire, les appendices, au nombre de sept ou huit, se mettent à s'agiter en tous sens dans l'intention manifeste de nous agripper !

Nom de… !

Ils… Ils s'allongent, s'affinent, s'élancent dans les airs ! Jusqu'à mesurer près d'une toise pour certains ! L'un d'eux m'attrape au coude, un autre s'enroule autour du mollet de Saint-Saëns. À peine parvient-on tous deux à reculer en catastrophe. La bestiole, entraînée par notre débandade, effectue dans notre direction des mouvements ondulatoires ; elle chercherait un nouvel ami à parasiter qu'elle ne s'y prendrait pas autrement. Nos attaques ne lui font ni chaud ni froid. Les fins tentacules délivrent des saccades et des coups de fouet d'une vivacité impressionnante. Une odeur âcre emplit l'atmosphère.

La voix de Saint-Saëns tonne :

« Archange saint Michel, prince de la milice céleste, défendez-nous dans ce combat ! Protégez-nous de tous les venins ! Et vous, saint Laurent, refoulez ce démon en enfer ! »

Ce qui n'a strictement aucun effet.

Le feu, peut-être ?

Je saisis l'une des torches fixées au mur et la presse violemment contre le filament, à une distance prudente de l'endroit où il enserre mon bras. Ça s'agite et ça noircit mais ça ne relâche pas son étreinte. Au contraire, ça se débat et ça s'enroule encore davantage.

À moins de deux pas, le lieutenant-cardinal conserve le sang-froid des hommes coutumiers de l'horreur, mais comme moi il ne doit pas en mener large. Sans trop d'affolement, alors que nous faisons retraite dans le couloir, il asperge le ver d'eau bénite.

Autant pisser dans un seau d'eau !

J'ai déjà assisté à des cas où cela fonctionnait, mais seulement contre des morts qui refusaient de mourir.

La bête redouble d'affection pour nous. Elle lance une poignée de nouveaux flagelles.

J'en écarte un sèchement, un autre s'accroche à mon épée, un troisième à mon cou, mais je parviens à l'arracher avant qu'il ne s'y enroule. La myriade de petits crochets m'a écorché les mains !

Saint-Saëns s'en tire avec moins de succès que moi. L'âge et le manque d'entraînement, sans doute. Ses deux jambes se retrouvent ligotées ! Il trébuche et choit lourdement.

Par les Furies, il nous faut trouver quelque chose !

Peut-être…

Je m'élance à contresens, libérant ma lame en la faisant glisser et sautant par-dessus la bestiole.

Voilà !

Avec l'inquisiteur d'un côté et moi à l'opposé, elle se retrouve écartelée, tous ses fils étirés à l'extrême. Incapable de s'approcher de l'un ou de l'autre. La tension est palpable. Saint-Saëns tente de se relever avec difficulté. Il va y arriver.

Tu parles !

Déchirant ma peau en gouttelettes de sang, l'appendice arrimé à mon coude se libère dans un bruit de succion. L'instinct de la bête lui a soufflé que sa victoire passait par un choix. Sans plus prêter attention à ma présence, tous ses filaments se précipitent sur Saint-Saëns, submergé.

Être libre me soulage. Pendant que lui crie en se débattant, emmêlé dans les entrelacs. Le corps principal de la bête, blanc et disgracieux, ondule dans sa direction.

Je ne ressens pas le moindre désir de lui porter secours.

Tout en moi me crie de prendre le large. Et s'il devait y avoir un inquisiteur de moins dans le monde ce soir, je dois admettre que cela ne me chagrinerait pas outre mesure. Même si ce Saint-Saëns n'est pas le plus abject de ceux à qui j'ai eu affaire.

Cela dit, si l'immonde asticot le tue, avec ma pomme pour seul témoin, il y a toutes les chances que cela me retombe dessus. Avec les cris qu'il pousse, je présume que plusieurs de ses hommes vont accourir à la rescousse. Le temps d'arriver ici… dans moins d'une minute.

Mieux vaudrait qu'ils me trouvent en train de lui prêter main-forte.

Oui mais comment ?

L'eau bénite s'est révélée aussi utile qu'une chiure de pigeon contre un incendie. En revanche, le feu a eu l'air de gêner la bestiole ! Cela pourrait être une piste.

Avec de l'huile en plus ?

Le distillat de lin provenant des lampes de Vlad lui collerait à la peau, et si je le fais flamber, la brûlure sera infiniment plus intense que celle de simples flammes.

Ça vaut la peine d'essayer.

Mes doigts fouillent fébrilement ma besace. La flasque passe à un cheveu de leur échapper en la sortant mais je parviens à assurer ma prise. En attendant, les flagelles se faufilent pour arrimer l'inquisiteur à terre. Celui-ci a beau ruer des quatre fers en invoquant anges et archanges, il ne parvient pas à les repousser, pas plus qu'à recouvrer l'équilibre, et les filaments se rapprochent de sa bouche.

Le corps de la bestiole est trop mou. Si je jette la flasque dessus, elle n'éclatera pas…

De toutes mes forces, je cible le sol, juste à côté de la larve. Le verre vole en éclats à un demi-pouce de l'endroit que je visais. Suffisamment près pour asperger copieusement le machin ainsi que les bottes de Saint-Saëns sur lesquelles il commençait à grimper.

« Gaffe, Saint-Saëns, ça va vous chauffer les oignons ! »

Je projette la torche, l'huile s'enflamme dans un bruit d'aspiration.

À cet instant précis, au fond du corridor, la porte s'ouvre à la volée, livrant le passage à deux inquisiteurs qui marquent un temps d'arrêt, effarés.

Une table étroite placée contre le mur à proximité de Saint-Saëns est en train de prendre feu elle aussi.

Le corps blanchâtre de la bête tressaute en tous sens sans un bruit. Elle crierait sans doute si elle possédait des cordes vocales. Comme à regret, elle se résout à lâcher prise. Les fins tentacules noircis se rétractent et l'asticot boursouflé ondule chaotiquement en sens inverse.

Les chevaliers inquisiteurs se précipitent. Moi également, de façon plus mesurée. Ils frappent la bestiole de leurs épées en invoquant le nom de tous les saints du ciel, encore et encore, et, certainement grâce à une fragilisation des tissus calcinés, finissent par obtenir des résultats. Les entailles de plus en plus profondes qu'ils infligent font couler un liquide translucide tirant sur le vert, et la longue larve termine coupée en deux.

Soulagé, je me détourne pour aider Saint-Saëns à se relever et éteindre les flammes qui dévorent le meuble à proximité.

Au sol, la bestiole produit encore quelques mouvements erratiques avant de s'immobiliser, inerte, racornie.

Je m'autorise enfin à céder au soulagement, la tension de mes muscles se dissipe.

« Vous avez déjà vu une saleté de ce genre, lieutenant-cardinal ? »

Comme il ne répond pas, je pivote pour lui faire face.

Son épée est pointée sur ma poitrine, aussi acérée que son regard.

« Par saint Dominique, vous vous fichez de moi, Kosigan ! Cette larve infernale a un rapport avec la potion que vous avez fait boire à Borogar ! J'ignore lequel, mais je suis persuadé que vous le savez, et je jure devant Dieu que vous allez me le dire !

— Ne jurez pas, Saint-Saëns ! »

Moi qui commençais presque à le trouver sympathique…

*

Après un court instant d'hésitation, les deux autres chevaliers inquisiteurs imitent leur chef et me voilà face à trois épées.

Je recule, mains en évidence.

« Du calme, vous savez certainement que le poison n'est pas ma marque de fabrique, mais si d'aventure ça l'était, je m'arrangerais pour le faire administrer par quelqu'un d'autre, figurez-vous. Il faudrait que je sois une sacrée buse pour le verser moi-même dans la gorge de la victime juste à côté d'un lieutenant-cardinal de l'Inquisition ! »

Je lis dans les prunelles de Saint-Saëns que la pertinence de cette remarque l'atteint. Malgré cela, son visage demeure figé et il me scrute d'un regard qui semble vouloir pénétrer mon âme.

« Vous êtes conscient que même si, par vos intrigues, vous devenez un jour comte de Kosigan, vous ne serez jamais hors d'atteinte de la Très Sainte Inquisition, n'est-ce pas ? »

Ce n'est pas forcément vrai, mais impossible de nier que cela ne me procurerait pas une impunité totale. Quoi qu'il en soit, il serait prématuré de s'en préoccuper maintenant, d'autant que…

« Saint-Saëns… Je crois que je viens de percer le mystère de ce qui vient de se produire… »

L'inquisiteur penche légèrement sa tête et m'adresse un regard de vieux briscard à qui on essaie de la jouer à l'envers.

« Je suis tout ouïe…

— Ma main au feu que je me suis fait rouler dans les grandes largeurs… Retournons dans le hall et le couloir des invités, je suis prêt à parier que le corps de ma chère amie Alëssandriëlle a disparu comme par enchantement… »

Saleté de Semi-Elfe… La reine des illusions, hein ?

Et toi, mon vieux, le roi des lapins…

Comme un bleu…

J'ajoute :

« Elle m'a fait miroiter que la fiole était un contrepoison qui pouvait sauver Borogar, mais vous avez raison, c'était tout le contraire. Je ne saurais dire ce que contenait ce liquide en plus des ingrédients de base, mais c'est ce qui a provoqué la réaction de la larve, tapie à l'intérieur de ses tripes ! »

Il n'a pas l'air impressionné par cette version.

« Voilà donc le récit d'excuse que vous avez concocté, Bâtard de Kosigan ? Vous pensez vraiment me faire avaler un tel nœud de tirage de cheveux et de fils blancs ? Pour ma part, je soutiens que vous vous fichez de nous ; vous êtes de mèche, elle et vous, pour nous duper ! »

La pointe de son épée et celles des deux chevaliers inquisiteurs – plutôt corpulents – se font encore plus menaçantes, à moins d'un pied de ma gorge.

Est-ce que je pourrais passer en force, en balayant les armes d'un coup sur le côté ?

La manœuvre paraît réalisable. Peut-être. Mais je n'ai pas affaire à des valets d'écurie. Pour l'instant, mieux vaut ne pas jouer avec le feu.

« Écoutez, Saint-Saëns, si je dis vrai, si je suis vraiment tombé dans un piège, alors cela signifie que Vladislav court un grand danger. Je sais où il est caché ! Avec sa femme et ses enfants. Il est certain que les Elfes noirs et Alëssandriëlle les cherchent en ce moment même ! »

Une once de doute s'immisce dans les yeux du lieutenant-cardinal. Je plante mon regard dans le sien, le plus franc du monde.

« Je ne suis… *pas*… de mauvaise foi ! Parole d'honneur !

— Vous êtes dépourvu d'honneur !

— C'est faux, même si je ne pratique pas tous les jours. Dans le cas présent, je vous fais le serment que je ne vous décevrai pas ! Et puis, vous me devez quasiment la vie, cela devrait peser dans la balance !

— Une rouerie supplémentaire afin de nous attirer, moi et les miens, là où vous nous avez sans doute préparé une jolie embuscade !

— Au nom du Ciel, Saint-Saëns, réfléchissez, Borogar vient de mourir. Si je sais où trouver Vladislav, alors je n'ai pas besoin de vous attirer là-bas, je devrais plutôt vous encourager à demeurer derrière votre barricade afin d'avoir les mains libres…

— Certes, mais vous avez d'abord besoin de sortir d'ici vivant… »

La force de l'évidence.

Quelques battements de silence.

« Vous pensez réellement que je complote pour devenir comte à la place de Borogar, c'est ça ?

— On ne saurait mieux dire ! »

Il soupçonne que les Svartalfár sont sous mon commandement et que je prévois d'embarquer ses chevaliers pour les bâiller *ad patres* au détour d'un coin sombre. Une fois débarrassé d'eux, il ne me resterait plus qu'à achever Vlad et sa famille, puis à convaincre Carrayan – et subsidiairement le duc de Bourgogne – que la disparition de tous les membres détestés de ma famille ne relève que d'un malencontreux hasard. Et le tour serait joué. *Une paille.*

À l'évidence, j'ai tout intérêt à choisir une autre voie…

« Écoutez, lieutenant-cardinal, *je ne mens pas*, et j'en ai plus qu'assez d'être accusé de tous les maux de la terre ! Confisquez mon arme, si vous voulez, je ne peux pas vous proposer mieux. Mais, de grâce, ne perdons plus de temps et hâtons-nous de retrouver mon cousin. Il est évident qu'il faut le protéger, lui et sa famille, là où ils sont cachés, sinon vous aurez leur mort sur la conscience ! »

Il me dévisage, une grimace peu engageante à la bouche. Des doigts, il lisse sa moustache. Enfin, il soupire et tend sa main libre.

J'ai toujours eu le don d'inspirer confiance, je me demande bien pourquoi…

« Fort bien, confiez-moi votre épée. »

Si je veux tenter de me battre ou de fuir, c'est maintenant ou jamais.

Mais avec quel objectif ?

Je m'exécute.

« Ligotez-lui les mains dans le dos ! »

L'un des chevaliers se défait de sa ceinture et commence à m'attacher les poignets avec l'aide de son camarade.

« Par saint Jude, lieutenant-cardinal, qu'est-ce que vous fichez ? Ce n'était pas prévu dans notre accord !

— Nous n'avons *pas* d'accord, Bâtard de Kosigan. Cependant, je m'engage à vous traiter convenablement et à vous rendre votre liberté sans vous soumettre à la question s'il s'avère que les événements démontrent votre sincérité. »

Pour un ponte de l'Inquisition, je suppose que c'est déjà ça.

Cela dit, la démonstration par les événements est un art dont j'ai appris à me méfier…

Je hoche la tête.

« À votre guise, suivez-moi alors et ne traînez pas en route. »

Assez vite, nous voilà revenus dans le hall. Il n'y a plus rien à protéger ici, à part le blessé. Saint-Saëns ne laisse qu'un seul homme de faction et prend les autres avec nous. Prudemment, en longeant les murs, éclairés de torches et de lanternes, nous traversons la grande pièce. Après avoir confirmé que le corps d'Alëssa avait bel et bien disparu, nous nous engageons dans le corridor en coude qui rejoint les anciens appartements de mon père.

Personne ne pipe mot, seul le crépitement des torches, le bruit des mailles et celui des bottes nous accompagnent.

Je repense brièvement aux événements de la chambre de Borogar. J'ignore quelle pouvait être la nature de cette larve, mais Alëss a dû, d'une manière ou d'une autre, la faire ingurgiter à Borogar il y a des semaines, voire des mois, sachant qu'elle allait grandir pour le tuer de l'intérieur, sans poison ni magie. Brillant. Probable qu'à ce moment-là, la bestiole devait être minuscule. Je me demande où la Semi-Elfe de ma jeunesse a pu dégotter une telle monstruosité ? *Dans la mesure où elle tient du côté français, il y a fort à parier que Nirdrym n'y est pas pour rien.* Je me rappelle le laïus que le vieux sorcelier, porteur de noir-sang, m'avait déballé quand on s'était croisés, en Flandre. À propos de sa volonté de réduire la Chrétienté à un rôle secondaire et de restaurer les anciens pouvoirs et les anciens peuples. Il a dû souffler le même ramassis d'inepties à Alëss pour la convaincre de trahir.

J'en suis là de mes réflexions quand des cris et des hurlements figent soudain notre progression. De peur, de douleur, d'agonie, provenant de trois ou quatre personnes différentes. Homme, femme, enfants.

Par les Nornes, Vlad et sa famille !

Les Elfes les ont débusqués.

« Libérez-moi, Saint-Saëns, il faut… »

Tu parles, après s'être entre-regardés, les inquisiteurs m'apostrophent :

« Guidez-nous ! Tout de suite ! »

Mes mains sont attachées dans le dos, j'écarte les doigts ostensiblement pour renforcer ma demande de libération.

« Pas le temps, pas maintenant, allez ! »

D'accord. Je m'élance au pas de course, négocie le coin du couloir et accélère sur les quelques enjambées qui nous séparent du lieu du massacre. Les derniers cris s'estompent au moment où je m'arrête pour prendre trois pas d'élan dans la largeur du passage. Face à la porte.

De tout mon poids, je me jette sur le battant, le forçant à s'ouvrir en claquant.

Je titube à l'intérieur.

Puterelle, qu'est-ce que cela signifie ?

Tout est calme, parfait, bien rangé, ici.

Je surprends la tête de Vlad, bien vivant, qui surveillait l'entrée des appartements depuis l'encoignure de la deuxième pièce, là où je l'ai laissé tout à l'heure.

Son regard tout aussi tourmenté que le mien me dévisage d'un air de parfaite incompréhension. Son front se froisse quand il prend conscience que j'ai les mains ligotées dans le dos.

« Bon Dieu, Cordwain, qu'est-ce… ? »

Pas de massacre, donc ?

L'un de ses enfants contient ses sanglots en arrière-plan. Ils ont l'air d'être tous en vie.

Mais, dans ce cas…

Oh, merde !

Des bruits secs, cinglants et violents derrière moi.

Volte-face !

Un tourbillon d'Elfes noirs a surgi des ombres dans le couloir et à l'entrée de la pièce, on jurerait qu'ils sont dix, quinze, les inquisiteurs sont pris au dépourvu, une embuscade, sanglante ! Et un Orc immense ! Dès les premières secondes, trois chevaliers se font clouer, aux reins, à la nuque ou aux côtes, ils s'abattent dans un tumulte de métal sur la pierre. L'un d'eux parvient à blesser son assassin dans sa chute. Presque simultanément, la hache de l'humanoïde olivâtre aux dents proéminentes fait sauter la tête d'un quatrième inquisiteur. Saint-Saëns combat hors de mon champ de vision, protégé en compagnie de ses deux derniers hommes. Je devine aux sons, aux cris et aux invectives qu'ils parviennent à éventrer un Svartalfár et à en estropier un autre, mais ils ont à peine le temps de remercier les forces divines que leurs voix se taisent l'une après l'autre.

Par les Furies !

J'ai soudain une conscience aiguë de la ceinture qui entrave mes poignets.

Avec le retour du silence, plusieurs yeux dangereux se fixent sur moi. Je recule en cherchant de quoi me libérer. Mais les Elfes se répandent dans la pièce et sont déjà autour de moi. La trouille, mais…

Manifestement, leur intention n'est pas de m'occire. Pas dans l'immédiat, en tout cas.

Tant mieux.

L'Orc à leur suite éructe :

« Gardez-moi le *Bâtard-si-on-peut-dire* au chaud ! Et attrapez Vladislav, sa grosse et ses chiards ! »

Il me connaît, lui ?

Alëssa pénètre dans la pièce quelques instants après lui, évitant mon regard, elle le rejoint et colle un baiser sur sa bouche. *Ah, d'accord !* Comme ça, les choses paraissent plus claires.

Elle est à peu près aussi morte qu'un essaim d'abeilles au printemps. Nul doute que ce que j'ai interprété comme étant des bruits de massacre tout à l'heure n'était que des saletés d'illusions ourdies par sa magie pour détourner mon attention et celle des inquisiteurs. De même pour sa prétendue blessure mortelle et les Svartalfár que j'ai cru affronter pour la sauver. Quant aux Elfes noirs ici présents, ils ne sont que six en réalité – enfin, plus que cinq maintenant, dont deux légèrement blessés à la jambe et au bras – et elle a dû les maintenir invisibles jusqu'à l'assaut.

J'aurais dû m'en rendre compte.

Si j'avais pris la peine de me concentrer pour détecter l'usage de la Source au lieu de me lancer tête baissée, j'aurais remarqué les vibrations du sortilège. Pour ma défense, Alëssa s'est révélée beaucoup plus habile que dans notre jeunesse, et lorsque nous avons volé des chevaux au haras de la Croix-Surget, elle a caché son jeu en se contentant de distraire les palefreniers à l'aide de quelques illusions visuelles. Jamais je n'aurais imaginé qu'elle aurait la capacité de sculpter des sons en plus des images ou de créer des impressions vivantes d'un véritable combat.

Certainement des techniques enseignées par Nirdrym.

Mais une question demeure, Alëss est une Vélan, son père est un banneret fidèle de Kosigan, alors pourquoi trahit-elle ? Pas à cause de moi, tout de même, pas pour des liens éteints depuis des décennies ? Par amour pour l'Orc, alors ? Peut-être, après tout, la tempête des sentiments foudroie parfois les cœurs qui s'aventurent en dehors des sentiers battus.

Je hoche la tête à destination du colosse aux crocs proéminents. Une puissante senteur de musc se dégage de sa peau. Je plante mes yeux dans les siens.

« Nous n'avons pas eu l'honneur d'être présentés, messire… Vous êtes ? »

CHAPITRE 71

Premier étage du château de Kosigan, nuit du 2 au 3 avril.
Inspiré des paragraphes encore lisibles dans les *Annales de la Garde grise*.

*

Autour de Carrayan, les gars de la Garde gravissent trois par trois les marches qui mènent à l'étage. Ils débouchent en force dans le hall et investissent l'espace pour le sécuriser. On s'est battu ici, de toute évidence. Le sang macule le sol, beaucoup de sang. Sans parler de la barricade érigée pour interdire l'accès à l'aile des appartements du comte. Probablement dressée par les moines-soldats du lieutenant-cardinal de Saint-Saëns.

Le bois des meubles qui la composent n'a été ni tailladé ni brûlé, ce qui signifie qu'elle n'a pas été prise d'assaut. Un signe rassurant.

Cela faisait longtemps que le commandeur n'avait pas autant couru. Ses poumons, un peu rouillés avec l'âge, lui font ressentir une sensation d'essoufflement. Pour autant, il se refuse à faire une pause et pousse en direction de l'amoncellement protecteur.

Une voix rauque en provient :

« Sieur Carrayan ? »

C'est un chevalier inquisiteur qui l'interpelle. *Un seul ?*

Le chef de la Garde grise adresse à l'homme une œillade sévère.

« Eh bien, messire de la Très Sainte compagnie, où sont passés vos camarades ? Et votre lieutenant-cardinal ? »

Il repère un blessé allongé sur des capes le long d'un mur. Manifestement, l'inquisiteur qui restait derrière la barricade était en train de lui faire manger du pain et du lard à son arrivée.

« Par le Saint Christ, commandeur, il y a eu des combats contre des Svartalfár. Nous les avons repoussés avec l'aide d'un membre de la maison de Kosigan, le Bâtard de Kosigan, neveu de Borogar.

— Je sais qui est le Bâtard, que s'est-il passé après cela ?

— Eh bien, il détenait une fiole, censée être un contrepoison, mais lorsque Son Éminence, monseigneur de Saint-Saëns, lui a donné l'autorisation d'en faire boire le contenu au comte, les choses ont dégénéré. »

L'inquisiteur raconte brièvement le combat contre la larve et en présente les restes à Carrayan.

« Après quoi, nous avons entendu des bruits de massacre en provenance de ce couloir, là-bas. *A priori*, les Elfes noirs s'en prenaient au seigneur Vladislav et à ses enfants. Son Éminence et mes camarades qui venaient de s'engager dans le corridor se sont précipités, et je ne sais rien de plus. Si vous vous dépêchez, vous devriez pouvoir les rattraper. »

Le passage qu'il désigne conduit aux anciens appartements du seigneur Gregor. L'endroit où Carrayan devait de toute façon se diriger.

« Avec moi, vous tous, armes au clair ! »

À l'instant où le commandeur s'apprête à reprendre sa course, trois silhouettes débouchent de l'escalier et une voix féminine l'apostrophe.

« Toutes mes excuses, messire… »

Une femme, de la taille d'un gnome. À l'allure et au timbre familiers. Il plisse les paupières.

« Dame Cyprine ?

— C'est bien moi, seigneur Carrayan. Navrée de vous importuner, mais ces deux personnes m'ont contrainte à les guider jusque céans. Elles désirent s'entretenir avec vous. Il me semble que c'est urgent. »

CHAPITRE 72

Château de Kosigan, anciens appartements de Gregor de Kosigan, nuit du 2 au 3 avril.

Relevé d'okram de Pierre Cordwain de Kosigan.

*

L'Orc – un sang-mêlé, à y regarder de plus près – met en mouvement sa masse musculeuse jusqu'à moi, un sourire débordant de crocs aux lèvres. Il s'arrête à portée, me toise et me claque une gifle du revers de la main. Malgré mon geste pour accompagner le coup, la douleur se diffuse dans tout le côté droit de mon visage.

« Bonsoir, cousin, mon nom est Mordred ! »

Cousin ? Il se fiche de moi ?

Je conserve mon sang-froid, c'est ce qu'il y a de mieux à faire.

« Enchanté, vous pouvez m'appeler *Arthur*… »

Il fronce la barre de ses sourcils touffus puis m'adresse un sourire mauvais.

« Alëss m'avait prévenu que vous ne vous laisseriez pas intimider… »

Je croise le regard enjoué de la Semi-Elfe. La situation a l'air de l'amuser, je juge cela positif pour ma survie.

« Elle exagère, je suis souple d'esprit et particulièrement ouvert à la négociation quand je me retrouve privé d'épée, les mains attachées dans le dos. »

Dans la pièce d'à côté, les Elfes noirs ont agrippé Vladislav, Bertrane de Nevers et les enfants, Andreï et Iéléna. Ils les poussent *manu militari* jusqu'à nous. Vlad proteste en jetant des coups d'œil en arrière nerveux et répétés, comme s'il attendait quelque chose.

« À genoux, tous les cinq ! »

Le garçon éclate en sanglots, l'un des Svartalfár lui appuie sa lame entre les deux yeux. La mère le prend dans ses bras et lui enfouit la tête dans ses vêtements afin qu'il fasse moins de bruit, en lui murmurant des mots de réconfort à l'oreille.

Tous les cinq, ça veut dire…

« Oui, toi aussi, *Pierre-siffleur.* »

Comme souvent autrefois, Alëss a deviné mes pensées, son regard paraît plus sombre et le ton de sa voix semble vouloir dire « Bon, trêve de plaisanterie… ». Je tente de l'interroger silencieusement. Elle se contente d'une moue embêtée.

Pas très encourageant, ça. *Tenter de fuir ?* Honnêtement, je n'aurais pas la moindre chance.

« Qui êtes-vous *tous* et qu'est-ce que vous nous voulez ? » demande Vlad tout en se mettant à genoux. Il scrute Alëssa avec intensité. « Et vous, Alëssandriëlle de Vélan, pourquoi une telle félonie ? »

Je m'exécute à mon tour, le cœur voilé d'inquiétude et de curiosité.

« Le destin a voulu que Mordred et moi ayons trouvé refuge durant plusieurs années à l'abbaye de Fontevraud, aux confins de l'Anjou et de la Touraine. L'établissement étant ouvert aux hommes comme aux femmes. Je venais d'abandonner mes espoirs d'amour et d'avenir à Kosigan… » Elle évite mon regard. « Et j'y rejoignais une tante visitée autrefois en compagnie de ma famille. Quant à lui, il avait été recueilli et caché là par un ami des Orcs des Vosges, l'abbé de Nirdrym, qui m'a, par la suite, pris sous sa tutelle. Mordred est resté caché et protégé par la France de la fureur de Borogar jusqu'à ce qu'il soit en position de revendiquer son dû. Il a vécu une vie de moine, reclus dans un quartier du monastère masculin qui lui était spécialement dédiée. Mais, au bout de quelques années, il a commencé à faire le mur. Un mur qui – le hasard fait bien les choses – donnait directement sur le monastère féminin et ma propre cellule… Aujourd'hui, nous cessons de nous cacher, et notre mariage sera célébré d'ici quelques semaines en l'église Sainte-Marie, ici même à Kosigan. »

Par les Nornes, une sacrée ironie, Alëssa est finalement sur le point d'épouser un bâtard de Kosigan, sauf que ce n'est pas celui auquel j'aurais pensé…

« Vous savez pertinemment *qui* est réellement Mordred, n'est-ce pas, seigneur Vladislav ? » poursuit la Semi-Elfe en désignant l'Orc.

Vlad tente une dénégation mais Alëss hoche le menton avec un sourire désarmant.

« Inutile de nier. Je *sais* que Carrayan vous a écrit au moins un rapport au sujet de son existence. »

Vu la vitesse à laquelle le visage de Vlad se décompose, il s'agit probablement de la vérité.

Il se met à crier :

« Carrayan, bon Dieu, où êtes-vous, qu'est-ce que vous foutez ?! »

L'un des Elfes noirs le fait taire d'un coup à la mâchoire. Sa bouche saigne et il jette des regards fébriles autour de lui, comme s'il attendait que le commandeur se pointe avec la Garde grise au complet, comme le Messie. On ne peut pas lui en vouloir, il faut reconnaître que c'est approximativement sa… enfin, *notre* dernière chance.

Dùn, peut-être ?

Il paraît peu probable qu'elle revienne d'Albret à temps. Pour peu qu'elle soit encore en vie.

J'avale ma salive avec difficulté.

J'espère qu'il me reste une opportunité de négocier quelque chose. Il m'est difficile de concevoir qu'Alëss puisse vouloir m'exécuter. *Mais peut-être que Mordred, si.* Surtout s'il est au courant de ce qui nous liait, elle et moi, autrefois.

Chierie !

En tout cas, j'estime que ce n'est pas le moment de ramener ma fraise, pas encore.

L'Orc s'accroupit à trois pas de Vladislav pour planter ses yeux dans les siens.

« Je suis ton frère *aîné*, Vladislav, et, par voie de conséquence, l'héritier légitime du comté de Kosigan ! »

La tête de Vlad se secoue en dénégation.

« Demi-frère, à peine, et fils de rien ! Progéniture d'une femelle d'une race impie…

— Que notre père a aimée !

— Que notre père a répudiée, dès que les Croisades noires d'Épinal ont touché à leur fin ! Une femelle de selle, des coucheries de guerre…

— J'ai la marque de naissance des Kosigan.

— Foutaises ! Un bâtard n'a aucun droit de régner sans avoir été *reconnu* et ce n'est pas votre cas ! »

C'est le mien, en revanche. J'aurais préféré qu'il ne mette pas l'accent sur ce point qui me place dans la position de cible à abattre, tout comme lui.

« Détrompe-toi, frère humain, Borogar a eu la faiblesse d'admettre ma filiation. Momentanément. Avant de se rétracter, de me condamner à mort et d'obliger ma mère à fuir pour me protéger. » Et Mordred produit un parchemin dont il est impossible à cette distance de parcourir les lignes mais qui porte clairement le sceau de Borogar. « L'estampille de notre père est on ne peut plus authentique. Merci, Alëss ! »

Un faux, peut-être, mais en tout cas la marque officielle de mon oncle est bien réelle.

Vlad en reste interloqué, son regard cherche une nouvelle fois des secours de part et d'autre, en vain.

Mordred, toujours accroupi, pose le cul de sa hache au sol et la fait pivoter sur son axe. Cela produit des ondulations et des reflets, tout en mettant en valeur les rigoles de sang.

« Voilà la situation, chers membres de ma famille : aussi laid et brutal que vous me trouviez, aussi dérangeants soient mes crocs, aussi pénible que puisse vous paraître l'idée, *je suis le nouveau comte de Kosigan* de droit. À partir de ce constat, je vous offre deux possibilités : ou chacun d'entre vous, tous les cinq, prêtez un Serment de sang pour me jurer fidélité et obéissance jusqu'à la fin de vos jours… Alëssandriëlle y pourvoira. Ou ma hache dégustera votre sang chaud avant le lever du soleil. »

Enjoué et glaçant… Le bougre ne plaisante pas et le fil de son coupe-chou a l'air suffisamment aiguisé pour trancher deux ou trois de nos têtes d'un seul coup.

Au moins, il nous accorde une échappatoire.

Il faut certainement y voir l'influence, toute en diplomatie, d'Alëssa. Je lui dois moi-même beaucoup de ce point de vue. À cette nuance près que, ce coup-ci, en cas de serment d'allégeance à Mordred soudé par les liens inextricables de la magie du sang, cela nous placerait *de facto* dans le camp des Français, et par conséquent, aux ordres ou à la merci de Nirdrym.

« Jamais ! crache Vladislav. Sur mon honneur, jamais un vrai Kosigan ne vouera sa foi à un Semi-Orc, fût-il sorti des bourses de mon père. Plutôt crever ! »

Noble attitude. Mais périlleuse… Dans ce genre de circonstances, la seconde option paraît bien trop définitive. Elle dénote une curiosité exagérée pour le goût des pissenlits dégustés par la racine…

Je me racle la gorge.

« Est-ce que vous m'autorisez à parler, cousin et future cousine par alliance ? »

Mordred se relève, sort son couteau de chasse, avance d'un pas et transperce d'un coup sec le cœur de Vlad. En traqueur expérimenté, il évite habilement l'éruption sanglante qui s'en suit et accompagne au sol le corps de Vladislav, la bouche ouverte sur un cri muet qu'il ne poussera jamais. Puis le Semi-Orc me répond comme s'il n'avait rien fait d'autre que donner quelques tapes amicales à un chien :

« Bien sûr, cousin, tu peux parler, mais il est bon de mesurer ce qu'on s'apprête à dire lorsque l'on s'adresse à son futur maître, tu l'as compris, n'est-ce pas ? »

Par les Furies !

Un voile d'effarement a recouvert le visage de Bertrane de Nevers ; les enfants éclatent en sanglots, elle les attrape dans ses bras pour les faire taire.

Je jette un regard à Alëssa. Elle ne détourne pas les yeux.

« La proposition de Mordred est honnête et chacun est libre de l'accepter, ou de la rejeter, ainsi que Vladislav vient de le faire. Si tu as quelque chose à dire, Pierre, parle ! »

Je m'efforce de paraître serein.

« Deux choses. D'abord, qu'est-ce que tu faisais prisonnière des Français alors que tu es dans leur camp ?

— En réalité, seul Nirdrym connaît mon identité et mon implication. Pour Montfort, je n'étais qu'une espionne au service de la Garde grise. Il était inutile de lui révéler la vérité, il ne m'aurait pas crue. »

J'hésite à continuer mais Mordred m'y invite d'un geste de la main.

« Et deuxièmement, pour en revenir à cette histoire d'allégeance, soyons clairs : si nous vous apportons notre soutien en prêtant serment, votre position en sortira renforcée. Votre pouvoir sera plus solide auprès des vassaux et des autres grands seigneurs qu'avec ce simple parchemin de reconnaissance. Mais pourquoi devriez-vous nécessairement vous allier aux Français ? J'ai eu le discutable privilège de rencontrer par le passé ce soi-disant abbé de Nirdrym. Vous l'ignorez peut-être mais il se glorifie de pratiquer des sacrifices de sang. J'ai vu de mes yeux des dizaines de filles vierges et de nourrissons égorgés de ses mains dans le but de satisfaire les appétits des dieux qu'il vénère. Au nom d'un retour à ces pratiques ancestrales, il n'hésite pas à manier la peste et la guerre. J'admets humblement que ma moralité est fluctuante, mais les exterminations de masse ne sont pas une source d'amusement pour moi. Quant au roi Charles V, qui est supposé être son suzerain, il n'est qu'une marionnette entre ses mains. »

Je discerne dans le regard d'Alëss que rien de ce que je viens d'énoncer ne la prend au dépourvu. Bien que cela ne lui soit pas agréable, elle estime que c'est le prix à payer pour renverser ce qu'elle perçoit comme des injustices. *Renverser les injustices…* L'une des plus vieilles excuses utilisées par les puissants pour envoyer des milliers de gens, roturiers ou seigneurs, au casse-pipe, au nom d'ambitions personnelles dissimulées sous le doux nom « d'idéal »…

« Tu ne saisis pas, Pierre. Nirdrym, le Corbeau de guerre, le Frère des dragons, est notre étendard, notre lueur d'espoir. Le seul rempart contre les humains qui nous oppriment depuis des siècles et leur religion du dieu crucifié. Le seul à incarner la révolte des vieux peuples, humiliés par tous les rois, les ducs et les comtes chrétiens qui ont mené les Croisades noires !

— Sauf le respect de celui qui se trouve à deux doigts de se faire trancher la gorge, permets-moi de rectifier. L'empereur Karl von Hohenstaufen dans le Saint-Empire autorise les Humals à diriger des seigneuries ; en Champagne, les membres des vieilles races ont le droit de circuler en toute liberté ; et dans le Norrois, on honore encore le royaume nain d'Enibelungen. Quant au duc de Bourgogne, je ne portais pas son père dans mon cœur, mais il est connu pour bien trait…

— Faux ! Le Hardi se contente de faire semblant de respecter les races de Source. Les Elfes de Verte-profonde, comme les gnomes de Sous-colline à Albret, sont strictement limités à leur petit territoire et ne peuvent s'en éloigner sans autorisation. »

Je sens une exaltation teintée de colère la gagner, je ferais mieux d'apaiser la situation.

C'est Mordred qui reprend :

« Assez de discours ! L'Église a craché sur les édits de tolérance et de cohabitation qu'elle avait elle-même établis, il n'y a rien d'autre à dire. Et nous tous, avec du sang ancien dans les veines, nous tous, on nous traite comme des moins-que-rien. Nous sommes obligés d'être du côté des Français parce que… »

Il est interrompu par des clameurs fusant du couloir juste avant que la porte, déjà esquintée par mon entrée fracassante, ne cède brutalement. Des hommes en armes investissent la pièce en nombre conséquent. Cinq, dix, une douzaine. En cuirasse de cuir, épées courtes et pieux de combat. Deux archers. Ils n'attaquent pas mais se répartissent dans la salle à proximité de l'entrée. La haute silhouette dégingandée de Slynt Carrayan ferme la marche, visage barré, une lueur supérieure dans l'œil.

Nornes, Vladislav l'attendait réellement, alors ?

« On se fixe ! »

Soudain, je réalise : Vlad zyeutait plutôt vers la chambre du fond que vers l'entrée, car il anticipait l'arrivée de Slynt de ce côté-là. Par le passage secret de mon père. Il devait le connaître. Sauf qu'en pénétrant dans les tunnels par le jardin de Marie, j'ai refermé le loquet derrière moi. Il a été contraint de faire le tour. Ce qui l'a mis en retard au rendez-vous qu'ils semblaient avoir prévu.

« Eh bien, quelle agitation découvrons-nous dans les appartements de feu Gregor de Kosigan ? » Le ton du commandeur a un je ne sais quoi de dramatique. Il ne s'est pas encore rendu compte de la situation. « On dirait bien deux poissons illégitimes pris dans mes filets ! »

Ses yeux brillants se posent alors sur la dépouille de Vladislav gisant dans ses propres fluides corporels. Un demi-battement de cœur, le temps de le reconnaître. Un masque de noirceur et de panique transforme ses traits comme la pluie d'orage sur la mer.

« Au nom du Christ et des dieux anciens, vous avez exécuté votre frère, Mordred ? Voilà qui est fâcheux ! » S'adressant directement à l'Orc debout, il le foudroie du regard. « Vous comprenez qu'un tel acte ne peut pas rester impuni ! »

Les Elfes noirs ont fléchi les genoux, en posture de combat, leurs lames jumelles au cou des otages pour quatre d'entre eux, et deux arbalètes de poing braquées sur le commandeur pour le dernier. Un simple geste de mon cousin orc ou de Slynt et ce sera le bain de sang.

Pour autant, la Garde grise paraît avoir l'avantage.

Mordred, pas le moins du monde déstabilisé, incline la tête, fixant le commandeur sous ses arcades sourcilières.

« Vous pensez m'avoir fait tomber dans un piège, Carrayan, n'est-ce pas ? Vous connaissiez mon existence depuis longtemps et vous aviez compris que moi et les Français étions responsables de l'état de Borogar. Rusé comme vous l'êtes, vous avez profité de la situation pour attirer Cordwain à Kosigan. Et vous pensiez nous cueillir, lui et moi, pour éliminer en une seule fois tout risque de complot contre la maison principale de Kosigan. Deux bâtards pour le prix d'un. Mieux encore, une fois en votre pouvoir, vous escomptiez me contraindre à sauver mon vieux père du mal qui le dévorait. Malheureusement pour vous, on dirait bien que les choses ont un tantinet échappé à votre contrôle… »

Borogar mort, Vlad mort, Wench mort.

Une foirade absolue, oui…

Carrayan conserve une attitude stoïque mais je perçois une once de honte dans sa voix.

« Je ne suis pas homme à renier mes erreurs. Je les assumerai devant le futur comte. La félonie de dame Alëssandriëlle m'a pris au dépourvu, elle a tout fait basculer. » Puis, s'adressant à elle : « Je suppose que les hommes que j'ai placés sous votre commandement ne sont plus de ce monde ? »

Alëssa hoche la tête d'un air grave.

Ai-je rêvé ou est-ce que le commandeur a profité de ce que l'attention soit sur elle pour effectuer un minuscule claquement de doigts, presque inaudible. Sauf pour moi. *Le vieil enfoiré.* C'est l'un des codes qu'il m'a inculqués autrefois, cela signifie : « sois prêt à combattre, j'ai prévu quelque chose ».

En attendant, il poursuit la discussion comme si de rien n'était :

« Quoi qu'il en soit, ayez l'honnêteté de reconnaître que vous avez échoué, Mordred, et adoptez un comportement honorable. Libérez dame Bertrane et les enfants. Sur mon honneur, si vous y consentez, vous et les vôtres ne serez pas exécutés ce jour. Vous aurez droit à un jugement équitable, et vous pourrez tenter de faire valoir vos droits. Croyez-m'en, combattre et mourir cette nuit ne vous sera d'aucune utilité ! »

Je suis familier de la méthode : établir la supériorité des armes, puis amadouer l'adversaire en lui laissant une échappatoire honorable afin de remporter le conflit sans effusion de sang.

Le visage d'Alëss se fend d'un sourire dans lequel le charme se mêle au mépris.

Slynt en profite pour fermer brièvement les paupières, de manière on ne peut plus naturelle. Lorsqu'elles se rouvrent, elles fixent la fenêtre. Un instant infime. Puis elles reviennent immédiatement sur la Semi-Elfe qui commence à parler. Mais j'ai saisi.

« Vous ne comprenez pas, Carrayan. Vous m'avez accordé davantage de confiance que vous ne l'auriez dû. Vous vous êtes montré méfiant et prudent, mais il se trouve que je dispose de quelques dons dont vous ignoriez l'existence. J'ai découvert l'un de vos secrets parmi d'anciennes correspondances avec le grand mestre de la tour d'Airain, Joachim Lodaüs. La raison pour laquelle vous êtes si fidèle à la maison de Kosigan, c'est qu'il a usé de la Source pour vous lier à elle. Et vous étiez volontaire. Résultat, vous êtes tenu de servir de toutes vos forces le comte légitime. Or, à présent, le comte légitime, c'est Mordred ! »

Elle s'avance de deux pas et brandit le vélin de reconnaissance arborant le sceau de Borogar.

Une appréhension me serre le cœur. Carrayan est dangereux, s'approcher de lui de cette manière représente un risque. *Je ne veux pas qu'il la tue !*

Je lui adresse un regard noir. Le léger mouvement de ses paupières laisse entendre qu'il a compris.

Quant à la fenêtre… Je prends garde à ne pas attirer l'attention en lorgnant dans cette direction. Elle pourrait laisser passer un homme accroupi. La vitre, gelée sur les bords, donne sur la nuit glacée. Mais je ne décèle rien d'inhabituel.

Le commandeur reprend :

« Je suis incapable de déterminer l'authenticité de ce papier, ici, de loin, à la lueur de quelques torches vacillantes. Mais, ainsi que je le disais, libérez la famille de Vladislav et, sur les dieux neufs et anciens, vous aurez l'occasion de faire valoir vos droits. »

En guise de réponse, Mordred se lance dans un mouvement rapide. Il chope Andreï dans ses bras et lui appuie le couteau de chasse sous l'os de la mâchoire. Le petit hurle de trouille et sa mère crie, elle supplie de le lâcher, tout en protégeant de son mieux sa fille.

Le Semi-Orc grogne, satisfait.

« Vous ne comprenez décidément rien à rien, l'ancêtre… De deux choses l'une, ou je suis l'héritier légitime et vous devez m'obéir… Ou c'est ce gosse et vous devez m'obéir aussi… Dans la mesure où vous souhaitez éviter que je repeigne sa petite gorge en rouge. Est-ce plus clair, formulé de cette façon ? »

L'expression de Carrayan paraît indiquer qu'il prend la menace au sérieux.

Je renonce à saisir l'instant pour rouler de côté aux pieds de la Garde grise. Cela risquerait de mettre le feu aux poudres ou d'aboutir à une situation où je me fais trancher le cou.

Je me contente d'élaborer une ligne d'action au cas où la situation dégénérerait.

Le commandeur répond :

« Parfaitement clair, Mordred. Cependant, il y a une information qui vous échappe, une information que notre jeune dame de Vélan n'est pas parvenue à découvrir lors de ses fouilles dans mes affaires. »

Mes yeux sondent la fenêtre.

Serait-ce le reflet d'une flamme ou une fine buée de respiration que je crois discerner à l'extérieur ?

« Ne nous faites pas languir, commandeur, de quoi s'agit-il ? »

J'opte pour une respiration, Carrayan dispose d'un ou deux acrobates dans sa manche, c'est certain.

« J'ai le regret de vous apprendre que ni Mordred ni Andreï ne sont les héritiers légitimes de Kosigan… C'est Pierre Cordwain, ici présent, qui l'est, et c'est pour cette raison précise que je l'ai fait revenir ! »

Les mots résonnent dans mon cerveau en même temps que sur mes tympans.

Nom de… quoi ?

Alëssa lâche :

« Vous êtes complètement fou, Carrayan, c'est ridicule !

— Oh que non, jeune dame ! Borogar était *l'aîné* des deux frères, mais il refusait de régner. À l'adolescence, juste après le décès de leur père, lui et son frère ont décidé d'échanger leur identité, devant deux témoins : moi, ainsi que Joachim Lodaüs qui a enregistré cet acte dans un cristal de Source. Je vous passe les détails disant que les deux frères se ressemblaient beaucoup, que l'un portait la barbe et l'autre non, et qu'il leur a été aisé avec notre complicité d'effectuer la substitution. »

Puterelle de dieux, c'est impossible !

Cela voudrait dire…

« Vous… Vous prétendez que le Borogar qui vient de mourir était en réalité Gregor, le cadet. Et que le père de Pierre était le véritable Borogar ? L'aîné ?

— Quelle sagacité, je vous félicite !

— C'est insensé.

— Et pourtant, c'est la vérité. On retrouve une histoire similaire il y a un siècle, en Angleterre, où l'aîné, Richard de Cornouailles, a cédé sa place à son jeune frère Henri. En termes d'héritage, les lois de Bourgogne sont limpides, elles ne tiennent aucun compte de l'inversion, en conséquence de quoi, dans le cas présent, le comté revient au seul fils encore en vie du plus âgé de la fratrie… »

Tous les yeux se braquent sur moi.

Comment ça, « du seul fils encore en vie » ? Qu'est-ce qu'il veut dire par là ?

Pas le temps de s'attarder là-dessus.

Pour Mordred, la conclusion coule de source, les otages que les Svartalfár menacent ne sont pas les bons… Le seul qu'il faut tenir ou décapiter, c'est moi !

Merde !

« Lâchez les gosses et trucidez mon cousin bâtard, immédiatement ! » rugit le colosse en récupérant sa cognée et en se précipitant lui-même dans ma direction.

Carrayan s'époumone : « Au combat ! » La fenêtre vole en éclats, les archers de la Garde grise tirent, Qu'un-Coup et le vent glacial se faufilent en hurlant à l'intérieur, suivis de Dùn.

Ce ne serait pas malin de crever maintenant.

Toujours à genoux, je me projette dans les jambes de l'Elfe noir le plus proche, celui qui tient les deux arbalètes de poing. Dans un réflexe saisissant, il virevolte dans les airs pour m'échapper mais ses tirs manquent leur cible et sa réception laisse à désirer.

Autour de moi, l'action explose comme un ballon en boyau de cochon rempli d'eau jeté contre un mur. La cacophonie du métal et des voix, l'odeur du combat. D'après ce que j'entends, Alëssandriëlle libère des paroles de puissance.

Pas le temps de m'en occuper.

Je n'attends pas la hache ou les lames qui veulent me percer.

Roulade au sol puis plongeon, une grosse estafilade au passage, direction trois types de la Garde. Il s'en est fallu d'un rien que je me fasse débiter en filets.

« Coupez mes liens, les gars, magnez-vous ! »

Ils ont compris que j'étais de leur côté, l'un d'eux tranche la ceinture qui m'entrave les poignets.

Alors que je me relève, ils se figent, effarés.

Des baroudeurs comme eux ?

Je me retourne.

Chierie !

Il n'y a plus aucun Elfe noir dans la pièce, plus de Mordred, plus d'Alëssa non plus. Disparus. Tous.

Ils ont fui par les ombres ?

Un instant de silence.

Puis Dùn et Carrayan parlent en même temps :

« Contente d'être arrivée avant que tu sois découpé en tranches, lâche la Changesang de loin. Je ne sais pas comment ils se sont trissés, mais on en a eu deux !

— Gaffe ! » avertit Carrayan.

Il en reste trois.

Simultanément, alors que les mots résonnent, un geyser de sang jaillit du côté droit de Dùnevia, cisaillé par des lames furtives. Une blessure mortelle.

Puterelle de dieux, Dùn, non ! Pas comme ça, pas maintenant, ce n'est pas vrai !

Le commandeur réagit à la vitesse de la foudre : « Ils sont invisibles ! » tonne-t-il en se propulsant vers le centre de la pièce : « Alëssandriëlle se tient près du mur, devant la tenture de chasse ! Je m'occupe de Mordred ! »

Il doit avoir la capacité de les discerner, plus ou moins. Encore abasourdi, j'essaie de me diriger vers Alëss. C'est comme marcher les yeux bandés entre des nids de vipères…

L'ouïe, se concentrer sur l'ouïe.

Sans réfléchir, je ramasse une arme à terre.

Les deux archers de la Garde se font transpercer à ma gauche, ils ont à peine eu le temps de crier.

Concentre-toi.

Oui, des pas, des frottements, une respiration… J'arrive à peu près à distinguer…

Il y en a un qui approche !

Je laisse volontairement une ouverture dans ma défense. *Encore une seconde.* Ou deux ? Impossible de savoir. *Allez !* L'emballement du combat fuse dans mes veines. Je fais un écart pour éviter un coup et frappe en diagonale de haut en bas, au jugé. Cri, acier tranchant la chair, choc sec de l'os en bout de course, des insultes dans la langue noire. L'assaillant se replie en catastrophe. Aucune idée de l'endroit où je l'ai touché mais ça a fait mouche. À peu près.

Pas suffisamment pour le mettre hors d'état de nuire.

Soudain, l'espace de la pièce se remplit d'une dizaine d'Elfes noirs. Dans l'air montent des sonorités, saturées de clameurs de combat artificielles. La majorité de tout cela est faux. Des illusions. Mais c'est un enfer ! Il y a trop de bruits. Trop d'adversaires. Les gars de la Garde grise ont le même problème. Impossible de discerner le réel du fictif.

On a tous le même réflexe : se coller dos à dos ou l'échine contre un mur, comme moi, et balayer devant soi à coups de taille.

Le sang au sol ! Alëssa ne pense pas à l'effacer visuellement.

Un autre membre de la Garde tombe, tranché au niveau du mollet et achevé à terre. Un de ses camarades gît près de lui, tué dans des circonstances inconnues. Les faux Elfes noirs feintent et tourbillonnent pendant que les vrais taillent les hommes de Carrayan en pièces.

C'est un massacre.

Le commandeur, au milieu de la pièce, se bat comme un fauve contre le vide. Si ce n'est que le vide délivre sans doute des coups de hache. J'entends ses parades et ses ahanements en dépit du tumulte.

Mon regard balaie la pièce d'un coup d'œil rapide à la recherche de Dùn. Près de la fenêtre, Qu'un-Coup l'a traînée à l'abri sous une console accolée au mur. *Pourvu qu'elle tienne le coup !* Le Byzantin se dresse devant, en protection, son épée courte dans une main et son arbalète tenue par le bois, fouettant l'espace, dans l'autre. Les genoux fléchis pour fournir moins d'opportunités aux ennemis éventuels.

Pas bête.

À l'oreille et en me concentrant sur les émanations de Source, je parviens à différencier à peu près les images des véritables attaquants. Mais tout bouge si vite. Un autre gars de la Garde se fait dessouder dans des braillements de souffrance.

Si on reste sur la défensive, on va tous y passer.

« Aaarghh ! »

Une attaque le long du mur que je n'avais pas sentie venir ! Brûlure cinglante au-dessus de la clavicule. J'ai réussi à échapper au planté mortel dans la jugulaire. Rugissant mon appréhension, je repousse violemment l'agresseur sans parvenir à le clouer. Et je saigne à deux endroits.

En mouvement ! Il faut bouger, ne pas rester là.

Du regard, je parviens, en suivant la trace rouge sur les dalles, à repérer où se situe le Svartalfár qui a tenté de m'expédier. Il a entamé un mouvement circulaire pour se rapprocher d'un groupe de deux soldats, sans doute pour les faucher au niveau des chevilles.

Est-ce que je préviens le binôme qui mouline de ses lames ? J'aurai davantage de mal à surprendre le Svartalfár si je le fais. Mais ça peut économiser deux alliés. Qui continueront à se battre.

« Attention, les gars, aux jambes ! »

Je n'en suis pas certain, mais c'est là où je viserais si j'étais l'assaillant.

En hommes de guerre expérimentés, les deux se désunissent, cinglant à l'aveuglette, mais ma mise en garde a été trop tardive. L'un d'eux se fait sculpter un canyon dans la viande des guibolles et s'affale en criant. L'autre parvient à faire mouche.

Carrayan beugle d'une voix aussi puissante que celle du héraut grec, Stentor :

« Cordwain, débusque Alëssandriëlle avant qu'on soit tous morts ! Elle est au coin opposé à la porte, maintenant ! »

Il a raison, Alëssa est la clef, mais achever le Svartalfár ne demanderait qu'un petit détour.

Je le devine au sol où une flaque de sang s'élargit.

Tant pis !

Ignorant les images parasites et priant pour qu'il n'y ait pas un vrai Elfe noir invisible que je n'aurais pas repéré sur la trajectoire, je m'élance à toutes jambes vers l'endroit indiqué par le commandeur.

Qu'est-ce que je fais si je mets la main sur elle ?

Pas la tuer, quand même ?

Et si elle cherche à me planter ?

On verra.

Cinq foulées. Je rejoins le coin d'où elle est censée contrôler ses illusions. À vue de nez, j'y arrive à peine quatre ou cinq battements de cœur après l'annonce de Carrayan. *C'est un ou deux de trop.* Je fouette l'air du plat de mon arme, fouillant l'espace par les déplacements de mon corps, en vain. Elle a bougé. *Pas folle, la guêpe.*

Un œil au centre de la pièce. *Par les neuf enfers !* Le commandeur paraît avoir le dessous. Il est à terre, ensanglanté, se débattant comme un beau diable sous le poids d'une masse qui l'écrase, l'un de ses bras semble sans vie, mais il assène encore des coups de surin de l'autre et Mordred, tout invisible qu'il soit, beugle de douleur.

Il reste peu de temps pour inverser la donne.

Alëss n'a pas pu aller loin.

« Rends-toi, Pierre, je te protégerai. » C'est sa voix ! « Je t'en donne ma parole ! »

Le murmure vient de la droite, à moins d'une toise de distance.

Elle non plus n'a pas envie de me tuer.

À moins qu'elle ne raconte des salades.

Derrière moi, Mordred pousse un hurlement de victoire. *Merde !* Et Carrayan geint de souffrance. Dans un gargouillis, il parvient à lancer quelques mots :

« Tue-la, Cordwain, il faut que tu la t… ! »

Impossible !

Un dernier bruit de choc le réduit au silence.

Par les Nornes, c'est maintenant ou jamais !

Je me jette, balançant toute ma trouille et toute ma rage dans un coup puissant du plat de l'épée, approximativement au niveau de la poitrine, pour qu'il soit impossible à esquiver et fasse le plus mal possible, sans être mortel.

Dans le vide !

C'est comme projeter son poids pour défoncer une porte et passer au travers parce qu'elle est ouverte…

« Désolée, Pierre… »

L'endroit d'où provenait sa voix était un leurre. *Un piège.*

Sa lame me poinçonne sèchement les reins. Une fois, deux fois. La douleur génère des échardes qui lacèrent tout mon corps.

Pas le choix.

Je hurle. Malgré la souffrance, je ne perds pas conscience.

Par un réflexe instinctif, ma pogne bloque son poignet, lui interdisant de ressortir son arme. Je balance un coup désespéré. Tout en vacillant. Plongeant violemment mon épée. Au jugé. À l'extrémité du bras que je tiens. *M-mouche !* Sans armure, l'acier la cloue de part en part. Chant de souffrance et de mort. Je tords son poignet et le repousse rudement. Le choc du sol heurté par mes genoux. Je l'entends tomber. Son corps réapparaît, visible à nouveau, blême, crachant du rouge. Ses illusions se dissipent l'une après l'autre. Les sons factices s'apaisent. La douleur de la pierre, je ne la sens pas.

« Alëssa ! »

Deux voix crient en écho, la mienne et celle de Mordred.

La tête me tourne, mon champ de vision se rétrécit, des fourmis brûlent mes membres. J'oriente mon regard dans la direction du Semi-Orc, aspirant autant d'air que possible et luttant pour ne pas céder à l'appel de l'inconscience. Ma vision fluctue.

Comme dans un cauchemar, Mordred, blessé lui aussi, produit un gros effort pour se diriger vers moi. Sa lourde hache traîne derrière lui. La pesanteur le ralentit mais sa détermination paraît inébranlable.

T-trop de blessures, trop de douleur, impossible de bouger.

Je lis dans ses prunelles le désespoir, la rage, le cri silencieux de ceux à qui on vient d'arracher l'amour de leur vie et qui crachent à la gueule de l'univers. Il hurle le nom d'Alëss, une nouvelle fois.

Q-quelle putain d'ironie.

« Attendez… Mor…dred… J… »

Incapable de balbutier… un mot de plus…

Il me dévisage et rugit de tous ses crocs.

C'est… foutu.

Sa hache luit d'un reflet assassin.

Je ferme les yeux et recommande mon âme au premier qui sera capable de la prendre sans se cramer…

Dans le flou, tout tourne, je tombe… Je suis toujours en vie. Je devrais être mort.

Mordred est toujours là, au-dessus de moi, vacillant.

Le sol de pierre, je le sens confusément, sous mon corps.

Le son. Qui vient de déchirer l'air. À trois reprises. Ce son si particulier. Un sifflement. Sec et long. Qui s'achève par un choc. Mou. Et un cri. Parvient tardivement à mon cerveau.

Un carreau ? D'arbalète ? Suivi d'un autre ? Et d'un autre encore ?

L'arme d'ivoire à trois tirs de Q-Qu'un-Coup ?

Le sang de Mordred m'éclabousse. Chaud. Âcre.

De la bile envahit ma trachée. Mes reins hurlent qu'ils vont exploser. Les ombres encerclent ma conscience.

Au moins, j'aurai été comte de Kosigan.

Pas longtemps…

Et D-Dùn ?

CHAPITRE 73

Anciens appartements de Gregor, château de Kosigan, fin de nuit du 2 au 3 avril de l'an de grâce 1365.

Relevé d'okram de Gérard de Rais.

*

« Mort-Dieu de puterelle de bordel de pinard de merde ! »

C'est pas une salle à manger, ici, c'est un abattoir. Presque autant de clamsés à la toise qu'à la bataille de Crécy.

« Cartagène, occupe-toi de notre ancien pacha, magne-toi ! »

Le jeune chirurgien juif est doué dans sa partie, il maîtrise même une dizaine de routines de sortilèges de soin de l'ancien temps, seulement il est à peu près aussi réactif qu'un galet d'Étretat.

« C'est lui, là ! Celui avec les cheveux courts en phase de repousse, qui pisse le sang et qui essaye encore de se lever en grognant… »

Ma main se plaque dans son dos et le mande sur quelques mètres en guise d'encouragement. Il accélère le mouvement en détachant sa sacoche et en ajustant ses binocles sur le nez.

Derrière moi, Janvier, Cautelle et les gars investissent la pièce, prêts à en découdre. On est nombreux, mais tout est fini, ici. C'est pas joli joli. Ni facile à décrypter. Des types de la Garde grise aux artères sectionnées qui finissent de se vider ; un héritier de Kosigan avec un trou à la place du cœur ; un Semi-Orc comme je n'en ai pas croisé depuis des lustres qui n'a rien à foutre là ; une Semi-Elfe à poils blonds, percée de part en part ; et pour couronner le tout, une maine d'Elfes sombres crevés, disséminés au milieu des corps. Sauf un qui est encore debout, le petit veinard, et que les gars encerclent d'une forêt de piques et de lames.

La fenêtre brisée souffle la glace de la nuit.

Juste à côté, à terre, il y a Qu'un-Coup, penché sur un corps sanguinolent en train de crever. Il appuie de toutes ses forces sur une blessure. *Puterelle, on jurerait la gamine !* Salement mal en point, à ce qu'on dirait !

Ouais, c'est vrai, Dùn est trop vieille pour que je lui donne de la « gamine », mais elle avait qu'à pas être minaude avec des tétés épais comme une crêpe bretonne quand je l'ai connue.

Ça ferait salement caguer qu'elle y passe !

Qu'un-Coup se retourne, inquiet du barouf. D'une main, il tâte le sol à la recherche de sa sulfateuse en ivoire. Une seconde ou deux. Sa gueule de vieil aventurier grec s'éclaire en croisant le fer avec mes yeux.

« *Anàthema*[42], Gérard, apporte-moi une torche, *tora*[43] ! »

Un truc à cautériser, sûrement.

« C'est pas *Gérard*, c'est *capitaine*, sotard !

— Si ça peut te faire plaisir, *capitaine sotard* ! »

Sale cornard !

« Tu viens de gagner le droit de me lécher les bottes pendant un mois, si tu veux que je te reprenne un jour… »

Je fais signe à Juline, mon écuyère, de filer ventre à terre pour lui apporter ce qu'il réclame. Elle lui place le bout de bois enduit de poix enflammée entre les mains et recule d'un pas. La môme a treize ou quatorze ans d'âge – sa mère, ma cousine, n'a jamais été fichue de tenir le décompte exact. En tout cas, c'est mûr à souhait pour une eau-de-vie, mais pour une donzelle, c'est la porte des emmerdes. Elle sera maligne en grandissant mais, en attendant, elle est agréable comme un manche de pioche.

« Curé, là-bas, la petiote au sol, avec le grand à la peau tannée à côté, faut me la sauver, je veux pas que le Byzantin nous la trucide ! Il a toujours été plus doué pour envoyer des types au Ciel que pour les ramener. Utilisez de la magie s'il le faut ! »

J'arrive au-dessus de Carrayan.

« Commandeur… »

---

42 Bon sang.

43 Maintenant.

Il est en vie, mais son faciès est déformé. Quelque chose hoquette du côté de son épaule droite et de sa poitrine. Presque mécaniquement. Il a des trous aussi béants que les grottes de Naours à deux ou trois endroits du corps.

Vains-dieux ! C'est pas des organes en capilotade, là-dedans, on jurerait des engrenages, des tiges et des séries de billes en chapelets, baignés dans une espèce d'huile de charbon qui suinte de partout.

Chaude-pisse ! Ça m'a l'air aussi catholique qu'un sacrifice pour s'assurer la fertilité des champs, ça !

Coup d'œil rapide. Mes gars sont occupés. Tant mieux. Ça peut se monnayer cher ce genre de cachotterie.

Je dégrafe mon mantel et recouvre son corps, comme par pure bonté d'âme. *Ma gentillesse me perdra.* Je préfère être le seul à repérer ce que j'ai repéré. Avec Janvier, peut-être, parce que j'aurai besoin de ses services pour le transporter.

Le commandeur grogne doucement. Il a l'intention de causer, on dirait.

Je me penche, non sans faire gaffe que ce vieil enfoiré ne me prépare pas un coup fourré de son cru. Mais non, le type est, certes, moins vif qu'un braquemard de soixante-dix ans, mais il n'a pas perdu sa lucidité : ma pomme est son meilleur espoir de se tirer de cette cagade, et il le sait. Les murmures qui s'échappent de ses lèvres craquelées sont presque inaudibles. C'est quoi le nom qu'il balance en boucle ? Je prête l'oreille. Ah, ben, oui-da, j'aurais dû m'en douter : Lodaüs, Joachim de son petit prénom, grand mestre de la tour d'Airain et l'un des derniers gardiens des savoirs anciens autorisés par l'Église d'Avignon.

Carrayan a besoin d'un sorcelier pour le réparer.

Ce type m'a tout l'air d'être un putain de golem !

Son bras valide me harponne le coude et le serre à faire mal.

Je lui fais oui de la tête pour le rassurer, de manière à ce qu'il entrave que j'ai capté la situation et que j'escompte l'aider. Néanmoins, je lui appuie mon surin sous l'œil. Menace silencieuse, limpide comme l'eau.

Faudrait pas qu'il croie que c'est lui qui mène la danse.

Après un battement de latence, Carrayan relâche son étreinte avec précaution et parvient, à coups d'effort, à me dédicacer un sourire qui ne ressemble pas trop à la grimace d'un ours affamé.

J'interpelle Janvier pour qu'il rapplique s'occuper de lui et je l'interroge :

« Tu situes l'endroit où se trouve la tour d'Airain, à Kosigan ?

— Ouais, patron, c'est celle, avec des plaques de métal, qui dépasse des maisons dans le nord de la ville.

— Précisément. Quand je te l'ordonnerai, tu y mèneras le commandeur.

— Reçu, patron. »

Une voix m'apostrophe par-derrière.

« Pardon, 'pitaine… »

Je pivote.

« Qu'est-ce que tu veux, Cautelle ? »

Le semi-homme joue avec sa dague aux côtés d'une mère et de sa progéniture.

« On opère quoi avec ces trois oiseaux ? »

Alors, laissez-moi le temps de deviner… La femme, ça doit être dame Bertrane de Nevers, les yeux rougis, veuve depuis peu de Vladislav. Et ses deux poussins, Andreï et la toute petiote Iéléna. Autrement dit – maintenant que Borogar a rejoint l'enfer des vélures – la nouvelle comtesse de Kosigan, l'héritier du siège comtal et sa frangine, probablement destinée à épouser un roi, un prince ou un grand seigneur de cet acabit dans un avenir plus ou moins lointain.

Quasiment la Trinité.

Qui paierait pour leur rançon ?

Le duc de Bourgogne ? Les Français ?

Mmmh, non, vu la situation, se la jouer gourmand comporterait trop de risques.

« On ne va pas leur faire de mal, en tout cas, range ta dague ! »

Je fais quelques pas pour nous éloigner de Carrayan et de Janvier.

« Cautelle, va aider le curé et Qu'un-Coup avec Dùn. »

Il se barre et mon attention se reporte sur la comtesse.

Malgré les rigoles de larmes même pas sèches sur ses joues sales, la dame est choucarde, plantureuse à souhait, avec une échancrure fort seyante, mais aussi deux yeux qui affirment que celui qui s'adresse à elle ferait bien de se tenir à sa place.

Dont acte.

Avec la haute, il vaut mieux s'appliquer à parler convenable.

Une inclinaison de la tête pour le respect et la bienséance.

« Je suis le chevalier Gérard de Rais, Votre Altesse, condottiere à la tête de la compagnie des Loups. Les seigneurs Pierre Cordwain et Carrayan, ici présents – enfin, ce qu'il en reste –, ont loué mes services, cependant si je peux vous complaire en quoi que ce soit, n'hésitez pas. »

Son visage paraît encore livide des chocs qu'elle vient de subir, mais ses traits tirent plutôt vers le soulagement, sa fillotte dans les bras et son petit gars accroché à sa robe.

« Merci pour votre amabilité, sire de Rais, mais je crains qu'il n'y ait confusion en ce qui concerne le mot "Altesse"… Voyez-vous, le commandeur Carrayan nous a appris il y a peu que – par une jonglerie fort peu conventionnelle – l'héritier en titre du comté n'était pas mon époux, Vladislav, mais bien Pierre Cordwain dont vous parliez à l'instant. Par conséquent, je ne peux en aucun cas m'enorgueillir du rang de comtesse.

— Pardon ?

— Vous avez bien entendu ? Et c'est justement à cet égard que je me demandais… Vous, messire de Rais, êtes bien mercenaire, n'est-ce pas ?

— Autant qu'il est possible pour un homme de l'être.

— Dans ce cas – c'est un peu délicat, et vous voudrez bien ne pas m'en tenir rigueur si ma proposition heurte votre âme de bon chrétien – mais serait-il imaginable de louer vos services ? Pour mon compte personnel.

— *A priori*, la chose est faisable, à quelle fin ? »

Elle jette un œil au Bâtard. Cartagène, en médecin efficace, l'a allongé le long d'un mur dans des rideaux arrachés pour arroser sa plaie de gnôle, recoudre, lui faire gouleyer du lait de pavot au fond de la glotte et saupoudrer tous les trucs de toubib qu'on applique dans ce genre de situation. Pierre Cordwain a l'air de souffrir bien comme il faut.

Elle soupire, gênée.

« Pour le bien du comté… Il me semble que… Enfin, cet homme, le Bâtard de Kosigan… Vous savez certainement qu'il a été notre ennemi toute sa vie et qu'il a tué l'un des frères de Vlad quand il était petit. Il paraît impossible, et même injuste, *maléquitable*, devant Dieu, qu'il s'empare du cercle d'or de comte de Kosigan. »

L'espèce de sale ribaude !…

Son jeu est clair…

« Vous souhaitez que je le fasse égorger, je suppose ?

— Égorger ? Comme vous y allez. Non, rien d'aussi barbare, condottiere, assurément, non. Trop de sang a déjà été versé aujourd'hui. Mais étrangler, pourquoi pas ? Ou étouffer ? Cela paraît plus chrétien, d'autant que… observez les grimaces de douleur qui déforment son visage, tout porte à croire qu'il erre déjà aux portes de la mort…

— En somme, vous voudriez que je lui donne un petit coup de pouce…

— Un *coup de grâce*… serait plus élégant.

— Je vois. Pour le bien de Kosigan, c'est ça ?

— Si fait, messire de Rais. Et aussi afin de lui éviter toute souffrance inutile. Un acte de charité. Et de justice. En quelque sorte. »

Ben voyons…

À sa décharge, l'apprentie manipulatrice ignore les liens qui nous lient, le Bâtard et moi. *Frères d'armes depuis l'Italie*. Les rares occasions où je n'ai pas été dans son camp, c'était en échange de fortes sommes d'argent, et presque à chaque fois pour son bien. *Plus ou moins.*

« Quelle récompense envisagez-vous pour le pourvoyeur de pitié qui vous rendrait ce service ?

— Que diriez-vous d'un titre de baron et d'un fief à la frontière nord du comté ? »

Je retire le terme « d'apprentie manipulatrice ». *Cette dame sait parler affaires.*

« Je vais y réfléchir.

— Si ce n'est pas suffisant, je peux ajouter cinq cents livres de rente annuelle… »

« Tout a un prix, même l'auréole des saints », disait mon grand-père – je n'ai d'ailleurs jamais su comment il écrivait le dernier mot. Mais peu importe, à la réflexion, moi, en tout état de cause, je n'ai pas l'intention de buter mon camarade bâtard. Surtout que je viens déjà, il y a quelques jours, de le plonger en pleine mouise en libérant la fille de Carrayan – ou quel que soit le lien qui puisse unir cette gamine au commandeur.

Je hoche doucement la tête en glissant un sourire énigmatique à dame Bertrane, histoire de ne pas lui claquer la porte au nez.

« Je vous le répète, ma dame, je vais y réfléchir. En attendant, installez-vous dans la chambre d'à côté, mes hommes vont veiller sur vous. »

Et éviter, du même coup, que vous ne preniez la tangente pour fomenter une espèce de rébellion, je ne sais où…

Baron de Rais, ça sonnait plutôt bien.

Mais, avec un peu de chance, mon *ami*, le nouveau comte de Kosigan, aura à cœur de m'offrir autant.

Je me dirige vers sa quasi-dépouille, agitée, râlante et fiévreuse. C'est presque satisfaisant de le voir dans cet état, monsieur le grand chevalier. *Mais pas très charitable.* De toute manière, il va se remettre. S'il n'est pas décapité, réduit en cendres sur un bûcher, vidé de son sang ou découpé en fines lamelles, il se remet toujours.

Je le toise puis m'accroupis sur la pointe des pieds à hauteur de sa caboche. Mes narines reniflent de façon appuyée.

« Tu pues sacrément, Kosigan, tu sais ? »

Il lève les yeux sur moi, dents serrées, la sueur au front, mais, bon an mal an, à peu près en possession de ses capacités.

« Je… pue ?… C-c'est tout ce que tu as trouvé pour… implorer mon pardon, de Rais ?

— Ça et un coup de botte dans ta blessure si tu la ramènes trop, *monsieur le comte de Kosigan*. J'ai veillé sur toi pendant toutes ces années. Tu devrais me lécher les pieds à genoux !

— Au service de Carrayan… Espèce de traître !

— Mon médecin est en train de te soigner, au cas où tu ne l'aurais pas remarqué. »

Pierre grimace tandis que Cartagène tire sur les fils pour recoudre des choses indistinctes à l'intérieur.

« Tu l'as choisi… parce que c'était un ancien bourreau, c'est ça ? Trêve de politesses, envoie-le plutôt… à Dùn. Comment se porte-t-elle ? »

Les plis autour de mon œil borgne se creusent malgré moi.

« Elle n'a pas repris conscience. Je l'ai confiée au prêtre de la compagnie. »

J'accompagne le regard du Bâtard dans la direction de la gamine. *On est aussi inquiets l'un que l'autre*. Au chevet de Dùn, Qu'un-Coup tourne la tête vers nous. En réponse à notre question muette, il grimace puis hoche la tête à trois reprises. Traduction dans la langue du silence : « c'est pas gagné, mais je crois qu'elle a ses chances ». *Bon.* Son destin n'est pas entre nos mains.

J'en reviens à mon ancien pacha.

« C'est douloureux ? »

Le Bâtard acquiesce du menton en fermant les yeux à trois ou quatre reprises, ce qui prouve qu'il doit déguster pas mal, sinon il ferait encore le malin.

« Mais tu vas t'en sortir, pas vrai ? »

Nouveau mouvement de haut en bas, un sourire jaunâtre accroché à la lippe.

« C'est… ma… malédiction. »

Malédiction, mon cul. Je vendrais père et mère pour avoir la même – enfin, père en tout cas… Morfler, c'est bon signe, ça veut dire qu'on est en vie.

« Bon, causons transactions.

— Au cas où tu n'aurais pas… remarqué… Je ne suis… pas trop en état…

— Tant mieux. La donzelle Bertrane, ta cousine par alliance, me raconte que c'est toi le nouveau caïd du coin. Mais comme elle trouve que tu n'es pas un cadeau, elle me propose un petit domaine dans le nord du comté et de me propulser baron de ce trou du cul du monde si jamais je lui apporte ta jolie gueule sur un plateau d'argent. Sans compter cinq cents livres de rente annuelle, en prime de remerciement… Pas la peine de te faire un dessin sur ta situation précaire… Tu m'embauches jusqu'à la fin de l'année en t'alignant là-dessus ?

— Tu es gonflé… Je t'ai déjà refilé la compagnie…

— Pas gratuitement. Et c'était il y a des années. Tu auras besoin de gars sûrs vu le panier de crabes de la région, et des gars sûrs, ça se paye. »

C'est du velours…

Le médecin a terminé avec sa couenne, je le propulse, affaires comprises, pour aller épauler les prières de soin du curé auprès de Dùnevia.

Pierre, allongé sur les rideaux déchirés, est blanc comme le cul d'un œuf, ses cheveux en bataille, tout poisseux, et sa barbe de trois jours, maculée de sang.

Je le fixe.

« Alors ? »

Il prend deux ou trois respirations avant de répondre :

« Eh bien, d'abord, ma cousine est une sacrée garce… Je viens quand même de lui sauver la peau, à elle et à ses marmots… Il faudra qu'elle ait une meilleure image de moi… Quant au paiement, chevalier de Rais, je te propose la sincérité de mon pardon… Et de te tenir quitte pour avoir foiré le coup de la petite de Carrayan – en tant que gars sûr, on repassera dans cette affaire, pas vrai ? »

Je grimace. Un point pour lui. N'empêche qu'il n'a pas intérêt à s'arrêter là, parce que mes gars, les chevaux, l'approvisionnement, les artisans de route, les filles de joie, les lavandières, les cuistots, je ne les rémunère pas en « il nous a pardonné » ou en « ça ira pour cette fois »…

Il fait oui de la tête comme s'il devinait mes pensées.

Et ça m'agace un peu.

« Ne t'inquiète pas, Gérard, je loue ta compagnie aussi, d'accord…

— Crache un prix ?

— Elle te proposait cinq cents par an… Trois cents écus par trimestre, pendant une année. Au service du comté de Kosigan. Ça te convient ?

— Va pour trois mille écus à l'année ! »

Il tousse et sourit de sa gueule sympathique.

« Tu ne sais toujours pas compter, pas vrai ? »

Mon faciès se tord à droite, avec une fossette.

« Jamais quand ça ne m'arrange pas. »

Un instant de silence.

« Écoute, je t'assure déjà mille cinq cents écus, et on en reparlera quand je serai debout ! Mais mets-toi dans le crâne que je dois survivre jusqu'à la fin de la semaine si tu escomptes voir la couleur d'un acompte. »

C'est un bon début.

Ça me soulage de ne pas avoir à le refroidir.

Pas sûr que je l'aurais fait de toute façon.

Entre ce qu'il m'a payé il y a un mois, l'argent de Carrayan et maintenant ça, cette histoire aura rapporté davantage que les contrats des trois dernières années réunis.

Je lui tends la main.

Il la serre.

« Tu fais une vraie affaire, *monseigneur* ! »

Et tout ce pognon sans avoir tiré l'épée, ou presque.

« Fais déjà en sorte que tes gars sauvent Dùn, et ça les vaudra largement. »

Je jette un œil par là-bas, tout le monde s'affaire, ça veut dire que la gamine est toujours de ce monde. Mais la gueule de Cautelle précise que les augures tournent aux alentours de cinquante-cinquante.

« Je te conseille de prier si quelqu'un t'a appris. »

Il hoche la tête doucement.

« Ma mère. »

Une obsession chez lui.

Depuis des lustres.

« Mes grelots au feu que c'est pour *elle* que tu es rentré, pas pour devenir Grand de Bourgogne, je me goure ?

— Non, tu vises juste.

— Et alors, ça y est, tu as réussi à lever le voile sur son passé ? L'origine de ta fabuleuse *malédiction* qui te rend plus dur à tuer qu'un ours ?

— Les Nornes ne m'ont pas accordé cette chance mais, à leur décharge, je n'ai pas eu une seule heure à moi depuis mon retour à Kosigan. On verra plus tard, si jamais je vais mieux, demain ou après-demain… »

Demain ou après-demain ? Après avoir mangé deux coups de surin à un doigt du rein qui ont charcuté des morceaux de boyaux à l'intérieur, ce type est le frère du diable ! Même s'il se levait dans une semaine, ce serait difficile à expliquer.

« Je ferai le point avec Cartagène ; il racontera aux curieux que sainte Marie t'a à la bonne et que le surin qui t'a cloué a eu le bon goût de passer pile où il fallait pour ne rien massacrer.

— J'allais te le demander.

— Entendu. Et tu envisages quoi pour la femme et les gosses de ton cousin ?

— On les garde au chaud pour le moment. Dans le jeu qui se prépare, tous les atouts seront importants. »

De l'agitation nous parvient soudain du chevet de Dùn.

Par les cornes du Malin !

La gamine est prise de convulsions. Des soubresauts la chahutent en tous sens. Ceux qui l'entourent essaient de la maintenir, l'air sombre. Mais après un dernier cahot, son corps se fige.

Merdasse !

Kosigan agrippe ma manche et la secoue.

« Au nom des dieux, Gérard… Porte-moi jusqu'à elle… Je… je vais essayer de lui donner mon sang ! »

Qu'est-ce qu'il baragouine, cet imbécile ?

« Allez, magne-toi ! »

Je l'observe bien dans les yeux.

Par la queue du diable, il a l'air sérieux.

CHAPITRE 74

Sommet du vieux donjon, château de Kosigan. Matin du 4 avril de l'an de grâce 1365.

Relevé d'okram de Pierre Cordwain de Kosigan.

*

Une escadrille d'oies sauvages traverse majestueusement le ciel de l'aube, emplissant l'air de ses cris bruyants. Un signe de changement selon les superstitions populaires. À l'horizon, les teintes du jour soulignent les collines et les falaises qui m'empêchent d'apercevoir la Croisée. Bien que sa prise par les Français remonte à avant-hier, une colonne de fumée en émane toujours, noirâtre et dissipée çà et là par la brise glaciale du matin. Un présage peu encourageant.

Le vent pique mon visage et donne l'impression que mon nez pourrait se casser à la moindre secousse.

J'ai besoin de ce froid pour m'éclaircir les idées.

La paume de ma main frotte nerveusement mon front et mes yeux. La blessure au-dessus des os iliaques reste douloureuse, elle m'oblige à prendre appui sur ma jambe gauche, mon côté droit n'appréciant que modérément la position debout.

Demain, je serai rétabli.

Tout en mesurant ma chance, je me demande, comme à chaque fois : pourquoi moi ? Ai-je accompli un acte méritoire dans une autre vie pour que le noir-sang coule dans mes veines ? Me connaissant, cela me surprendrait.

En tout cas, vieux, te voilà comte de Kosigan. Satisfait ?

Je devrais. J'ai rêvé de cette conclusion toute ma vie et, en revenant ici, l'arrière-pensée de saisir la moindre opportunité pour y parvenir m'encourageait à braver le danger.

Pourtant, un goût amer subsiste dans ma bouche.

Tu aurais peut-être mieux fait de t'abstenir.

Qu'est-ce que cela aurait changé ?

Wenceslas aurait vraisemblablement été assassiné par sa future et magnifique épouse. Quant à Mordred, je m'en cogne comme de ma première lame, bien que je puisse comprendre sa détresse face au mépris et son esprit de vengeance. En revanche, Alëssa serait encore de ce monde.

L'idée d'être responsable de sa mort me fait l'effet d'un clou rouillé planté dans la gorge. Un clou que je ne parviendrai jamais à arracher. Plus sournois que la brûlure qui torture mes reins.

Alëss a essayé de t'occire en pleine connaissance de cause.

Je sais. Seuls les gens que l'on aime peuvent vous trahir.

Involontairement, je revois nos premières rencontres dans les bois. La façon dont elle me regardait, ça me faisait tellement de bien. Et ses yeux. Nous étions jeunes, insouciants. On s'observait parfois longuement sans rien dire, juste en souriant. Elle me renvoyait l'image de l'homme que j'aurais voulu être. Quant à moi, j'admirais son esprit, sa vivacité, son élégance…

Saleté de larmes !

Je les efface d'un revers de main.

Mais personne ne peut les rayer de mon cœur…

Moi, j'ai frappé par pur réflexe.

J'avale ma salive avec difficulté, maîtrise un sanglot et tente de me concentrer sur l'instant présent.

À ma droite, les trois drapeaux portant l'aigle de sable bifide sur champ de sinople de Borogar frissonnent sous le vent. *Oui, c'est ça, regarde-les bien.* Ils ne se déploient pas, alourdis par la rosée à demi gelée du matin. Il faudra les barrer d'un trait noir en diagonale pour montrer à tous que le nouveau seigneur de Kosigan assume sa bâtardise.

Comte de Kosigan, ben merde alors !

Dans le bas de mon dos, je me focalise sur le creux de ma colonne, emmailloté de tissus frais. Les déchirements de la nuit sont progressivement remplacés par une souffrance sourde qui pulse parfois un peu fort. Il faut serrer les dents, mais ce n'est pas comme si je n'étais pas coutumier du fait.

Mes yeux se portent au loin.

Là-bas, les Français tiennent la Croisée. Ça n'arrange pas mes affaires. Mais, d'après Cautelle, l'essentiel de leur ost a poursuivi vers le sud-est en direction d'Arcourt.

Mes pensées s'effilochent sous l'effet d'un grincement métallique à cinq toises derrière moi.

Quelqu'un vient de pousser la porte ferrée qui donne sur la crête du donjon où je me trouve. Des pas d'un combattant qui ne cherche pas à être discret, lents et posés. Sans agressivité.

« Tu as l'intention de partir en guerre contre le royaume des fleurs de lys, monsieur le comte ? »

Gérard de Rais.

Je ne me retourne pas.

« Il faudra bien. Si le duc Philippe de Bourgogne parvient à fuir, il sera le seul à pouvoir valider l'héritage de la maison de Kosigan.

— Pour le peu qu'il en reste.

— Il y a les gamins, moi et la sœur de Vlad et Wench, Anastasia. Elle devait venir à Kosigan début avril, mais je ne l'ai pas vue. J'espère que les Français ne l'ont pas rayée de la liste des vivants. En tout cas, je n'ai pas le choix, c'est le côté bourguignon ou rien. À présent que Mordred a passé l'arme à gauche, il est certain que Charles V soutiendra les prétentions du connétable de Montfort et de sa fausse fille, Aliénor. Je leur dois un chien de ma chienne à ces deux-là. »

Gérard grommelle une phrase incompréhensible et me contourne pour venir se planter entre moi et l'horizon, son œil unique et son bandeau de cuir fixés sur moi.

« On vient de m'apprendre que les Français ont un dragon rouge et qu'ils sont appuyés par des clans d'Ogres… Du coup, il faut qu'on reparle pognon, Ton Altesse. Parce que mes tarifs risquent d'augmenter à l'allure d'un chat poursuivi par un clébard. »

J'observe la buée qui s'échappe de ses lèvres sans accorder un sourire à sa plaisanterie, le regard sec et la mâchoire serrée.

Il s'attendait à ce que je balance une boutade comme au bon vieux temps. Ma réaction le déstabilise. Lui qui me connaît mieux que quiconque s'interroge. Le comte d'aujourd'hui sera-t-il le miroir du condottiere d'hier ? Moi-même je l'ignore.

« Tu te souviens que tu m'as trahi, Gérard ? »

Ses mâchoires se serrent et sa bouche se tord.

« Nous avons déjà parlé de ça, non ? J'ai fait l'essentiel du boulot que tu m'as confié : enlever la fillotte de Carrayan et faire mouvement jusqu'à

Kosigan pour te soutenir. Et puis, saint Pierre a bien renié trois fois Jésus et il n'y a pas eu de représailles.

— Il a fini crucifié, la tête en bas…

— Bah, c'était longtemps après, et ce n'était pas une punition…

— Tu marques un point. Une pénalité financière suffira, dans ce cas. Je n'oublie pas d'où nous venons, toi et moi. Je te préciserai le montant. »

L'argent a une telle importance pour lui que la sanction fera son effet. De toute façon, je ne peux pas me permettre davantage de sévérité, j'ai désespérément besoin de la compagnie.

« Et tu réintégreras Qu'un-Coup avec le sourire si jamais il en exprime la volonté. Cela te convient ? »

Il grogne et maugrée quelques mots imagés.

« À part pour le sourire… Et ça dépend combien tu escomptes nous rémunérer pour les risques à venir, Ton Altesse… »

C'est le moment de se montrer généreux. De toute manière, je finirai bien par mettre la main sur la trésorerie comtale de Kosigan.

« Je vais monter à six écus par jour, cinq cent quarante par trimestre, deux mille deux cents à l'année, si l'engagement court jusque-là. L'équivalent de plus de six mille livres. C'est trois fois le prix habituel. »

Le frémissement sur sa face borgne indique que le chiffre lui fait de l'œil.

« Auquel je défalquerai une semaine, en guise de punition.

— Ça, c'est dégueulasse. »

Ce vieux Gérard, il ne peut pas s'en empêcher.

« Mais juste ! Et Dùn, où en est-elle ? »

Il hausse une épaule.

« Tu la connais, elle est presque aussi douée que toi pour tricher avec la Camarde. Sauf ton respect, c'était quoi cette loufoquerie de faire couler ton sang sur sa plaie ? »

Excellente question. Je me la pose, moi aussi. Je me suis dit que si les dieux et les saints se sentaient d'humeur joyeuse, peut-être que ça permettrait à ses chairs de se réparer un peu comme les miennes. Ça n'a pas eu l'effet escompté. Ou peut-être que si, après tout, puisqu'elle a esquivé le grand saut.

Ça serait peut-être plus efficace si je lui faisais boire mon sang…

Frisson, léger malaise.

Arrête ça tout de suite.

D'ici à ce qu'on m'accuse d'avoir des crocs et de les planter dans les cous des jeunes femmes, il n'y aurait qu'un pas. Comme si je ne courais déjà pas assez le risque de terminer sous les tisonniers de l'Inquisition comme ça…

« Si on te le demande, Gérard, tu expliqueras que quand on s'est fait planter une lame d'acier à un cheveu des reins, on n'a plus l'esprit très clair. Un délire dû à la souffrance…

— Entendu. De toute manière, c'est la seule explication plausible. S'il en existe une autre, j'aime autant que tu te la gardes.

— Vœu exaucé. Et pour tout dire, j'en ai autant à ton service. »

Il n'empêche que je donnerais un bras pour comprendre d'où viennent ces damnées facultés. Le noir-sang, ma force, l'acuité de mon ouïe. C'est forcément lié à l'un de mes parents. J'ai fouillé une bonne partie de l'Occident en quête de réponses, sauf l'endroit où il est le plus probable que j'en trouve. C'est la raison qui m'a attiré ici, à Kosigan, aussi sûrement que le miel captive un ours. Jamais je n'aurais accepté l'invite de mon ancien mentor, sans cela. Et tenter de l'amadouer, lui et le reste de ma famille, représentait le seul moyen de m'offrir une chance de les questionner. Pour Borogar, il est clair que le dialogue n'aura pas lieu. Reste Carrayan, Lodaüs et surtout Marie, la gouvernante de ma jeunesse. Sans compter un court aller-retour à Kerbuck, le hameau de ma petite enfance, à moins de deux kilomètres au nord-ouest.

J'oriente mon regard dans cette direction. On distingue une douzaine de fumerolles de cheminées. Là où ma maman et moi vivions avant que mon père ne nous installe à proximité du château, dans la maison qu'occupe aujourd'hui Marie.

Je ne suis jamais allé fleurir sa tombe.

Celle de ma mère, Jehanne.

« Gérard, il y a quelques pans de mon passé que j'aimerais explorer afin de les tirer au clair. Je vais avoir besoin de toi pour me remplacer un ou deux jours. Je veux que tu en profites pour organiser une cérémonie d'intronisation avec les seigneurs bannerets, dame Bertrane, mes deux neveu et nièce, ainsi que les officiers de mon ost, dans la grande salle d'audience. »

Il me jette un regard en coin.

« Tu veux que je leur concocte une fête d'allégeance à l'ancienne, un peu sanglante, comme au temps des Mérovingiens ? Du genre où on tranche la tête des récalcitrants qui refusent de prêter serment à ta pomme pour diriger le comté ? »

Je laisse planer un instant de silence.

« Belle idée… Si j'avais l'intention de me graver un "T" sur le front, pour traître et tyran. Ou si je rêvais en secret d'un soulèvement général des baronnies contre moi. »

L'œil unique de Gérard se teinte de ruse.

« Pas si sûr. Cela dépend de quelle façon on s'y prend. Tu te souviens de la manière dont notre pacha commun, della Scala, avait fait en sorte que les familles de magnats de Florence ne se rebellent pas contre le nouveau gonfalonier de justice[44] qui payait nos services ? »

Un peu, oui : le gosse un tantinet idéaliste que j'étais avait failli en vomir de dégoût. Brillant, mais d'une cruauté proche de l'infamie...

Dans mon cas, la maison de Kosigan dispose d'une soixantaine de vavasseurs[45] et de barons sur son domaine, dont cinq ou six grands bannerets. À Florence il y avait eu cent cinquante clans concernés. Un bon tiers de réfractaires aux réformes y avait laissé la vie. Et le gonfalonier n'en était sorti que plus populaire grâce à la méthode évoquée par Gérard.

Faisons le point sur mes soutiens.

J'aimerais autant ne pas en arriver à des mesures extrêmes.

Dans ma jeunesse, j'avais d'excellents rapports avec la famille de Vélan. J'ignore l'intensité des liens que le vieux baron Eron entretenait avec Alëssandriëlle, mais mieux vaudra ne pas lui avouer que ma lame lui a transpercé le cœur. En espérant que cet ancêtre de quatre-vingt-dix printemps se rappelle l'aide que je lui ai prêtée, un soir, pour mettre en fuite une poignée de voleurs de grand chemin. Du côté des seigneurs de Mélisey, j'étais camarade avec l'aîné, Marc, aux dernières nouvelles c'est lui le baron en titre. Un point positif. Quant aux autres grands qui dirigent les domaines affiliés à Kosigan, je les ai tous connus adolescents, à l'époque où ils léchaient les bottes de Vlad. Ce ne sont pas de bons souvenirs. Geoffrey d'Ancy, Enguerrand de Souille et Jean de Sauzey. Ils m'en ont fait baver. Néanmoins, à l'image de mon cousin, l'existence leur a donné plusieurs décennies pour prendre du plomb dans la tête. Je n'ai pas la moindre idée des hommes qu'ils ont pu devenir. Reste les plus petits seigneurs, plus ou moins féaux des familles principales. Mon père Gregor avait la réputation d'être populaire auprès d'eux mais l'avis qu'ils entretiennent sur moi, les uns et les autres – un bâtard détesté de Borogar qui a passé sa vie en dehors du comté –, reste pour l'heure un mystère. La seule chose dont je peux être certain – et elle ne m'est guère favorable –, c'est qu'ils me connaissent de réputation, en tant que félon, assassin et chef de guerre.

Si un nombre trop important de ces familles souhaite prendre fait et cause pour le fils de Vlad, ou encore adopter le parti des Français, la situation va devenir intenable.

---

44 Chef du conseil.

45 Petits seigneurs, simples chevaliers ou seigneurs fonciers.

En ces temps tumultueux pour le comté, c'est tout simplement hors de question. Je ne peux pas le permettre.

« Il faut bichonner Carrayan, Gérard. Il sait que je suis légitime et ses engagements l'obligent à me soutenir. Il est impératif qu'il soit en état pour cela. Où en est-il ?

— Je l'ai fait mener au grand mestre Lodaüs, à la tour d'Airain, et j'ai chargé Janvier de veiller sur lui. Le vieux sorcelier annonce son retour sur scène d'ici après-demain, si tout va bien. »

De tête, j'échafaude un bref ordonnancement des jours à venir. Parsemé des éventuelles manigances suggérées par Gérard.

Si les tournures se goupillent bien, cela me donnerait le temps de me rendre à Kerbuck, et à Gérard celui d'accomplir les basses œuvres en mon absence.

Je fixe le maître de la compagnie des Loups de Rais d'un air sombre. Puis oscille affirmativement du menton.

« Nous allons adopter ta proposition, capitaine. »

Son sourire carnassier accueille la nouvelle avec une satisfaction mesurée. En bon professionnel, il sait que la négociation n'est pas encore terminée.

« Cette voie semble moralement répréhensible mais en termes de solution tu n'as guère le choix. En revanche, tu conviendras que les responsabilités qui vont m'incomber à présent dépassent allègrement le cadre du contrat que tu me proposais… Ça va te coûter un sacré bras en supplément !

— Moi qui te croyais mon ami…

— Tu sais ce que c'est, Ton Altesse, les prix d'ami, c'est toujours plus cher…

— Va pour cinq cents livres de prime.

— Mille, et je suis ton homme !

— C'est l'équivalent de deux mois de paiement pour seulement trois journées de travail. Tu ne te torches pas avec le dos de la cuillère !

— Oui, mais quel travail ! Si on est d'accord sur ce dont il s'agit, j'ai toutes les raisons d'avoir l'œil aussi gros que le ventre. Mais, évidemment, tu dois me confirmer ça de vive voix, Ton Altesse ! »

Je ne réponds pas immédiatement, profitant du silence pour scruter les alentours, ouvrant même mon esprit à l'utilisation éventuelle de la Source, afin de prévenir tout espionnage magique. L'effort génère une vague de fatigue dans mon cerveau, mais vu l'importance des enjeux, mieux vaut ne prendre aucun risque.

Les mots que je suis sur le point de prononcer ne vont pas sortir de gaîté de cœur, mais le comté ne peut pas se lancer dans une guerre contre la France avec une partie de ses forces en dissidence.

« Très bien, voici mes instructions, claires et précises : je compte m'absenter trois jours. D'ici à ce que je revienne, tu remets Carrayan sur pied, tu convoques le ban et l'arrière-ban, tu tâtes le terrain autour des grandes familles, avec Six-Mai – il serait parfait dans la peau d'un agent français qui pousse à la révolte pour repérer les traîtres. Après quoi, tu organises une cérémonie en mon honneur soutenue par ce bon vieux commandeur, et pour finir tu fais arrêter ceux qui se font porter pâles, et tu élimines discrètement ceux qui se montrent ouvertement hostiles.

— Discrètement ? Tu veux dire…

— Pas comme della Scala, à l'époque. Des suicides par fenêtre interposée, des chutes dans les escaliers, des indigestions mortelles. Uniquement des causes naturelles mais dont tout le monde sait d'où elles viennent sans pouvoir le prouver. Cela les intimidera beaucoup plus.

— Comme ça, tu pourras nier ou accuser les Français… »

Je hoche la tête avec gravité. Je préférerais tellement faire autrement.

Gérard reprend :

« Tu veux que je raconte quoi pour expliquer ton absence ?

— Officiellement, je vais chevaucher en aller-retour pour rencontrer mes alliés de la maison de Champagne et négocier des renforts. J'en toucherai moi-même un mot au fils Mélisey qui est présent au château avant de partir.

— Et lorsque tu repointeras ton pif à Kosigan, qu'est-ce qui va se passer… ?

— J'adopterai l'attitude du gonfalonier de justice de Florence : je feindrai d'être écœuré par tes agissements, je condamnerai ta sauvagerie, tu nieras en bloc en accusant les Français, mais tu seras arrêté, *manu militari* ! » *Et même exécuté ?* Non, sûrement pas ! « On se sera débarrassés des vassaux inamicaux, et je passerai aux yeux de tous pour un seigneur fort, juste et bienveillant, qui n'hésite pas à condamner son principal capitaine pour la folie dont il a probablement fait preuve. Ensuite, pour toi, direction les geôles dans l'attente d'un jugement et d'une probable mise à mort. Sauf que, évidemment, on te mitonnera une évasion avant que cela n'arrive. »

Il tique.

« C'est plus ou moins ce que j'avais imaginé mais, en le disant, ça ne sonne pas très sûr à mes oreilles. Si jamais tu changes d'avis et que tu me considères comme moins gênant avec un cou allégé de la tête, ça risque de ne pas m'arranger… »

C'est certain…

« À moins… »

Ses traits m'annoncent qu'il a quelque chose à proposer.

« Vas-y, je t'écoute.

— À moins que tu mettes tout cela par écrit en bonne et due forme, avec ton sceau, ton paraphe et tout le tremblement. »

Je le dévisage en silence, le temps de deux ou trois battements de cœur.

« Si je fais cela, c'est pour moi que l'affaire se pimente… »

Il m'adresse une grimace amicale mais pleine de rouerie.

« Risques partagés, monsieur le comte… Honnête, non ? »

Une moue. Ça représente une belle partie de pile ou face. Mais y réfléchir à deux fois ne sert à rien, il s'agit à l'évidence de la moins mauvaise voie à emprunter.

J'acquiesce.

« Entendu ! »

Il tend une main pour sceller notre accord. Je saisis sa pogne rugueuse d'homme de guerre.

« Mais à compter de cet instant, quand on sera en public, tu me donneras du vouvoiement en t'adressant à moi. Nous avons un accord, capitaine de Rais ? »

Il fait oui de la tête.

« Parfaitement, Ton… Votre Altesse ! Pour le prix de la construction d'un château en seulement trois jours de labeur, l'effort en vaut la chandelle ! »

Au loin, les rayons du soleil éclairent le dessous du plafond nuageux.

« Tu peux disposer à présent, je te rejoindrai plus tard. »

J'inspire profondément par le nez l'air froid et souffle de la vapeur.

J'entends la petite porte se refermer sur les pas de Gérard.

Pierre Cordwain, comte de Kosigan.

Une sacrée page qui se tourne…

Ma main frotte mon rein, il me démange comme si un rat y affûtait ses dents.

Du regard, je jauge la colonne de fumée qui s'élève de la Croisée, puis les panaches clairs des cheminées de Kerbuck.

Un avenir dangereux et violent s'annonce.

J'ai hâte d'y être.

Ainsi, je ne penserai plus à rien d'autre…

FIN

POSTFACE

Paris, mercredi 14 avril 1909.
Extrait des correspondances de Kergaël de Kosigan.

Ma chère Élisabeth,

Ainsi se clôt l'histoire relatant la métamorphose du Bâtard en comte de Kosigan, au printemps de l'an de grâce 1365. Je compte sur toi pour m'épauler dans sa finalisation. À ce titre, je sollicite ton avis sur quelques points. Confie-moi tes impressions sur la réécriture. As-tu le sentiment qu'elle parvient à insuffler une atmosphère d'intrigue et de mystère suffisante pour en faire un roman acceptable ? Et penses-tu qu'un lecteur averti saura tout de même y déceler les parts de vérité ?

J'ai volontairement laissé, par endroits, quelques ajustements dont tu voudras certainement débattre. Mais tu sais à quel point j'aime m'exonérer des conventions. J'ai hâte de te rejoindre pour que nous en discutions de vive voix.

Cette lettre sera mon héraut, elle t'atteindra bien avant que je ne pose le pied sur le sol américain. Je n'ai réservé le bateau pour Boston que dans deux semaines, car je dois entre-temps vérifier certaines suppositions. En attendant, l'élaboration de la deuxième histoire m'occupe déjà. Le Bâtard a parlé à Marie et rencontré un étrange démon. Si mes interprétations concernant le contenu de leurs échanges se révèlent justes, alors…

Mais, non, je préfère ne pas t'en dévoiler davantage afin de te tenir la surprise au chaud.

Bien à toi,

Signé d'encre et d'amour,

Kergaël

ANNEXES

ANNEXE 1
GLOSSAIRE DES PERSONNAGES

1) Personnages de ce tome :

Borogar de Kosigan, comte de Kosigan, grand vassal du duc de Bourgogne
- Gregor de Kosigan, son frère décédé, père du Bâtard
- Vladislav de Kosigan, son fils aîné, héritier du comté
- Wenceslas de Kosigan, son fils cadet, en résidence à la cour du duc

Slynt Carrayan, commandeur de la Garde grise de Kosigan
- Guy de Vélan, fils du baron de Vélan, à son service
- Alëssandriëlle de Vélan, Semi-Elfe, demi-sœur de Guy
- Sire Garaudain, chevalier mineur de la Garde grise

Le roi Charles V de France
- L'abbé de Nirdrym (Laïloken, Myrdrin, le Frère des dragons, le Corbeau de guerre), son conseiller, sorcelier et porteur du noir-sang
- Sri-Satchanaril, Elfe noire, esclave de Nirdrym
- Olivier de Montfort, baron, connétable et légat du roi
- Aliénor de Montfort, sa fille
- Renarde de Sens, comtesse de Sens
- Gruau de Tristemort, chef d'une compagnie au service de la France
- Croacker, lieutenant-chirurgien de la compagnie de Tristemort
- Rodrigue de Xaintraille, chef d'une compagnie au service de la France

Philippe le Hardi, duc de Bourgogne
- Mathilde, son épouse
- Morgiane, sa troisième fille, promise en mariage à Wenceslas de Kosigan
- Kusin Consord, le fou du duc

Marguerite d'Albret, comtesse d'Albret
- Jeanne, sa fille aînée
- Clem, son fils puîné
- Arlain, le benjamin
- Eloi, son confesseur
- Rogier, chevalier d'Albret de petite naissance

Créatures anciennes :
- Volkor-Gonor, Forge-Gorge, dragon rouge ancien
- Dame Melisandre, dernière des *fayes* de Verte-profonde
- Chrysaor, pégase de la maison d'Albret

Pierre Cordwain de Kosigan (dit « le Bâtard de Kosigan ») : chevalier de haute naissance issu d'une maison d'origine slave pourtant affiliée à celle des ducs de Bourgogne. Après avoir été exilé de son comté natal par son oncle, il a loué son épée en Italie puis en Angleterre, et a fini par monter sa propre compagnie. Il l'a revendue il y a quelques années à Gérard de Rais.

Dùnevia Illavaëlle (dite « Dùn ») : Changesang italienne aux facultés de métamorphe et d'illusionniste. L'une des dernières représentantes de son peuple, pourchassé par l'Église. Violentée dans son enfance par l'Inquisition, son véritable visage ravagé par l'acide a été réparé par magie lors d'un pèlerinage en Grèce. Elle a attaché son destin à celui du Bâtard.

2) Les hommes de Gérard de Rais :

La compagnie des Loups de Rais compte une cinquantaine d'écorcheurs.

Gérard de Rais : chevalier mercenaire breton, ami de longue date et premier lieutenant du Bâtard de Kosigan depuis l'Italie. A repris la compagnie des Loups.

Cautelle : semi-homme, maître en dagues, en serrures et en chuchotements.

Qu'un-Coup : ancien membre du *Hieros Lockos*, bataillon d'élite des empereurs de Constantinople. Il possède *Ochiameter*, une arbalète d'ivoire capable d'effectuer trois tirs d'affilée sans recharger. Il a servi en Italie aux côtés du Bâtard de Kosigan et de Gérard de Rais, sous les ordres de Craig Hag l'Ancien puis d'Alberto della Scala.

Janvier : sergent de rang, à moitié chauve, barbu, corpulent et fort en gueule, particulièrement doué pour l'esbroufe et le coup de force. Déserteur de l'ost bourguignon après avoir corrigé à coups de poing deux seigneurs auxquels il refusait d'obéir.

Six-Mai : frère jumeau de Cinq-Mai qui est mort en Flandre. Six-Mai est parfois surnommé « Parleur » par la compagnie en raison de sa tendance à tenir le crachoir si on lui en laisse l'occasion. Sergent de la compagnie.

Long-Pas : archer, éclaireur et coureur des bois. Il est ce qu'on appelle un *enfant des fées*, c'est-à-dire qu'il a été trouvé, bébé, dans la forêt.

ANNEXE 2
MONNAIES ET PRIX

Cette annexe a pour but de donner des équivalences approximatives entre les valeurs des différentes monnaies et des différentes époques. Elle ne peut en aucun cas être considérée comme exacte.

1365 :
1 quart = 1 euro
1 denier = 4 euros
1 gros, sol ou sou = 50 euros
1 livre = 20 sous (ou « gros ») d'argent = 240 deniers de billon[46] (divisibles en 4 quarts)
1 livre parisis = 1 000 euros
1 écu d'or, florin ou mark = 3 livres parisis = 3 000 euros

1900 :
1 franc = 10 euros
1 livre sterling = 25 francs = 250 euros

---

46 Alliage de cuivre, d'argent et de plomb.

ANNEXE 3
UNITÉS DE MESURE

Les valeurs données changent selon les périodes et les régions, elles ne sont donc qu'approximatives et correspondent à celles choisies pour ce livre.

1 doigt = 0,68 cm
1 pouce = 2,64 cm
1 main = 8 cm
1 empan = 20 cm
1 pied = 32 cm = 4 mains = 12 pouces = 16 doigts
1 coudée = 52 cm
1 pas = 62 cm (1 000 doubles pas valent un mille)
1 toise = 2 m
1 stade = 185 m
1 lieue = 3,5 km

1 brasse = 1,828 m
1 encablure = 100 brasses = 182,8 m

1 livre (poids) = 450 g

1 roquille = 2,9 cl

1 lustre = 5 ans (la cérémonie du *lustrum* à Rome avait lieu avant chaque recensement.)

ANNEXE 4
LES HEURES AU MOYEN ÂGE

Deux systèmes coexistent.

1. Celui de la vieille organisation romaine qui sert de base au décompte du temps. Il divise la période de jour en *douze heures* et celle de nuit en *douze heures* également. Hormis aux équinoxes, les heures diurnes et nocturnes sont donc de durée différente.

2. À ce système se greffe celui qualifié de « canonial », mis en place par l'Église dans tout l'Occident. Les cloches sonnent les neuf moments ou « heures » dédiés à la *prière* :

- Matines ou Vigiles : minuit (à la fin de la sixième heure nocturne)
- Laudes : l'aurore, avant le lever du soleil
- Prime : première heure du jour (début de matinée)
- Tierce : troisième heure du jour (milieu de matinée)
- Sexte : sixième heure du jour (midi)
- None : neuvième heure du jour (milieu de l'après-midi)
- Vêpres : douzième heure du jour (crépuscule)
- Complies : première heure de la nuit après le coucher du soleil

TABLE DES MATIÈRES

Achevé d'imprimer en juillet 2024
par Smilkov
Imprimé en UE